RUPERT SCHÖTTLE

Hausmaestro

TÖDLICHES OPERNFIEBER Ganz Wien ist im Opernfieber. Nachdem der berühmte Dirigent Pedro Marechal kurzfristig die Leitung der Neuproduktion der »La Traviata« niedergelegt hat, übernimmt überraschenderweise der gefeierte Wiener Shootingstar Magnus Maurer diese Aufgabe. Doch die allgemeine Begeisterung weicht schnell dem puren Entsetzen, denn Maurer wird nur einen Tag nach Bekanntgabe der Sensation erdrosselt in seiner Wohnung aufgefunden. Die Zahl der möglichen Täter erscheint unüberschaubar, da der Dirigent die Eigenschaft besaß, sich jeden zum Feind zu machen. Die beiden Bezirksinspektoren Kajetan Vogel und Alfons Walz stehen vor einem schier unlösbaren Fall …

Rupert Schöttle, seines Zeichens »schreibender Cellist«, wurde 1957 in Mannheim geboren. Im Anschluss an sein Musikstudium in Salzburg zog er in die Hauptstadt Österreichs. Nach dem Konzertstudium belegte er an der Wiener Musikuniversität das Fach Musiksoziologie. Seitdem hat sich der begeisterte Musiker, der hauptsächlich bei den Wiener Philharmonikern tätig ist, auch literarisch seiner Leidenschaft verpflichtet. Seine Kriminalromane verfasst Rupert Schöttle meist auf langen Tourneen.

Bisherige Veröffentlichungen im Gmeiner-Verlag:
Damenschneider (2011)

RUPERT SCHÖTTLE

Hausmaestro

Kriminalroman

GMEINER *Original*

Personen und Handlung sind frei erfunden.
Ähnlichkeiten mit lebenden oder toten Personen
sind rein zufällig und nicht beabsichtigt.

Besuchen Sie uns im Internet:
www.gmeiner-verlag.de

Im Ehnried 5, 88605 Meßkirch
Telefon 07575/2095-0
info@gmeiner-verlag.de

1. Auflage 2013

Lektorat: Claudia Senghaas, Kirchardt
Herstellung: Julia Franze
Umschlaggestaltung: U.O.R.G. Lutz Eberle, Stuttgart
unter Verwendung des Fotos von: © dir fotos / sxc.hu
Druck: GGP Media GmbH, Pößneck
Printed in Germany
ISBN 978-3-8392-1392-6

Für Karin und Mariam

PROLOG

Welch ein prachtvoller Hintern!

Mit zufriedenem Lächeln betrachtete er das wohl gestaltete Gesäß, dessen harmonisch gerundete Backen durch eine nicht allzu lange Afterspalte getrennt wurden, die in geradezu idealer Linie etwa zwei Finger breit unter dem Steißbein endete. Als wäre das nicht genug, wurde das Ganze auch noch von zwei wohl ausgeprägten Grübchen rechts und links der Lendenwirbel gekrönt.

Ohnehin war er der festen Überzeugung, dass der Hintern der Mittelpunkt des Körpers sei und man allein schon an diesem erkennen könne, wes Geistes sein Träger war. Schließlich gibt es ausgesprochen unsympathische Ärsche, deren Inhaber sich beim näheren Kennenlernen fast immer als ebensolche herausstellen.

Und das, was sich ihm hier in tausendfacher Spiegelung darbot, war um nichts weniger als eben ein prachtvoller Hintern.

Nach einigen Sekunden des entzückten Verweilens ließ er seinen Blick nach unten wandern.

Den nahezu perfekten Übergang von den ausdrucksvollen Backen zu den Oberschenkeln fast lässlich übergehend widmete er sich nun der Betrachtung der wohlgeformten Beine: Ganz gerade waren sie, nicht einmal mit einer Andeutung eines Os oder gar eines X'. Ein wenig länger hätten sie vielleicht sein können, was aber angesichts ihrer sonstigen Makellosigkeit nicht wirklich ins Gewicht fiel. Auch die Füße waren weder gespreizt noch gesenkt. In ihrer schmalen Linienführung, die durch keinerlei Druckstellen oder gar Hühneraugen verunziert war, muteten sie ihn geradezu aristokratisch an.

Auch der obere Teil des Rückens hielt jedem noch so kritischen Blick stand.

Zart wölbten sich die Rückenteile rechts und links von der geraden Wirbelsäule, um in gottgeschaffener Schönheit in den Schulterbereich zu münden, der in einem zarten Nacken zusammenlief. Mit Ausnahme eines kleinen Nestes von blondem Flaum, das sich durch eine Laune der Natur direkt über dem Hinterteil gebildet hatte und den Anschein eines zarten Pfirsichs nur verstärkte, wurde die Hinteransicht von keinem weiteren Haarbewuchs gestört.

Als er sich der Vorderseite zuwandte, erfreute er sich an den nur schwer zähmbaren braunen Locken, die sich über einer nicht zu breiten, wohl geformten Stirn krausten. Die zwei schön geschwungenen Augenbrauenbögen, die in einer sehr schmalen Nase zusammenliefen, deren Wurzel in fast ununterbrochener Linie mit der Stirn verbunden war, rundeten den Anschein eines edlen Aristokratenantlitzes ab. Geradezu ideal fügte sich dazu die Kühnheit der stahlblauen Augen, die im Übrigen zur dunklen Färbung der Haarpracht in reizvollem Kontrast standen.

Die hoch gestellten Wangenknochen warfen einen leichten Schatten auf die schmalen Backen, die in ein kräftig ausgeprägtes Kinn ausliefen. Die Lippen selbst waren eher schmal, was aber gar nicht störend wirkte, ein zu stark gewölbter Mund hätte den Gesamteindruck der Harmonie dieses fein geschnittenen Antlitzes nur beeinträchtigt.

Langsam ließ er seinen Blick nach unten gleiten.

Ausdrucksstark erhob sich die Brust über den deutlich sichtbaren Rippen.

Zwar war der darunter liegende Bogen nicht ideal ausgeformt, doch der flache Bauch machte diesen Makel mehr als wett.

Vor allem die extrem schmalen Hüften erregten immer wieder sein Wohlgefallen.

Und zuletzt, gleichsam als krönender Höhepunkt, unterzog er noch die Hände einer genaueren Betrachtung.

Ähnlich wie die Füße waren sie aristokratisch geformt und im Vergleich zur restlichen Physiognomie überraschend langgliedrig, wobei sich die natürlich glänzenden Fingernägel in ihrer Makellosigkeit vollkommen ins Bild fügten.

Wie jedes Mal, wenn er inmitten der vier Spiegel seinen eigenen Körper einer näheren Inspektion unterzogen hatte, zeigte sich bei ihm eine leichte Erektion.

Dabei war diese Umspiegelung keineswegs nur seiner Eitelkeit geschuldet, nein, sie war in seinen Augen um nichts weniger als eine berufliche Notwendigkeit.

Denn nur durch die genaue Beobachtung seines Leibes konnte er jede seiner Bewegungen auf ihre Wirksamkeit überprüfen. Immerhin war sein Ruhm nicht zuletzt darin begründet, dass er vor dem Orchester eine großartige Figur machte. Wobei es ihm ziemlich egal war, wie er auf die Musiker wirkte, war es doch das Publikum, das wegen ihm ins Konzert kommen sollte.

Und aus diesem Grunde musste er in erster Linie seine Rückseite und seine Hände beobachten, wenn er seine Dirigierbewegungen einstudierte.

Immerhin waren mehr als 50 Prozent der Konzertbesucher weiblichen Geschlechts.

Und jede Einzelne, mit der er darüber gesprochen hatte, hatte betont, wie erotisch er auf sie gewirkt habe.

Sogar schon, bevor sie ihn näher kennen gelernt hatte.

1. KAPITEL (MITTWOCH)

In dieser Nacht hatte Bezirksinspektor Walz nur sehr wenig geschlafen.

Und die Schuld daran trug einzig und allein seine Freundin Clara Montero.

Er war von ihrer Idee eigentlich gar nicht begeistert gewesen, doch mit der charmanten Beharrlichkeit, die klugen Frauen nun einmal zu eigen ist, ließ sie ihrem Freund keine Möglichkeit, ihren Bitten nicht zu entsprechen, ohne sie nachhaltig zu verstimmen.

Und das wollte er doch unter allen Umständen vermeiden.

Die Belohnung für seine Mühen, das hatte sie ihm immerhin zugesichert, sollte sich dementsprechend gestalten.

Was in diesem Falle auch wirklich angebracht war, hatte er doch gerade zusammen mit seinem Kollegen Vogel einen großen Anteil daran gehabt, eine gut organisierte und sehr fleißige Gruppe georgischer Einbrecher dingfest zu machen, die im schönen Wien ihr Unwesen getrieben hatten, was in den letzten Wochen doch etliche Überstunden nötig gemacht hatte.

Daher sah er einigermaßen derangiert aus, als er um etwa neun Uhr sein Büro im Kommissariat Josefstadt betrat, wo ihn Vogel schon erwartete und mit der obligaten Pfeife mahnend auf seine Omega klopfte.

»Ziemlich spät sind wir dran heute …«, sagte er mit spöttischem Grinsen, indem er seinen Freund interessiert musterte, der entgegen seiner üblichen Eleganz eher leger mit einem Paar Bluejeans, einem gestreiften Hemd und einem rauledernen Sakko bekleidet war. »Und wie du ausschaust ... muss wohl eine harte Nacht gewesen sein. Jaja, die Frauen, die sind noch einmal unser aller Tod ... Man möchte doch glauben, dass bei euch langsam a bisserl mehr Ruhe eingekehrt ist, jetzt seid ihr immerhin auch schon ein gutes halbes Jahr zusammen ... Aber in Lateinamerika wurde ja besonders fleißig missioniert, und wie man hört ist daher der Fortpflanzungswille bei diesen Frauen besonders stark ausgeprägt.«

Mit einer kraftlosen Handbewegung brachte Walz seinen offensichtlich bestens gelaunten Kollegen zum Schweigen, bevor er sein Sakko auszog und dieses sorgfältig über einen Bügel hängte. »Ganz so, wie es dir scheint, lieber Kajetan, ist es nicht. Zwar liegt der Grund meiner Müdigkeit tatsächlich in Claras Leidenschaft verborgen. Allerdings gilt sie in diesem Falle leider nicht mir, sondern einem ganz anderen. Der auch noch jünger ist als ich. Und, offen gestanden, auch besser aussieht. Und, als wäre das nicht schlimm genug, mehr Geld hat er auch.«

Mit schief gelegtem Kopf betrachtete Vogel sein Gegenüber, während dieser hinter seinem Schreibtisch Platz nahm. »Das allerdings ist wahrlich eine niederschmetternde Nachricht. Eines verstehe ich allerdings nicht: Warum bist *du* müde, wenn sie ihre Leidenschaft für einen anderen Mann entdeckt hat? Ist er gar obdachlos und kurzfristig bei euch eingezogen?«

»Auch dieses Mal gehst du fehl, außerdem verfügen wir noch immer über zwei Wohnungen ... Und zudem, so viel sei dir gesagt, ist ihre Leidenschaft, bisher jedenfalls, durchaus einseitig«, sagte er kryptisch und schaltete seufzend den Computer ein.

»Und warum bist dann du müde? Sie ist doch eigentlich diejenige, die Tränen der Sehnsucht vergießen müsste, während sie sich schlaflos nach dem Unerreichbaren verzehrt. Da soll sich noch einer auskennen.«

Scheinbar zerstreut schaute Walz auf den Monitor seines Computers, der sich gerade anschickte, seine Arbeitsbereitschaft anzukündigen, bevor er sich wieder seinem Kollegen zuwandte.

»Da du sonst eh keine Ruhe gibst, will ich es dir sagen. Heute hab ich mich in aller Herrgottsfrühe zur Vorverkaufsstelle der Staatsoper gequält, weil gestern Abend bekannt gegeben wurde, dass der Pedro Marechal die Premiere der ›Traviata‹ aus gesundheitlichen Gründen abgesagt hat und stattdessen der Magnus Maurer dirigiert. Für meine Clara ist das die Erfüllung ihrer feuchten Träume, denn sie hält diesen Maurer für den größten Dirigenten seit Karajan, den schönsten Mann seit Alain Delon und den erotischsten Womanizer seit Richard Gere.«

»Das ist wahrlich eine harte Konkurrenz, gegen die du dich durchzusetzen hast. Mein armer Walz … Doch es gibt noch Hoffnung: Vielleicht hat er unerträglichen Mundgeruch und triefende Schweißfüße – und einen schlechten Charakter hat so ein Mann ohnehin!«

»Ich finde ihn übrigens gar nicht so toll«, fuhr Walz unbeeindruckt fort, »als Dirigent hat er in meinen Augen definitiv zu wenig Substanz. Gut schaut er schon aus, zugegeben, und er macht auch eine effektvolle Show, wenn er da vorne steht, aber es fehlt ihm einfach an Tiefgang. Doch das ist den Leuten heutzutage egal, wichtig ist nur mehr, dass sie einem gesellschaftlichen Event beiwohnen, wenn sie in die Oper gehen, und dazu taugt der Maurer bestens. Da kannst du dir vorstellen, was heute Morgen beim Kartenvorverkauf los war. Lauter hysterische Weiber, vermischt mit skrupellosen Kartenhändlern und euphorischen Opernfreunden, alle noch verschlafen und ungeduscht. Diese maßlose Ballung an gesteigerter Vorfreude, die offensichtlich die Schweißdrüsen in besonderem

Maße anregt, vermischt mit mangelnder Körperhygiene auf engstem Raum … So riecht Bildung. Alles in allem also weder ein erfreulicher Anblick noch ein olfaktorischer Genuss, aber immerhin ein repräsentativer Querschnitt durch die Wiener Kulturszene. Und weil diese so eifrig ist, musste ich heute Morgen um vier aufstehen, um noch einigermaßen gute Plätze für uns zu bekommen.«

»Um vier Uhr morgens?«, fragte Vogel ungläubig. »Du willst mir doch nicht erzählen, dass das Kartenbüro wegen eines schweißfüßigen Schnösels, der ein bisserl dirigieren kann, mitten in der Nacht aufsperrt? Um die Zeit ist ja selbst der Würstelstand an der Albertina zu.«

»Das stimmt definitiv nicht! Da hab ich mich nämlich mit einer köstlichen Käsekrainer gestärkt, bevor ich mich unerschrocken in die Menge warf. Natürlich öffnen die Theaterkassen erst um acht Uhr, aber wenn so ein Kapazunder wie der Magnus Maurer endlich einmal eine Premiere an der Staatsoper dirigiert, haben sich da auch schon um vier Uhr morgens die ersten Interessenten eingefunden. Obwohl ich schon um kurz vor fünf da war, war ich bei Weitem nicht der Erste – was ja irgendwie auch tröstlich ist. Solange die Leute wegen einer Oper derart früh aufstehen, ist das Kulturland Österreich wenigstens noch nicht ganz verloren.«

Vogel grunzte zustimmend und stieß eine gewaltige Rauchwolke aus.

»Magnus Maurer? Muss ich den kennen?«

»Nein, du nicht«, antwortete Walz scheinbar bekümmert, »wenn du dich allerdings etwas mehr für Kultur interessieren würdest, was dir als österreichischem Beamten im Übrigen gut anstünde, dann schon. Magnus Maurer wurde in der Gesellschaftspresse in den letzten Jahren als das größte Dirigiertalent seit Carlos Kleiber hochgejubelt – und Österreicher ist er obendrein. Da freut sich der Boulevard, wo er schon als der sehnlich erwartete Nachfolger seiner großen Landsleute Karl Böhm und Herbert von Karajan gefeiert wird, obwohl er trotz seiner jungen Jahre, er ist gerade einmal dreißig, nur ganz selten auftritt. Offiziell wegen eines Rückenleidens, aber man munkelt von einer sehr labilen Psyche. Deshalb herrscht auch künstlerischer Ausnahmezustand, wenn er einmal dirigiert. Dabei lebt er in Wien. In meinen Augen ist das alles nichts weiter als raffiniertes Kalkül. Wer sich rarmacht, gilt als was Besonderes. Das wusste der Carlos Kleiber auch schon.«

»Und wann soll die Premiere stattfinden?«

»Am Samstag nächster Woche.«

»Bis dahin sind es zehn Tage, da bleibt ihm ja noch genügend Zeit, abzusagen …«

»Das wäre nicht klug, glaub ich«, sagte Walz mit erhobenem Zeigefinger, »denn die Premiere wird, erstmals in der Geschichte der Wiener Staatsoper übrigens, weltweit in die Kinos übertragen. Da hängt zu viel Geld dran. Andererseits ist ihm alles zuzutrauen, der ist sogar schon einmal während einer Vorstellung davongelaufen, weil ihm irgendetwas nicht gepasst hat. Wenn er das aber diesmal tut, ist er, denk ich, zwar weltberühmt, aber auch endgültig erledigt. Stell dir vor, die ganze Welt schaut zu, und er läuft einfach davon. Was da an Regressforderungen anfällt. Ich bin sicher, er wird auftreten – und es wird als Sternstunde gelten, egal wie er dirigiert! Denn alle werden aufatmen, dass er dieses Mal nicht davon gelaufen ist.«

»Und wenn er so nervös ist, dass er schlecht dirigiert?«

»Das wird fast niemand bemerken, wenn er nicht einen totalen Blackout hat, was bei einer so gängigen Oper wie der ›Traviata‹ eher unwahrscheinlich ist. Das ist eben der Vorteil eines Kapellmeisters: Wenn der was falsch macht, merkt das außer den Musikern niemand. Und die werden sich hüten, diesen Fehler nicht auszugleichen, sonst heißt es wieder, dass das Orchester nur mit Substituten besetzt war ... Er wird wirklich mit Samthandschuhen angefasst, sogar vom Operndirektor Münch, dessen Umgangsformen ja durchaus rustikal zu nennen sind. Um ganz sicherzugehen, dass dem Maurer auch alles gefällt, hat die Oper seine Mitwirkung erst gestern bekannt gegeben, obwohl er dort schon seit zwei Tagen probt.«

Verwundert schaute Vogel seinen Freund an. »Verbringst du deine Freizeit als Nachtwächter in der Oper oder woher weißt du das alles so genau?«

»Wenn du über drei Stunden mit Opernenthusiasten in einer Reihe stehst, erfährst du so viel, dass du auf der Stelle einen Fachartikel in der Wochenendausgabe der ›Presse‹ schreiben könntest.«

»Diesen Eindruck habe ich auch ...« Versonnen schaute Vogel einem Rauchkringel nach. Doch plötzlich klopfte er entschlossen auf das vor ihm liegende Konvolut.

»So, die kulturelle Viertelstunde, die du ja stets anmahnst, wäre jetzt leider vorüber. Wenn es dir auch missfallen sollte, o du mein Walz, so gibt es heute leider noch andere Brennpunkte, die unser entschlossenes Eingreifen erfordern.«

»Dann berichte mir doch in aller Kürze von den Übeltaten in unserer geliebten Stadt«, sagte Walz seufzend.

»Heute Morgen betraten zwei Burka-Trägerinnen eine Bank in der Alser Straße ...«, hob Vogel genüsslich an und machte eine Pause, um in seiner Pfeife herumzustochern.

»Hast du jetzt vor, mir einen Witz zu erzählen?«, fragte Walz irritiert, »falls dem nicht so sein sollte, kann ich dir nur sagen, hierzulande dürfen die das noch.«

»Nein, das ist heute Morgen tatsächlich vorgefallen. Nur handelte es sich hierbei nicht um geknechtete Ehefrauen«, fuhr

Vogel unbeirrt fort, »denn unter ihrer schwarzen Tracht verbargen sich, wie sich bald herausstellte, keine gottgläubigen Musliminnen, sondern zwei weniger fromme Herren, deren Motivation zur Wahl ihrer Kleidung in dem Moment offenbar wurde, als sie zwei Pistolen in ihren verschleierten Händen hielten und drohend nach Bargeld riefen.«

»Das ist zumindest originell. Kam jemand dabei zu Schaden?«

»Anfangs nicht, aber einem der Bankangestellten gelang es, ein Sicherheitspaket im Geld zu deponieren, das kurz nach dem Verlassen der Bank explodierte und den einen Täter mittels des freigesetzten Tränengases außer Gefecht setzte.«

»Seit wann gibt es bei einem Sicherheitspaket Tränengas?«, unterbrach ihn Walz.

»Hab ich auch nicht gewusst. Das ist eine neue Erfindung von den Piefkes, die bei uns versuchsweise eingesetzt wird. Mit Erfolg, wie man sieht. Manchmal kommt eben auch von denen was G'scheites. Aber ich bin noch nicht fertig. Sein Komplize, in der Handhabung der Burka naturgemäß nicht allzu bewandert, will also davonlaufen, vergisst aber dabei, die Röcke zu raffen und stolpert bei der Flucht so unglücklich über seinen Umhang, dass er ungebremst mit dem Kopf aufschlägt und bewusstlos liegen bleibt«, erzählte Vogel mit vergnügtem Grinsen. »Die Kollegen vom Funkwagen haben ihn dann geweckt.«

»Das nennt man eine bleede G'schicht. Lass mich raten: Wir sind nun dazu ausersehen, die beiden Bruchpiloten zu vernehmen.«

»Sehr scharfsinnig, o du mein Walz … Da aber der eine wegen des Verdachts auf Schädelbruch noch im Spital liegt, müssen wir uns mit dem tränenden Auge begnügen. Den kennen wir eh schon ganz gut. Es ist kein anderer als der Helmut

Ettl, der vor gerade 14 Tagen aus dem Häf'n entlassen worden ist. Ich hab gar nicht gewusst, dass der schon draußen ist. Bei der Gesetzeskenntnis von dem brauch ich nicht einmal meine Pfeife ausmachen«, murmelte Vogel zufrieden, der das in öffentlichen Gebäuden bestehende Rauchverbot beharrlich ignorierte.

»Na, schau an, der gute Ettl beehrt uns wieder einmal«, begrüßte Vogel den Mittvierziger, dessen stark gerötete Augen noch Zeugnis von seinem Kontakt mit dem Tränengas ablegten. »Lang hast's ja draußen net ausg'halten. Ham wir's einmal mit einer Bank probiert … Und gleich mit einer völlig unauffälligen Maskierung, ziemlich clever, das Ganze.«

»In Frankreich hat das ja auch geklappt …«, antwortete Ettl mürrisch, der in der Vergangenheit schon einige Erfahrung mit Vogels Ironie sammeln konnte.

»Ja, aber dort ist eine Burkaträgerin etwas ganz Normales. Habt ihr hier schon einmal eine gesehen? I net. Da braucht ihr euch nicht wundern, dass die Angestellten gleich mit dem Finger am Notruf waren, wie ihr so maskiert da hereinspaziert seid.«

»Es hätt ja geklappt, wenn das blöde Alarmpaket net gleich losgangen wär, und dann stolpert der Trottel auch noch über seine eigenen Füß'«, antwortete Ettl in beleidigtem Ton. Offenbar fühlte er sich durch die Umstände in seiner Ganovenehre getroffen.

»Ja, wenn's dich auf so was Großes wie einen Banküberfall einlässt, da ist eben auch das Risiko höher … Wie um aller Welt kamt ihr auf die blöde Idee, so was zu machen? Bewaffnet auch noch!«

»Die waren doch gar net echt«, antwortete Ettl mit beschwichtigender Geste.

»Das ist wurscht. Ein bewaffneter Raubüberfall ist's trotzdem, und dafür gehst' diesmal sicherlich zehn Jahre in den Häf'n, bei deinen Vorstrafen. Vielleicht a bisserl weniger, wenn du kooperierst. Also, wer von euch kam auf diese blödsinnige Idee?«

Unwillig verzog Ettl das Gesicht. »Der Wolfi hat mir im Häf'n erzählt, dass in Frankreich zwei Männer eine Bank in einer Burka überfallen haben, und weil die Angestellten geglaubt haben, das sind nur moslemische Frauen, sind die mit dem Geld unerkannt verschwunden. Und da hat er mich g'fragt, ob ich hier bei einer solchen Sache mitmachen würd'«.

»Mit dem Wolfi meinst' den Wolfgang Nemecic?«

Ettl nickte wortlos.

»Aber ihr habt doch beide überhaupt keine Erfahrung mit einem Bankraub. Mehr als Autodiebstahl, Einbrüche und Ladenüberfälle habt ihr noch gar nicht gemacht. Oder war da was in den letzten Tagen, seitdem du draußen bist? Wir hätten da schon ein paar Banküberfälle, für die wir noch jemanden suchen. Und wenn wir das so wollen, dann seid ihr auch da die Täter gewesen. Dann gibt's noch ein paar Jahre drauf.«

Ettl machte eine abwehrende Handbewegung. »Na, Inspektor, damit hab ich ganz sicher nichts zu tun. Das war unser erster Banküberfall. Ich schwör's.«

»Und was hast du in den 14 Tagen gemacht, seitdem du draußen bist?«

»Was man halt so macht. So ein Überfall musst' ja genau planen. Und eine Burka kriegst' ja a net an jedem Eck. In unserer Größe noch dazu. Dann musst' noch die geeignete Bank suchen, des braucht scho' sei' Zeit«, fügte er erklärend hinzu.

Gerade als Vogel die Vernehmung fortsetzen wollte, unterbrach ihn das Läuten seines Mobiltelefons.

»In der Strudlhofgasse 13, sagst du, im Obergeschoss? – In Ordnung, wir kommen gleich.« Schwungvoll schloss Vogel den vor ihm liegenden Akt und läutete nach dem Wachbeamten.

Walz sah ihn fragend an.

»Wir fahren mit der Vernehmung fort, wenn der Nemecic wieder ansprechbar ist. Pack dein G'raffl z'amm, Walz, wir müssen ... Ein Mann ist in seiner Wohnung tot aufgefunden worden.«

Es war kein besonders weiter Weg von ihrem Büro, das ja nach der Schließung des Kommissariats in der Boltzmanngasse nunmehr in der Fuhrmannsgasse in der Josefstadt beheimatet war, sodass die Kriminalisten bereits nach zehn Minuten vor einem herrschaftlichen Zinshaus standen, das sich in der Sackgasse befand, die direkt in die berühmte Strudelhofstiege mündet, die weiland Heimito von Doderer zu seinem gleichnamigen Opus magnum inspirierte.

»Im obersten Geschoss, sagst du? Na, hoffentlich haben die einen Lift, zu sportlichen Aktivitäten fehlt mir heute eindeutig der Schlaf«, sagte Walz, der missmutig an dem Haus emporsah.

Umso mehr waren die beiden vom Entrée beeindruckt, das sich in noch originaler Jugendstil-Pracht präsentierte. Selbst die farbigen Fenster, mit denen die Türen des Windfangs und die Scheiben des Stiegenhauses geschmückt waren, schienen sich über das Jahrhundert unversehrt erhalten zu haben.

Auch der Aufzug, den sie zu Walz' Erleichterung vorfanden, schien noch original zu sein. Mit einem reich ornamentierten grünen Metallgitter versehen, wäre er wohl in den meisten anderen Orten Europas als Kleinod des Jugendstils schon längst ins Museum gewandert.

Als sie die hölzerne Liftkabine betraten, war Walz, wie jedes

Mal vor dem Anblick eines Toten, in seltsame Gedanken versunken. Wie viele Schicksale waren mit diesem im Laufe seines Lebens wohl verbunden gewesen? Welche Spuren werden von ihm bleiben? Wie viele wertvolle Erfahrungen und Geschichten gehen mit ihm unwiederbringlich verloren?

Kurz nachdem sie die herrschaftliche Wohnung betreten hatten, musste er feststellen, dass sein eigenes Schicksal mit dem des Toten enger verknüpft war, als ihm recht sein konnte, hatte er doch gerade ein Gutteil seines kostbaren Schlafes geopfert, um die ›Traviata‹ unter seiner Leitung erleben zu dürfen.

Allerdings war Magnus Maurer nicht einfach gestorben. Sein Gesicht war grausam verzerrt und die blau angelaufene Zunge hing verdreht aus seinem rechten Mundwinkel heraus.

»Der ist mausetot«, sagte Markus Lindner, einer der besten des Wiener Erkennungsdienstes, nachdem er die Inspektoren kurz begrüßt hatte und aus dem Schlafzimmer getreten war. »Allerdings deutet nichts auf ein Handgemenge hin. Der tiefe rote Striemen an seinem Hals da zeigt uns, dass er erdrosselt worden ist. Besser gesagt, stranguliert, mit einem dünnen Metalldraht. Wahrscheinlich mit einer Art Garotte, was in unseren Breiten aber eher ungewöhnlich ist. Die Mafia hat früher gern mit so etwas exekutiert, ist aber dann auf Schusswaffen umgestiegen, weil das schneller geht und man dazu keinen Körperkontakt benötigt … Die Sicherheitstür der Widerstandsklasse 6 weist keine Einbruchsspuren auf, was bedeutet, dass das Opfer selbst den Täter hineingelassen haben muss oder aber der Mörder ein Profi war, der sie mit einem Nachschlüssel geöffnet hat. Aufbrechen kann man eine Tür dieser Sicherheitsklasse nur mit Spezialmaschinen, was hier definitiv nicht der Fall war. Die Wohnung ist ohnehin gesichert wie Fort Knox, mit Alarmanlage und allem, was gut und teuer ist. Unbefugt kommt hier niemand rein.« Lindner machte eine ausladende

Handbewegung in den Raum. »In der Wohnung selbst haben wir bisher ziemlich viele Haare gefunden, die von mindestens vier verschiedenen Personen stammen dürften, deren Ursprung ich noch im Labor klären lassen muss. Darüber hinaus gibt es einige Stofffasern, die möglicherweise vom Täter stammen, als er das Opfer ins Bett geschleppt hat. Die Schleifspuren deuten darauf hin, dass der Ermordete wahrscheinlich bewusstlos war, als er vom Fauteuil zum Fundort gezogen wurde. Der Fundort ist mit dem Tatort identisch, darauf weisen die prämortalen Ausscheidungen hin. Außerdem konnten wir neben dem Fauteuil ein Glas mit einem Rest von Whisky sicherstellen, wahrscheinlich vom Opfer selbst. Sonst ist alles ordentlich an seinem Platz. Die Schubladen scheinen nicht durchwühlt worden zu sein, auch der Safe sieht nicht so aus, als wäre er angetastet worden, zumindest ist er verschlossen. Eine Brieftasche haben wir nicht gefunden, die hat der Täter vielleicht mitgehen lassen … Bleibt bitte noch draußen. Wollt ihr ihn euch nachher noch anschauen oder kann ich ihn dann wegschaffen lassen?«

Kopfschüttelnd blickte Vogel Lindner an. »Das ist ja alles schön und gut, aber was haben eigentlich wir damit zu tun? Wenn das ein Mord ist, dann ist das doch eindeutig ein Fall für das LKA.«

»Hat euch denn niemand etwas gesagt?«, fragte Lindner verwundert.

»Nein, wir haben vor einer Viertelstunde einen Anruf bekommen, dass wir wegen eines Toten hierherkommen sollen. Von einem Mord hat niemand etwas erwähnt.«

»Das ist wieder einmal typisch Wiener Polizei. Hiermit sei es euch offiziell mitgeteilt: Unser verehrter Leiter des LKA Mörbischer hat euren nicht minder verehrten Stadtpolizeikommandanten Heider um eine kooperative Fallbearbeitung gebeten, weil bei uns gerade eine Grippeepidemie ausgebrochen ist und der Staatsbesuch des russischen Präsidenten ansteht. Und da euer verehrter Kommandant natürlich nur die besten seiner Leute verleiht, hat es eben euch getroffen. Willkommen beim LKA!«

Vogel war fassungslos. »Aber der ist ja gar nicht mehr für uns zuständig. Unser neuer Chef ist Referatsleiter und heißt Mitterwaldner, oder ist eurer Leitung die Reform entgangen?«

»Des net, aber der Mörbischer mag den Mitterwaldner net, und deshalb hat er den alten Dienstweg eingeschlagen und den Heider angerufen, und der hat des dem Mitterwaldner mitgeteilt …«

»Das heißt also, der Heider hat uns einfach an das LKA ausgeliehen? Walz, hast du das gehört? Wir sind jetzt hofrätliche Landespolizisten in Leiharbeit, davon haben wir doch schon immer geträumt … Walz?«

Der war völlig abwesend in den Anblick des Toten versunken.

»Ich komm ja schon«, antwortete er leise. Es dauerte noch einige Sekunden, bis er seinen Blick von dem grotesk verzerrten Gesicht des Dirigenten abwandte und zu dem ungeduldigen Vogel ging. »Ich hab ihn mir eigentlich viel größer vorgestellt«, sagte er mehr zu sich selbst, »seltsam, dass die meisten Dirigenten so klein sind … Du kannst gar nicht ermessen, was für ein schrecklicher Verlust dies für die österreichische Musikwelt bedeutet«, wandte er sich nun an seinen Kollegen.

Dieser jedoch war schon mit der Befragung der Funkwagenbesatzung beschäftigt, die als Erste zum Tatort gerufen worden war.

»Wer hat ihn gefunden?«, fragte Vogel den Streifenbeamten, der sich mit seiner Kollegin bislang im Hintergrund gehalten hatte.

»Seine Haushälterin, heute Morgen um neun Uhr. Daraufhin hat sie sofort bei uns angerufen.«

»Ist sie noch hier?«

»Ja, die Frau wartet drüben im anderen Zimmer …«, antwortete der Beamte, indem er mit der Hand auf eine Tür zeigte, »zusammen mit einer weiteren Frau.«

»Was heißt das? Hatte Maurer zwei Haushälterinnen?«

»Nein, die Dame ist ihre Freundin, die sie anscheinend angerufen hat. Zum Trösten halt.«

»Aha, und wie heißt die Haushälterin?«

»Miwako Watanabe«, las der junge Beamte von einem Zettel ab, den er aus seiner rechten Hosentasche hervorgezogen hatte, und fügte ratlos hinzu, »oder so ähnlich.«

»Was ist denn das für ein Name? Gib her den Zettel«, herrschte Vogel den Polizisten an, der ihn unvorsichtigerweise gerade zurück in seine Tasche stecken wollte. Konzentriert versuchte Vogel, sich den Namen einzuprägen.

»Woher ist die? Aus Japan, China, Korea, Thailand …?«, fragte er den Polizisten in etwas versöhnlicherem Ton.

»Das weiß ich leider auch nicht, Herr Inspektor, für mich sehen die Schlitz…, Menschen aus der Gegend alle gleich aus«, antwortete der Beamte beflissen, als seine Kollegin ihm einen strafenden Blick zuwarf.

»Für mich auch«, gab Vogel mit einem Schulterzucken und einem freundlichen Lächeln für die junge Polizistin zurück, die ihn interessiert musterte, was dem alten Schwerenöter selbstverständlich nicht entgangen war.

»Vielleicht hat ja das schöne Geschlecht mehr Einblick in die physiologischen Unterschiede unser Mitbürgerinnen aus Fernost«, sprach er die blond bezopfte Gesetzeshüterin an.

»Na, i kenn die alle net auseinand'«, war die kurze Replik der offensichtlich aus ländlicherer Gegend stammenden Dame, was genügte, dass Vogel sich sogleich wieder den wesentlichen Dingen zuwandte.

»Haben die Nachbarn was gehört?«

»Woher sollen wir das wissen?«, fragte Lindner, der gerade unter dem Bett nach Spuren suchte. »Wir sind gerade einmal 30 Minuten hier.«

»Hätt' ja sein können, dass die sich hier eingefunden haben – nichts ist neugieriger als ein Nachbar, wenn die Polizei ins Haus kommt …«

»Wann ist er denn überhaupt gestorben?«, wandte sich Vogel nun an den Amtsarzt, der gelangweilt die Bibliothek des Toten studierte.

»Ich nehme an, so etwa vor zehn Stunden, also etwa um Mitternacht, plus minus eine Stunde.«

»Gut«, versetzte Vogel kurz, der geradezu vor Geschäftigkeit barst, »dann wollen wir mal … Walz, wo steckst du?«, polterte er, während er den abermals in den Anblick der Leiche vertieften Kollegen suchte. »Kannst du mir wenigstens sagen, woher die Frau Watanabe kommt?«, riss er den Inspektor aus seinen Gedanken.

Langsam wandte Walz seinen Blick Vogel zu. »Ihr Name deutet definitiv auf eine Japanerin hin.«

»Na also, hast ja doch was g'lernt!«, sagte Vogel, der heute scheinbar seinen rustikalen Tag hatte.

»Und wer fährt zu den Eltern des Opfers?«, rief der junge Beamte dem schon davoneilenden Vogel hinterher.

»Machen Sie das … oder nein, wir machen das lieber selbst.« Vogel öffnete die Tür. »Wenn Sie etwas tun wollen, dann fragen Sie doch bitte die Nachbarn, ob die was gehört haben.«

Im Nebenzimmer, einem sehr großen Raum mit modernem Küchenblock in der Mitte, dessen ganze Breitseite von einer großzügigen Terrasse gesäumt war, saß im morgendlichen Sonnenglanz die zartgliedrige Japanerin auf einem metallenen Barhocker und starrte traurig in ihren Kaffee, in dem sie beständig herumrührte.

Neben ihr saß eine blonde, europäisch aussehende Dame etwa desselben Alters, die sich neben ihrer schmächtigen Freundin seltsam massig ausnahm. Was allerdings in erster Linie ihrem durchtrainierten Körper zuzuschreiben war, dessen sportliche Konturen sich unter einem weißen T-Shirt deutlich abzeichneten. Ihren ungeordneten Haaren nach zu schließen, schien sie von ihrer Freundin direkt aus dem Bett geholt worden zu sein. Tröstend hatte sie den linken Arm um die Haushälterin gelegt. In der Rechten hielt sie eine Zigarette, die in einem langen schwarzen Mundstück steckte. Dies bewog Vogel sogleich, in der Tasche des Sakkos nach seiner Pfeife zu suchen. Ein strafender Blick seines Kollegen ließ ihn jedoch von dem Vorhaben wieder Abstand nehmen.

Watanabe hatte kaum den Kopf gehoben, als die beiden Kriminalisten den Raum betraten.

»Grüß Gott, Frau … Watanabe«, las Vogel verstohlen vom Zettel ab und musterte die Frau interessiert.

Sie blickte nur kurz zu den Inspektoren hin, um sofort weiter geräuschvoll in ihrer Tasse zu rühren. Auch ihre Freundin zeigte keinerlei Reaktion.

»Glaubst du, die kann mich verstehen?«, raunte Vogel seinem Kollegen zu, mit dem Kinn in ihre Richtung zeigend.

»Warum sollte ich Sie nicht verstehen?«, fragte Watanabe in fast akzentfreiem Deutsch, ohne den Inspektor eines Blickes zu würdigen.

»Oh, Entschuldigung«, antwortete dieser verlegen. »Ich dachte nur …«

Ihre unerwartete Reaktion hatte ihn offensichtlich aus dem Konzept gebracht.

»Meinen Sie vielleicht, wir könnten hier auch einen Kaffee

bekommen?«, rettete Walz seinen Freund einmal mehr aus der Bredouille, nachdem er diskret auf die betriebsbereite Jura-Kaffeemaschine gedeutet hatte.

»Ja, natürlich, ich mache Ihnen gleich welchen«, antwortete die Japanerin und löste sich vom Arm ihrer Freundin.

Offenbar war auch Watanabe froh, etwas Nützliches tun zu können.

»Und wer sind Sie, wenn ich fragen darf?«, wandte sich Vogel nun an die blonde Dame, die bewegungslos auf ihrem Barhocker sitzen geblieben war.

»Maria Mölzl, eine Freundin von Miwako«, antwortete sie, während sie Vogel misstrauisch ansah und sich eine frische Zigarette anzündete.

»Waren Sie dabei, als Herr Maurer gefunden wurde?«, fragte Vogel.

»Nein, Miwako hat mich gleich angerufen und gebeten, zu kommen.«

Nachdem Watanabe die Espressi wortlos zubereitet und serviert hatte, setzte sie sich zurück auf ihren Barhocker und widmete sich hingebungsvoll ihrer Tasse.

Ihre Freundin Maria, die Watanabe überhaupt nicht beachtete, legte erneut den Arm um ihre Schulter.

»Wir können uns vorstellen, dass Ihnen das Ganze nahegeht«, sagte Vogel, nachdem er einen Schluck genommen hatte, »aber um uns einen Überblick zu verschaffen, bräuchten wir jetzt leider einige Auskünfte von Ihnen.«

Mit ausdruckslosen Augen schaute Watanabe den Inspektor an, ohne jedoch ihr geräuschvolles Rühren einzustellen.

»Wissen Sie, ob Herr Maurer Familie hat, die man von seinem Ableben in Kenntnis setzen sollte? Ich meine, ob Sie uns vielleicht sagen können, wo seine Eltern leben und wie man eventuell seine Freundin, oder seinen Freund, erreichen kann?«, setzte Vogel nach, als sich auf Watanabes Gesicht nach wie vor keine Regung zeigte.

»Seine Eltern leben hier in Wien … Wo genau, kann ich Ihnen nicht sagen, irgendwo im 8. Bezirk, ich glaube, in der Florianigasse. Von einer Freundin oder einem Freund weiß ich nichts«, antwortete sie trocken.

»Gut, also eine Freundin hatte er nicht – oder?«, Vogel hielt plötzlich inne und schaute Mölzl fragend an, die ihr Gesicht verzog und unwillig den Kopf schüttelte.

Watanabe hörte sofort mit dem Rühren auf.

»Oder hatten vielleicht Sie eine … nähere Beziehung zu Herrn Maurer?«

Sie machte es ihm wirklich nicht leicht, denn sofort senkte sie ihren Blick und begann sich wieder mit ihrer Tasse zu beschäftigen.

»Wenn Ihnen der Kaffee zu heiß ist, sollten Sie vielleicht noch etwas kalte Milch hineintun«, schlug Vogel vor und reichte ihr das Kännchen hin, das sie ihnen zusammen mit dem Kaffee serviert hatte.

Sogleich hörte sie mit dem Rühren auf und schaute ihm plötzlich offen ins Gesicht. »Sie wollen wissen, ob Magnus und ich uns liebten?«, fragte sie ihn leise.

Vogel nickte aufmunternd, was jedoch wenig zu bewirken schien, denn gleich wandte sie sich wie vorhin ihrer Tasse zu und antwortete in resignierendem Ton:

»Ich weiß es nicht.«

»Und was heißt das genau?«, fragte Vogel ebenso leise.

Nachdem Watanabe nicht reagierte, mischte sich plötzlich Mölzl ein. »Das heißt, ein Mensch wie Magnus liebte in erster Linie sich selbst … und vielleicht noch die Musik. Für mehr war in seinem Herzen kein Platz.«

Vorwurfsvoll sah Watanabe ihre Freundin an. »So war es auch nicht«, sagte sie leise, »wenigstens am Anfang …«

»Am Anfang wovon?«, fragte Vogel schon ein wenig ungeduldig.

»Unserer Beziehung. Ich hab ihn geliebt bis zum Schluss, das schon, deshalb bin ich ja überhaupt noch hier.«

»Gut, das ist allein Ihre Sache«, sagte Vogel vorsichtig. »Hatte Ihr … Herr Maurer Feinde?«

»Ich glaube, man kann sagen, dass er bei allen, die ihn nicht näher kannten, nicht sehr beliebt war«, antwortete Watanabe sachlich. »Er war manchmal sehr schwierig. Vielleicht müssen große Künstler ja auch so sein … Ach, ich weiß gar nichts mehr«, fügte sie plötzlich traurig hinzu und verbarg ihre Schläfen unter den Handballen.

Gerne hätte Vogel etwas Tröstendes gesagt oder seine Hand auf ihre Schulter gelegt, doch irgendetwas hielt ihn davon ab, auf die persönliche Ebene zu wechseln, zumal ganz offenbar ihre Freundin Maria für derlei Aktionen zuständig war.

»Mir ist klar, das Ganze ist für Sie nicht einfach, aber wir müssen Ihnen doch noch einige Fragen stellen: Wurde Herr Maurer vielleicht von jemandem bedroht?«

Watanabe verlagerte ihren Kopf auf die Linke und schaute ihn aus müden Augen an. »Davon ist mir nichts bekannt. Aber er erzählte manchmal von Streitigkeiten mit Sängern und Musikern, wenn er von der Oper oder von Konzerten heimkam. Da ich dort nicht arbeite, kann ich nicht beurteilen, inwieweit das normal ist. Aber was er denen gesagt hat, fand ich schon schlimm … Selbst sein Betreuer von der Agentur hat ihn manchmal ermahnen müssen, sich zu mäßigen. Sogar der Herr Operndirektor hat gestern Vormittag angerufen.«

»Wissen Sie, ob er vielleicht Verbindungen zu italienischen Geschäftsleuten unterhielt?«, fragte Vogel, und nachdem sie ihn verständnislos anschaute, setzte er hinzu, »die mutmaßliche Mordwaffe wird vorwiegend von der Mafia benutzt.«

Entschieden schüttelte Watanabe den Kopf. »Nein, mit der Mafia hatte er sicher nichts zu tun – er war Künstler, verstehen Sie?«

»Darf ich Sie einmal etwas Privates fragen«, mischte sich nun Walz in das Gespräch ein, »wenn er so schwierig war, warum sind Sie dann bei ihm geblieben?«.

»Weil er mich brauchte und ich ihn wohl noch immer liebte ... Wir waren ja einige Jahre zusammen gewesen. Seinetwegen bin ich nach meinem Studium in Österreich geblieben und nicht zu meiner Familie nach Japan zurückgekehrt. Wenn Sie ihn im Konzert erlebt hätten, würden Sie mich vielleicht besser verstehen«, sagte sie plötzlich in völlig verändertem Tonfall. Ihr eben noch fahles Gesicht gewann mit einem Mal an Farbe. »Wenn er Musik machte, war es, als schaue man in einen anderen Kosmos. Für mich war Magnus der größte Dirigent seiner Generation! Das fanden auch viele Kritiker, die ihn sogar mit dem jungen Kleiber oder Celibidache verglichen, die ja auch sehr schwierig waren. Inzwischen war er so weit, dass sich sogar die besten Orchester um ihn gerissen haben, selbst auf die Gefahr hin, dass er absagt. Und jetzt ist er tot ...«

Mit Erstaunen registrierten die beiden Kriminalbeamten den plötzlichen Stimmungsumschwung der Japanerin.

»Ich weiß genau, was Sie meinen, ich hab selbst einmal eines seiner Konzerte besucht. Warum aber hat er eigentlich so selten dirigiert?«, fragte Walz, der sich kurzfristig von ihrer Begeisterung anstecken ließ. »Lag es wirklich an den Problemen mit seinem Rücken, wie es hieß?«

»Ja, sein Rücken hat ihm manchmal wehgetan«, versetzte die Japanerin ausweichend, ihre Euphorie war genauso schnell verflogen, wie sie gekommen war. Müde rührte sie in ihrer Tasse.

»Ich glaube nicht, dass seine Rückenschmerzen der Grund für seine Verweigerung waren«, meldete sich Mölzl zu Wort. »Magnus war sehr reizbar, und vor großen Konzerten war es manchmal so schlimm, dass er sich in seinem Arbeitszimmer eingeschlossen hat und niemanden sehen wollte. Deshalb hat er sich ja mit jedem zerstritten. Dabei geschah dies aus reiner Furcht. Ich habe ihm sogar vorgeschlagen, es doch einmal mit einer Therapie zu versuchen, um seine Ängste zu besiegen.«

»Waren Sie auch mit Herrn Maurer befreundet?«, fragte Vogel erstaunt.

»Irgendwie schon. Aber nicht so wie Miwako, versteht sich.«

»Wenn Sie ihm eine Therapie vorgeschlagen haben, mussten Sie ihn ja schon gut gekannt haben.«

Bevor sie antwortete, zündete sich Mölzl eine weitere Zigarette an, die sie zuvor ungeduldig in ihr Mundstück gesteckt hatte. »Ja, ich kannte ihn schon ziemlich lange. Und manchmal konnte ich sogar offen mit ihm reden. Doch als ich ihm das mit der Therapie vorgeschlagen habe, hat er nur gelacht. Er wollte sich niemandem ausliefern – er war eben ein richtiger Machtmensch.«

»Er war eben ein Dirigent«, verbesserte Watanabe ihre Freundin. »Als er dann berühmter wurde, wurde er noch schwieriger, weil er immer mehr Angebote bekam, die er nicht ablehnen konnte. Um dann doch wieder davonzulaufen, wenn es ernst wurde. Seine darauffolgenden Depressionen habe ich irgendwann nicht mehr ausgehalten und bin in eine eigene Wohnung gezogen. Das war vor etwa einem Jahr. Da ist er völlig zusammengebrochen und hat alle Auftritte abgesagt. Er hat tagelang geweint. Wie ein Kind. Erst als ich ihm versichert habe, dass ich trotzdem für ihn da sein würde, wurde er ruhiger. Er brauchte ja jemanden, für den Haushalt. Allein war er doch völlig hilflos, er konnte sich ja nicht einmal einen Tee kochen. Und jemand Fremden wollte er nicht um sich haben.« Nach diesem verbalen Ausbruch sank Watanabe erneut in sich zusammen und schwieg.

Mölzl erhöhte sogleich die Frequenz ihrer Streicheleinheiten.

Auch die Inspektoren zogen es vor, ihren Gedanken nachzuhängen. Wenn auch aus verschiedenen Beweggründen.

Walz stand noch immer unter Schock. Zwar hatte er Maurer nicht besonders geschätzt, dennoch deutete vieles darauf hin, dass er alle Anlagen eines großen Dirigenten in sich getragen hatte. Und davon gab es schließlich nicht allzu viele. Vogel hingegen überschlug insgeheim seufzend, mit wie vielen möglichen Tätern sie es in diesem Falle zu tun hatten.

»Sie erwähnten seinen Agenten …«, begann Walz, als vor der Tür plötzlich ein heftiger Wortwechsel zu hören war.

Ängstlich schaute Watanabe die Kriminalisten an, indes Vogel sich sofort erhob, um der Ursache des Lärms auf den Grund zu gehen.

»Das ist wohl die Presse«, beruhigte sie Walz, »leider wird der Tod Ihres Lebensgefährten aus den Schlagzeilen nicht herauszuhalten sein. Um Sie zu schützen, werden wir Sie als seine Haushälterin ausgeben, was ja auch irgendwie der Wahrheit entspricht«, fügte er lächelnd hinzu. »Haben Sie vielleicht die Telefonnummer seines Agenten?«

»Ja, die Maria kann sie Ihnen geben, er heißt Michael Weber und arbeitet bei der Agentur Max und Novak, die Magnus vertrat.«

»Und welches Einvernehmen hatten die beiden?«

»Zu Michael hatte er so großes Vertrauen, dass er auf seinen Wunsch hin als sein persönlicher Betreuer in die Agentur aufgenommen wurde. Wenn Ihnen jemand etwas über Magnus erzählen kann, dann er«, antwortete Mölzl.

»Sehr gut«, sagte Walz und sah zu, wie sie ihm die Telefonnummer aufschrieb. »Welches Verhältnis verband ihn eigentlich mit seinen Eltern?«

Müde schaute Watanabe den Inspektor an, doch wieder antwortete ihre Freundin.

»Sehr angespannt, er hatte kaum Kontakt zu ihnen. Miwako hat sie nie kennengelernt, weil sie nicht wollten, dass er mit einer Japanerin zusammen ist«, antwortete sie verächtlich, als Vogel wütend hereingelaufen kam.

»Da draußen ist die Hölle los. Irgendjemand hat denen schon wieder gesteckt, was hier passiert ist. Im ärgsten Getümmel hat mich auch noch der Heider angerufen und mich davon in Kenntnis gesetzt, dass wir jetzt dem LKA unterstellt sind und ich den Mörbischer wegen einer Pressekonferenz anrufen soll. Und die Nachbarn haben natürlich auch nichts gehört.«

»Wer ist der Heider?«, fragte Watanabe ängstlich. Offensichtlich fürchtete sie angesichts des genannten Namens eine politische Dimension, wohl vergessend, dass jener schon seit einigen Jahren aus sicherer Entfernung über die nationalen Geschicke Österreichs wachte.

»Das ist unser verehrter Herr Stadtpolizeikommandant, quasi unser Dirigent«, erklärte Walz freundlich. »Bevor wir mit der Presse sprechen, müssen wir erst einmal die Eltern von Herrn Maurer von dem tragischen Geschehen unterrichten, und das geht nicht am Telefon.«

»Muss ich da mitkommen?«, fragte Watanabe erschrocken.

»Nein, natürlich nicht«, beruhigte sie Walz. »Jetzt müssen wir Sie erst einmal in Sicherheit bringen. Frau Mölzl, haben

Sie noch ein wenig Zeit? – Gut, dann warten Sie bitte hier, bis sich die Sache da draußen beruhigt hat. Sie, Frau Watanabe, kommen mit uns, sonst fällt die Meute noch über Sie her, und die sind nicht zimperlich in ihren Methoden. Gehen Sie vor allem nicht ans Telefon, die finden Ihre Nummer bald heraus. Gibt es hier vielleicht einen zweiten Ausgang?«

Vogel schüttelte den Kopf. »Mein Kollege schaut leider zu viele amerikanische Krimis«, erklärte er missmutig. »Haben Sie alles?« Als Watanabe nickte, brummte er Unheil verkündend: »Dann geh'n wir's an!«

Draußen vor der Tür waren wirklich schon einige Reporter versammelt, die sich auf Vogel stürzten, der beschwichtigende Antworten gab und auf die nachmittägliche Pressekonferenz verwies. Walz hingegen hielt die Japanerin untergehakt und bugsierte sie möglichst unauffällig an den Journalisten vorbei.

Nachdem sie glücklich Maurers Haus verlassen und Watanabe vor ihrem nahe gelegenen Heim abgesetzt hatten, fuhren sie zu den Eltern des Mordopfers. Die genaue Adresse hatten sie telefonisch bei ihrem Faktotum Mimi Hawranek erfragt.

Da die Pflicht, Angehörige vom Tod ihres Verwandten in Kenntnis zu setzen, Vogel zutiefst zuwider war, übernahm Walz diese lästige Aufgabe. Zwar erledigte dies üblicherweise die Besatzung des Funkwagens, der zum Tatort gerufen wurde, aber Vogel befand es in diesem Falle für angemessener, die traurige Nachricht selbst zu überbringen.

Sie saßen noch im Wagen, als Vogels Mobiltelefon läutete. Es war Michael Weber, der Agent Maurers, der sich fassungslos über den gewaltsamen Tod seines Schützlings zeigte. Vogel versprach, ihn in der nächsten Stunde aufzusuchen.

Als sie vor der Wohnung standen, teilte ihnen das Türschild aus Messing mit, dass sie es gleich mit einem ›Prof. Dr. phil. Heinrich Maurer‹ zu tun bekämen.

Nur wenige Sekunden nach ihrem Läuten öffnete ihnen ein groß gewachsener älterer Herr, der sie mit vorwurfsvoller Miene musterte.

»Jetzt kommen Sie daher! Das ist schon ein starkes Stück, dass wir aus den Nachrichten erfahren müssen, dass unser Sohn ermordet wurde«, polterte er los und stemmte empört seine Hände in die Hüften.

»Es tut uns sehr leid, aber durch die Umstände, die den Tod eines Prominenten begleiten, ging es leider nicht schneller«, erklärte Walz mit ernster Miene. »Wir versichern Sie selbstverständlich unseres tiefsten Beileids und versprechen Ihnen, den mysteriösen Tod Ihres Sohnes so rasch als möglich aufzuklären.«

»Sind wohl durch dieses Schlitzauge aufgehalten worden, was? Jaja, die Tränen der sanften Geisha, auf die ist mein Sohn auch hereingefallen«, antwortete Maurer, das Kinn herausfordernd vorgestreckt.

»Ach, lass doch die Herren, die tun auch nur ihre Pflicht«, beschwichtigte ihn seine Frau, die unter seinem Arm, den er herrisch an der Türfüllung abgestützt hatte, hindurchgeschlüpft war. »Es ist schließlich auch so schon furchtbar genug. Dürfen wir Sie hereinbitten?«, fragte sie die zierliche Dame, indem sie ihren Mann behutsam beiseiteschob.

Ihre verweinten Augen deuteten darauf hin, dass ihr der Tod des Sohnes wohl nähergegangen war als ihrem zornigen Gemahl.

Die Inspektoren betraten eine Wohnung, die man früher wohl als ›gutbürgerlich‹ bezeichnet hätte, die heute aber nur mehr als verschroben betrachtet werden konnte. Abgesehen von allerhand Grünpflanzen, die um die mit weißen Gardinen verhängten Flügelfenster gruppiert waren, war hier alles gewichtig. Vom altdeutschen Bücherschrank, der mit allerhand in Leinen oder Leder gebundenen Klassikerausgaben, Atlanten und dem ›Großen Brockhaus‹ gefüllt war, über einen in rustikaler Eiche gehaltenen Esstisch mit ebensolchen Stühlen und einer Chaiselongue für das geheiligte Mittagsschläfchen des Familienoberhaupts, bis hin zu dem mit schweren Perserteppichen belegten Parkettboden – man sah es gleich, in diesem Hause hielt man auf Tradition. Mit einem Wort: Der Prototyp des Wohnzimmers eines Gymnasialprofessors, der sein Leben damit verbracht hatte, widerstrebenden Zöglingen mit unerbittlicher Hand die Grundlagen der humanistischen Bildung nahezubringen.

»Darf ich Ihnen einen Kaffee anbieten?«, fragte die Hausfrau, die ungeachtet ihrer Trauer wohl niemals die Gesetze der Gastfreundschaft verletzt hätte.

Angesichts der Umstände, die auf nichts anderes als auf einen Filterkaffee aus Augarten-Porzellan-Tassen schließen ließen, lehnten beide dankend ab.

»Was, um Gottes willen, ist heute Nacht mit unserem Sohn passiert? Ist er wirklich ermordet worden, wie mein Mann sagt? In den Nachrichten hieß es nur, dass ein Fremdverschulden nicht ausgeschlossen werden kann«, fragte Frau Maurer mit vor Entsetzen geweiteten Augen, was in seltsamem Widerspruch zu ihrem vom Weinen verquollenen Gesicht stand.

»Ja, leider kann ich Ihnen nichts anderes berichten. Es geschah allerdings nicht im Affekt, sondern sieht ganz nach einer geplanten Tat aus«, antwortete Walz, der das Wort ›Mord‹ unter diesen Umständen lieber vermeiden wollte. »Hat Ihr Sohn Ihnen gegenüber einmal etwas von einer Bedrohung oder von ihm feindlich gesonnenen Personen erzählt?«

Trotzig hatte Maurer die Hände in die Taschen seiner Hausjacke gesteckt.

»Wissen Sie«, sagte er bitter, »wir hatten leider nicht mehr viel Kontakt zu unserem Sohn. Er wollte mit uns nichts mehr zu tun haben …«

»Aber Heinrich«, wandte seine Frau entsetzt ein.

»Das hat er doch selbst zu uns gesagt!« Endlich zeigte der Patriarch Rührung, seine Stimme bebte ein wenig, ob allerdings aus Trauer oder verletztem Stolz, das konnten die Kriminalisten nicht beurteilen.

»Ihnen ist also nichts von einer Bedrohung bekannt?«

»Nein, unser Sohn war sicher schwierig, das schon«, antwortete Helga Maurer weinend, »aber im Grunde war er doch ein herzensguter Mensch«.

Laut schluchzte sie auf und verbarg ihr Gesicht in den Händen.

»Bitte nehmen Sie doch Rücksicht auf meine Frau und gehen Sie jetzt endlich! Wir können Ihnen ja doch nichts sagen«, rief ihr Gatte zornig aus und zeigte mit dem ausgestreckten Arm auf die Tür.

Die beiden Inspektoren erhoben sich sogleich und verabschiedeten sich mit einem Kopfnicken.

»Es wäre doch besser gewesen, wir hätten die Kollegen vom Funkwagen vorgeschickt, die sind solche Szenen wenigstens gewöhnt«, sagte Walz bedrückt, als sie wieder auf die Straße hinausgetreten waren.

»Außerdem hätte unsere blonde Landpomeranze dann am Sonntag etwas zu erzählen gehabt, beim Kirchenwirt in Stinkenbrunn«, meinte Vogel, der überraschend schnell seine gute Laune zurückgewonnen hatte.

2. KAPITEL (MITTWOCH)

Auf dem Weg zum Auto wurde Walz von seiner aufgeregten Freundin Clara angerufen, die verständlicherweise sofort alles über den plötzlichen Tod ihres Idols wissen wollte. Vogel telefonierte unterdessen mit dem Agenten des Verstorbenen, um ihm seinen Besuch anzukündigen.

»Eigentlich habe ich schon einen ziemlichen Flameau«, seufzte Walz gähnend, nachdem er seiner Freundin in einem von vielen Zwischenfragen unterbrochenen Gespräch das Geschehen erklärt hatte, »so früh aufstehen müssen und dann noch dazu im Nachhinein erfahren, dass alle Müh' und Plag' umsonst war – das kann nicht ohne Folgen auf die Psyche bleiben. Bei einer Indisposition von solcher Tragweite gibt es bei mir erfahrungsgemäß nur eine sinnvolle Therapie – und die besteht aus einem ordentlichen Imbiss!«

»Wie dir bekannt sein dürfte, hast du als Leiharbeiter keinerlei Ansprüche auf eine warme Mahlzeit und trägst selbst die alleinige Schuld, wenn du nüchtern an deinem Arbeitsplatz erscheinst«, erwiderte Vogel ungerührt. »Außerdem haben wir vor der Pressekonferenz noch einiges vor …«

»Dein erstaunlicher Arbeitseifer macht unserer Abteilung zwar alle Ehre, aber dennoch muss ich einwenden, dass eine der Voraussetzungen bei der Ausübung unseres Berufs darin besteht, dass wir uns im Vollbesitz unserer geistigen Kräfte befinden. Da quälender Hunger jedoch zwingend zur massiven Beeinträchtigung meiner Konzentration führt, muss ich mich aus reinem Verantwortungsbewusstsein umgehend vom Dienst dispensieren, wenn ich nicht auf der Stelle etwas zu essen bekomme.«

Amüsiert schaute Vogel seinen Kollegen von der Seite an.

»Das kann ich freilich unter keinen Umständen zulassen. Was schlägst du also vor?«

»Schau, hier sind wir im beislträchtigen 9. Wiener Gemeindebezirk, in dem sich unweit von hier das treffliche ›Wickerl‹ befindet. Der dort angebotene ›Alt-Wiener Suppentopf‹ ist bestens dazu geeignet, meinem Schwächezustand ein vorläufiges Ende zu bereiten.« Zur Verdeutlichung seiner Lage machte Walz ein außerordentlich leidendes Gesicht und legte seine Rechte auf die Magengegend.

»Nichts läge mir ferner, als deine volle Arbeitsfähigkeit zu gefährden«, sagte Vogel vergnügt, »und außerdem habe ich im ›Wickerl‹ einmal ein Schnitzel gegessen, ich sag dir, das war ein Erdäpfelsalat …«

Nachdem sie direkt vor dem Lokal in der Porzellangasse ihren Dienst-Golf abgestellt hatten, betraten sie frohgemut das traditionelle Gasthaus, in dem wie stets ein buntes Treiben von Schülern und Lehrern des nahe gelegenen Lycée francais herrschte, denen die institutseigene Küche nicht schmeckte.

Und siehe da, Vogels Einsicht wurde belohnt, denn tatsächlich wurde hier heute ein Schnitzel mit Erdäpfelsalat sogar als günstiges Tagesmenü angeboten.

Obwohl es noch nicht einmal Mittag war, herrschte in diesem über 100 Jahre alten Lokal schon so ein reger Publikumsverkehr, dass die beiden Inspektoren nur mit Mühe einen noch freien Tisch fanden.

»Das ist halt noch ein richtiges Gasthaus«, rief Vogel aus und schaute sich vergnügt um.

Mit Ausnahme eines über der Tür angebrachten Flachbildfernsehers schien sich im Lokal seit seiner Gründung in der Tat nur wenig verändert zu haben. Über den mit Holz verkleideten Wänden waren große Tafeln angebracht, auf denen die Empfehlungen der Küche notiert waren, wobei bemerkenswerterweise, weil für ein Wiener Gasthaus eher untypisch, auch eine Unzahl von Mehlspeisen angepriesen wurde.

»Wenn ich jetzt nur wüsste, ob ich zum Nachtisch Schokoladepalatschinken oder die Topfen-Nougatknödel essen soll …«, sagte Vogel mit genießerischem Gesichtsausdruck.

»Hast du auch nichts gefrühstückt?«, fragte Walz verwundert.

»Doch, schon. Aber seitdem ich den Hund hab, könnt' ich ständig essen. Und nehm' nicht einmal zu. Ja, wenn du schlank bleiben willst, musst dir nur einen Greyhound anschaffen.«

»Du solltest aber bedenken, dass dir der Mörbischer den Kopf abreißt, wenn wir vor der Pressekonferenz nicht beim Weber und beim Münch gewesen sind. Und da macht sich ein Schokolademäulchen nicht so gut …«

Gerade wollte Vogel erwidern, dass schließlich nicht er es gewesen war, der ins Gasthaus gedrängt hatte, als eine ostasiatisch aussehende Dame mittleren Alters an ihren Tisch trat, ihnen die Speisekarten brachte und sie in fast akzentfreiem Deutsch nach den Getränkewünschen befragte.

Nachdem sie mit den Bestellungen davongegangen war – auf die Karte hatten die Inspektoren großzügig verzichtet –, flüsterte Vogel seinem Kollegen zu: »Also, gestern war der Tag der altersbedingten Inkontinenz, das hab ich noch mitgekriegt, ist heute vielleicht der Tag der Geisha? Das ist jetzt schon die zweite, und es ist gerade einmal Mittag …«

»Mein lieber Kajetan«, antwortete Walz kopfschüttelnd, »das G'spusi vom Maurer ist Japanerin, diese Dame hier dürfte aber eher aus Thailand kommen«.

»Also, für mich sehen die alle gleich aus«, sagte Vogel ratlos. »Ob es denen genauso mit uns geht?«

»Du kannst sie ja fragen«, antwortete Walz grinsend, während die Asiatin mit den gewünschten Getränken an den Tisch trat.

»Mit wem sollen wir also anfangen nachher?«, fragte Vogel, der die Aufforderung seines Kollegen geflissentlich überging.

»Direkt nach dem Essen ist die Gefahr am größten, dass mir schlecht wird«, antwortete Walz kryptisch.

»Also, der Weber zuerst – einverstanden – na schau, wie schnell das hier geht …«, sagte Vogel strahlend, als die Dame die Speisen servierte. »Da wär sich doch noch eine Schokoladepalatschinke ausgegangen …«

»Trotz aller deiner verständlichen Antipathien gegenüber dem Herrn Staatsoperndirektor, der wird uns nicht erspart bleiben«, sagte Vogel kauend, »ich sag dir, der Erdäpfelsalat – ein Gedicht!«

»Hör mir sofort auf mit dem Münch«, unterbrach ihn Walz heftig, »sonst schmeckt mir gleich mein Supperl nicht mehr.«

Tatsächlich hatten die beiden Inspektoren den Staatsoperndirektor in äußerst unangenehmer Erinnerung. Das rührte von der Zeit her, als sie ihm helfen mussten, eine verschwundene Partitur von Offenbachs ›Hoffmanns Erzählungen‹ zu finden. Im Endeffekt hatten sie den Fall lösen können, waren jedoch dabei mit zahlreichen unappetitlichen Details aus Münchs Leben konfrontiert worden.

Damals war der Direktor auf ihre Hilfe angewiesen gewesen, was den Umgang mit ihm erheblich erleichtert hatte. Diesen Vorteil hatten sie dieses Mal voraussichtlich nicht, was in zweifacher Hinsicht unerfreulich war, da Münch neben einem unangenehmen Charakter auch über viele mächtige Freunde verfügte, die jeden Schritt unserer Inspektoren mit Argwohn verfolgen würden.

»Eine Möglichkeit gäbe es allerdings noch: Wenn der Weber gleich ein Geständnis ablegt, wird uns der Münch erspart bleiben. Oder vielleicht war's er gar selbst. Immerhin hat der beim Maurer angerufen und ihn zur Ordnung gerufen, wie unsere Geisha anzumerken beliebte. Und ein solcher Charakter ahndet jeglichen Ungehorsam sogleich mit der Höchststrafe.« Vogel schaute kurz auf seine Omega. »So leid es mir tut, aber langsam sollten wir die Rechnung verlangen.«

Nach einer kurzen Fahrt in die Innere Stadt, die sich schon in frühlingshaftem Grün zeigte, fanden sie unweit der angegebenen Adresse überraschenderweise einen Parkplatz.

Als sie das Vorzimmer der Agentur betraten, die in der Beletage eines repräsentativen Altbaus in der Eschenbachgasse gelegen war, kam ihnen ein großer, feister Mann mit einem ernsten Gesicht entgegen, der sich als Michael Weber vorstellte und die Herren eilig in einen Raum führte, der wohl als Besprechungszimmer diente.

»Können Sie mir endlich sagen, was genau mit Magnus passiert ist?«, fragte Weber, noch bevor sich die Herren gesetzt hatten. »Seitdem die Nachricht von seinem Tod veröffentlicht wurde, ist hier die Hölle los. Ständig bekomme ich Anrufe von verzweifelten Veranstaltern, die mich mit Fragen bombardieren, die ich nicht beantworten kann.«

»Herr Maurer wurde heute Morgen um neun Uhr von seiner Haushälterin tot in seinem Bett aufgefunden …«, begann Vogel.

»Ich nehme an, mit seiner Haushälterin meinen Sie Miwako?«, unterbrach ihn Weber.

»Ja«, lachte Vogel verlegen, »das ist die Bezeichnung für die Presse. Wir halten es für klüger, Frau Watanabe vorläufig aus dem Spiel zu lassen. Maurer wurde heute gegen Mitternacht in seinem Bett erdrosselt. Wahrscheinlich mit einer Garotte oder einem ähnlichen Werkzeug. Falls es Sie tröstet: Er wurde im Schlaf überrascht und war wahrscheinlich noch nicht einmal richtig wach, als es passierte. Trotzdem ist es ein furchtbarer Tod, keine Frage.«

Vogel hielt sich an die offizielle Version, um damit Weber, falls er etwas mit dem Fall zu tun haben sollte, über den Kenntnisstand der Polizei im Unklaren zu lassen.

»Mit einer Garotte, sagen Sie? Wer macht denn so was?« Webers Gesichtsfarbe glich sich seinem grauen Sommeranzug an. Er war sichtlich mitgenommen und wischte sich mit einem großen Stofftaschentuch den Schweiß aus dem Gesicht. »Dabei war er gestern nach der Probe noch so optimistisch. Ich habe ihn schon lange nicht mehr so froh gesehen. Mit der ›Traviata‹, in die ganze Welt übertragen, hätte er wahrscheinlich seinen endgültigen Durchbruch an die Weltspitze geschafft. Und jetzt das …«

Fasziniert beobachtete Walz Webers Doppelkinn, das bei jedem Kopfschütteln mitschwang.

»Frau Watanabe hat uns angedeutet, dass er eine etwas unglückliche Art hatte, mit den Musikern umzugehen«, sagte Vogel vorsichtig.

»›Unglücklich‹ ist leider ein Hilfsausdruck«, seufzte Weber. »Magnus war halt kein einfacher Mensch. Ich habe das oft miterlebt und hatte das bedauerlicherweise auch oft genug auszubaden«, erklärte er, zur Abwechslung einmal mit dem Kopf nickend, »aber er war eben ein großer Künstler, und die haben halt ihre eigenen Maßstäbe. Aber ist das ein Grund, ihn gleich umzubringen?«

»Inwieweit hatten Sie das auszubaden?«, fragte Vogel interessiert.

»Na ja, ausbaden ist vielleicht zu viel gesagt«, meinte Weber zögernd, »ich musste manchmal halt die Wogen glätten, wenn Magnus wieder einmal zu viel Wind gemacht hat.«

»Was heißt das genau?«

»Gestern zum Beispiel. Da hat er einen Fagottisten so hart angefasst, dass der nach der Probe gleich zum Betriebsrat gelaufen ist. Und der kam dann zu mir, um mich zu ersuchen, dass ich dem Magnus ausrichten soll, dass es so nicht gehe.«

»Warum ist er nicht direkt zu Herrn Maurer gegangen?«

Verzweifelt hob Weber seine Arme. »Weil man sich nicht traute, mit Magnus persönlich zu reden. Sie dürfen nicht vergessen, dass stets befürchtet wurde, dass er plötzlich die Flucht ergreift. Wie früher der Kleiber. Dafür wollte niemand die Verantwortung übernehmen.«

»Sie fungierten also gleichsam als Prellbock … Wenn es dem Orchester nicht gepasst hat, sind die Musiker zu Ihnen gekommen, und wenn es dem Maurer nicht gepasst hat, ist der dann auch zu Ihnen gekommen?«

»Ja, einer muss halt der Teschek sein«, antwortete Weber achselzuckend, »man kann sich's manchmal nicht aussuchen.«

»Müssen Sie bei den Proben eigentlich immer anwesend sein?«

»Nicht immer, aber bei besonders heiklen Angelegenheiten, und um eine solche handelte es sich in diesem Fall, war ich stets in seiner Nähe. Nicht nur als Aufpasser«, setzte er schnell hinzu, als Vogel verständig nickte, »es hätte ja auch sein können, dass er etwas Wichtiges braucht …«

»Kam es bei den Proben hier an der Staatsoper an den letzten Tagen noch zu anderen Differenzen mit den Musikern?«

»Schauen Sie, Magnus war ein Perfektionist. So wie er höchste Maßstäbe an sich selbst legte, verlangte er auch von den Musikern, dass sie ihr Bestes geben. In einer solch spannungsgeladenen Situation, noch verschärft durch das plötzliche Einspringen und die weltweite Live-Übertragung, fallen eben auch einmal Bemerkungen, die besser nicht gesagt worden wären. Aber Magnus war halt das Gegenteil eines Diplomaten …«

»Wenn wir einmal von dem Fagottisten absehen, hatte Maurer in den letzten Tagen auch mit anderen Musikern Differenzen?«, wiederholte Vogel.

»Da waren schon einige«, gab Weber ausweichend zurück, »neben dem Fagottisten ging auch ein Oboist zum Betriebsrat, um sich über ihn zu beschweren.«

Vogel trank einen Schluck Wasser, das ihnen unterdessen von einer Sekretärin serviert worden war. »Wissen Sie zufällig, ob Herr Maurer mit italienischen Geschäftsleuten zu tun hatte?«

Weber legte seinen Kopf schief. »Wie? Ich verstehe nicht?«

»Na, falls es tatsächlich eine Garotte gewesen sein sollte, könnte das auf die Mafia hinweisen. Wenn es in letzter Zeit auch etwas aus der Mode gekommen ist, früher haben die damit ganz gerne für vollendete Tatsachen gesorgt.«

»Er erzählte mir vor einigen Wochen etwas von einem italienischen Impresario, der ihm ein sehr verlockendes Angebot über einige Konzerte in den Amphitheatern von Sizilien gemacht hätte.«

»Wissen Sie zufällig dessen Namen?«, fragte Vogel neugierig.

»Nein, tut mir leid. Da dies nicht in den Interessenbereich unserer Agentur fiel, habe ich auch nicht nachgefragt. Dieser Impresario wollte die Tournee ja selbst veranstalten.«

»Glauben Sie, dass in Maurers Wohnung ein Schriftverkehr darüber zu finden ist?«

Entschieden schüttelte Weber den Kopf. »Magnus war in solchen Belangen alles andere als ordentlich. Soweit ich weiß, ist das Ganze bislang auch nicht über telefonische Vorgespräche hinausgekommen. Vielleicht finden Sie ja noch eine italienische Nummer auf seinem Handy, das könnte Ihnen womöglich weiterhelfen.«

»Ich geh schon«, sagte Walz zu seinem Kollegen und verließ das Zimmer, um zu veranlassen, dass die Telefongesellschaft angerufen würde.

»Können Sie mir erklären, wie es dazu kam, dass Herr Maurer nach der kurzfristigen Absage von Herrn Marechal eingesprungen ist?«, setzte Vogel die Befragung fort. »Entschuldigen Sie bitte meine Naivität, aber ich bin auf diesem Gebiet ein völliger Laie.«

Zum ersten Mal lächelte Weber. »Schauen Sie, Ende letzter Woche hat uns der berühmte Dirigent Pedro Marechal mitgeteilt, dass er die künstlerische Leitung über die ›Traviata‹ aus gesundheitlichen Gründen abgeben muss. Die Ärzte hatten ihm dringend nahegelegt, sich zu schonen, da sie ansonsten keine Garantie für seine Gesundheit übernehmen könnten. Sie dürfen nicht vergessen, Marechal ist auch schon fast 70. In dem Alter verzehrt jeder Normalsterbliche schon seine Pension und genießt das beschauliche Leben. Ganz anders verhält es sich bei Dirigenten, die in diesem Alter sogar noch zur mittleren Generation gezählt werden. Ähnlich wie bei Firmenpatriarchen, Diktatoren oder dem Papst gibt es auch bei den Pultstars keinen Ruhestand. Die meisten hören erst dann auf, wenn sie sich in die ewigen Jagdgründe verabschiedet haben. Der Beruf eines Dirigenten setzt, neben einer außergewöhnlichen Konstitution, auch gewisse Charaktermerkmale voraus. Das macht den Umgang mit dieser Zunft auch so schwierig. Sie müssen sich vorstellen, dass ein berühmter Maestro eigentlich die ganze Zeit arbeitet. Da es nur wenige in dieser Klasse gibt und jeder Veranstalter nach ihm giert, fliegt er von einem Arbeitsplatz zum nächsten. Und selbst im Flugzeug kommt er nicht zur Ruhe, sondern arbeitet das nächste Programm aus.« Weber klang so, als hätte er den Text auswendig gelernt.

»Dafür wird er auch genug verdienen«, murmelte Vogel in sich hinein, um dann in normalem Gesprächston fortzufahren: »Und wie ist es weitergegangen? Wer kam auf die Idee, Herrn Maurer zu engagieren?«

»An erster Stelle wurde natürlich Herr Marechal gefragt, wen er sich vorstellen könne. Der schlug einen jungen Dirigenten vor, einen Schüler und langjährigen Assistenten von ihm, mit dem ihn ein ausgesprochenes Vertrauensverhältnis verbindet …«

»Samuel Berner?«, fragte Walz, der gerade in den Raum zurückgekehrt war.

»Sie kennen ihn?«, fragte Weber verwundert.

»Ich habe ihn vor nicht allzu langer Zeit an der Oper mit einer ›Butterfly‹ erlebt – das war gar nicht schlecht …«

»Ja, Herr Berner ist durchaus talentiert«, bestätigte der Agent.

»Es geht ja das Gerücht, dass Berner ein leiblicher Sohn von Marechal ist«, fuhr Walz fort.

»Ich kenne das Gerede«, antwortete Weber lächelnd, »seltsamerweise werden gerade bei den Dirigenten gerne undurchsichtige Verwandtschaftsverhältnisse konstruiert, als hätten die nichts Besseres zu tun, als sich ständig fortzupflanzen … Wer wurde wem nicht alles untergeschoben. So erzählte man sich, dass Alban Berg der Vater von Carlos Kleiber sei oder aber Sergei Prokofjew der von Gennadi Roshdestwensky. Die Liste ließe sich beliebig fortsetzen … Wo waren wir gerade?«, wandte sich Weber Hilfe suchend an Vogel.

»Sie waren beim Berner stehen geblieben«, antwortete dieser ruhig.

»Ja, der Herr Berner … Der hätte auch Zeit gehabt, was einen nicht zu unterschätzenden Vorteil dargestellt hätte. Ihn aber wollte Herr Professor Münch nicht, weil er ihm noch zu unerfahren für eine solche Aufgabe erschien. Da die wirklich renommierten Dirigenten, die selbstverständlich vorrangig gefragt wurden, alle aus Zeitmangel ablehnten – für die Premiere und die Nachfolgevorstellungen hätten sie schließlich drei Wochen Zeit benötigt –, fragte Professor Münch bei mir an, ob Magnus nicht Zeit hätte, die ›Traviata‹ zu übernehmen.«

»Und anscheinend hatte er Zeit«, brummte Vogel.

»Na ja, auch nicht sofort – einiges haben wir verschieben können, und ein Projekt musste sogar ganz abgesagt werden. Für einen solchen Notfall haben die Veranstalter meistens Verständnis, auch wenn es ihnen nachvollziehbarerweise nicht gefällt, den von ihnen engagierten Star so kurzfristig zu verlieren.«

»Ja, und wer übernimmt jetzt die Leitung der ›Traviata‹? – Abgesagt wird sie wohl kaum werden.«

»Nein, das geht natürlich nicht, schon allein wegen der ganzen Verträge mit den Medien. Wir brauchen einen neuen Dirigenten, und zwar möglichst schnell! Ich nehme an, dass wir am späten Nachmittag mehr wissen, wenn auch in Amerika eine zivile Uhrzeit herrscht.«

»Und was ist mit Samuel Berner …? Das würde doch jetzt naheliegen. Der hat ja Zeit …«, mischte Walz sich wieder ein.

»Wie gesagt, am Nachmittag wissen wir mehr«, antwortete Weber ausweichend. »Wenn Sie mich bitte jetzt entschuldigen würden, wir haben aus gegebenem Anlass gleich eine Krisensitzung.«

Nachdem sie hinausgetreten waren, angelte Vogel erst einmal seine Pfeife aus der Tasche seiner Sommerhose und schaute auf die Uhr. »Also, was war jetzt los mit dem Italiener? Haben wir eine Nummer?«

»So schnell geht's jetzt auch nicht. Die Mimi wird mich in dem Moment anrufen, wenn sie Bescheid weiß.«

»Da wir gut in der Zeit sind – lass uns doch zu Fuß zur Oper gehen, dort bekommen wir eh keinen Parkplatz«, schlug Vogel seinem Kollegen vor und entzündete seine Pfeife.

»Der Hund hat wirklich viel in dir verändert. Früher hast du keinen Meter freiwillig zu Fuß zurückgelegt«, stellte Walz staunend fest.

»Nicht nur das. Seitdem man nirgendwo mehr rauchen darf, muss ich eben auf die Straße ausweichen. Hast du übrigens gewusst, dass es in Japan genau umgekehrt ist wie hier? Angeblich darf man auf der Straße dort nur in bestimmten Sektoren rauchen, während man in den meisten Lokalen ungestört pofeln kann ... Man müsste direkt einmal die Geisha vom Maurer fragen, ob das tatsächlich stimmt – und was hältst du von unserem bladen Teschek?«

»Ein Sympathieträger ist er ja nicht gerade. Aber wen wundert's? Das muss schon frustrierend sein, von allen Seiten für alles verantwortlich gemacht zu werden. Und wie der schwitzt ...«

»Wirklich ein seltsames Exemplar. Eine moderne Ausführung des alttestamentarischen Sündenbocks, nur dass er anstelle eines Bocksbarts ein Doppelkinn trägt.«

»Interessant wäre nur, ob der Berner eigentlich auch bei dieser Agentur unter Vertrag ist. Ich werd' mich nachher einmal im Internet schlaumachen ...«

Gerade als die Inspektoren an der Oper angekommen waren, läutete Vogels Mobiltelefon.

Markus Lindner, der Leiter der Spurensicherung, hatte im Whiskyrest, der sich noch im Glas befunden hatte, Spuren von K.-o.-Tropfen gefunden. Vogel wies ihn daraufhin an, sämtliche Flaschen aus Maurers Bar im Labor zu prüfen und die Flasche, aus der der Whisky stammte, auf Fingerabdrücke zu untersuchen.

»Jetzt ist zumindest klar, dass Maurer von einem Menschen umgebracht wurde, der ihn besser gekannt haben muss«, schlussfolgerte Vogel, »entweder wusste er, dass Maurer an diesem Abend seinen Whisky trinken wird, oder er trank einen zusammen mit ihm und tat ihm diese Tropfen unbemerkt in sein Glas. Somit können wir eigentlich einen Auftrags-Killer ausschließen.«

»Es sei denn, er war mit einem solchen befreundet …«, gab Walz zu bedenken, bevor er die Tür zum Bühneneingang öffnete.

Als der Portier die beiden in der Direktion anmelden wollte, erklärte Vogel ihm kurz, dass sie bereits erwartet würden, woraufhin er ihm nach kurzer Wegbeschreibung eine Magnetkarte aushändigte, die ihnen den Eintritt in das Innere der Oper ermöglichte.

Im Vorraum der Direktion stießen sie fast mit Professor Münch zusammen, der sie verärgert musterte.

»Wollen Sie zu mir?«, fragte er sie unfreundlich und wollte an ihnen vorbeidrängen, ohne ihre Antwort abzuwarten.

Doch so leicht ließ sich Vogel nicht überrumpeln, er wich keinen Zentimeter.

»Lassen Sie mich durch, ich habe einen wichtigen Termin«, sagte Münch in unmissverständlichem Befehlston.

»Kriminalpolizei«, sagte Vogel betont langsam, »Herrn Staatsoperndirektor, wir hätten einige Fragen an Sie.«

Forschend sah Münch an Vogel empor, der ihn um mehr als Haupteslänge überragte. »Sie kenne ich doch«, sagte er in einem Ton, der verriet, dass er über dieses Treffen gar nicht erfreut war, um dann übergangslos fortzufahren, »alles, was ich über den tragischen Tod des Herrn Maurer zu sagen habe, habe ich bereits dem Polizeipräsidenten mitgeteilt. Den können Sie ja fragen. Wenn Sie noch was von mir wollen, sollten Sie einen Termin mit meiner Sekretärin ausmachen. So, und jetzt lassen Sie mich durch …«, sprach's und schob Vogel mit einem unsanften Rempler beiseite.

»Sie brauchen also einen Termin beim Herrn Direktor?«, meldete sich nun seine Sekretärin zu Wort, ohne den Blick vom Bildschirm ihres Computers abzuwenden, »wie wär's mit dem 23. Mai vormittags um zehn?«

»Entschuldigen Sie bitte, vielleicht ist es Ihnen entgangen, aber wir haben heute den 13. …«, erwiderte Vogel gereizt. »Sie wollen uns allen Ernstes einen Termin in zehn Tagen vorschlagen?«

Die Sekretärin reagierte überhaupt nicht auf den drohenden Unterton und starrte völlig unbeeindruckt auf den Bildschirm ihres Computers. »Der Herr Direktor ist sehr beschäftigt, morgen fährt er auf eine längere Dienstreise, von der er erst am 19. Mai um 16:30 Uhr zurückkommt«, sagte sie gebetsmühlenartig. Scheinbar hatte sie diesen Satz heute schon des Öfteren vorgebracht.

»Und wo ist er heute Nachmittag?«

»Das darf ich Ihnen leider nicht sagen«, endlich schaute sie vom Bildschirm auf, »es handelt sich um private Verpflichtungen von höchster Dringlichkeit.«

»Und um wie viel Uhr wird er morgen seine Dienstreise antreten?«

»Sehr früh, sein Flugzeug nach Mailand geht um, warten Sie, 7:40 Uhr«, sagte sie, mit der Computermaus hantierend.

»Es besteht also keine Möglichkeit für eine kurze Unterredung mit ihm?«

»Tut mir leid«, beharrte sie, indem sie ihre Besucher endlich ansah.

Grußlos verließ Vogel den Raum, während Walz, der die ganze Zeit schweigend danebengestanden hatte, wenigstens zum Abschied nickte.

»Jetzt brauche ich dringend einen Kaffee zum Aufwärmen«, sagte Vogel auf dem Treppenabsatz, »wenn du so eine Sekretärin hast, ersparst dir wenigstens die Klimaanlage.«

»Ob die wohl auch auf der Besetzungscouch war? In der friert der dir doch glatt fest …«

»Aber wenigstens wird der steif dabei, in dem seinem Alter wird das schon nötig sein.«

»Lass' uns doch einfach in die Kantine gehen, dort ist zwar der Kaffee mäßig, aber man trifft immer wieder interessante Leute, von denen man manch Wissenswertes erfahren kann«, schlug Walz vor, der früher als Statist in der Staatsoper gearbeitet hatte.

»Was ist denn hier los? Findet hier die städtische Armenspeisung statt?«, rief Vogel konsterniert aus, als er der langen Schlange verwahrlost aussehender Personen ansichtig wurde, die sich vor der Kasse in der Kantine gebildet hatte.

Anstatt zu antworten, verschwand Walz in Richtung eines Tisches, wo schon etliche dieser Elendsgestalten versammelt waren.

»Gerade ist die erste Durchlaufprobe von der ›Traviata‹ zu Ende gegangen«, verkündete Walz, der sich kurz mit einem älteren Herrn unterhalten hatte.

»Wie, proben die ohne Dirigenten?«, fragte Vogel verständnislos.

»Die erste Durchlaufprobe ist nur mit Klavier, das kann auch ein Assistent machen«, antwortete Walz ruhig, nachdem er beider Kaffeewünsche nach hinten gerufen hatte. »Wenn du nichts dagegen hast, setzen wir uns zu meinen alten Kollegen und fragen sie einmal nach dem Maurer.«

»Warum sehen die alle so verwahrlost aus? Zahlen die hier so schlecht?«

»Das sind doch die Kleider, mein verehrter Neboch, die sich

der Regisseur zusammen mit dem Kostümbildner ausgedacht hat«, antwortete Walz amüsiert.

Bei den Statisten herrschte eine ausgesprochen gedrückte Stimmung, was trefflich zu deren Aufzug passte. Das beherrschende Thema war selbstredend der Tod des Dirigenten. Viele Statisten sind ausgesprochene Musikenthusiasten, die nur deshalb ihrer Tätigkeit nachgehen, um möglichst oft in die Oper zu kommen. Da fast keine Aufführung, ob Ballett oder Oper, ohne sie auskommt, ist diese Berufsgruppe, die nicht angestellt ist und auf Stückbasis entlohnt wird, zahlenmäßig bei Weitem die größte. An der Wiener Staatsoper sind etwa 1.000 Statisten registriert. Dabei wird der größte Wert darauf gelegt, dass diejenigen Darsteller, die bei der Einstudierung dabei waren, auch an sämtlichen Folgeaufführungen teilnehmen. Das ist nur allzu verständlich, da für jeden Statisten vor der Premiere ein eigenes Kostüm geschneidert wird. So verwundert es nicht, dass das Altersspektrum, wie übrigens auch die gesellschaftliche Streuung, in dieser Gruppe sehr breit ist. Vom Taxifahrer bis zum Universitätsprofessor, vom Jugendlichen bis zum Greis – in der Statistengruppe findet man einen repräsentativen Querschnitt durch die österreichische Gesellschaft. Der älteste Statist an der Wiener Staatsoper zählt derzeit übrigens stolze 92 Jahre. Ganz so alt war Willi Mock noch nicht, aber in jedem Fall hatte auch er schon sein achtes Lebensjahrzehnt überschritten.

Neben ihnen saß eine junge Frau mit verweinten Augen, die schweigend in ihr Glas starrte. Ein ebenso junger Kollege hatte tröstend den Arm um sie gelegt. In ihren Kostümen wirkten sie auf Vogel wie ein junges Paar gestrandeter Junkies, die kein Geld für den nächsten Schuss hatten und sich mit dem Gedanken an einen kollektiven Selbstmord trugen.

Auch Mock schien unter Schock zu stehen. Sein ohnehin

gut durchblutetes Gesicht war trotz der grauen Schminke vor Erregung dunkelrot angelaufen.

»Wir sind alle völlig fertig ... Es ist einfach unbegreiflich für uns«, seine Schnurrbartspitzen zitterten vor Empörung. »Jetzt statiere ich hier schon über 50 Jahre, hab noch den Karajan und den Böhm erlebt, und jetzt das. Wer kommt überhaupt auf so was? Könnt ihr mir das sagen?« Herausfordernd schaute er die Kriminalisten an, gerade so, als trügen sie die Schuld an dem tragischen Verbrechen.

»Wie hast du den Maurer erlebt in den letzten Tagen? Ist gestern oder vorgestern was Besonderes mit einem Musiker vorgefallen?«, fragte ihn Walz, während Vogel zufrieden an seiner Pfeife hantierte.

»Dabei war ich nicht, es sind ja noch keine BOs ... Wir proben mit Klavier, wohingegen das Orchester noch allein übt.«

»Ach ja, natürlich«, Walz schlug sich an die Stirn, »ist halt doch schon länger her, aber hast vielleicht was g'hört?«

»Das schon. Der Maurer hat sich einige Male ziemlich danebenbenommen, hat man erzählt,« flüsterte Mock, »aber wenn ich da an den alten Böhm denk, wie der manchmal mit den Musikern umg'sprungen ist, da war der Maurer doch a Lercherl dagegen.«

»Und wie war er zu den Sängern?«

»Zu den großen war er professionell, wie es heißt. Der Maurer war ja net blöd. Die Sänger sind ja viel heikler als die Musiker. Wenn es der Mayhold zu viel wird, dann meldet sie sich einfach krank, und dann schaut's deppert aus für den Maurer. Dann wird nämlich der Münch krawutig, weil es derzeit keine bessere Traviata gibt – und er kein g'scheites Cover hat. Mit dem Regisseur scheint's aber was gegeben zu haben.«

»Wer führt denn überhaupt Regie?«

Mock verdrehte die Augen. »Der Höllwarth ...«

»Ach so, deshalb die Kostüme, jetzt versteh ich alles«, seufzte Walz, »und, ist die Traviata nackert und der Alfredo kackt vor lauter Begeisterung darüber auf die Bühne?«

Erstaunt schaute Vogel seinen Kollegen an.

»Na, so schlimm ist es diesmal nicht«, gab Mock grinsend zurück, »das würd der Münch wohl nicht zulassen. Aber glaub mir, es ist auch so arg genug. Das erste Bild, also das Fest, spielt in einem Abbruchhaus, das den Verfall der Gesellschaft symbolisieren soll, hat der Höllwarth erklärt. Der Alfredo ist ein Mistbauer, der eigentlich zufällig auf das Fest gerät, weil er den Dreck wegräumen soll. Und sein Vater ist ein Müllbaron, der sein Geld mit illegalen Halden verdient hat. Der will für seinen Sohn was Besseres als eine Bewohnerin eines Abbruchhauses … Warum unter diesen Umständen der Sohn ausgerechnet ein Müllmann sein soll, hat er allerdings nicht erklärt. Da das mit dem Text nicht ganz übereinstimmt, wollte der Höllwarth den eigentlich auch ändern, das aber hat der Münch nicht zugelassen. Mit dem Ergebnis, dass der Germont im zweiten Akt über den Skandal jammert, wenn sein Söhnchen, das sich als Mistbauer verdingt, eine Slumbewohnerin heiratet, da er dadurch seine noch unverheirateten Töchter nicht anbringt – nicht sehr logisch das Ganze, aber das ist dem Höllwarth egal. Ihr werdet sehen: Das Feuilleton wird ganz begeistert über diese neue Sichtweise sein, und das Publikum, das nichts weiter als eine schöne ›Traviata‹ sehen will, wird davonrennen. Mit der Folge, dass wir schon bald keine ›Traviata‹ mehr an der Oper haben werden, weil kein Mensch mehr hingeht …«

»Und was hat der Maurer zu dem Ganzen gesagt?«, wollte Walz wissen.

»Als er das Bühnenbild gesehen hat, soll er einige sehr unschöne Dinge geäußert haben, wie man hört.«

»Zum Höllwarth?«

»Ob er mit dem Höllwarth gesprochen hat, weiß ich nicht. Aber dem Münch hat er auf jeden Fall etwas gesagt. Der hat ihn dann beruhigt und ihm versprochen, mit dem Höllwarth zu reden.«

»Und hat er mit ihm geredet?«

»Wenn ja, dann hat der Maurer nichts mehr davon, so viel steht fest. Und ich glaube nicht, dass ein Einspringer etwas über die Inszenierung sagt. Der kann schon froh sein, wenn es musikalisch klappt. Außerdem will er sich ja das Geschäft nicht kaputtmachen.«

»Dem Höllwarth kommt das Ganze also durchaus gelegen«, murmelte Vogel, der nachdenklich an seiner Pfeife nuckelte.

»Aber dass der einen Dirigenten umbringen kann, daran glaub ich nicht. Dazu ist der doch gar nicht fähig, so sensibel, wie der ist«, erklärte Mock, der der Anschaulichkeit halber seine Linke auf die Stirn legte, bevor er mit seiner Rechten plötzlich heftig zu winken begann. »Da kommt der Walter, der kann euch vielleicht mehr darüber erzählen.«

Ein groß gewachsener Mann Mitte 50 trat lächelnd an den Tisch und begrüßte Mock herzlich, die beiden Inspektoren dagegen musterte er neugierig.

»Darf ich vorstellen?«, sagte Mock leutselig, »das ist Walter Helmitsch, seines Zeichens Maestro suggeritore am Haus, und das ist mein alter Statistenkollege Alfons Walz und sein Freund Vogel. Setz dich doch a bisserl her, wenn du Zeit hast«.

Während sie zusammenrückten, um dem Hinzugekommenen Platz zu machen, stieß Vogel seinen Kollegen unauffällig mit dem Ellbogen an und fragte leise: »Maestro – was?«

»Entschuldigen Sie, Herr Helmitsch, mein Freund wüsste gerne, was ein Maestro suggeritore so macht …«, sagte Walz freundlich, was sogleich einen nicht mehr ganz so sanften Rempler seines Kollegen zur Folge hatte.

»Ja, ein Maestro suggeritore ist eine Art Souffleur mit Kapellmeisterbefugnis«, antwortete Helmitsch selbstzufrieden. »Wir geben also nicht nur die Stichworte, sondern sind quasi der verlängerte Arm des Dirigenten. Das heißt, wir haben eine Partitur vor uns, dirigieren die Sänger und geben denen ihre Einsätze, was bei manchem Kapellmeister auch durchaus vonnöten ist.« Bei diesen Worten lächelte Helmitsch Mock verschwörerisch an. »Besonders bei zeitgenössischen Werken haben das die Sänger ganz gerne. Vor allem dann, wenn der Dirigent in erster Linie mit dem Orchester beschäftigt ist. Allerdings leisten sich die wenigsten Opernhäuser noch einen Maestro suggeritore.«

»Das heißt, dass Sie eigentlich auch selbst dirigieren könnten?«, fragte Vogel mit fachmännischer Miene.

»Ja, genau das heißt es«, antwortete Helmitsch lächelnd. »Es gab nicht wenige Maestri suggeritori, die dann später selbst zu Dirigenten geworden sind. Zum Beispiel Erich Leinsdorf, der als ein solcher bei Arturo Toscanini angefangen hat.«

Vogel nickte anerkennend, obwohl er den Namen dieses offensichtlich bedeutenden Dirigenten heute das erste Mal hörte. »Waren Sie eigentlich auch bei den Proben von Magnus Maurer anwesend?«, fragte er weiter.

»Ja, bei den Proben mit den Sängern … beim Orchester werde ich ja nicht gebraucht.«

»Wie war er eigentlich als Mensch?«, fragte Vogel möglichst unauffällig, stets darum bemüht, sein Inkognito zu bewahren.

»Schwierig«, antwortete Helmitsch und lächelte verschmitzt.

»Nur schwierig?«

»De mortuis nihil nisi bene …«, entgegnete der Maestro suggeritore mit einem Augenzwinkern.

Vogel, der einsah, dass er so nicht weiterkam, schob ihm

unauffällig seinen Dienstausweis hinüber, woraufhin das Lächeln aus dem Gesicht des Souffleurs verschwand.

»Sie könnten uns wirklich weiterhelfen, wenn Sie uns ein wenig mehr erzählen würden«, sagte Vogel leise.

»Ich kann nur für mich selbst sprechen. Mir gegenüber hat er sich ziemlich unfreundlich verhalten«, plötzlich sprach Helmitsch mit der Verbitterung des stets Verkannten. »Es war halt noch sehr jung, das Bürscherl, und dafür reichlich arrogant. Ich bin es eigentlich gewohnt, dass ein Dirigent mit mir zusammenarbeitet …«

»Und das tat der Maurer offensichtlich nicht«, stellte Vogel fest.

»Nein, überhaupt nicht. Als ich ihn fragte, wie er eine bestimmte Stelle schlagen würde, antwortete er mir nur, dass ich das schon sehen werde.«

»Und wie war er zu den Sängern?«

»Zu den großen war er, sagen wir einmal, sachlich distanziert, aber professionell.«

»Und zu den kleinen?«

Helmitschs Gesicht nahm plötzlich einen völlig anderen Ausdruck an. »Einfach widerlich! Es tut mir leid, aber ich weiß keinen anderen Ausdruck dafür! Dieser Rotzbub hat alle, die nicht gerade Superstars sind, zurechtgewiesen wie kleine Schuljungen, auch wenn er im Unrecht war, was übrigens gar nicht so selten vorkam. Die Annina musste sogar mit einem Nervenzusammenbruch ins Spital eingeliefert werden. Deshalb werden Sie verstehen, dass ich für das Geschehene in gewissem Maße durchaus Verständnis aufbringe.«

»Das ist eine Aussage, die an Deutlichkeit nichts zu wünschen übrig lässt«, sagte Vogel ruhig. »Aus diesem Grunde ist es wohl nur folgerichtig, wenn ich Sie frage, wo Sie letzte Nacht zwischen 23 und ein Uhr gewesen sind.«

»Ganz brav an der Seite meiner Frau, die übrigens einen sehr leichten Schlaf hat und sicherlich aufgewacht wäre, wenn ich mich davongeschlichen hätte.« Helmitsch hatte sein Lächeln wiedergefunden.

»Hat sich Maurer vielleicht auch über die Inszenierung geäußert?«

»Soweit ich das beobachten konnte, hat er aufgrund des Bühnenbildes ungläubig den Kopf geschüttelt und irgendetwas zu seinem Begleiter gesagt, was wahrscheinlich nicht sehr schmeichelhaft war. In diesem Falle muss ich ihm allerdings recht geben, die Bühne ist wirklich eine Katastrophe!«

»Mit dem Begleiter meinen Sie wahrscheinlich Herrn Weber?«

»Wie er heißt, weiß ich nicht, so ein Blader halt, der immerzu schwitzt.«

»Das ist der Herr Weber. Konnten Sie vielleicht auch beobachten, ob sich Maurer damit auch an Höllwarth gewendet hat?«

»Nein. Der Höllwarth saß ja im Zuschauerraum, um das Ganze szenisch zu verfolgen. Wenn es zu einem Zusammentreffen kam, dann nur in der Pause oder nach der Probe.«

»Wäre es möglich, die Namen der Sänger zu erfahren, mit denen er besonders rüde umgesprungen ist?«, fragte Vogel lächelnd. »Wir bekämen es ja sowieso heraus, und Sie würden uns damit das Leben erheblich erleichtern.«

Nach einigem Zögern zog Helmitsch seine Brieftasche heraus, entnahm dieser einen Zettel und schrieb mit einem Bleistift die Namen von fünf Personen darauf.

Kaum hatten sie das Opernhaus verlassen, als Mimi Hawranek auf Vogels Telefon anrief. Sie teilte ihm mit, dass Maurer im Laufe der letzten Woche tatsächlich mehrmals aus Italien angerufen worden sei. Allerdings würde sie wohl die Nummer nicht weiterbringen, da es sich um ein Wertkartenhandy handelte. Bemerkenswerterweise hätte keines dieser Gespräche länger als 30 Sekunden gedauert.

»Das stinkt aber gewaltig«, sagte Walz, nachdem sein Kollege ihn davon in Kenntnis gesetzt hatte, »ein seriöser Agent hat doch ein normales Telefon.«

»Na, vielleicht kann uns seine Geisha was darüber erzählen, zu der müssen wir ohnehin noch einmal. Außerdem deutet die Kürze der Gespräche eigentlich darauf hin, dass der Anruf dieses Impresarios bei Maurer auf nicht viel Gegenliebe gestoßen sein dürfte, was dem wiederum gar nicht gefallen haben könnte. Was möglicherweise dann zur Folge hatte, dass dieser Impresario doch lieber gleich persönlich vorbeigeschaut hat, um dem Maurer zu zeigen, wohin es führt, wenn man einen echten Sizilianer beleidigt. Wofür haben wir denn die Telefonüberwachung? Sag der Mimi, dass die die Gespräche heraussuchen sollen. Vielleicht finden wir darauf einen Hinweis.«

Walz sah seinen Kollegen bedeutungsvoll an. »Weißt du, wie lang das dauert? Bis die die drei Sätze gefunden haben, haben wir den Fall hoffentlich schon längst vergessen …«

»Dann versuchen wir's halt mit der Hilfe vom LKA, da geht's vielleicht schneller.«

»Das glaubst' doch selbst nicht, auch das LKA ist eine österreichische Behörde.«

»Auf jeden Fall sollten wir noch einmal zum Weber gehen, der weiß vielleicht doch mehr, als er zugeben will. Als sein ständiger Begleiter wär der doch sicherlich auch mit nach Sizilien gefahren. Zudem würde ich ganz gerne wissen, ob der Maurer mit dem Höllwarth gesprochen hat«, konstatierte Vogel und schaute kritisch zum lackblauen Himmel empor, »vielleicht warten wir damit ab, bis es ein wenig abgekühlt hat, dann schwitzt er wenigstens nicht mehr so …«

3. KAPITEL (MITTWOCH)

Das ›große Besprechungszimmer‹ im Landeskriminalamt an der Roßauer Lände, in dem die Pressekonferenz stattfinden sollte, war bis auf den letzten Platz besetzt. Die etwa 20 bereitgestellten Sessel waren von Vertretern sämtlicher österreichischer Tageszeitungen wie auch einiger ausländischer Blätter belegt.

An der Stirnseite des kahlen Raumes war ein breiter Konferenztisch aufgebaut, hinter dem neben unseren beiden Inspektoren auch ihr direkter Vorgesetzter Herbert Prokisch saß, dem als Dienststellenleiter der Vorsitz der Pressekonferenz oblag, was diesem sichtlich Genuss bereitete.

Würdevoll in seiner massigen Gestalt ruhend, informierte er die Journalisten mit leiser Stimme und gespitztem Mund über die Geschehnisse rund um den Tod des berühmten Dirigenten, nicht ohne ihnen ›als staatlicher Vertreter einer Kulturnation‹ sein ›aufrichtiges Bedauern über den tragischen Tod dieses großen österreichischen Künstlers‹ kundzutun.

Nachdem er seinen Vortrag mit dieser zwar staatstragenden, doch auch reichlich geheuchelten Beileidsbekundung beendet hatte – in Wahrheit hätte den Beamten ein Kehlkopfkatarrh des ›Kastelruther Spatzen‹ Norbert Rier viel mehr bekümmert –, forderte er die anwesenden Journalisten dazu auf, ihm Fragen zu dem tragischen Verbrechen zu stellen.

Erwartungsgemäß meldete sich als Erster der bei der Polizei übel beleumundete Journalist Werner Pfeifer, der direkt vor den Beamten in der ersten Reihe Platz genommen hatte und für den Chronikteil der hetzerischsten Boulevardzeitung Wiens tätig war.

»Was ist eigentlich an den Gerüchten dran, dass die von Ihnen sogenannte japanische Haushälterin sich in erster Linie um den Hormonhaushalt von Herrn Maurer kümmerte?«

Erschrocken starrte Prokisch den vorwitzigen Journalisten an, der aufgrund jahrelanger Erfahrung sehr gut wusste, wie leicht er die selbstgefälligen Bürohengste der Exekutive außer Trab bringen konnte.

»Diese Frage können wir nach dem jetzigen Stand der Ermittlungen leider … noch … nicht beantworten«, stammelte Prokisch, indem er Hilfe suchend zu seinen Untergebenen hinüberblickte, »vielleicht kann Ihnen der mit dem Fall befasste Bezirksinspektor Vogel Näheres dazu sagen.«

Mit schräg gelegtem Kopf blickte Vogel den Journalisten an und lächelte fein. »Verehrter Herr Pfeifer, auch wenn dies Ihnen und Ihrem Blatt sehr gelegen käme, deutet nichts drauf hin, dass eine solche Mutmaßung der Wahrheit entsprechen könnte«, sagte er liebenswürdig.

»Mir wurde da aber etwas ganz anderes erzählt. Nach Aussage meiner Quelle hatten Herr Maurer und seine japanische Freundin, übrigens auch eine in Wien ausgebildete Pianistin, über Jahre hinweg eine feste sexuelle Beziehung, die erst vor Kurzem beendet wurde.«

»Ihr Informant in Ehren, Herr Pfeifer, aber die Aufgabe einer Quelle besteht wohl in erster Linie darin, zu sprudeln. Und dass dabei viel Schaum entsteht, liegt wohl in der Natur der Sache.«

Seine Entgegnung erfüllte Vogel mit größter Befriedigung, sodass er sich genüsslich in seinem Sessel zurücklehnte und die Arme verschränkte, um gelassen Pfeifers nächster Attacke zu harren.

Denn auch diesem schien das verbale Scharmützel Freude zu bereiten, das ihn schließlich in den Mittelpunkt stellte, worauf er heute offensichtlich besonderen Wert legte, da neben ihm eine sehr attraktive Kollegin saß, die dem Dialog interessiert zu folgen schien.

»Ist euch das etwa entgangen?«, fragte er mit theatralischer Geste, nicht ohne die Wirkung seiner Worte aus den Augenwinkeln heraus zu beobachten. »Immerhin hätte die von Ihnen so genannte Haushälterin damit ein veritables Motiv für einen Mord aus Leidenschaft, denn, wie man hört, war Herr Maurer auch sonst kein Kostverächter«.

Selbstverständlich hatte auch Vogel die ihm unbekannte Journalistin bemerkt, die in ihrer diskreten Eleganz durchaus seinem doch sehr breitgefassten Beuteschema zuzurechnen war.

»Stets aufs Neue freuen wir uns über hilfreiche Mitteilungen unserer Mitbürger, die uns damit unsere Arbeit erheblich erleichtern«, erwiderte er mit unverminderter Liebenswürdigkeit. »Daher möchte ich auch Ihnen herzlich danken, Herr Pfeifer. Wir werden diesem wertvollen Hinweis zu gegebener Zeit gerne nachgehen. Falls sich Ihre Vermutung als wahr herausstellen sollte, werden Sie zu den Ersten gehören, die es erfahren, das verspreche ich Ihnen. Außerdem sollten Sie nicht außer Acht lassen, dass es die Haushälterin war, die die Leiche fand und die Polizei rief – für eine Mörderin wäre das doch ein eher untypisches Verhalten«, setzte Vogel mit mokantem Lächeln hinzu.

Doch Pfeifer gab sich noch nicht geschlagen. »Na, vielleicht ist die Dame ja auch gescheiter, als es die Polizei erlaubt, und ist, nachdem sie sich zu Hause von ihrer Anstrengung erholt hat – so ein Mord ist für eine zart gebaute Japanerin ja keine Kleinigkeit –, wieder zum Tatort zurückgekehrt, um dann angesichts ihres toten Geliebten einen Nervenzusammenbruch zu erleiden und die Polizei zu Hilfe zu rufen«.

»Ich bin ja nur froh, dass Sie einem anständigen Beruf nachgehen, Herr Pfeifer. Gegen einen Kriminellen Ihrer Raffinesse wären wir wohl machtlos. Aber dennoch: Haben Sie vielen Dank für Ihre hilfreichen Denkanstöße – was täten wir ohne Menschen wie Sie …«, antwortete der Inspektor mit der Miene aufrichtiger Verbundenheit, während er mit einem Seitenblick auf die schöne Unbekannte die Wirkung seiner Worte beobachtete.

Mit vergnügtem Lächeln nickte Pfeifer und bedankte sich winkend bei seinem Kontrahenten.

»Gibt es sonst noch irgendwelche Fragen?«, wandte sich Vogel nun an die restlichen Journalisten, wobei er seine Augen etwas länger als nötig auf der ihm unbekannten Journalistin ruhen ließ.

Diese jedoch hielt kühl seinem Blick stand und schwieg.

Dass es eigentlich Prokisch war, der die Pressekonferenz leitete, hatte er dabei völlig vergessen.

»Wie man hört, war Herr Maurer ein äußerst schwieriger Charakter. Könnte es nicht sein, dass der Mörder aus seinem beruflichen Umfeld stammt?«, meldete sich nun Wolfgang Frühwirth von der ›Wiener Tagespost‹ zu Wort.

»Dazu können wir wirklich noch nichts sagen – vergessen Sie bitte nicht, dass erst ein paar Stunden seit dem Verbrechen vergangen sind. Natürlich werden wir zu gegebener Zeit in seinem unmittelbaren beruflichen Umfeld ermitteln, falls sich dahingehende Verdachtsmomente ergeben sollten«, antwortete Vogel freundlich, den eine lange, noch aus der gemeinsamen Schulzeit herrührende Freundschaft mit dem Journalisten verband.

»Wie wir ja wissen, ist das Opfer bei diesem großen Projekt kurzfristig für den erkrankten Pedro Marechal eingesprungen. Könnte es nicht sein, dass sich ein Kollege durch die Berufung von Herrn Maurer übergangen gefühlt hat?«, setzte Frühwirth nach.

»Denkbar ist in diesem Falle alles, Herr Frühwirth. Es werden von uns sicherlich alle Möglichkeiten in Betracht gezogen, geben Sie uns aber bitte noch ein wenig Zeit. Wenn wir mehr wissen, werden wir es Ihnen sogleich mitteilen.«

Nach den weiteren üblichen Fragen über verdächtige Personen und Spuren, die Vogel angesichts des erst vor wenigen Stunden entdeckten Verbrechens nicht zufriedenstellend beantworten konnte, wurde die Konferenz beendet.

Die Schöne hatte sich zum Bedauern Vogels nicht zu Wort gemeldet und auch als eine der Ersten die Pressekonferenz verlassen.

Vor dem ihnen zugewiesenen kleinen Büro in dem nüchternen Zweckbau aus den 80er-Jahren wurden die Inspektoren schon von Frühwirth erwartet.

»Servus, Burschen, also, was ist da los mit der Haushälterin? War da was?«, begrüßte sie der Journalist mit einem fröhlichen Augenzwinkern.

Verstohlen blickte Vogel um sich und öffnete rasch die Tür zu dem Büro, um den Freund hereinzulassen. Nachdem er sie sorgfältig geschlossen hatte, antwortete er ihm mit einer abfälligen Handbewegung:

»Lass ihn doch ein Pantscherl mit der gehabt haben. Wie es derzeit aussieht, ist es für die Lösung des Falles völlig unerheblich, ob die jetzt miteinander geschnackselt haben oder nicht. Die Frau ist in keinster Weise verdächtig. Die war völlig fertig. Oder bist du inzwischen zum Boulevard abgewandert, wo das eine Rolle spielt? Was mich viel mehr interessieren würde – wer war denn die Journalistin aus der ersten Reihe, die neben dem Pfeifer gesessen ist?«

»Das kann ich dir verraten, wenn du mir sagst, ob die was miteinander gehabt haben … off the records, versteht sich«, entgegnete Frühwirth schmunzelnd und nahm laut seufzend auf dem Sessel vor Vogels Schreibtisch Platz. Walz hatte sich unterdessen schweigend hinter seinen Computer zurückgezogen.

»Warum interessiert dich das überhaupt so brennend?«, fragte Vogel seinen Schulfreund, der sich behaglich über seinen Walrossbart strich.

»Das ist rein privater Natur. Ich hab nämlich eine Freundin, die im Opernchor singt. Und die hat dort eine Kollegin, von der behauptet wird, dass sie was mit dem Maurer hat, na, gehabt hat, würd jetzt wohl besser passen. Das könnte ja auch für euch ganz interessant sein …«

»Off the records, ja, die hatten was miteinander, allerdings war das schon seit einem Jahr vorbei. Wobei es mehr als ein Pantscherl war, anscheinend ging das über mehrere Jahre, das behauptet wenigstens sie. Weißt du zufällig den Namen der Chorsängerin?«

»Wart, die Susi hat's mir aufgeschrieben«, antwortete Frühwirth und zog aus der Innentasche seines Sakkos nach einiger Nestelei einen Zettel hervor, von dem er mit zusammengekniffenen Augen ablas: »Tomoko Sato heißt die und ist auch eine Japanerin, die noch nicht sehr lange im Chor singt.«

»Was sagst', o du mein Walz? Unser wackerer Dirigent scheint eine ausgesprochene Schwäche für das fernöstliche Schönheitsideal besessen zu haben.«

Müde schaute Walz hinter seinem Computer hervor. »Die Begierde des Mannes ist nichts, was der Betrachtung lohnt. Wenn sie aber ohne Richtung läuft und das Ziel erst sucht, so ist sie wahrlich ein Gräuel vor der Natur, lehrte uns einst Karl Kraus«, antwortete er, ohne seinen Platz zu verlassen.

»Und was sagt uns das jetzt?«, fragte Vogel, den die Zitierfähigkeit seines Kollegen immer aufs Neue faszinierte.

»Dass der Maurer eben sein Ziel in Form von japanischen Damen gefunden hat, was, laut Kraus, nicht der Betrachtung lohnt.«

»Das mag schon sein, dass sich das für deinen Hausheiligen so verhält, allerdings hatte der keinen Mord aufzuklären ... Also, wer war jetzt die spröde Schöne aus der ersten Reihe?«, wandte er sich wieder an Frühwirth.

»Dass die dir g'fallt, kann ich mir denken, bist nicht der Einzige«, brummte er. »Sie heißt Ursula Mitterberg und arbeitet als höchst angesehene Kulturredakteurin bei der ›Wiener Tagespost‹. Allerdings ist sie, wie ich dank einiger vergeblicher Bemühungen meiner Kollegen weiß, alles andere als leicht zu knacken.«

Verblüfft schaute Vogel seinen Schulfreund an. »Also bei euch ist die? Das trifft sich ja wunderbar. Da es sich beim vorliegenden Fall um eine Causa von höchster kultureller Bedeutung handelt, wäre sie doch bestimmt an einem Gespräch mit dem ermittelnden Beamten interessiert ... Und du als verantwortungsbewusster älterer Kollege würdest ihr das doch allzu gerne vermitteln – oder was meinst du, o du mein Walz?«

Wortlos schaute der Angesprochene mit mürrischer Miene hinter seinem Bildschirm hervor.

»Da ließe sich schon was machen«, sagte Frühwirth, »aber wart lieber noch, bis du mehr Fakten hast. Mit heißer Luft brauchst' der net zu kommen, dazu ist die viel zu g'scheit. Und von wegen ›älterer Kollege‹, du scheinst zu vergessen, dass du sogar ein paar Monate älter bist als ich ... Wart ihr eigentlich schon in der Oper? Meine Freundin hat mir erzählt, dass sich der Maurer dort ziemlich aufg'führt hat.«

»Gerade vorhin waren wir dort. Zuerst sind wir beim Herrn

Direktor vorstellig geworden, der allerdings am Nachmittag irgendwelche dringenden Verabredungen hat. Seine Sekretärin wollte uns dann einen Termin in zehn Tagen geben, weil er bis dahin verreist ist.«

»Die dringenden Termine am Nachmittag kenn ich … Ich weiß nämlich zufällig ganz genau, was er heut macht«, sagte Frühwirth schmunzelnd und verschränkte die Arme über seinem nicht unerheblichen Bauch.

»Ach so«, interessiert beugte sich Vogel über seinen Schreibtisch. »Wo ist er denn, der Gute?«

»Dafür bekomme ich aber vor allen anderen Bescheid, wenn sich beim Fall Maurer was tut!«

Nach einem Nicken Vogels fuhr Frühwirth fort: »Jeden Mittwochnachmittag verbringt der Münch mit seiner sogenannten Tarockpartie. Wobei es, wie man so hört, dort weniger ums Kartenspielen geht, zumal seine Runde neben ihm stets aus anderen hochmögenden Herrn aus Politik und Gesellschaft besteht.«

»Tarockieren ist halt etwas für Leute, die nicht genug Hirn fürs Bridge aufbringen«, sagte der ambitionierte Bridgespieler Vogel naserümpfend, »und da der Herr Direktor und unsere Politiker nicht einmal das zusammenbringen, werden dort halt Geschäfte gemacht. Wer sind denn seine sogenannten Mitspieler?«

»Fast alle, die in unserem Staat etwas zu sagen haben. Gerüchten zufolge ist dort auch euer Polizeipräsident öfters anzutreffen, dann einige Staatssekretäre, auch Minister sind gern gesehen, sowie der Gotha der Wirtschaftsführer, wer halt gerade Zeit hat … Die drehen dort das ganz große Rad, sag ich euch!«

»Und wo findet das statt?«, fragte Vogel neugierig.

»Man trifft sich standesgemäß im Palais Schönburg, wahrscheinlich, weil das ein bisserl abgelegen ist.«

»Und wie kommt man in diesen Klub?«

»Nur auf Empfehlung von zwei Mitgliedern und gemäß deiner Stellung in der Gesellschaft – und dem entsprechenden Kleingeld. Und alles unter strengster Geheimhaltung. Das geht dort noch konspirativer zu als bei den Freimaurern.«

»Also ein Opus Dei für Häretiker«, grunzte Vogel. »Dann wundert es mich nicht, dass der Münch so einen Rückhalt in der Politik genießt. Mit seinen geistigen Fähigkeiten, die höchstens fürs Bauernschnapsen reichen, werden die anderen beim Tarockieren immer gewinnen, deshalb haben sie ihn dort auch so lieb. Da eine Razzia zu machen, das wär doch was, oder was meinst du, o du mein Walz?«

Immer noch griesgrämig schaute dieser hinter seinem Computer hervor. »Nicht für mich, solche Kartenspiele interessieren mich überhaupt nicht, wie du weißt. Außerdem kannst du dir da nur kalte Füße holen, die sind wohl eine Nummer zu groß für uns … Aber jetzt ganz etwas anderes: Während du mit deinem alten Spezi gescherzt hast, habe ich im Internet recherchiert. Der Berner ist nicht bei Max und Novak unter Vertrag, sondern bei einem kleinen Agenten in der Schweiz.«

»Das bedeutet?«

»Dass Max und Novak größtes Interesse daran haben, dass der Berner die ›Traviata‹ nicht dirigiert.«

Nachdem Frühwirth gegangen war, nahm Vogel die Liste des Maestro suggeritore aus der Innentasche seines Sakkos und studierte die Namen der fünf Sänger, die er ihm darauf notiert hatte.

»Vielleicht sollten wir mit denen anfangen, was meinst'?«, fragte er seinen Kollegen und deutete mit einem Kugelschreiber auf die Namen.

»Das sind alles Hauskräfte, was ich so sehe, also in Wien oder Umgebung ansässig, Da müsst' man nur die Mimi nach den Adressen fragen – wenn sie überhaupt noch im Büro ist«, sagte Walz nach einem kurzen Blick auf seine Armbanduhr.

»Probieren wir's halt«, entschied Vogel gut gelaunt. »Was ist überhaupt mit dir los – so ernst kenne ich dich nur nach einer unglücklichen Liebesgeschichte – stimmt was mit der Clara nicht?«

»Nein, nein, da ist alles bestens, aber mir geht der Maurer nicht aus dem Kopf. Weißt du, Dirigenten haben so etwas Übermenschliches, das macht ja auch ihren Nimbus aus. Und dass so ein Übermensch plötzlich nicht mehr da ist, vor allem in dem Alter, das will mir einfach nicht in den Kopf. Und dann noch seine arme Freundin, die grauslichen Eltern – das macht mich alles ein wenig nachdenklich.«

»Und seine Zweit-Geisha vom Chor wird auch nicht gerade jubilieren, denk ich mir. Deren Adresse sollten wir auch noch erfragen. Wie ich befürchtet habe, entwickelt sich dieser Fall schon jetzt ziemlich unübersichtlich, da siehst vor lauter Verdächtigen den Täter nicht …«

Seufzend griff er zum Mobiltelefon und ließ sich die Adressen und Telefonnummern der Sänger geben.

Nachdem er sie sorgsam auf einem Zettel notiert hatte, schüttelte Vogel ratlos den Kopf. »Da ein solches Verbrechen mit großer Wahrscheinlichkeit von einem Mann ausgeführt wurde, würde ich vorschlagen, dass wir uns erst einmal unsere Geschlechtsgenossen vornehmen, woraufhin sich die Liste um eine Person verringert. Sag einmal, warum singen in der ›Traviata‹ eigentlich so viele Männer?«

»Was erwartest du von einer Oper, die von einer Mätresse handelt?«

»Ja, dann«, sagte er achselzuckend, während er die erste Nummer wählte.

Als Alexander Grill vor über 20 Jahren das Linzer Landestheater verließ und an der Wiener Staatsoper engagiert wurde, deutete alles darauf hin, dass er am Beginn einer glänzenden Karriere stand. Schließlich war er damals gerade 32 Jahre alt und hatte bei diversen Gastspielen in der deutschen Provinz schon einige achtbare Erfolge feiern können, was seinem Selbstbewusstsein ein solides Fundament geschaffen hatte. Zumal er auch eine durchaus ansehnliche Figur abgab. Grill war, für einen Tenor eher ungewöhnlich, schlank und hoch aufgeschossen. Mit seinem pechschwarzen Haar und stahlblauen Augen schien er geradezu dazu prädestiniert zu sein, die Bühnen der Welt im Sturm zu erobern. So dachte er wenigstens, nachdem er, noch nicht einmal 30-jährig, im Stadttheater Hagen als Tamino und im Landestheater Niederbayern als Don Ottavio brilliert hatte. Von einem Kritiker der ›Westfälischen Rundschau‹ war er nach seinem Gastspiel in Hagen sogar mit Fritz Wunderlich verglichen worden. So war es für ihn nur folgerichtig, an eine der bedeutendsten Bühnen der Welt geholt zu werden, wo er natürlich erwartete, zumindest bei Repertoirevorstellungen in ersten Rollen auftreten zu dürfen.

Doch dem war nicht so.

Die kleinen Chargen, die er in Wien auch noch nach fünf Jahren singen musste, genügten dem ehrgeizigen und selbstbewussten Schönling in keiner Weise. So war es nur nachvollziehbar, dass er immer wieder Gastspiele an kleineren Bühnen annahm, wo ihm Rollen angeboten wurden, die zwar erstrangig waren, jedoch seinem lyrischen Tenor nicht immer entsprachen. Nach einer Serie von Open-Air-Aufführungen im burgenländischen Sankt Margarethen, bei denen er als Manrico in Verdis ›Il Trovatore‹ auftrat, dem er immerhin von der Erscheinung her entsprach, zeigten sich bei seiner Stimme die ersten Verschleißerscheinungen – durch die Anstrengung hatte sie ihren warmen Schmelz fast gänzlich eingebüßt, sodass er binnen Kurzem selbst bei zweifelhaften Opernprojekten kleinerer Veranstalter nicht mehr die erste Wahl darstellte.

Eigentlich hatte er es nur dem Mangel an Tenören und der in Österreich üblichen Pragmatisierung nach zehn Jahren zu verdanken, dass er nach diesem Raubbau weiterhin an der Staatsoper singen durfte. Wenn auch nur wenig und eben in jenen Rollen, die er bereits als Anfänger gesungen hatte. Dass diese Tatsache seinem eigenen Fehlverhalten geschuldet war, wollte er bis heute nicht einsehen. Er machte vielmehr den ungünstigen Stand der Gestirne und, natürlich, die Intrigen seiner Kollegen dafür verantwortlich.

So verdross es ihn nicht wenig, dass er in der ›Traviata‹ nur den Diener Giuseppe zu singen hatte und nicht den Liebhaber Alfredo, der ihm, nach seiner Selbsteinschätzung wenigstens, nach einer so langen Zugehörigkeit im Ensemble der Wiener Staatsoper eigentlich zugestanden hätte. Außerdem sah er viel besser aus als dieser italienische Krawattl-Tenor, der nicht nur einen mächtigen Bauch hatte, sondern auch einen halben Kopf kleiner war als seine Angebetete …

Die Proben zu dieser Aufführung standen ohnehin unter keinem guten Stern. Diese schreckliche Inszenierung, auf einer Müllhalde, wo Violetta ihrem Alfredo anstelle einer Kamelie zum Abschied eine Plastikrose überreicht, die sie im Unrat gefunden hatte. So etwas Unpoetisches konnte nur dem Höllwarth einfallen.

Und sein Kostüm erst. Der stolze Diener Violettas war nun in Lumpen gekleidet und musste beständig um seine Herrin herumschleichen und ihr – laut Regisseur – ›kriecherisch jeden Wunsch von den Augen ablesen‹. Aus welchem Grunde sollte sich eine so herrschaftliche Erscheinung wie er überhaupt so devot geben? Das war doch völlig unglaubwürdig! Von Personenführung hatte der Höllwarth absolut keine Ahnung.

In der alten Inszenierung hatte er wenigstens noch einen Frack getragen. Das war eben ein Diener, den er glaubhaft verkörpern konnte! Obwohl er in dieser Rolle nur wenige Sätze zu singen hatte, hatte er es jedes Mal genossen. Es hilft nichts, er ist halt doch eine echte Bühnenerscheinung. Da kann sich dieser Schmalspur-Pavarotti, der den Alfredo singt, mal ein Beispiel nehmen. Dieser jugendliche Liebhaber mit Fettranderl und Pfrnack*. Den kann man schminken, wie man will, so schiach, wie der ist, reicht's höchstens zum Mime, aber den kann er von der Stimme her nicht. Man geht ja auch in die Oper, um zu *sehen,* vor allem, wenn die Vorstellung, wie in diesem Falle, sogar in die Kinos kommt. Sonst kann man sich ja gleich eine CD kaufen.

Aber das war ja alles noch nichts gegen den Maurer. Wie der sich aufgeführt hat. Recht geschieht's ihm, Rotzbengel, dem. Als er selbst schon unter den größten Dirigenten gesungen hatte, da hat der noch nicht einmal in die Windeln geschissen. So tragisch sein Schicksal auch sein mochte, es half nichts, er hatte es herausgefordert. Da braucht er sich nicht wundern, wenn er dabei draufgegangen ist.

Trotzdem war er neugierig, wer von den Kollegen ihn bei der Polizei angeschwärzt hatte, dass die ihn heute, ausgerechnet an seinem freien Abend, verhören wollte.

Die beiden Inspektoren brauchten eine ganze Weile, bis sie durch den Feierabendverkehr Wiens in die Rainergasse im 4. Bezirk gelangten, in der sich Grills Wohnung befand.

Als die Kriminalisten die Wohnung des Sängers betraten, der ihnen missmutig die Tür geöffnet hatte, sahen sie sich gleich

* Österreichisch für ›große Nase‹

einer Wand gegenüber, an der unzählige gerahmte Fotografien hingen. Auf jedem dieser Bilder war Grill zu sehen, in den verschiedensten Kostümen und Posen, was unseren Opernfreund Walz gleich dazu veranlasste, diese nach kurzer Begrüßung genauer zu inspizieren.

Vogel ließ ihn gerne gewähren, denn dieses unerwartete Interesse eines Exekutivbeamten für seinen künstlerischen Werdegang schien den schlecht gelaunten Sänger sichtlich zu versöhnen.

Als Walz dann noch einige Fragen stellte, die von echter Sachkunde zeugten, und interessiert den selbstverliebten Ausführungen des Tenors folgte, war das Eis endgültig gebrochen. Der zuerst griesgrämige Ausdruck war völlig aus Grills Gesicht verschwunden, charmant geleitete er die beiden durch seinen künstlerischen Werdegang.

Endlich wurden die Besucher ins Wohnzimmer geführt, dessen Wände ebenfalls mit zahlreichen Fotografien und Karikaturen des Künstlers behängt waren. Als er aber gerade dazu anhob, auch jede dieser Fotografien einzeln erklären zu wollen, war das selbst unserem kunstbeflissenen Walz zu viel.

»Sie haben ja sicherlich von dem tragischen Tod des Dirigenten Maurer gehört«, fragte er Grill unvermittelt. »Wir wollen Sie nicht lange aufhalten, hätten aber einige Fragen an Sie.«

Der Sänger, der sich gerade darauf vorbereitet hatte, seine persönlichen Erlebnisse mit Placido Domingo anhand einer von dem Star signierten Fotografie zu erläutern, bot den Kriminalisten widerwillig einen Platz auf einer schweren Couch an, die den musealen Charakter der Wohnung noch unterstrich. Das charmante Lächeln war unterdessen völlig aus seinem Gesicht verschwunden.

»Um es gleich vorweg zu sagen: Dies ist eine reine Routinebefragung, Herr Kammersänger«, erklärte Walz. »Welchen Eindruck machte Magnus Maurer in den letzten Tagen auf Sie?«

»Was soll ich Ihnen sagen«, antwortete Grill, offensichtlich geschmeichelt von der inoffiziellen Verleihung eines Titels durch ein Staatsorgan, »er wirkte bei den Proben – sehr angespannt. Das ganze Projekt ist ja auch keine Kleinigkeit. Stellen Sie sich vor, nicht nur eine Premiere an der Wiener Staatsoper, sondern eine weltweite Übertragung in die Kinos – da kann einem schon mulmig werden. Da kommt es auf jede Kleinigkeit an. Daher sind wir alle ein wenig aufgeregt. Wenn ich zum Beispiel im ersten Akt zu spät auf die Bühne komme, ist die ganze Szene geschmissen.«

»Das ist mir schon klar«, sagte Walz geduldig, »aber wirkte sich diese Anspannung irgendwie auf Maurers Verhalten aus?«

»Ja, schon, er war halt ein wenig ungeduldig mit uns. Aber das ist doch normal, wenn ein junger Mann so plötzlich mit einer solchen Aufgabe betraut wird. Er hatte ja überhaupt keine Zeit, sich darauf vorzubereiten, wohingegen wir schon seit Wochen proben.«

»Ist es mit Ihren Kollegen oder mit Ihnen zu Streitigkeiten gekommen?«

Grill breitete seine Arme aus und verzog das Gesicht. »In der Hektik fallen halt manchmal Worte, die man später lieber ungesagt machen würde …«

»Wir haben da aber ganz andere Dinge gehört«, beharrte Walz. »Maurer ist bei der Darstellerin der Annina angeblich so weit gegangen, dass sie einen Nervenzusammenbruch erlitt.«

»No, ob des a Nervenzusammenbruch war, des waß i' net«, antwortete Grill, plötzlich in den tiefsten Wiener Dialekt fallend, »die Maria, die nimmt sich das Ganze immer gleich so zu Herzen. Das sollte man, glaub ich, nicht überbewerten. In unserem Beruf kommt es halt auf die Sekunde drauf an, wenn ein Ton einmal draußen ist, kannst' den nimmer einfangen.«

»Also, Sie persönlich empfanden seine Anwürfe nicht als außerordentlich?«

»Wie ich Ihnen schon sagte, Herr Inspektor, in einer solchen Ausnahmesituation können einem schon einmal die Nerven durchgehen. Immerhin war Maurer ja ein großer Künstler!«, antwortete Grill ein wenig zu pathetisch.

»Jetzt hätte ich noch eine Frage zum Abschluss, auch diese rein routinemäßig, wo waren Sie heute Nacht zwischen 23 und ein Uhr?«

»Zu Hause und im Bett, wie die meisten anständigen Bürger auch!«, rief Grill fast fröhlich aus.

»Gibt es dafür Zeugen – auch dies ist reine Routine …«, fuhr Walz lächelnd fort.

»Nein, leider nicht. Ich lebe schon seit Längerem allein, daher müssen Sie sich auf mein Wort verlassen«.

»Kammersänger«, schnaubte Vogel verächtlich, nachdem sie das Haus verlassen hatten, »ist das so etwas Ähnliches wie Kammerjäger? Der ist ja nicht zum Aushalten. Ein richtiger Stutzer. Hoffentlich sind die anderen angenehmer.«

»Der war ja auch ein Tenor, übrigens kein besonders guter noch dazu. Das sind die Schlimmsten. Profilneurotiker eben. Soweit ich mich erinnere, kann es nur besser werden. Auf der Liste haben wir jetzt noch zwei Bässe und einen Bariton«, antwortete Walz, auf seine Armbanduhr schauend. »Es ist schon halb sechs, und eigentlich war genug los. Lassen wir's für heute?«

»Gut, aber eine kleine Fleißaufgabe hätte ich noch für dich. Könntest du, während ich dich durch Wien chauffiere, noch die anderen drei Sänger anrufen und mit denen für morgen Vormittag ein Termin ausmachen?«

Walz nutzte also die Zeit, in der Vogel sich durch den dichten Berufsverkehr in die Josefstadt quälte, und nahm sein Mobiltelefon zur Hand.

Zuerst wählte er die Nummer von Johann Misic, der in der ›Traviata‹ eine etwas größere Rolle zu singen hatte als Grill, er stellte Violettas Arzt, Dottore Grenvil dar. Walz kannte Misic noch aus seiner Zeit als Statist. Er war ein echter Singschauspieler, ohne den kein großes Opernhaus auskommt. Immer für ein scherzhaftes Extempore bereit, galt er als richtiges Urgestein, dessen nahender Pensionierung die Opernfreunde mit Bangen entgegensahen.

Misic, der auf Walz' Anruf ziemlich überrascht reagierte, hatte am nächsten Vormittag leider keine Zeit, aber ebenso wie Grill gerade seinen freien Abend, da an der Oper ein Ballett gegeben wurde. Allerdings wohnte er in Perchtoldsdorf, einem Vorort im Süden Wiens, der bei den Einheimischen vor allem durch seine zahlreichen Heurigenlokale ein beliebtes Ausflugsziel ist. Er jedenfalls sei heute ab 18 Uhr beim Zechmeister in der Hochstraße anzutreffen. Wenn Walz nicht in Uniform käme und keinen Haftbefehl vollstrecken wolle, wäre er willkommen, teilte ihm Misic launig mit.

»Ungeachtet meiner großen Müdigkeit erkläre ich mich dazu bereit, heute Abend eine Fleißarbeit auf mich zu nehmen und noch eine Vernehmung durchzuführen«, teilte Walz seinem Kompagnon mit, nachdem er das Gespräch beendet hatte.

»Was hat dich zu diesem bemerkenswerten Sinneswandel bewogen, o du mein Walz?«, fragte Vogel verwundert.

»Wie ich gerade erfahren habe, hat der Zechmeister in Perchtoldsdorf ausg'steckt, und da meine Clara heute Abend ebenfalls frei hat, werde ich den schönen Frühlingstag ausnutzen und mit ihr im Cabrio eine kleine Landpartie unternehmen. Ja, und der Misic ist zufällig auch da …«

»Das trifft sich ja wunderbar. Könntest du bitte zuvor aber noch die beiden anderen Sänger anrufen? Es dauert eh noch eine Weile, bis wir da sind.«

Der nächste auf der Liste war Wassilij Kronjew, ein bulgarischer Bass, der in der ›Traviata‹ den Marchese d'Obigny zu verkörpern hatte. Ihn kannte Walz nur vom Namen her, da er erst in der letzten Spielzeit engagiert worden war.

Wie sich bald herausstellte, waren Kronjew wie sein ebenfalls neu engagierter Kollege Agron Mirgu, der den Barone Douphol darstellte, heute Abend auch beim Zechmeister anzutreffen.

»Angesichts dieser Massierung an Verdächtigen sollten wir vielleicht gleich Verstärkung anfordern«, grunzte Vogel, »bist du sicher, dass du es allein schaffst? Ich habe, offen gestanden, nach diesem einmaligen Erlebnis mit unserem Kammersänger keine allzu große Lust, gleich drei von diesen Gestalten zu begegnen. Außerdem habe ich noch einen größeren Abendspaziergang mit meiner Emily vor mir.«

»Mit der Clara werde ich das schon schaffen, auch wenn mir dieser kollektive Heurigenbesuch nicht ganz geheuer ist. Vielleicht feiern die gar das plötzliche Hinscheiden unseres Dirigenten? Das würde mir, und vor allem meiner Clara, gar nicht gefallen ...«

»Bevor es zu einer Wirtshausrauferei kommt, rufst' halt die Kollegen aus Perchtoldsdorf zu Hilfe, die haben Erfahrung in solchen Dingen.«

4. KAPITEL (MITTWOCH)

Ungeachtet der zahlreichen Restaurants und Gasthäuser von teilweise herausragender Qualität, die sich im Laufe der letzten Jahrzehnte in Wien etabliert haben, treffen sich die echten Wiener doch noch immer am liebsten im Kaffeehaus oder beim Heurigen.

Was, wie man vielleicht denken könnte, nicht von der Tageszeit abhängig ist – ein Heuriger hat in vielen Fällen schon zu Mittag geöffnet, und die meisten Kaffeehäuser sperren erst in der Nacht –, sondern in erster Linie vom intellektuellen Anspruch der Besucher. Nicht umsonst liegen in einem Wiener Kaffeehaus, das etwas auf sich hält, neben sämtlichen bedeutenden deutschsprachigen Zeitungen und Magazinen auch die wichtigsten ausländischen Gazetten auf, was in einem Heurigen wohl nur verständnisloses Kopfschütteln auslösen würde, wo allenfalls einige kleinformatige Zeitungen populistischen Zuschnitts zu finden sind. Schließlich geht man zum Heurigen, um sich dort bei der Konsumation des einen oder andern Achtels Wein zwanglos zu unterhalten, wohingegen der klassische Kaffeehausbesucher in Ruhe lesen oder sich die Zeit mit anspruchsvollen und mit leiser Stimme geführten Gesprächen vertreiben will. Ein weiterer Unterschied besteht wohl darin, dass dem Heurigen ein zutiefst demokratischer Charakter innewohnt, zumal hier Vertreter sämtlicher Gesellschaftsschichten anzutreffen sind, die zu fortgeschrittener Stunde und entsprechend weinseliger Stimmung durchaus auch einmal miteinander in näheren Kontakt kommen können – in einem Kaffeehaus wäre das schlechterdings undenkbar.

Vielleicht gibt es auch aus diesem Grund kaum einen Wiener, den es an einem lauen Sommerabend nicht in eines der zahllosen Heurigenlokale zieht.

Genug Auswahl ist ja vorhanden. Schließlich ist Wien weltweit die einzige Hauptstadt, auf deren Gebiet Wein in erheblichen Mengen angebaut wird. Was einen nicht geringen Einfluss auf das Gemüt hat, gibt es doch zahllose Wienerlieder, die von nichts anderem als der Qualität des Weines handeln, die neben dem Sterben das beliebteste Thema dieser Art von Volksballaden darstellt.

Die enge Bindung des Wieners an seinen Wein mag nicht zuletzt auch damit zusammenhängen, dass unter dessen Einfluss so manche segensreiche politische Wendung eingetreten ist.

Welch wichtige Funktion der Rebensaft für den Wiener einnimmt, musste der Legende nach schon der spätere Böhmenkönig Przemysl Ottokar II. erfahren, der nach dem Aussterben der Babenberger die österreichische Herrschaft an sich gerissen hatte. Als Rudolf von Habsburg als deutscher König Wien beanspruchte, entlockte dies dem Böhmen nur ein müdes Lächeln, verfügte er doch über ein zahlenmäßig weit überlegenes Heer. Doch der Habsburger verstand die Wiener Seele offenbar besser als sein böhmischer Antipode. Denn als er androhte, sämtliche Weingärten, die sich damals ja noch zum größten Teil jenseits der Stadtmauer befanden, zu zerstören, erhoben sich die in Panik geratenen Wiener kurzerhand gegen Ottokar, mit der Folge, dass dieser nach der Schlacht auf dem Marchfeld im Jahre 1278 das Babenberger Erbe den Habsburgern übergeben musste. Womit nicht nur die Weinernte gerettet war, sondern auch der Grundstein zu der beispiellosen matrimonialen Erfolgsgeschichte des österreichischen Herrschergeschlechts gelegt wurde.

Auch die Türkenbelagerung im Jahre 1683 wurde, so

wenigstens klagte weiland ein türkischer Zeremonienmeister, nur deshalb abgewehrt, weil die Muselmanen über die Qualität des erbeuteten Weines so begeistert waren, dass ihre Kampfmoral aufgrund des übermäßigen Genusses von ungewohntem Rebensaft, der ihnen bei ihren Raubzügen in reichem Maße in die Hände gefallen war, erheblich gelitten hatte.

Doch nicht nur in der Politik, auch in der kulturellen Entwicklung Wiens hat der Wein einen nicht unerheblichen Einfluss ausgeübt. Vor allem die Komponisten haben sich gerne vom Rebensaft inspirieren lassen, während die Schriftsteller und Journalisten sich eher im ruhigeren Kaffeehaus aufgehalten haben.

Das Wienerlied etwa ist ohne die darin so oft besungenen Heurigen undenkbar, und selbst ein so gottesfürchtiger Mann wie Anton Bruckner war bei seinen Wien-Aufenthalten regelmäßig beim Heurigen anzutreffen, wo er über einen anderen begeisterten Heurigen-Besucher sagte: »Trinkt's in Perchtoldsdorf ein Viertel Gerebelten, schaut's auf die Glühwürmchen, horcht's auf die Grillen – nachher wisst's, was ein Schubert-Adagio ist.«

So gesehen hat Wien seine kulturelle Bedeutung nicht zuletzt der Qualität seines Rebensaftes zu verdanken.

Alljährlich erwartet der Wiener mit Sehnsucht die wärmere Jahreszeit, denn obgleich die meisten Heurigen auch im Winter geöffnet halten, gehört zum unverfälschten Heurigenbesuch doch unbedingt ein Gastgarten, der zumeist von Kastanien- oder Nussbäumen beschattet wird. Von der ursprünglichen Idee, nur dann ›auszustecken‹, wenn der Ausschank des jungen Weins der letzten Lese, also des ›Heurigen‹, beginnt, hat man sich dank der besseren Haltbarkeit des Rebensafts unterdessen entfernt.

Um jedoch zu verhindern, dass der Weinhauer die Pflege seiner Weinstöcke durch den lukrativen Gastbetrieb vernachlässigt, gibt es in jedem Bezirk und Weinort rund um Wien einen so genannten ›Heurigenkalender‹, in dem die Wochen festlegt sind, an denen der jeweilige Heurige seinen Föhrenbuschen ›ausstecken‹ darf oder, wie der weinselige Wiener es unnachahmlich auszudrücken weiß, ›der Herrgott die Hand raussteckt‹.

Der Heurige in seiner heutigen Form geht übrigens auf den Aufklärungskaiser Joseph II. zurück, der den Weinbauern in seiner ›Zirkularverordnung‹ gestattet hatte, ›-von ihm selbst erzeugte Lebensmittel, Wein und Obstmost … zu verkaufen oder auszuschenken‹. Dadurch zählt der Buschenschank als Teil des Weinbaus zu den landwirtschaftlichen Betrieben, wodurch der Heurigenwirt kein Gewerbetreibender ist und daher auch keiner kostspieligen Konzession bedarf.

So frugal wie beim echten ›Heurigen‹ geht es beim Zechmeister in Perchtoldsdorf freilich nicht zu. Streng genommen ist diese Stätte rustikaler Gemütlichkeit wie alle in Perchtoldsdorf beheimateten Lokalitäten dieser Art eine Gaststätte mit Heurigenbuffet. Der Wein allerdings stammt vom Hausherrn selbst, was der Grundidee immerhin nahe kommt.

Dort saßen im weitläufigen Gastgarten unter einem Vordach drei Herren und eine Dame, die sich so laut unterhielten, dass sie Walz und seiner Clara bereits auffielen, als sie den Garten betraten.

»Man merkt halt gleich, dass sich hier ausgebildete Stimmen versammelt haben«, sagte Walz launig, als sie an den Tisch der kleinen Gesellschaft traten. »Walz mein Name, wir haben vorhin miteinander telefoniert, Herr Kammersänger. Und wie Sie sehen, habe ich anstelle der Handschellen eine reizende Assistentin mitgebracht.«

»Aber das ist doch die Frau Montero«, rief Misic aus, »sind Sie etwa vom ORF zur Polizei gewechselt?«

Clara, die als Redakteurin vor nicht allzu langer Zeit anlässlich seines zwanzigjährigen Jubiläums als Kammersänger – im Gegensatz zu Grill war er tatsächlich einer – eine Sendung mit dem Bass gemacht hatte, gab lächelnd zurück: »Nein, nicht zur Polizei im Allgemeinen, ich würde mich eher als Privatsekretärin des Herrn Bezirksinspektor Walz bezeichnen – mit besonderer Betonung auf den ersten beiden Silben.«

»Na, dann gratuliere ich herzlich«, dröhnte Misic lachend und winkte die Bedienung heran. »Bitte setzen Sie sich doch zu uns und erzählen Sie, was Sie hierherführt. Aber zuvor bestellen Sie sich etwas zu trinken und holen sich etwas vom Buffet, es amtshandelt sich doch erheblich leichter, wenn man etwas im Magen hat.«

Nachdem sich die beiden bei der herangeeilten Dame im obligaten Dirndl etwas zu trinken bestellt hatten – Walz, gleichsam ›außer Dienst‹, versuchte den Weißburgunder, indes Clara, die sich dankenswerterweise dazu bereit erklärt hatte, den Volant für die Heimfahrt zu übernehmen, sich für den unvergorenen Traubensaft entschieden hatte –, gingen sie zum Buffet.

Eine Besonderheit des traditionellen ›Heurigen‹ besteht nämlich darin, dass der Besucher die Getränke beim Kellner bestellt, sich das Essen hingegen selbst am im Gastgebäude befindlichen Buffet holt und dieses dort auch gleich bezahlt.

Ohne Zögern entschied sich Walz für einen Schweinsbraten mit einem Semmelknödel und viel Saft sowie einen Schwarzwurzelsalat, Clara wählte die etwas gesündere Variante des Abendessens, einen Broccoliauflauf.

Bevor sie noch am Tisch Platz genommen hatten, ergriff wieder Misic das Wort, dem als Ältesten offenbar die Rolle des Verhandlungsführers zugefallen war, und stellte dem Inspektor die Sänger persönlich vor. Dabei erwies sich, dass mit Maria Bernreuter auch die fünfte Person auf der Liste des Souffleurs anwesend war.

»Ich habe meinen Kollegen schon von Ihrem Besuch erzählt, und jetzt sind wir alle gespannt, was Sie eigentlich von uns wollen«, sagte er leutselig, »allerdings empfinden wir es schon als beruhigend, dass Sie zu diesem Besuch Ihre reizende Begleiterin mitgenommen haben – besonders schlimm kann es dann wohl nicht werden.«

»Der Grund meiner Anwesenheit ist für Sie wohl nicht sehr schwer zu erraten«, antwortete Walz lächelnd und setzte sich zufrieden an den Tisch. »Ich bin mit der Aufklärung des Todes von Magnus Maurer befasst.«

Ruhig ließ er seinen Blick über die Gesichter der Anwesenden streifen, die sich verstohlen ansahen, bevor er sich seinem Schweinsbraten zuwandte.

»Und wie kommen Sie da ausgerechnet auf uns?«, fragte Misic mit einem Stirnrunzeln.

»Als ich heute Morgen in der Oper recherchiert habe, wurde mir erzählt, dass Herr Maurer einige Sänger bei den Proben sehr schlecht behandelt hat …«

»Aha, und wer hat das erzählt?«

»Jemand, der Zeuge dieser Vorgänge war.«

»Und mit diesen schlecht behandelten Sängern meinte dieser Jemand uns?«

»Ja, er nannte jeden der hier Anwesenden, neben einem Ihrer Kollegen, mit dem wir bereits gesprochen haben.«

»Was meint ihr, liebe Freunde, hat uns der Maurer schlecht behandelt?«, wandte sich Misic fröhlich an seine Mitstreiter.

Ohne ihre Antwort abzuwarten, sagte er plötzlich ganz ernst: »Ich glaube, niemand hat mich in meiner doch schon sehr lange währenden Berufsausübung jemals so unverschämt behandelt wie Herr Maurer!«

Alle Anwesenden nickten zustimmend.

»Maurer war ein Schwein, so etwas gab es nicht einmal in Bulgarien«, brummte der Walz gegenübersitzende Wassili Kronjew mit schwerem slawischem Akzent.

»Und in Albanien auch nicht«, fügte der neben ihm sitzende Agron Mirgu hinzu.

»Aber nicht, dass Sie glauben, dass wir uns hier wegen seines Todes zusammengefunden haben«, sagte Misic zu Walz, dem es offensichtlich nicht vergönnt war, seine Mahlzeit in Ruhe zu genießen, »allerdings hat Maurer indirekt schon etwas damit zu tun. Nach dieser schrecklichen Probe gestern waren wir alle völlig fertig. Da habe ich zu meinen Kollegen gesagt, dass wir uns heute Abend hier sinnlos besaufen werden, um wenigstens ein Vergnügen im Leben zu haben. Dabei hat er vor allem der Maria zugesetzt. Die war sogar im Spital mit Verdacht auf einen Nervenzusammenbruch. Das stimmt doch, Maria?«

Die füllige, etwas ältere Dame im Dirndl, die rechts neben Misic saß, nickte zustimmend. »Ich kann einfach nicht verstehen, wie man sich so benehmen kann«, sagte sie mit der sonoren Sprechstimme einer Mezzosopranistin. »Kalt lächelnd warf er mir die größten Unverschämtheiten ins Gesicht. Oder wie würden Sie es finden, wenn jemand zu Ihnen sagte: ›Wissen Sie eigentlich, was für eine hässliche Stimme Sie haben?‹ Und er hat gelächelt dabei. Können Sie sich das vorstellen? Gelächelt! Er stößt Ihnen das Messer in die Brust und lächelt Sie dabei an. Was war das für ein Mensch? Ich kann Ihnen nur eines sagen, auch wenn sich das nicht gehört und Sie sich wer weiß was denken: Ich bin froh, dass er tot ist. Richtig erleichtert bin ich …«

Sie stieß dies mit einem solch hasserfüllten Gesichtsausdruck hervor, dass Clara ihren Freund von der Seite ansah und ihn mehrmals mit dem Knie anstieß.

»Ja, so leid es mir tut, ich kann mich Maria nur anschließen«, sagte Misic ernst, »noch eine Produktion mit dem, und ich wäre sofort in Pension gegangen. Obwohl mir der Beruf immer noch sehr viel Freude bereitet. Aber nicht mit so einem! Dann kümmer' ich mich lieber um meine Jagd. Was hat übrigens der Grill über den Maurer gesagt?«

Überrascht blickte Walz den Sänger an. »Woher wissen Sie, dass ich bei Herrn Grill war?«

»Das liegt doch nahe. Sie sagten vorhin, Sie hätten schon mit einem Sänger gesprochen. Und das kann doch nur der Grill sein. Zu dem war er ja besonders ekelhaft. Ich glaube, ich hätte ihm an seiner Stelle einfach eine gewatscht – selbst auf die Gefahr hin, gekündigt zu werden. Wenn ich auch keine allzu große Sympathie für den Grill verspüre, deshalb hab ich ihn ja auch nicht eingeladen. Na ja, eigentlich mag ihn hier niemand besonders.«

Mit schief gelegtem Kopf schaute Walz Misic fragend an.

»Er ist so was von misstrauisch, überall wittert er Intrigen von Kollegen und fühlt sich immer benachteiligt. Dabei ist er selbst der Intrigant. Der Grill ist halt ein richtiger Ungustl. Aber so eine Behandlung, wie er sie durch den Maurer erfahren hat, hat selbst er nicht verdient!«

Prüfend blickte Misic seine Kollegen an, die alle zustimmend nickten, was er mit einem zufriedenen Grunzen kommentierte. »Und was hat er jetzt über den Maurer gesagt?«

»Herr Grill hat sich etwa im gleichen Sinne geäußert wie Sie«, sagte Walz vorsichtig.

»Wirklich?«, Misic lächelte Walz spöttisch an. »Das passt doch gar nicht zu ihm.«

Unbehaglich wich Walz Misics Blick aus und nahm einen Schluck Wein. »Da ich Sie alle hier versammelt habe, muss ich Ihnen leider noch eine unangenehme Frage stellen, die allerdings nur reine Routine ist.«

»Unter der Bedingung, dass wir dann zum gemütlichen Teil übergehen können … walten Sie Ihres Amtes, Herr Inspektor!«, sagte Misic, der seine gute Laune sofort wiedergefunden hatte.

»Wunderbar, also der Reihe nach: Wo waren Sie heute Nacht zwischen 23 und ein Uhr? Fangen wir mit Ihnen an, Herr Kammersänger.«

»Als echter Nachtmensch habe ich bis etwa um zwei Uhr in meinem Bett gelesen«, antwortete er aufgeräumt. »Danach hab ich mich umgedreht und bin sofort in einen tiefen Schlaf gefallen, wie man ihn nur hat, wenn man zuvor eine Flasche schweren burgenländischen Rotwein getrunken hat.«

»Gibt es dafür Zeugen?«, frage Walz lächelnd.

»Ja, meine Frau, die allerdings in einem anderen Zimmer schläft, weil es sie stört, wenn ich so lange lese … Und schnarchen tu ich angeblich auch«, fügte er vergnügt hinzu.

»Würde Ihre Frau es bemerken, wenn Sie in der Nacht das Haus verließen?«

»Gute Frage. Ich denke schon, hab es aber noch nie probiert …«, Misic schien Gefallen an dieser Befragung zu finden.

»Das genügt, danke. Nun zu Ihnen, Frau Bernreuter, wo waren Sie um die betreffende Zeit?«

»Heute Nacht? Seitdem dieser Maurer da ist, hab ich überhaupt nicht mehr schlafen können. Ich hab mir im Fernsehen irgendeinen dummen Film ang'schaut. Mit dem Elvis Presley, glaub ich.«

»Gibt es dafür Zeugen?«

»Nein, leider nicht, seit meiner Scheidung lebe ich allein.«

Die beiden anderen Sänger wollten zur Tatzeit ebenfalls zu Hause gewesen sein und führten jeweils ihre Ehefrauen als Zeugen an.

»So, und nachdem wir jetzt alle verdächtig sind, trinken wir erst einmal was«, rief Misic mit dröhnendem Bass der Bedienung zu. »Heidi, bring noch einen Liter Weißen und einen Traubensaft für die Frau Inspektor.«

»Herr Misic, ich muss Ihnen etwas gestehen«, ergriff nun plötzlich Clara das Wort. »Bisher war ich ein echter Fan von Magnus Maurer, aber nach dem, was ich heute gehört habe ... Ich kann es einfach nicht glauben. War er immer schon so schrecklich?«

Dankbar über diese Unterbrechung konnte sich Walz nun endlich mit Genuss seinem schon fast kalt gewordenen Schweinsbraten widmen.

»Wollen Sie das jetzt für eine Sendung wissen oder ist diese Frage rein privater Natur?«, fragte Misic lauernd. Es war schon auffällig, wie schnell er seine Launen wechselte.

»Nein, keine Angst«, antwortete Clara lachend, »ich bin rein privat hier. Als ich hörte, dass Alfons sich heute Abend mit Ihnen beim Heurigen trifft, und er mich fragte, ob ich ihn begleiten wolle, hab ich gerne zugesagt, weil ich mich mit großem Vergnügen an unsere Sendung im letzten Jahr erinnert habe.«

»Dann passt's«, sagte Misic zufrieden. »Das war ein richtiger Spaß damals. Sie haben das aber auch sehr gut gemacht ... Ja, zwar war der Maurer noch ziemlich jung, trotzdem hab ich früher schon ein paarmal mit ihm zu tun gehabt. Auch damals war er nicht sehr freundlich, wenn Sie das meinen. Aber da ist er immerhin korrekt geblieben. Das musste er auch, denn wenn der sich zu jener Zeit blöd aufgeführt hätte, hätte man ihn einfach rausgeworfen. Ich glaube, dass ihm schlicht sein Ruhm zu Kopf gestiegen ist.«

»Aber sind Sie nicht auch der Meinung, dass er ein außergewöhnlicher Dirigent war?«

Misic holte tief Luft und beugte sich zu Clara hinüber. »Schauen Sie, zu einem wirklich guten Dirigenten gehört auch, dass er seine Musiker so weit motiviert, dass sie das Beste aus sich herausholen. Und das kann man nur, wenn man mit Freude musiziert. Angst ist dabei sicherlich der schlechteste Ratgeber. Nehmen wir zum Beispiel den Karajan, unter dem ich als Junger ja noch gesungen habe. Der war zwar auch launisch, aber er hat uns Sängern stets das Gefühl gegeben, dass wir ihm, wenn's ernst wird, blind vertrauen können. Wenn wir ihn gebraucht haben, weil's oben a bisserl gewackelt hat, da hat er plötzlich die Augen aufgemacht und nicht nur das Gesicht verzogen, was uns natürlich überhaupt nix hilft, sondern er hat eingegriffen und uns geholfen, bis alles in Ordnung war. Dann hat er die Augen wieder geschlossen und alles nahm seinen gewohnten Lauf. So etwas erwarte ich von einem außergewöhnlichen Dirigenten.«

»Ja, aber vom Böhm erzählt man sich auch, dass er Angst und Schrecken verbreitet hat, wenn einmal etwas misslungen ist. Und er war ja wohl auch ein außergewöhnlicher Dirigent.«

»Den Böhm hab ich nur noch in seinen letzten Jahren erlebt, da war's nicht mehr ganz so schlimm. Aber was mir die Kollegen erzählt haben, konnte der auch sehr unangenehm werden. Allerdings hatte er dafür ganz andere Motive. Bei ihm stand das Werk an erster Stelle, und das rückt für uns alles in ein ganz anderes Licht. Bei dem Maurer stand der Maurer an erster Stelle, und das haben wir halt gespürt. Warum sollen wir für einen singen, den wir nicht mögen?«

Nachdenklich wiegte Clara ihren Kopf. »Ich verstehe, was Sie meinen. Von dieser Seite sehen wir Zuschauer das natürlich nicht.«

»Hat er eigentlich jeden so schlecht behandelt?«, mischte sich nun Walz, der unterdessen seine Mahlzeit beendet hatte, ins Gespräch ein.

»Nein, wo denken Sie hin?«, rief Misic aus, »selbstverständlich nicht. Das hat er nur mit uns gemacht, die wir am Haus angestellt sind. Wenn er die Mayhold nur einmal so angepfiffen hätte, wäre die sofort zur Direktion gegangen und hätte einen neuen Dirigenten gefordert. Und dann hätte der Maurer ein Problem gehabt. Dirigieren können die ›Traviata‹ schließlich auch andere, ich denke nur an den Berner, der ja auch zur Debatte stand. Aber so eine Violetta wie die Mayhold gibt es nicht mehr so schnell.«

»Das ist ja das Infame daran«, sagte plötzlich die Bernreuter, »er schlug ja nur auf diejenigen ein, die sich nicht wehren können. Die Großen hat er mit ausgesuchter Höflichkeit behandelt. Dafür schmort er jetzt hoffentlich in der Hölle.«

Walz, den die Diskrepanz zwischen der gutbürgerlichen Erscheinung der Sängerin und ihren Kommentaren verblüffte, runzelte die Stirn.

»Uns wurde erzählt, dass er die Orchestermusiker auch schlecht behandelt hat, haben Sie darüber auch etwas gehört?«

»Ich weiß es von einem Cellisten, der auch Albaner ist«, meldete sich Mirgu zu Wort. »Der hat mir erzählt, dass er sich im Orchester genauso aufgeführt hat.«

»Sie sehen, Herr Inspektor, wir sind nicht allein mit unserem Hass«, sagte Misic zufrieden, »ich kann mir vorstellen, dass das Ihre Arbeit nicht gerade erleichtern wird.«

»Ich fürchte, da haben Sie recht«, antwortete Walz betrübt.

»Haben Sie zufällig gehört, dass sich jemand besonders aufgeregt oder vielleicht gar Rache geschworen hat?«

»Lieber junger Freund«, entgegnete Misic scharf, dessen Gesichtsausdruck sich plötzlich verfinsterte, »wenn Sie erwartet haben, dass ich hier jetzt einen Kollegen vernadere, dann sind Sie effektiv an den Falschen geraten.«

»Ich wollte Ihnen bei Gott nicht zu nahe treten«, antwortete Walz bestürzt und hob beschwichtigend die Arme, »aber Sie müssen auch meine Arbeit verstehen. Ich suche einen hinterhältigen Mörder, der sich nachts in eine fremde Wohnung schleicht und einem friedlich Schlafenden mit einem Draht so lange den Hals zuschnürt, bis er erstickt, also nichts weniger als einen Schwerverbrecher.« Er wählte, wie schon bei Weber, mit Absicht die etwas veränderte Schilderung des Tathergangs.

Misic, dessen Gesicht in Sekundenbruchteilen rot angelaufen war, lächelte plötzlich versöhnlich.

»Geschenkt, Herr Inspektor. Entschuldigen Sie meine heftige Reaktion, aber in einem Opernhaus gibt es so viele Intrigen, dass man das Seine nicht auch noch dazu beitragen will. Aufgeregt haben sich fast alle, aber es besteht doch immerhin ein Unterschied zwischen einem, der ihm die Hölle an den Hals wünscht und demjenigen, der sie ihm bereitet. Ich für meinen Teil traue keinem Kollegen so etwas zu.«

Mit diesen Worten ergriff er den leeren Weinkrug und schwenkte ihn mit großer Geste hin und her. »Heidi, noch einen Liter!«

Mit einem zufriedenen Grunzen wandte er sich wieder an Walz.

»Ich glaube, Herr Inspektor, zu diesem Thema ist jetzt alles gesagt. Wenn Sie nichts dagegen haben, widmen wir uns nun lieber erfreulicheren Dingen, deshalb sind wir heute Abend schließlich zusammengekommen. Sie sind herzlich dazu eingeladen, uns dabei Gesellschaft zu leisten.«

Doch wie stets, wenn eine ausgelassene Stimmung verordnet wird, legte sich über die Gesellschaft erst einmal bleiernes Schweigen.

»Mit einer Drahtschlinge erdrosselt, sagen Sie?«, unterbrach Mirgu plötzlich die Stille. »Und was ist, wenn das die Arbeit eines Profikillers war? Ich kenne Kosovo-Albaner, die machen das für einen Tausender.«

»Schluss jetzt, Agron, hab ich gesagt«, herrisch hieb Music seine rechte Faust auf den Tisch. »Der Herr Inspektor wird schon selbst am besten wissen, was für ein Mörder hier am Werk war. Das stimmt doch, Herr Walz?«

»Ja, das ist völlig richtig, Herr Kammersänger. Und aus diesem Grunde kann ich Ihr freundliches Angebot leider nicht annehmen. Ich muss früh raus morgen ... Vielen Dank für die Einladung«, fügte Walz hinzu, als Music das offerierte Geld für die von ihnen konsumierten Getränke mit einer großzügigen Handbewegung ausschlug.

»Entschuldige bitte meinen überstürzten Aufbruch, Clara«, sagte Walz, als sie in seinem Fiat Barchetta Platz genommen hatten. »Aber plötzlich habe ich dieses herrische Getue vom Music nicht mehr ausgehalten. Glücklicherweise warst du dabei und nicht der Kajetan, der wäre sicherlich ausgerastet. Aber der Schweinsbraten war ausgezeichnet.«

»Ja, es ist wirklich seltsam«, antwortete Clara, während sie den Fahrersitz ihrer Größe anpasste und den Motor startete, »beim Interview im letzten Jahr war Music ganz anders. Da hat er eine Anekdote nach der anderen rausgelassen, ich hab fast nichts tun müssen ... Mit dem möcht ich nicht verheiratet sein.«

»Ich hoffe, er hat keine diesbezüglichen Absichten verlauten lassen«, sagte Walz schmunzelnd und drückte ihr einen satten Kuss auf die Wange.

»Sein seltsames Benehmen wird wohl mit dem Maurer zusammenhängen. Es muss schon komisch sein, wenn du an deinen Arbeitsplatz kommst und plötzlich wird dir mitgeteilt, dass dein Chef ermordet wurde. Vielleicht hast du dann sogar ein schlechtes Gewissen, weil du es dir ja insgeheim gewünscht hast ... Oder glaubst du, *er* hat was mit dem Mord zu tun?«

Zärtlich schaute Walz zu Clara hinüber, die heute Abend zum ersten Mal unmittelbar mit einer Ermittlung konfrontiert worden war. »Zu diesem Zeitpunkt kann man zwar noch gar nichts sagen, allerdings glaube ich es nicht. Ein Mensch seines Temperaments hätte sicherlich ein anderes Mordwerkzeug benutzt.«

»Und was hältst du von den anderen?«

»Von denen glaub ich es genauso wenig, obwohl sie fast nichts gesagt haben. Der Kronjew und der Mirgu, die sind, denk ich, froh, dass sie in der Staatsoper gelandet sind. Wenn du so weit gekommen bist, dann setzt du deine Karriere nicht aufs Spiel. Vor allem nicht wegen eines Dirigenten, der nach dieser Produktion ohnehin wieder verschwindet. Nein, von denen glaub ich's eigentlich auch nicht.«

»Und die Bernreuter?«

»Die ist wohl am verbittertsten von allen. Aber die bringt das doch niemals fertig. Allein die Vorstellung, dass sie abends den Dirigenten besucht, der sie kurz davor an den Rand eines Nervenzusammenbruchs getrieben hat, und dann zusammen mit ihm einen Whisky trinkt, ist doch absurd. Ganz davon abgesehen, dass sie ihn dann noch mit einer Drahtschlinge erdrosselt.«

»Also hat der Mirgu vielleicht doch recht?«

»Die Ausführung des Mordes sieht sehr professionell aus,

daher könnte es durchaus die Arbeit eines Profikillers gewesen sein. Und vergiss nicht, die Mafia ist noch nicht draußen aus dem Spiel. Warten wir erst einmal ab, ob die Spurensicherung noch etwas gefunden hat, davon hängt vieles ab.«

Schweigend fuhren sie durch die laue Frühlingsluft. Genüsslich lehnte sich Walz in seinem Sitz zurück und sog die zahlreichen Düfte ein, die der Fahrtwind hereintrug. Zärtlich strich er Clara durch ihr dichtes Haar und kraulte auf die Art ihren Hinterkopf, wie sie es besonders mochte, während sie sich auf die Straße konzentrierte.

Walz freute sich nun auf sein Zuhause und auf sein Bett, wo er all diese fürchterlichen Mordgeschichten vergessen und sich auf die wirklich wichtigen Dinge des Lebens konzentrieren konnte.

In diesem Moment mochte er sich ein Leben ohne Clara gar nicht mehr vorstellen.

5. KAPITEL (DONNERSTAG)

Am nächsten Morgen kam Vogel höchst aufgeräumt in das kleine Büro, das ihm und seinem Kollegen im LKA zugewiesen worden war.

Ohne Walz, der wie stets als Erster an seinem Arbeitsplatz saß, überhaupt zu begrüßen, sprudelte er gleich los: »Du glaubst nicht, was mir gestern Abend passiert ist. Geh' ich doch wie immer mit der Emily am Lainzer Tiergarten entlang, als uns plötzlich ein herziger Mops über den Weg läuft. Selbst die Emily, die ja als echter Greyhound eigentlich nur mit ihresgleichen spielt, war von dem Kleinen völlig begeistert. Die haben wirklich einen Riesenspaß miteinander gehabt. Nur, so dachte ich mir, in unseren Breiten kommt es eigentlich doch recht selten vor, dass ein Mops allein im Wald lebt – irgendwo müsste ja da noch sein Herrl oder Frauerl sein. Was soll ich dir sagen? Es wird später und später und weit und breit ist kein Mensch zu sehen. Hab ich mir halt gedacht, ich nehm ihn erst einmal mit, handlich genug ist er ja. Endlich, ich war schon fast zu Haus, begegnet mir eine völlig aufgelöste junge Frau, die sich schließlich als die Besitzerin des Hundes erweist.«

Walz, der sich gerade auf die Erstellung eines Gedächtnisprotokolls der gestrigen Gespräche zu konzentrieren versuchte – da sie an das Landeskriminalamt ausgeliehen waren, waren sie ihrer täglichen Fron enthoben –, lauschte der Erzählung seines Kollegen mit wachsender Ungeduld. Immerhin hatte er nicht seinen gestrigen Feierabend geopfert, um sich jetzt eine völlig banale Geschichte über irgendwelche Freundschaften unter Caniden und deren Besitzern anhören zu müssen.

»Mein lieber Kajetan, bitte komm endlich zum Punkt –

wir haben heute wahrlich mehr als genug zu tun«, unterbrach er seinen Kollegen daher ein wenig unfreundlicher, als er es eigentlich beabsichtigt hatte.

»Bitte, ich brauch dir auch nichts erzählen«, erwiderte Vogel in beleidigtem Tonfall, »machen wir hier halt nur noch unsere Arbeit … Also, was hast du gestern erreicht?«

»Darf ich bitte noch den Satz fertig schreiben?«, fragte Walz gereizt. »Ich versuche nämlich gerade, mir Notizen von den Gesprächen zu machen …«

Achselzuckend setzte sich Vogel an seinen Platz, öffnete seine Pfeifentasche und entnahm ihr diverse Utensilien, die er um sich herum ausbreitete.

»Entschuldige bitte, aber du kommst einfach so grußlos hereingestürmt und redest auf mich ein, als wär der Leibhaftige hinter dir her«, sagte Walz schließlich, nachdem er den Bericht noch einmal durchgelesen hatte. »Also, was war nun gestern los, hast du wenigstens einen Finderlohn in Form einer spontanen Insemination lukriert?«

Schweigend betrachtete Vogel seinen Kollegen und stopfte nebenbei sorgfältig seine Pfeife. »Viel war da leider nicht zu holen«, antwortete er seufzend, »da wir uns ja quasi erst vor meiner Haustür getroffen haben. Das hab ich ihr auch gleich signalisiert, indem ich ihr mitgeteilt habe, dass meine Frau mit dem Abendessen auf mich wartet. Da hat sie gelächelt und zum Abschied gesagt, wenn ich wollte, könnte ich ja im Internet auf ›tierfreund.at‹ gehen und nach einer Michelle suchen. Ab zehn wäre sie jedenfalls online und würde sich freuen, wenn wir dann miteinander chatten könnten.«

»Und das hast du natürlich gemacht«, schlussfolgerte Walz.

»Ja, was bleibt mir denn übrig?«, fragte Vogel mit der Unschuldsmiene eines windigen Gebrauchtwagenhändlers, der gerade im Begriff steht, einem naiven Interessenten eine Rostschüssel als Luxus-Coupé zu verkaufen, »die Emily hat doch fast keine Hunde, mit denen sie gerne spielt. Und wenn sie schon einmal einen gefunden hat, dann sollte man doch den Kontakt mit dessen Halter unbedingt aufrechterhalten …«

»Also, du warst dann in diesem Forum, und wann seht ihr euch wieder?«

»Heute Abend um 18 Uhr vielleicht, wenn es sich ausgeht, im Hörndlwald«, antwortete Vogel möglichst gleichgültig.

»Mit anderen Worten, um fünf musst du hier fertig sein«, sagte Walz nachdenklich, nachdem er einen kurzen Blick auf seine Armbanduhr geworfen hatte.

»Daher wäre es angenehm, wenn du mir angesichts unserer knapp bemessenen Zeit einen kurzen Bericht deiner gestrigen Erlebnisse erstatten würdest.«

Nachdem er sie ausgedruckt hatte, reichte ihm Walz wortlos die Zusammenstellung der Aussagen des gestrigen Abends.

»Na, der Misic nimmt aber den Mund ziemlich voll … und die Bernreuter erst«, sagte Vogel, das Protokoll überfliegend. »Auf die Beerdigung vom Maurer werden s', glaub ich, keinen Kranz schicken. Der scheint aber wirklich ein besonders netter Zeitgenosse gewesen zu sein. Ich hab mir übrigens überlegt, dass wir heute versuchen sollten, vom Betriebsrat die Namen der Musiker zu erfahren, die sich bei ihm über den Maurer beschwert haben.«

»Wenn das ein anständiger Betriebsrat ist, wird der uns was pfeifen und sich auf den Vertraulichkeitsgrundsatz berufen.«

»Vielleicht ist er ja auch unanständig, probier'n wir's halt einfach aus«, sagte Vogel vergnügt und entzündete seine morgendliche Pfeife.

»Du solltest nicht vergessen, dass wir hier nur vorübergehend untergebracht sind, und als anständiger Gast befolgt man üblicherweise die Regeln des Hauses, und die besagen ausdrücklich, dass man hier nicht rauchen darf.«

Mit schuldbewusster Miene löschte Vogel sogleich seine Pfeife mit dem Stopfer und legte sie wortlos auf den Schreibtisch.

»Danke«, sagte Walz trocken, »allerdings sollten wir vorher in der Oper anrufen und fragen, ob das Orchester heute überhaupt Probe hat. Wenn die noch keinen Dirigenten gefunden haben, werden die Herren Philharmoniker wohl kaum aufspielen.«

Nach einem kurzen Telefonat mit dem Portier der Oper stand Walz auf und bedeutete Vogel mit einem kurzen Kopfnicken, mit ihm zu kommen.

»Das Orchester hat um zehn die erste BO, beeilen wir uns.«

»BO ist eine Probe, das habe ich schon mitbekommen, aber wofür steht eigentlich diese Abkürzung?«, fragte Vogel, während sie zu ihrem Wagen eilten.

»Irgendetwas mit Bühne. Ich glaub, das heißt ›Bühne und Orchester‹. Ich bin übrigens schon sehr gespannt, wen die als Dirigenten gefunden haben. Ich tippe auf den Berner.«

»Hoffentlich beeilen sich die von der Spurensicherung, vorher können wir eigentlich nur Däumchen drehen und im Trüben fischen«, sagte Vogel, als sie im Auto Platz genommen hatten. »Der Lindner hat gemeint, bis heute Abend müsste er die ersten Auswertungen haben. Ja, also die Michelle, die ist süß, sag' ich dir …«

»Du erzählst mir ja nie was«, meinte Walz schmunzelnd, »wie alt? Maße? Figur? Beruf? Familienstand? Besondere Merkmale? Nationalität? Lass dir doch nicht immer alles aus der Nase ziehen.«

Genießerisch sog Vogel an seiner Pfeife, die er sogleich entzündet hatte, als sie das Gebäude verlassen hatten, und blinzelte vergnügt in die Sonne, die heute schon wieder für fast sommerliche Temperaturen sorgte.

»Laut ihrem Eintrag im Forum ist sie 29 Jahre jung. Sieht zwar ein bisschen balkanesisch aus, klingt aber wie eine Wienerin. Sie ist nicht sehr groß, schlank mit ziemlich kleinem Einhandpopsch, wie ich's halt gerne hab. Trägt ihre roten Haare halblang, schöne Zähne, und hat ein bezauberndes Lächeln.«

»Wow, rote Haare«, unterbrach ihn Walz, »sind die echt?«

»So weit bin ich, wie gesagt, noch nicht in die Materie eingedrungen, werd es aber, so Gott will, bald wissen…«

»Und was macht sie beruflich?«

»Sie ist bei einer Versicherung. Von einem Mann hat sie nichts erzählt, ich hab sie allerdings auch nicht danach gefragt, man will ja nicht gleich mit der Tür ins Haus fallen. Dürfte allerdings alleinstehend sein, sonst wär sie ja wohl nicht in diesem Forum. Das scheint dort so eine Art Partnervermittlung für Tierbesitzer zu sein. Vielleicht kann ich dir ja morgen mehr über sie erzählen.«

»Irgendwie hat dieses Internet unser ganzes Leben völlig versachlicht. Früher ist man in der Hoffnung, irgendjemanden kennenzulernen, in ein angesagtes Beisl gegangen, und hat sich einen Haxen ausgerissen, um einen guten Eindruck zu hinterlassen und im besten Falle ein Mädel abzuschleppen. Am nächsten Morgen kam dann das böse Erwachen. Heut geht man gemütlich ins Internet, loggt sich als bekennender Bettnässer in eine Partnervermittlung ein und findet die passende Frau, die ihr Leben lang von nichts anderem geträumt hat, als allmorgendlich in einem feuchtwarmen Biotop aufzuwachen. Eigentlich ist das fürchterlich fad, die ganze Spannung ist weg. Also, für mich ist das nix. Gibt's nicht auch eine Partnervermittlung für Polizisten?«

»Jetzt tust du mir aber unrecht, mein lieber Walz«, antwortete Vogel vorwurfsvoll, der den Dienst-Golf gekonnt durch den Verkehr zirkelte. »Schließlich hab ich die Michelle deshalb kennengelernt, weil mir ihr Bruno zugelaufen ist. Im Forum haben wir uns nur unterhalten, früher hätten wir halt heimlich telefoniert, von der Telefonzelle aus, damit die Frau nichts merkt. So viel Unterschied ist da auch nicht. Ach, bevor ich's vergesse: Der Lindner hat mich heut Morgen angerufen: Die K.-o.-Tropfen waren auch in der Whisky-Flasche enthalten. Seltsamerweise nur in einer, die anderen waren sauber. Das bedeutet, dass der Mörder der Wohnung möglicherweise schon zuvor einen Besuch abgestattet hatte. Das ist insofern unerfreulich, da Maurer seinen Mörder in dem Fall nicht unbedingt gekannt haben muss. Der kann genauso gut schon vorher eingebrochen sein, um die Flasche zu präparieren …«

»Das glaube ich aus verschiedenen Gründen nicht. Wenn er ihn nicht gekannt hätte, dann müsste er einen Informanten oder Auftraggeber gehabt haben, der genau darüber Bescheid wusste, dass der Maurer an dem Abend diesen bestimmten Whisky trinkt. Zudem wurden keine Spuren eines Einbruchs an der Haustür festgestellt. Das heißt, der Täter hat einen Nachschlüssel gehabt oder gar selbst einen Schlüssel besessen. Und selbst wenn er vorher eingebrochen ist, dann hätte der Täter noch die Alarmanlage ausschalten müssen. Wenn du mich fragst, dann hat der Maurer ihn selbst hereingelassen. Was mich viel mehr irritiert, ist die Frage, warum ihn der Täter nicht gleich richtig vergiftet hat, wenn er sich schon die Mühe macht, ihm etwas in die Flasche zu mischen«, überlegte Walz und blickte seinen Kollegen an.

»Das herauszufinden, o du mein Walz, obliegt uns. Dafür werden wir schließlich bezahlt!«

Matthias Körbler, Betriebsrat und gleichzeitig Kontrabassist des Staatsopernorchesters, saß noch telefonierend hinter seinem Schreibtisch, als die Inspektoren um Viertel vor zehn sein Büro betraten.

Verängstigt blickte die Sekretärin die Besucher durch ihre dicken Brillengläser an, als Vogel nach kurzem Klopfen die Tür etwas zu heftig aufriss.

Um den telefonierenden Musiker nicht zu stören, zeigten die Kriminalisten wortlos ihre Dienstausweise vor, was die arme Vorzimmerdame noch mehr zu verschrecken schien.

Glücklicherweise schien Körbler, der schon einen fragenden Blick zu den Kriminalisten geworfen hatte, danach zu trachten, angesichts des Besuchs das Gespräch kurz zu halten, sodass die etwas ungemütliche Situation schon bald zu einem Ende kam.

»Ich habe leider überhaupt keine Zeit, gleich beginnt die Probe«, sagte Körbler zu den Inspektoren und warf ihnen einen missbilligenden Blick zu, bis ihm seine Sekretärin ins Ohr flüsterte, um wen es sich bei diesem Besuch handelte.

»Ja, das ist natürlich etwas anderes«, erklärte er mit bedauerndem Gesichtsausdruck. »Ich dachte, Sie seien von der Presse. Die machen mich momentan völlig narrisch. – Frau Vucic, könnten Sie bitte dem Orchesterinspektor ausrichten, dass ich etwas später komme?«

Frau Vucic mit ihren dicken Brillen eilte gehorsam aus dem Büro.

Üblicherweise ist nur ein gewisser Phänotypus überhaupt dazu geeignet, das Anforderungsprofil eines typisch österreichischen Betriebsrates zu erfüllen. Eine zwingende Eigenschaft bei diesem ist ein griesgrämiger Gesichtsausdruck, erwünscht sind weiters tiefe Magenfalten, die sich von den Nasenflügeln bis zu den Mundwinkeln durch das Gesicht furchen, eine ungesunde Gesichtsfarbe und ein schlechter Friseur. Durch seine frühzeitig ergrauten Schläfen und den leider auch schon grauen, aber vom Nikotin verfärbten Schnurrbart, sollte er eigentlich schon von Jugend an so aussehen, als würde er kurz vor seiner Pensionierung stehen. Darüber hinaus sollte er ein offensichtlich billiges Hemd mit geschlossenem obersten Kragenknopf oder mit einer schlecht gebundenen, aber unter keinen Umständen seidenen Krawatte tragen, die farblich mit dem karierten Sakko überhaupt nicht harmoniert. Dieses Erscheinungsbild, das von ausgebeulten Baumwollhosen, fahlbraunen Raulederschuhen mit Kreppsohlen und einem schlechten Aftershave abgerundet wird, sollte auch dem unwichtigsten Arbeitnehmer signalisieren, dass sein Vertreter sich so sehr in seinem Beruf aufreibt, dass er keine Zeit dazu findet, auf sein Äußeren zu achten, und dem Arbeitgeber, dass er bei ihm zu wenig Geld verdient, um sich anständig zu kleiden.

Doch Matthias Körblers Äußeres entsprach ganz und gar nicht diesen Erfahrungswerten, denn er machte einen durchaus gepflegten Eindruck. Der etwa 40-jährige Mann trug über seinen Designer-Jeans ein weißes Leinenhemd, dessen Ärmel lässig umgeschlagen waren. Über die Qualität seines Friseurs war nicht viel zu sagen, denn er war völlig kahl, aber immerhin roch er gut. Auch seine Schuhe, leichte Mokassins aus braunem Leder, hielten sogar dem gestrengen Auge Walz' stand.

Nachdem sich die Inspektoren jenseits seines Schreibtischs auf zwei Stühlen niedergelassen hatten, schaute der schlanke Musiker seine Besucher freundlich an. »Was also kann ich für Sie tun?«, fragte er sie und beugte sich mit in sich verschränkten Fingern über den Tisch.

»Unseres Wissens haben sich vorgestern zwei Kollegen bei Ihnen über Herrn Maurer beschwert. Wäre es möglich, dass wir uns mit den betreffenden Herren unterhalten können?«, fragte Vogel.

»Da müsste ich die beiden erst einmal persönlich fragen, ob sie damit einverstanden sind – die sitzen aber jetzt schon im Orchestergraben. Ich kann mit ihnen frühestens in der Pause um etwa 11:30 Uhr sprechen. Ich würde Ihnen dann Bescheid geben.«

»Könnten Sie uns vielleicht die Namen verraten?«, fragte Vogel freundlich lächelnd.

»Das kann ich ebenfalls erst, wenn ich mit ihnen gesprochen habe, ich nehme an, dass Sie dafür Verständnis haben«, gab Körbler ebenso freundlich zurück.

»Selbstverständlich. Wie kam es überhaupt dazu, dass sie Sie aufsuchten?«

»Herr Maurer hat sich ihnen gegenüber nicht korrekt verhalten«, antwortete Körbler vorsichtig, während er seine Stimme senkte.

»Kommt das öfter vor, dass sich Musiker wegen eines Dirigenten an den Betriebsrat wenden?«

»Eigentlich nicht, in der Regel vertrete ich meine Kollegen gegenüber dem Herrn Direktor. Allerdings wurden wir gebeten, bei Herrn Maurer auf diese Weise zu verfahren.«

»Wie wir hörten, muss sich Herr Maurer ihnen gegenüber, sagen wir einmal, außergewöhnlich verhalten haben …«, formulierte Vogel so bedacht, dass Walz ihn verwundert anschaute.

»Das hat er in der Tat. Es war wirklich außergewöhnlich.«

Plötzlich lächelte Körbler den Inspektor mit einem Augenzwinkern an.

»Ich glaube, der Zeitpunkt ist nun gekommen, an dem wir Klartext miteinander reden können!«, sagte Vogel unvermittelt und lächelte zurück.

»Einverstanden. Was also wollen Sie genau wissen?«

»Uns wurde von verschiedenen Personen erzählt, dass sich Herr Maurer aufgeführt hat wie die sprichwörtliche ›Sau am Trog‹, um es mit den Worten unserer deutschen Nachbarn und ihrem unnachahmlichen Charme zu sagen«.

»In manchen Fällen ist die deutsche Ausdrucksweise durchaus zutreffend. Sagen wir es aber lieber auf Österreichisch: Herr Maurer hat die Kollegen in einer Art und Weise bloßgestellt, wie ich es bislang noch niemals erlebt habe«.

»Und jetzt ist er tot! Könnte, Ihrer Meinung nach, da vielleicht ein Zusammenhang bestehen?«

Entschieden schüttelte Körbler seinen Kopf. »Definitiv nicht! Beide Kollegen sind eher ruhiger Natur, das beweist allein die Tatsache, dass sie zu mir gekommen sind. Ein cholerischer Charakter hätte wohl nicht den Umweg über den Betriebsrat gewählt, sondern die Sache direkt mit dem Verursacher geklärt.«

»Kommt das gelegentlich vor, in einer solch zivilisierten Gemeinschaft wie dem Staatsopernorchester?«, fragte Vogel verwundert.

»Schauen Sie, in unserem Beruf sind die Nerven oft genug sehr angespannt. Bei jeder Aufführung und bei jedem Konzert, und vorher auch schon bei der Probe, ist höchste Konzentration gefordert. Und wenn dann einer irgendeine dumme Bemerkung macht und womöglich auch noch schlecht dirigiert, kann es schon passieren, dass einem Kollegen einmal der Kragen platzt.«

»Stimmt es, dass Sie nach diesen Protesten nicht direkt zu Herrn Maurer gegangen sind, sondern zu Herrn Weber von seiner Agentur?«

Körbler nickte anerkennend. »Angesichts dessen, dass Sie erst seit gestern ermitteln, sind Sie schon ziemlich gut informiert, das ist man von der österreichischen Polizei eigentlich nicht gewöhnt … Ja, das stimmt. Direktor Münch hatte mir schon vor der ersten Probe mitgeteilt, dass ich das so handhaben soll. Das Risiko, dass uns nach dem Marechal auch noch der zweite Dirigent abhandenkommt, war ihm einfach zu hoch. Wie Sie wahrscheinlich auch schon wissen, war der Maurer ein fürchterliches Sensibelchen, und Münch hatte eben Angst, dass der im Falle einer direkten Konfrontation sofort davonläuft.«

»Und jetzt ist er auch so weg«, brummte Vogel. »Hat die Unterredung mit Herrn Weber wenigstens etwas genützt?«

Körbler wiegte sein kahles Haupt ein wenig hin und her, was wohl eine leichte Zustimmung signalisieren sollte. »Ja, am Anfang wenigstens, hatte ich den Eindruck, da hat sich der Maurer a bisserl z'amm'rissen.«

»Gab es nach dieser Unterredung noch Beschwerden von Musikern?«

»Nein, offiziell ist niemand mehr zu mir gekommen.«

»Und inoffiziell?«

»Wie Sie sich denken können, gab es in der Garderobe unten noch etliche Diskussionen über das Verhalten vom Maurer. Aber wir sind dann übereingekommen, dass es gar keinen Sinn hat, wenn wir jetzt zum Direktor gehen und sagen, mit dem können wir nicht zusammenarbeiten. Die Premiere ist schon bald, und bedenken Sie, was da alles dranhängt. Auch für uns.«

»Wer dirigiert jetzt eigentlich die ›Traviata‹?«, wollte Walz nun wissen.

»Momentan sieht es so aus, als würde es der Samuel Berner machen. Zumindest leitet er die Proben in dieser Woche. Professor Münch versucht aber, noch einen echten Star zu finden, der dann vielleicht die letzten Proben und die Premiere leitet.«

»Aber der Münch ist doch heute früh nach Mailand geflogen«, wandte Vogel ein.

»Was Sie alles wissen«, staunte Körbler erneut. »Nein, angesichts der besonderen Umstände hat er die Reise abgesagt.«

»Das ist ja interessant … Vorderhand brauchen wir von Ihnen nur noch die Liste der Musiker, die bei den Proben vom Maurer mitgespielt haben, und bitten Sie, Ihre beiden

Kollegen zu fragen, ob sie zu einem Gespräch mit uns bereit wären. Wir warten also gegen 11:30 Uhr in der Kantine auf Sie. Wenn die beiden einverstanden sind, können Sie sie ja gleich mitbringen.«

»Die Liste müsste Frau Vucic haben, die wird sie Ihnen kopieren, wenn wir hier fertig sind«, unauffällig schielte Körbler auf seine Swatch.

»Ich hätte eine letzte Frage, rein aus privatem Interesse«, sagte plötzlich Walz. »Warum wehrt sich der Münch eigentlich so gegen den Berner? Der ist doch wirklich gut.«

Körbler beugte sich ganz weit über seinen Schreibtisch und bat die Inspektoren mit einer Handbewegung, näher zu kommen.

»Ich erzähl Ihnen jetzt was, das haben Sie aber nicht von mir …«, flüsterte er. »Der Münch ist mit der Agentur Max und Novak verbandelt, bei der die meisten Dirigenten unter Vertrag sind. Der Berner ist nicht bei dieser Agentur. Muss ich noch mehr sagen?«

»Das heißt, der Münch bekommt seine Prozente, wenn er einen Dirigenten von dieser Agentur engagiert?«, raunte Walz erstaunt zurück.

»Ob das Prozente sind oder andere Vergünstigungen, kann ich nicht sagen. Es gibt auch glaubhafte Gerüchte, die besagen, dass Münch selbst Teilhaber an dieser Agentur ist.«

Nach diesen Worten stand Körbler unvermittelt auf und sagte wieder in normaler Lautstärke: »Ich hoffe, ich konnte Ihnen helfen. Leider muss ich jetzt in die Probe. Wir sehen uns in der Pause.«

Nachdem die Inspektoren die Namensliste von Frau Vucic erhalten hatten, beschlossen sie, in die Kantine zu gehen, um ihr weiteres Vorgehen zu beraten.

Dort saß diesmal, anders als bei ihrem letzten Besuch, fast niemand. Auf einem Fernsehschirm, der auf halber Höhe an der Seitenwand angebracht war, konnten sie die Probe verfolgen.

»Schau dir einmal das Bühnenbild an«, sagte Walz entsetzt, mit dem Finger auf den Bildschirm deutend. »Der erste Akt sollte eigentlich in dem eleganten Salon einer vornehmen Lebedame spielen. Und das hier sieht aus wie der erste Meiler von Fukushima nach dem Tsunami. Kein Wunder, dass sich der Maurer aufgeregt hat.«

Vogel schüttelte nur den Kopf. »Um so etwas zu sehen, gehe ich nicht in die Oper, sondern schaue mir die Nachrichten an, da wird wenigstens nicht gesungen«, antwortete er launig, was sogleich einen strafenden Blick seines Kollegen nach sich zog.

Nachdem sie die bestellten Kaffees an ihren Tisch balanciert hatten, nahm Vogel mit einem behaglichen Seufzer seine Pfeife aus der Hosentasche.

»Der Körbler macht einen ganz guten Eindruck, ich glaube, den können wir von der Täterliste streichen«, sagte Vogel, der stirnrunzelnd die Probenliste musterte, »das sind bestimmt 60 Namen. Bis wir die durchhaben, ist schon bald Weihnachten.«

»Ja, es war schon bemerkenswert, wie gut ihr euch verstanden habt. Vielleicht können wir das Prozedere abkürzen, indem wir dem Herrn Direktor einen Überraschungsbesuch abstatten«, erwiderte Walz, »jetzt sollte er eh Zeit für uns haben. Musst' ihn ja nicht gleich auf seinen Tarocknachmittag ansprechen.«

»Und dann sollten wir auch noch einmal zum Weber schauen – der wird sich inzwischen ja beruhigt haben. Vielleicht kann der uns was über den Münch erzählen, das wär doch bestimmt auch ganz interessant.«

»Lieber Kajetan, wir führen hier keinen Privatkrieg gegen den Herrn Staatsoperndirektor, auch wenn diese Aufgabe zweifellos viel reizvoller wäre, als den Mörder vom Maurer zu suchen. Und dass der Münch den Maurer umgebracht hat, das können wir wohl ausschließen ... wenn auch mit aufrichtigem Bedauern.«

»Das schon, aber vielleicht ergibt sich aus dem Gespräch mit ihm, das wir immerhin noch nicht geführt haben, ein wertvoller Hinweis, den wir noch nicht bedacht haben. Und den können wir dann beim Weber vertiefen. Immerhin sind die beiden ja Geschäftspartner, wie wir gehört haben.«

»Auf jeden Fall finde ich es empörend, wie der Münch mit dem Berner umgeht. Lässt ihn die Proben machen, und dann schaut irgendein Superstar kurz herein, macht die Premiere und vielleicht noch die erste Vorstellung und verschwindet wieder. Der Berner darf wahrscheinlich die restlichen Aufführungen dirigieren, für einen Bruchteil der Gage, die der Star einstreicht, versteht sich.«

»Nicht nur der Star, sondern auch der Münch«, ergänzte Vogel. »Nach unserem Besuch beim Weber werden wir sicherlich sehr hungrig sein, und dann gehen wir zu ›Smokeys‹. Da zeig ich dir, wo es die besten Burger in Wien gibt.«

Walz sah seinen Kollegen an, als hätte er ihm vorgeschlagen, seinen Hund zu verspeisen.

»Muss das sein, Kajetan? Jetzt fehlt nur noch, dass du vorschlägst, danach zu ›Starbucks‹ zu gehen. Können wir nicht gepflegt Wienerisch essen gehen, vielleicht zum ›Gutruf‹ auf ein paar herrliche Rindsrouladen?«

»Lass dich überraschen ...«, schmunzelte Vogel, »machen wir's wie immer. Wenn es dir nicht schmeckt, zahl ich!«

Nach einem kurzen Klopfen betraten die beiden Kriminalisten schwungvoll das Vorzimmer der Direktion.

»Wie wir gehört haben, ist der Herr Direktor ja doch da«, sagte Vogel fröhlich zu Münchs Sekretärin, die empört aufschaute. »Ist er drinnen?«

Ohne eine Antwort abzuwarten, öffnete er die Tür, hinter der Münch an seinem Schreibtisch thronte. Ob es Kalkül war oder nicht, jeder Besucher des Direktors war anfangs im Nachteil, da er wegen des Gegenlichts nur seine Umrisse wahrnehmen konnte. So auch Vogel und Walz, die die Reaktion auf dem Gesicht des Direktors nicht hätten abschätzen können, wenn er nicht gleich losgebrüllt hätte.

»Was fällt Ihnen überhaupt ein, hier ohne Anmeldung einzudringen? Ich werde sofort Hofrat Heider anrufen und mich über Sie beschweren.«

Inzwischen hatten sich die Augen der Besucher an die Lichtverhältnisse gewöhnt, sodass die beiden Kriminalisten ihren Widerpart in näheren Augenschein nehmen konnten. Ob es an dem Ärger über ihren Überraschungsbesuch oder einem Gelage mit seiner Tarockrunde lag, dass Münchs Gesichtsfarbe heute Vormittag einen ausgesprochen ungesunden Eindruck machte, vermochten sie nicht zu beurteilen.

»Tun Sie das ruhig, Herr Direktor«, sagte Vogel kühl, »doch zuvor hätten wir einige Fragen an Sie …«

»Das interessiert mich überhaupt nicht, was Sie haben. Verlassen Sie auf der Stelle mein Zimmer!«

Doch Vogel wich keinen Zentimeter.

Mit blutunterlaufenen Augen starrte Münch sie an, während er zum Telefonhörer griff. Was den bedrohlichen Eindruck allerdings relativierte, war ein gar nicht so kleiner widerspenstiger Haarbüschel auf dem Kopf des Direktors, der senkrecht in die Höhe stand und seiner ganzen Erscheinung etwas Clowneskes verlieh. Bei diesem Anblick erinnerte sich Vogel ihrer Begegnung Jahre zuvor, schon damals hatte ihn sein Aussehen an eine reife Hagebutte gemahnt.

»Ich mache meine Arbeit genauso wie Sie, Herr Direktor«, sagte Vogel ungerührt, »und ich lasse mich, ebenso wie Sie, nur ungern daran hindern. Es ist immerhin ein brutaler Mord an einem Dirigenten geschehen, der an diesem Hause arbeitete. Und sich nicht sehr beliebt gemacht hat dabei. Das heißt, es ist durchaus möglich, dass zwischen der Oper und dem Mord ein unmittelbarer Zusammenhang besteht. Deshalb sollten Sie doch das größte Interesse daran haben, dass dieser Fall so rasch als möglich aufgeklärt wird. Denn ich kann mir nicht vorstellen, dass es dem Renommee dieses Hauses gut anstünde, wenn wir hier ständig Ermittlungen anstellen müssten, unter reger Anteilnahme der Presse, versteht sich. Ganz davon abgesehen, dass dies den täglichen Betrieb empfindlich stören könnte.«

Münch hatte Vogel ruhig angehört, ohne das Telefon aus der Hand zu legen.

»Na gut, dann fragen Sie eben, was Sie zu fragen haben«, sagte er mürrisch und legte den Hörer auf die Gabel zurück, »aber ich habe nicht viel Zeit.«

»Wie wir erfahren haben, war Herr Maurer mit dem Bühnenbild sehr unzufrieden. Dass er mit Ihnen darüber gesprochen hat, ist uns auch bekannt. Wissen Sie zufällig, ob es zu einer direkten Aussprache zwischen Herrn Höllwarth und Herrn Maurer gekommen ist?«

»Das glaube ich eigentlich nicht«, antwortete Münch kopfschüttelnd, »denn ich habe Maurer, nachdem er bei mir vorstellig geworden war, zugesagt, mit dem Höllwarth zu sprechen.«

»War er besonders erregt, als er sich über die Inszenierung äußerte?«

Der Staatsoperndirektor schien kurz nachzudenken. Was sich bei ihm derart äußerte, dass er die Brille abnahm, den rechten Bügel zwischen seine leicht gespitzten Lippen legte und telegen in die Ferne blickte.

»Na ja, erregt war er schon«, sagte er endlich, »ich würde sogar so weit gehen zu behaupten, dass er echt verärgert war.

Was man ihm allerdings nicht wirklich anmerkte, da er ein sehr beherrschter Mann war, der niemals seine Stimme erhob. Aber das, was er sagte, deutete schon darauf hin.«

»Und konnten Sie ihn beruhigen?«

»Ich habe es versucht, indem ich ihm zusicherte, dass ich zwischen den beiden vermitteln werde. Dazu musste ich aber zuerst mit dem Höllwarth reden, der ja bekanntermaßen auch sehr sensibel ist.«

»Und, haben Sie das getan?«

»Ja, nach der Probe vorgestern habe ich mit ihm gesprochen …«

»Wie hat er darauf reagiert?«

»Er war eigentlich ziemlich konsterniert, hat mir aber gleichzeitig zu verstehen gegeben, dass er zu diesem späten Zeitpunkt nichts mehr an seinem Konzept ändern könne.«

»Und was haben Sie dazu gesagt?«

»Nichts, weil ich es nicht anders erwartet hatte, ich kenne ja die Regisseure«, antwortete Münch trocken. »Außerdem konnte ich ja nicht das Wagnis eingehen, dass mir nach dem Marechal jetzt auch noch der Höllwarth abspringt.«

»Haben Sie das mit Herrn Maurer besprochen?«

»Das hätte ich sicherlich getan, wenn er nicht umgebracht worden wäre …«

Ostentativ schaute der Staatsoperndirektor auf seine goldene Rolex.

»Machte Herr Maurer in den letzten Tagen einen verstörten Eindruck auf Sie?«, fragte Vogel ungerührt weiter.

»Nun, das ist unter diesen besonderen Umständen doch etwas völlig Normales.«

»Könnte es nicht sein, dass seine Nervosität damit zusammenhing, dass er sich bedroht fühlte?«

»Mein Gott, ich kann doch in einen Menschen nicht hineinschauen«, stieß Münch gereizt aus, »vielleicht lag es daran, aber das konnte ich beim besten Willen nicht ahnen. Mir hat er jedenfalls nichts gesagt. Und selbst wenn ich es gewusst hätte: Was hätte ich dagegen tun können? Ihn unter Polizeischutz stellen? Sie hätten mich doch ausgelacht, wenn ich Sie darum gebeten hätte!«

»Könnten Sie sich vorstellen, dass einer der Musiker oder Sänger, mit denen Maurer ja nicht gerade zimperlich umgesprungen ist, sich zu einer solchen Tat hätte hinreißen lassen?«

»Auch da kann ich nur für mich sprechen und Ihnen sagen: Ich war's nicht! Für andere Menschen spreche ich prinzipiell nicht, auch wenn ich sie noch so gut kenne.«

»Sie haben den Betriebsrat des Orchesters gebeten, dass er sich bei Beschwerden nicht direkt an Herrn Maurer wenden soll, sondern an seinen Agenten, Herrn Weber. Sie wussten also, dass Herr Maurer einerseits sehr polarisierte und dabei auch noch sehr empfindlich auf Kritik reagierte. Warum haben Sie ihn dann überhaupt engagiert, obwohl Sie wegen der kurzen Zeitspanne doch kein Risiko eingehen konnten?«

Münch schaute Vogel an, als hätte er nicht richtig verstanden. »Sind Sie vom Unterrichtsministerium oder von der Polizei? Die Einzigen, denen ich für mein Tun Rechenschaft ablegen muss, sind die Frau Unterrichtsminister und der Generalsekretär der Bundestheater! Und jetzt gehen Sie bitte, ich habe zu tun. Sie finden ja wohl allein raus.«

»Ich würde doch meinen, die letzte Frage diente nicht unbedingt der Tataufklärung«, meinte Walz schmunzelnd, als sie draußen im Stiegenhaus standen. »Befinden wir uns auf einem kleinen Rachefeldzug?«

»Ich kann mir nicht helfen, ich mag diesen Trottel einfach nicht!«

»Aber du solltest nicht vergessen, dass er immerhin ein bedeutender Staatsoperndirektor ist«, antwortete Walz mit erhobenem Zeigefinger.

»Wer sagt das?«

»Die Presse und die Regierung. Alle sind voll des höchsten Lobes über ihn.«

»Weil sie wahrscheinlich nicht in die Oper gehen. Wenn ich mir die Inszenierung da unten anschaue, dann hege ich daran doch gewisse Zweifel.«

Inzwischen hatten sie die Kantine erreicht, die sich noch immer menschenleer präsentierte. Am Fernsehschirm konnten sie erkennen, dass Hanna Mayhold gerade mit dem Finale des ersten Aktes begann. Während Walz gebannt dem Geschehen folgte, meldete Vogel telefonisch ihren Besuch bei Herrn Weber an.

»Pass auf, gleich sollten die Statisten in die Kantine kommen, beim Schluss vom ersten Akt haben die eigentlich nichts mehr auf der Bühne zu tun«, sagte Walz, als sich Vogel wieder zu ihm gesellte.

»Wie war das mit dem Regietheater? Vielleicht bringen sie gerade den Mist runter«, entgegnete Vogel grinsend.

Diese naheliegende Idee war Höllwarth offensichtlich nicht gekommen, denn die Kantine füllte sich langsam mit abgerissenen Gestalten.

»Ja, Willi, wie schaust du denn heute aus?«, fragte Walz vergnügt, als Mock an ihren Tisch trat. »Zahlen die so schlecht hier?«

Tatsächlich gab der altgediente Statist ein noch schlimmeres Bild ab als bei ihrer letzten Begegnung.

Er trug eine ihm viel zu weite und scheinbar vor Dreck starrende Hose aus grobem Leinen und eine ebensolche Jacke ohne Unterhemd, sodass seine grauen Brusthaare pittoresk aus dem

Ausschnitt wucherten. Seine Haare waren mit Gel präpariert und standen struppig zu Berge, sein Gesicht war mit einer kreideartigen Schminke bearbeitet worden. Wie es den Anschein hatte, war es ihm seit ihrer letzten Begegnung nicht gut ergangen.

»Eigentlich verstößt das hier gegen die Menschenrechte«, knurrte Mock, der angewidert an sich herabblickte, »nach der letzten Probe hat der Höllwarth gemeint, wir sähen noch viel zu zivil aus und den Maskenbildner zu sich zitiert – das Ergebnis dieser Unterredung seht ihr hier vor euch … Fehlt nur noch, dass er uns verbietet, bis zur Premiere zu duschen.«

»Da hat das Gespräch mit dem Direktor doch seine Auswirkungen gehabt«, raunte Vogel Walz zu, »allerdings scheint der Höllwarth etwas falsch verstanden zu haben. So gesehen kann der Maurer eigentlich froh sein, dass er das nicht mehr erleben muss.«

Mock schaute sie verständnislos an.

»Für die hehre Kunst sollte Ihnen doch eigentlich kein Opfer zu groß sein«, wandte sich Vogel nun mit sardonischem Grinsen an Mock.

»Wenn das Kunst ist, was hab ich dann die letzten 40 Jahre gemacht?«, entgegnete der Statist pathetisch und sah Vogel finster an. Er schien wirklich böse zu sein.

»Der Kajetan hat das doch nicht so gemeint«, versuchte Walz zu schlichten, »erzähl mir lieber, wie sich der Berner macht.«

Augenblicklich hellte sich Mocks Miene auf.

»Tadellos macht er das! Wir von der Bühne sind alle höchst zufrieden, sogar der Grill, der sonst immer motschkert, hat sich lobend über den musikalischen Teil geäußert. Wenn wir jetzt noch die alte Inszenierung hätten, könnte das direkt ein großer Abend werden.«

»Na bitte, dann war der Tod vom Maurer doch zu etwas gut«, stellte Vogel vergnügt fest.

Verblüfft schaute ihn Mock an. »Und das aus dem Munde eines Kiberers … Ich weiß zwar nicht, ob ich den Humor deines Freundes mag, aber in diesem Falle hat er zweifellos recht.«

Mittlerweile war die Probe des ersten Aktes zu ihrem Ende gekommen. Laut plaudernd strömten die Orchestermusiker in die Kantine. Der Betriebsrat Matthias Körbler kam in Begleitung zweier Herren auf die Kriminalisten zu, die sofort aufstanden.

»Darf ich vorstellen, dies sind die beiden Herren, Professor Misolic und Herr Meisl, die sich bei mir über Herrn Maurer beschwert haben. Sie sind damit einverstanden, mit Ihnen zu reden. Allerdings habe ich eher an einen Termin nach der Probe gedacht. Oder genügen Ihnen knappe 20 Minuten?«

»Ich glaube, nach der Probe haben wir tatsächlich mehr Ruhe. Wenn die Herren danach noch eine halbe Stunde Zeit hätten, wäre es wirklich großartig«, sagte Vogel, den beiden zulächelnd.

»Ich hab meinen ersten Schüler um 13:30 Uhr, nachher hab ich höchstens zehn Minuten Zeit«, antwortete Misolic mit wichtiger Miene, »jetzt wär' es mir schon lieber«.

»Fein«, sagte Vogel, »und wie steht es mit Ihnen, Herr Meisl?«

»Wir können es gerne nach der Probe machen – ich hab erst um 15:30 Uhr den nächsten Termin«, antwortete der Oboist gemütlich, »ich sollte dazwischen nur irgendetwas essen.«

»Das trifft sich ja wunderbar. Wenn es möglich ist, gehen wir jetzt mit dem Herrn Professor ins Büro von Herrn Körbler, wo wir ungestörter sind, und treffen uns nach der Probe in der Kantine wieder, Herr Meisl. Dann können wir ja zusammen essen gehen.«

»Aber bitte nicht hier«, antwortete Meisl, sich vorsichtig umschauend.

»Keine Sorge«, lächelte Vogel. »Essen Sie gerne Burger?«

Misstrauisch schaute der Oboist Vogel an. »Zu McDonald's wollte ich eigentlich auch nicht …«, protestierte er zaghaft.

»Sehe ich so aus? Nein, nein, viel besser, lassen Sie sich überraschen – wenn es nicht schmeckt, zahl ich!«

»Ja, dann – aber Vorsicht, es gibt nichts, was nicht in einen eingeladenen Musiker hineingeht«, antwortete Meisl lachend.

»Angesichts meines schmalen Beamtengehalts könnte ich mir es niemals leisten, einen Philharmoniker standesgemäß auszuführen – aber da ich meiner Sache in diesem Falle so sicher bin, werden Sie wohl selbst zahlen müssen.«

»Wir haben nur noch 14 Minuten«, unterbrach Körbler die launige Unterhaltung und deutete mahnend auf seine Uhr.

Das Lächeln, das Frau Vucic ihrem Vorgesetzten zuwarf, gefror sogleich, als sie der Kriminalisten und Misolic gewahr wurde.

»Was also, Herr Professor, hat Sie dazu veranlasst, zu Herrn Körbler zu gehen?«, fragte Vogel, noch bevor sie Platz genommen hatten.

»Herr Maurer hat mich in einer Weise beleidigt, wie ich es noch niemals zuvor erlebt habe«, sagte Misolic ernst, während er seinen großen Kopf leicht schief legte und die Polizisten gerade so ansah, als wolle er ihren Widerspruch herausfordern.

»Sie müssen wissen, dass Herr Professor Misolic nicht nur Solofagottist in diesem Orchester, sondern auch ein höchst erfolgreicher Lehrer an der Musikuniversität ist«, erläuterte Körbler. »Seine künstlerische Kompetenz ist also über jeden Zweifel erhaben.«

»Und außerdem bin ich international als Kammermusiker

tätig und Träger mehrerer Auszeichnungen«, ergänzte Misolic mit zusammengepressten Lippen.

Dem Herrn schien es an Selbstbewusstsein nicht zu mangeln.

»Davon bin ich überzeugt, sonst würden Sie ja nicht in einem solchen Orchester eine führende Position einnehmen«, sagte Vogel mit einer artigen Verbeugung, »angesichts der knappen Zeit bitte ich Sie, mir kurz mitzuteilen, was Sie dazu bewogen hat, zu Herrn Körbler zu gehen.«

»Wie Sie ja vielleicht wissen, legen wir besonderen Wert auf unseren eigenen Klang, der uns von allen anderen Orchestern unterscheidet«, referierte Misolic. »Und diese Besonderheit, um die uns die ganze Welt beneidet, schien Herrn Maurer völlig egal zu sein. Oder er wusste es nicht besser …«

»Wenn ich Sie recht verstehe, handelte es sich bei Ihrer Auseinandersetzung also um eine rein musikalische Diskussion?«, fragte Vogel, während er seinen Kollegen Walz Hilfe suchend anblickte.

Entschieden schüttelte Misolic seinen großen Kopf. »Nein, keine musikalische Diskussion, hier geht es um viel mehr. Hier geht es um eine Tradition, die über Jahrhunderte gewachsen ist und die dieser sogenannte Dirigent zerstören wollte. Brahms, Bruckner, Mahler, alle hatten diesen Klang im Ohr, als sie ihre Symphonien komponierten. Und jetzt kommt ein so junger Schnösel daher und will mir erklären, wie ich Fagott zu spielen habe. Das ist nicht nur ungehörig, das ist schlicht und einfach dumm. So jemand hat an der Spitze unseres Orchesters nichts zu suchen!«

Als bedurfte diese mit großer Vehemenz vorgebrachte Äußerung noch einer Unterstreichung, läutete just in dem Moment die Glocke, die das Ende der Pause signalisierte.

»Hat Herr Maurer Sie auch persönlich angegriffen?«

»Sicher. Indem er sich über meinen Klang mokiert hat. Sehen Sie, ich stehe ja in direkter Folge des ersten Solo-Fagottisten unseres Orchesters. Mein Lehrer war hier einst Erster Solo-Fagottist, ebenso wie dessen Lehrer und so fort, bis hin zum Solo-Fagottisten, der unter Otto Nicolai gespielt hat, der die Wiener Philharmoniker im Jahre 1842 gründete. Wir alle haben die heilige Pflicht, dieses Erbe weiterzutragen. Das ist ja auch der Grund dafür, dass ich an der Universität unterrichte. Sämtliche Fagottisten unseres Orchesters sind meine Schüler oder die meines Lehrers. Mehr brauche ich wohl nicht zu sagen! Und jetzt muss ich in die Probe.«

»Nur noch eine Frage, die ich leider jedem stellen muss«, sagte Vogel mit entschuldigendem Lächeln. »Wo waren Sie vorgestern zwischen 23 Uhr und ein Uhr morgens?«

»Ach so. Jetzt bin ich auch noch verdächtig, weil ich meine Meinung gesagt habe. Es ist immer dasselbe: Wenn man in Österreich einen persönlichen Standpunkt vertritt, wird man gleich als kriminelles Element angesehen. Wenn Sie es also genau wissen wollen: Ich habe zum besagten Zeitpunkt tief geschlafen, weil ich einen sehr anstrengenden Beruf habe. Um Ihrer nächsten Frage auch gleich vorzugreifen: Meine Frau lag neben mir und ist sicherlich jederzeit dazu bereit, dies auch auszusagen. Auf Wiederschau'n, meine Herren!«

Unterdessen war auch Körbler aufgestanden und verabschiedete die Inspektoren mit einem Lächeln, das zwischen Verlegenheit und Belustigung schwankte.

6. KAPITEL (DONNERSTAG)

»So freundlich habe ich dich ja noch nie erlebt, geradezu berückend war das, wie feinsinnig du dem Misolic auf den Zahn gefühlt hast«, sagte Walz zu Vogel, als sie auf die Operngasse hinaustraten und den Weg zu Webers Agentur einschlugen. »Du bist halt doch ein echter Österreicher. Kaum hat wer einen akademischen Titel, entwickelst selbst du eine geradezu servile Höflichkeit.«

Unwillig brummte Vogel und angelte seine Pfeife aus der Hosentasche. »Und nun, sei ehrlich, was hat es gebracht? Du hast es ja selbst gesehen, je freundlicher man die Leute behandelt, desto unverschämter werden sie.«

»Da hast du auch wieder recht«, erwiderte Walz lachend, »den Weber darfst' wieder anschnauzen.«

»Gott sei Dank«, murmelte Vogel, während er seine Pfeife entzündete, »ich hatte schon befürchtet, dass der Herr Professor nur aufgrund meiner Freundlichkeit ein volles Geständnis ablegen würde. Das hätte dann mein ganzes Weltbild ins Wanken gebracht.«

Als die Inspektoren das Büro von Michael Weber bei der Agentur Max und Novak in der Eschenbachgasse betraten, bot sich ihnen ein erstaunlicher Anblick.

Beständig vor sich hin schimpfend, war Weber offensichtlich gerade damit beschäftigt, seinen Schreibtisch zu räumen. Mit verbissener Entschlossenheit schichtete er Akten in einen Umzugskarton, wobei der Schweiß in solchen Strömen an ihm herabfloss, dass sich am Kragen seines hellblauen Hemdes schon ein breiter dunkler Rand gebildet hatte.

»Wechseln Sie das Büro, Herr Weber?«, fragte Vogel verwundert, nachdem er leise an den Türrahmen geklopft hatte.

»So kann man das natürlich auch ausdrücken«, antwortete dieser schnaufend und wischte seine Stirn mit einem großen Stofftaschentuch ab, »nur weiß ich derzeit noch nicht, wo mein neues Büro sein wird …«

»Was heißt das genau?«, fragte Vogel vorsichtig.

»Das heißt, dass ich heute Morgen gekündigt wurde«, rief Weber mit bebender Stimme, während er einen Stapel Papier auf den Tisch knallte. »Können Sie sich das vorstellen? Der Magnus ist noch nicht einmal begraben, und unser Chef hat nichts Besseres zu tun, als mich vor die Tür zu setzen!«

Vogel warf seinem Kollegen einen bedeutungsvollen Blick zu.

»Eine fristlose Kündigung bedarf aber laut Arbeitsrecht eines stichhaltigen Grundes, was wirft man Ihnen denn vor?«

»Ich weiß es ja selbst nicht«, brach es weinerlich aus ihm heraus, »Herr Max hat mir vor einer Stunde mitgeteilt, dass ich bis um 15 Uhr meinen Schreibtisch zu räumen habe und bis zum Vertragsende freigestellt bin. Ohne nähere Begründung! Gestern wird mein bester Freund ermordet, heute werde ich gekündigt – ich bin gespannt, was diese Woche noch für mich bereithält.«

»Na ja, wenigstens ist heute schon Donnerstag«, sagte Vogel leichthin, was sogleich einen strafenden Blick seines Kollegen nach sich zog, der sicherheitshalber die weitere Befragung übernahm.

»Ist ein solches Prozedere in diesem Metier üblich?«

Ratlos warf Weber seine Arme in die Luft. »Üblich nicht gerade, aber möglich, da mein Vertrag an den von Magnus gebunden war. Ich war gleichsam sein Angestellter, der von der Agentur bezahlt wurde.«

»Hängt es vielleicht damit zusammen, dass Sie aufgrund von Herrn Maurers Bitten bei der Agentur angestellt wurden?«

Erstaunt schaute Weber den Inspektor an. »Was Sie alles wissen«, sagte er kopfschüttelnd. »Aber immerhin war Magnus doch einer der bedeutendsten Dirigenten der jüngeren Generation, und dadurch hatte ich eine sehr wichtige Aufgabe zu erfüllen, was ich, so glaube ich, auch ziemlich gut gemacht habe. Deshalb wäre es ja wohl ein Zeichen des Anstands gewesen, dass mich Herr Max wenigstens eine Zeit lang weiterbeschäftigt.«

»Das tut mir wirklich leid, Herr Weber, aber ein Mann mit Ihren Kenntnissen wird sicherlich bald woanders unterkommen. Nun etwas ganz anderes: Ich würde gerne noch auf die Sache mit dem Italiener zu sprechen kommen. Können Sie sich wirklich nicht an seinen Namen erinnern?«

»Nein, keine Ahnung, ich weiß nicht einmal, ob Magnus ihn überhaupt erwähnt hat.«

»Sie hätten ihn doch sicherlich begleitet, wenn er engagiert worden wäre?«

»Natürlich, allerdings nur, wenn mich die Agentur gelassen hätte.«

»Aber Sie waren doch sein persönlicher Sekretär?«

»Schon, aber nur im Zusammenhang mit der Agentur Max und Novak, die mich ja auch dafür bezahlte. Da jedoch dieser Italiener ihn direkt engagieren wollte, hätte mich die Agentur dafür freistellen müssen.«

»Ist es nicht so, dass die Agentur an jedem Auftritt von Herrn Maurer beteiligt war?«, mischte sich jetzt Walz in das Gespräch ein.

»Im Prinzip schon, aber bei solchen Nebengeschäften, die gleichsam unter der Hand zustande kommen, besteht die Agentur nicht unbedingt auf ihrem Recht. Schließlich wollte sie Herrn Maurer als Klienten behalten.«

»Ich verstehe. Wissen Sie, ob diesen Telefonaten schon persönliche Gespräche vorangegangen waren?«

»Das kann ich nicht mit 100prozentiger Sicherheit sagen. Möglich wäre es durchaus, da Magnus vor etwa sechs Monaten drei Wochen lang an der Mailänder Scala dirigiert hat.«

»Und da waren Sie nicht dabei?«, fragte Walz ungläubig.

»Doch, sicher«, antwortete Weber mit nervösem Lachen, »aber ich war ja nicht Tag und Nacht mit ihm zusammen, Miwako war schließlich auch mit.«

Nach einem tiefen Seufzer verstummte Weber, und auch den Inspektoren fiel vorderhand nichts mehr Gescheites ein.

»Stimmt es eigentlich, dass Herr Professor Münch an dieser Agentur beteiligt ist?«, fragte Vogel plötzlich.

Mit hochgezogenen Augenbrauen schaute Weber ihn an. »Ist das zur Klärung des Mordes denn von Belang?«

»Jeder Hinweis, und sei er noch so klein, kann hier von Bedeutung sein. Wir sind momentan ja noch bei der Materialsammlung.«

Nervös wischte sich Weber wieder mit seinem Taschentuch über das schweißnasse Gesicht. »Heißt das, dass auch Professor Münch zum Kreis der möglichen Täter gezählt wird?«

»Alle, auch Sie, Herr Weber, die mit Maurer zu tun hatten, gehören diesem Kreis an. Wegen eines Motivs tappen wir leider noch völlig im Dunkeln. Wenn wir es gefunden haben, ist erfahrungsgemäß der Weg zum Täter nicht mehr weit. Und bei dieser Suche kann jeder Hinweis hilfreich sein.«

»Sie verzeihen, aber Professor Münch in diesem Zusammenhang zu verdächtigen, wäre doch blödsinnig, da er schließlich an Maurers Engagement ordentlich verdiente.«

»Demnach ist Münch also an dieser Agentur beteiligt«, schlussfolgerte Vogel trocken.

»Wissen Sie, in unserer Branche werden so viele Gerüchte

verbreitet …«, erwiderte Weber ausweichend, »über Einzelheiten sollten Sie mit Herrn Max sprechen, der weiß darüber am besten Bescheid.«

»Und was werden Sie jetzt machen?«

Weber zuckte mit den Schultern. »Darüber habe ich noch nicht nachgedacht. Es kam doch alles ziemlich überraschend für mich. Vielleicht mache ich mich selbstständig. Allzu viele Möglichkeiten gibt es ja in dieser Branche leider nicht. Oder ich mache ganz was anderes, Eventmanagement oder so.«

»Dann wünsche ich Ihnen viel Glück dabei. Noch eine Frage hätte ich, die ich jedem stellen muss, der mit Herrn Maurer in Kontakt stand: Wo waren Sie eigentlich in der Mordnacht zwischen 23 und ein Uhr?«

Weber, der gerade im Begriff stand, einen weiteren Aktenordner in die Kiste zu stapeln, hielt kurz inne. »Ich weiß zufällig ganz genau, dass ich einen entsetzlich anstrengenden Tag hinter mir hatte und an diesem Abend sehr früh ins Bett gegangen bin, so etwa um 21 Uhr.«

»Zeugen?«

»Leider keine, da ich allein lebe«, sagte Weber nach kurzem Zögern.

»Wenn sich etwas Neues ergeben sollte, werden wir Sie auf alle Fälle davon in Kenntnis setzen, da wir möglicherweise Ihre Hilfe benötigen könnten.«

»Armer Kerl«, seufzte Walz, als sie die Agentur verlassen hatten, »allerdings glaube ich kaum, dass der Max ihn hinausgeworfen hätte, wenn er wirklich gut gewesen wäre.«

»Vielleicht hat auch sein Deo ein wenig zu oft versagt«, antwortete Vogel, »solche Ausdünstungen muss man täglich ertragen können. Hast du es auch gerochen?«

»Er war halt aufgeregt, und bei dieser Körperfülle ist es

kein Wunder, dass man olfaktorisch etwas aus der Norm fällt …«

»Wie du dich wieder einmal auszudrücken verstehst, o du mein Walz … Wenn man dich hört, sehnt man sich geradezu nach diesen naturbelassenen Aromen zurück.« Vogel blickte kurz auf seine Omega. »Ich würde aber trotzdem meinen, dass wir der Geschäftsführung dieser Firma demnächst einen Besuch abstatten sollten, um den wahren Sachverhalt zu erfahren. Und vor allem sollten wir unsere Geisha noch einmal genauer befragen. Vielleicht hat sie sich ja in der Zwischenzeit ein wenig beruhigt. Jetzt müssen wir uns aber tummeln, der Meisl wird nicht ewig auf uns warten«.

Tatsächlich saß der sportive Mittvierziger bereits in der Kantine, als die beiden Kriminalisten dort eintrafen.

»Gehen wir gleich?«, fragte Vogel, ohne sich mit einer umständlichen Begrüßung aufzuhalten.

Da die Walfischgasse gegenüber der Oper liegt, waren sie bereits drei Minuten später im Smokeys eingetroffen, dessen außergewöhnliche Inneneinrichtung wie eine Mischung aus japanischem Restaurant und einer New Yorker Raucherbar anmutet, wobei vor allem eine Wand ins Auge fällt, die Pietro Fornasettis Frauenantlitz aus seinem ›Tema e Variazioni‹ gewidmet ist.

Verwundert sahen sich Walz und Meisl in dem gut besuchten Lokal um.

»Ausschauen tut's hier wie in einer angesagten Sushi-Bar in Manhattan«, stellte Meisl anerkennend fest. »Wirklich erstaunlich, so etwas mitten in Wien zu finden. Und hier gibt's wirklich Burger?«

»Die besten, die ich kenne«, verkündete Vogel genießerisch, »hier können Sie Ihren Burger sogar medium-rare bestellen, das Fleisch hat eine wirklich tolle Qualität, lassen Sie sich überraschen. Und außerdem darf man hier rauchen, wie der Name schon sagt.«

Kaum hatten sie Platz genommen, als der Besitzer auf Vogel zukam. »Ja, grüß Gott. Nett, dass Sie wieder einmal reinschauen. Wie immer einen Large Chili-Burger medium-rare mit großem Salat?«, fragte der junge Mann. Offensichtlich verfügte der Wirt über ein sehr gutes Gedächtnis, denn seit Vogels letztem Besuch waren schon einige Tage vergangen.

Nachdem sich Walz und Meisl ebenfalls für diese Variante und drei unterschiedliche Soßen entschieden hatten, schaute Walz seinen Kollegen fragend an.

»Lieber Kajetan, dass du solche Geheimnisse vor mir hast, stimmt mich doch nachdenklich. Warum hast du mir nie von dem Lokal erzählt?«

»Das hat einen guten Grund, den ich dir gleich erläutern werde. Stell dir einmal vor, ich gehe mit einer Dame zum ersten Mal aus. Dann besuche ich dieses Lokal und wen treffe ich dort? Meinen verehrten Kollegen Walz, der hier gerade mit seiner Lebensgefährtin diniert … Und dann bin ich vor eine qualvolle Wahl gestellt: Setzen wir uns zu euch, dann legalisiere ich gleichsam meine Bekanntschaft, ohne zu wissen, ob sie das überhaupt verdient. Noch Wochen später wird mich deine Clara mit der Frage nach ihrem Befinden quälen, obwohl ich vielleicht schon ihren Namen vergessen habe. Das wäre doch wirklich unangenehm und würde mich bei deiner Freundin sicherlich in ein ungünstiges Licht setzen. Ignoriere ich euch hingegen, musst du deiner Clara erklären, warum ich das tue, woraufhin die Gefahr besteht, dass sie, so liebenswert sie auch sein mag, beim nächsten Einkaufsbummel zufällig meiner Göttergattin über den Weg läuft und ihr davon erzählt, mit welch reizender Begleiterin sie ihren Ehemann jüngst getroffen habe, ob es sich vielleicht dabei um seine allerliebste Nichte handle? Du magst das zwar bestreiten, aber du vergisst dabei, dass die Solidarität unter Frauen dazu imstande ist, jeglichen männlichen Ehrenkodex außer Kraft zu setzen.«

Sichtlich amüsiert verfolgte Meisl das Gespräch zwischen den Kriminalisten.

»Solche Probleme kenne ich zur Genüge. Bei unseren Frauen laufen auch die Telefone heiß, wenn ein neues Mädchen in den Reihen unseres Orchesters auftaucht. Vor allem auf Reisen muss man da höllisch aufpassen, da es immer einige Ehefrauen gibt, die ihre Männer begleiten und dann nichts Besseres zu tun haben, als sofort die arglos zu Hause weilende Gattin davon in Kenntnis zu setzen, dass sich ihr Gespons mit einer meist deutlich jüngeren Begleiterin vergnügt.«

»Na, siehst du, besser hätte ich es auch nicht ausdrücken können«, sagte Vogel zufrieden, der sich über Meisls Ausdrucksweise wunderte, die der seinigen doch sehr ähnelte. »Bis das Essen kommt, könnten wir eigentlich das Berufliche erledigen, um uns dann ungestört den leiblichen Genüssen hingeben zu können – also, Herr Meisl, was hat Sie eigentlich dazu bewogen, sich an den Betriebsrat zu wenden?«

»Ich weiß nicht, was mein Kollege Misolic, mit dem der Maurer ja ziemlich rüde umgesprungen ist, Ihnen alles schon erzählt hat. In meinem Falle lagen die Beweggründe ein wenig anders, denn er hat nicht mich persönlich attackiert. Da ich jedoch als Solooboist für meine Gruppe verantwortlich bin, habe ich mich deshalb beim Betriebsrat beschwert, weil er meinen jungen Kollegen, der dazu noch im Probejahr ist, mit seinen Intonationsvorstellungen dermaßen verunsichert hat, dass er am Ende nicht mehr wusste, wohin er überhaupt greifen soll. Ganz zu Unrecht übrigens, da Herr Maurer offensichtlich nicht über das Gehör verfügte, das ihn zu solchem Tun berechtigte. Deshalb habe ich Herrn Körbler gebeten, Herrn Maurer auszurichten, dass er sich in seinen Aussagen bitte mäßigen möge, da eine derartige Verunsicherung niemandem etwas bringe. Der junge Kollege, der Angst um seine Stelle hat, traut sich überhaupt nicht mehr zu spielen, worunter im Endeffekt das gesamte Zusammenspiel der Gruppe leidet. Am Ende stimmt dann gar nichts mehr, und alle mokieren sich über die schwachen Holzbläser im Orchester.«

»Waren Herr Professor Misolic und Sie die Einzigen, die sich über Maurer aufgeregt haben?«

»Ganz und gar nicht«, rief Meisl aus, »das ganze Orchester war empört über die Art und Weise seines Benehmens, das in keinem Verhältnis zu seinen Qualitäten als Dirigent stand. Doch das kommt leider immer häufiger vor. Echte Dirigentenpersönlichkeiten sind so rar geworden, dass jeder junge Kapellmeister bereits nach einer guten Produktion in der Provinz zum neuen Shooting-Star aufgebauscht wird und man ihn dann gleich mit einer Premiere an einem großen Haus betraut, womit er oft genug heillos überfordert ist. Das hängt immer auch mit der Eitelkeit der Direktoren zusammen, die sich rühmen wollen, die neuen Stars entdeckt zu haben. Von Stimmen mag Herr Münch ja allerhand verstehen, aber von Dirigenten hat er wenig und von Regisseuren gar keine Ahnung. Die beste Schule für einen jungen Kapellmeister ist noch immer die einst von Karajan und heute von Thielemann beschworene ›Ochsentour‹ durch die Provinztheater, wo man ständig mit unvorhersehbaren Zwischenfällen umzugehen lernt. Da trennt sich der Meister vom Dilettanten. Eine Premiere leiten kann man bald einmal. Da hat man genug Proben und zumeist eine erstklassige Sängerbesetzung – die Kritik beschäftigt sich zum Großteil eh mit der Inszenierung – da kann eigentlich auch einem durchschnittlichen Dirigenten nicht viel passieren. Die wahre Bewährungsprobe findet erst statt, wenn in einer Repertoirevorstellung der Tenor einen Takt zu früh einsetzt, und der Kapellmeister das Ganze trotzdem ohne hörbaren Schmiss über die Bühne bringt. Daran erkennt man recht schnell, ob es sich um einen Maestro oder doch nur um einen Hausmaestro handelt.«

Während Vogel sich über den ihm bis dahin unbekannten Ausdruck für einen schlechten Dirigenten amüsierte, fragte Walz: »Und wie macht sich der Berner?«

»Besser als der Maurer ist er allemal, er gibt den Musikern viel mehr Selbstvertrauen, weil er nicht bei jedem Irrtum sofort abbricht, sondern dem Verursacher signalisiert, dass er den Fehler sehr wohl bemerkt hätte, er aber wüsste, dass er es das nächste Mal besser machen würde. Maurer hingegen hat aus jedem Zwischenfall eine Staatsaffäre gemacht und den Delinquenten rüde abgekanzelt … Insofern hat sich durch den Tod Maurers, so tragisch er auch sein mag, ein Vorteil für die Kunst ergeben – und das sollte uns allen doch das Wichtigste sein«, fügte Meisl mit einem Augenzwinkern hinzu.

»Gibt es unter Ihnen eigentlich auch Musiker, die Maurer mochten?«, warf Walz stirnrunzelnd ein, der als Musikexperte die Befragung übernommen hatte.

»Möglicherweise, ich allerdings kenne keinen«, antwortete Meisl nach kurzem Nachdenken.

»Wie kommt es dann, dass Maurer eine solche Karriere machen konnte?«

»Das fragt sich auch so mancher von uns … Eine ganz wichtige Rolle spielt dabei sicherlich die Agentur. Das ist aber kein Phänomen der heutigen Zeit. Bis zur Mitte der 90er-Jahre war es Ronald Wilford gewesen, der mit seiner Agentur Columbia Artists in New York die absolute Herrschaft über den Klassikmarkt innehatte. Nicht nur, dass er eine Unzahl an

Weltklassemusikern vertrat, auch fast alle großen Dirigenten standen bei ihm unter Vertrag. Selbst solche Großmeister wie Herbert von Karajan und Carlos Kleiber hörten auf ihn. Er war der unumstrittene Papst der klassischen Musik. Denken Sie nur an die Geschichte, als der in Amerika bis dato weithin unbekannte Kurt Masur überraschenderweise Chef des New York Philharmonic Orchestra wurde. Es war Wilford gewesen, der dem damaligen Orchestermanager dazu geraten hatte, weil in der DDR gerade die Mauer gefallen war und die vorangegangenen Demonstrationen in Leipzig weitgehend friedlich verlaufen waren, was nicht zuletzt Masurs Verdienst war. Diese Ernennung war also rein politisch motiviert gewesen, mit seinen Dirigierkünsten hatte dies überhaupt nichts zu tun. Mit dem Tod der ganz großen Dirigenten und dem Zusammenbruch des CD-Marktes verfiel die Macht Wilfords, der inzwischen auch altersmäßig nicht mehr mithalten konnte. An seine Stelle traten andere Agenturen, die zwar nicht mehr diese Machtfülle auf sich vereinigen konnten, aber dennoch großen Einfluss auf die Karrieren der Musiker nahmen. Jene Firmen verkaufen nun oft sogenannte ›Packages‹, bei denen große Sänger nur unter der Bedingung engagiert werden dürfen, dass der Veranstalter auch einen bestimmten Dirigenten und weitere Sänger minderer Qualität mitverpflichtet. In manchen Fällen geht es sogar so weit, dass gleich das ganze Regieteam mitgeliefert wird.«

»Das würde also im konkreten Falle heißen, dass Münch, wenn er unbedingt Hanna Mayhold als Violetta haben wollte, dafür den Helmut Höllwarth in Kauf nehmen musste …«

»Ob das genau so gelaufen ist, kann ich natürlich nicht sagen«, erwiderte Meisl lachend, »aber wenn ich auf die Bühne schaue, kann ich mir das gut vorstellen.«

»Und die Agentur Max und Novak, die ja Herrn Maurer

unter Vertrag hatte, gehört die auch zu diesen großen Firmen?«

»Ja, Max und Novak gehört auch dazu«, sagte Meisl bedächtig.

»Ich fürchte, wir müssen unser Gespräch kurz unterbrechen«, rief plötzlich Vogel aus »unser Essen kommt … und wehe, es schmeckt euch nicht!«

Nach dem allgemeinen Erstaunen darüber, dass die Burger hier mit Kartoffelwedges serviert und mit Besteck gegessen wurden, drehte sich das Gespräch während des Essens hauptsächlich darum, welche der dargebotenen Soßen nun die beste sei.

Nachdem alle drei hochzufrieden ihre Mahlzeit beendet hatten, knüpfte Walz nahtlos an das vorige Gespräch an, wohingegen Vogel sich seine obligate Verdauungspfeife stopfte.

»Wissen Sie etwas darüber, dass Professor Münch Teilhaber von Max und Novak ist?«

Verblüfft blickte Meisl ihn an. »Nein, offen gestanden habe ich mir darüber nie Gedanken gemacht. Woher haben Sie diese Information?«

»Von einer, so glaube ich, zuverlässigen Quelle«, antwortete Walz vorsichtig.

»Das wäre ja wirklich unglaublich«, sagte Meisl mit finsterer Miene. »Dass der Münch ein mieser Charakter ist, das wusste ich schon lange – aber *das* … Wissen Sie, bei uns Musikern feilscht er um jeden Cent, die hauseigenen Sänger entlässt er kurz vor ihrer Pragmatisierung, um sie dann mit schlechter bezahlten Stückverträgen erneut zu engagieren. Die Kantine versteigert er an den Bestbieter, der den hohen Pachtpreis wieder hereinbringen muss, was verständlicherweise auf Kosten der Qualität geht. Er selbst isst ja nicht dort. Als wäre dies nicht genug, beschimpft er uns Musiker beständig wegen unserer

Geldgier. Dabei müssen wir so viele Nebengeschäfte machen, weil er uns so schlecht bezahlt. Für diese Art der Sparsamkeit auf unsere Kosten lässt er sich von allen als Finanzgenie feiern. Und jetzt erfahre ich von Ihnen, dass er an den Engagements der Künstler mitverdient, die er auf Kosten der Steuerzahler beschäftigt – das muss man sich einmal auf der Zunge zergehen lassen. Jetzt wird mir einiges klar.« Meisl schien wirklich wütend zu sein.

»Das heißt …?«, fragte Walz.

»… dass wir immer dieselben Dirigenten haben, von denen manche allenfalls durchschnittlich sind, während andere wirklich gute Kapellmeister nur ganz selten zum Zuge kommen. Glücklicherweise geht Münch nächstes Jahr in Pension.«

»Sie wissen wahrscheinlich, dass auch Magnus Maurer von Max und Novak vertreten wurde. Samuel Berner hingegen ist bei einer anderen Agentur unter Vertrag.«

Meisl nickte langsam mit dem Kopf. »Deshalb der Maurer und nicht der Berner …«, sagte er versonnen. »Was macht er denn jetzt, der arme Direktor, wo er am Berner gar nix verdient?«

»Möglicherweise betrifft das ja nur ein paar Proben. Wir haben gehört, dass noch immer nach einem Stardirigenten gesucht wird, der dann die Premiere leiten soll.«

»Das kam uns ebenfalls zu Ohren und wir sind gar nicht erfreut darüber. Jetzt weiß ich auch, warum. Bei dieser Produktion ist durch die mediale Verwertung so viel Geld im Spiel, dass der Herr Direktor danach trachtet, einen Dirigenten zu finden, der bei seiner Agentur engagiert ist. Je nachdem, wie groß sein Anteil an der Firma ist, kann dies leicht einen fünfstelligen Betrag ausmachen. Entschuldigen Sie meine Neugierde, aber mit wie viel Prozent ist er denn beteiligt?«

»Falls wir das erfahren sollten, werden Sie zu den Ersten

gehören, denen wir es mitteilen«, erklärte Walz liebenswürdig. »Und nun noch zur Routine. Wo waren Sie vorgestern Abend zwischen 23 und ein Uhr?«

Meisl räusperte sich umständlich. »Das ist ein bisserl heikel, wissen Sie«, raunte er den beiden zu, »ich lebe in Scheidung und habe offiziell keine Freundin. Und bei der war ich vorgestern Nacht …«

»Keine Sorge, wenn sich der Verdacht gegen Sie nicht verdichtet, werden wir dieses Alibi selbstverständlich nicht näher überprüfen«, meldete sich der bereits in Rauchschwaden gehüllte Vogel zu Wort.

Kaum waren sie wieder auf die Straße getreten – aufgrund der allgemeinen Zufriedenheit hatte jeder sein Essen selbst bezahlt –, läutete Vogels Mobiltelefon. Es war der Redakteur Wolfgang Frühwirth, der sich kurz vor Redaktionsschluss bei Vogel über die neuesten Fortschritte im Fall Maurer erkundigen wollte. Vogel sagte, dass sie zwar immer noch keine Ahnung vom Motiv hätten und auch mit keinem Verdächtigen dienen könnten, sich aber durchaus neue Erkenntnisse über die Persönlichkeitsstruktur des Dirigenten ergeben hätten, für die sich möglicherweise das Feuilleton interessieren könnte.

Frühwirth versprach, es seiner Mitarbeiterin Ursula Mitterberg auszurichten.

Nachdem sie sich von Meisl verabschiedet hatten, beschlossen die Ermittler, ihren obligaten Verdauungskaffee im Sacher in der Kärntner Straße einzunehmen, um die Ergebnisse des Vormittags zusammenzufassen und ihr weiteres Vorgehen zu beraten.

Nach der Bestellung zweier Großer Brauner meinte Vogel: »Ich glaube, die Philharmoniker einzeln zu vernehmen, kann nur die Ultima Ratio sein. Nach diesen zwei Gesprächen haben wir zwar unschätzbare Unterweisungen in die Hintergründe der klassischen Musikwelt erhalten, jedoch wirklich weitergebracht haben die uns nicht. Auch eine weitere Vernehmung der Sänger scheint mir derzeit keine Option zu sein. In diesem Fall haben wir einfach zu viele potenzielle Täter. Ich würde vorschlagen, wir besuchen jetzt den Max von der Agentur, um die Gründe für die Kündigung vom Weber zu erfahren, ja, und dann noch die Geisha, die wir über Maurers Italienaufenthalt befragen sollten.«

»Und den Höllwarth dürfen wir auch nicht vergessen. Es wäre doch sicherlich erhellend, zu erfahren, ob er sich mit dem Maurer noch ante mortem ausgetauscht hat«, warf Walz ein.

Während er also mit dem künstlerischen Betriebsbüro telefonierte, um die Nummer von Höllwarth zu erfahren, rief Vogel bei Alexander Max von der Agentur an, der einwilligte, die Herren um 16 Uhr zu empfangen.

Walz hinterließ eine Nachricht auf Höllwarths Mobilbox, dass er ihn rasch zurückrufen möge.

Watanabes Telefon läutete durch, offenbar hatte sie den Anrufbeantworter ausgeschaltet.

»Bis zum Besuch bei Max bleibt uns noch eine gute Stunde, mit der wir eigentlich unsere Mittagspause nachholen könnten, das Essen mit dem Meisl war ja, streng genommen, harte Arbeit«, schlug Vogel vor, der einer gerade vorbeiflanierenden Schönheit einen begehrlichen Blick zuwarf.

»Dein Hormonpegel scheint sich ja derzeit auf einem wüsten Hoch zu befinden«, urteilte Walz, dem dies nicht entgangen war. »Erst die Kollegin vom Frühwirth, dann deine Hundefreundin Michelle – derzeit ist scheinbar niemand vor dir sicher.«

»Was willst du? Frühling ist's, und wenn jetzt keine Triebe

sprießen, wann dann? Außerdem täte mir etwas Abwechslung wieder einmal gut – den ganzen Winter über war ich schließlich ein vorbildlicher Ehemann.«

Inmitten des Gedränges aus Touristen und einkaufswilligen Eingeborenen, das sich häufig am Beginn der Kärntner Straße bildete, beobachtete Walz schon einige Zeit einen jüngeren Mann, der sich nicht mit der Masse treiben ließ und sich beständig unauffällig umschaute.

Als der sich plötzlich in Bewegung setzte, sprang Walz unvermutet auf und eilte ihm hinterher. Als pflichtbewusster Kollege setzte sich Vogel ebenfalls in Bewegung, freilich ohne zu ahnen, was plötzlich in seinen Freund gefahren war.

Da der junge Mann seiner Verfolger gewahr wurde, rannte er los und legte ein beachtliches Sprintertalent an den Tag, das den sich gerade von seiner Mittagsmahlzeit erholenden Walz vor einige Probleme stellte. Nicht jedoch Vogel, der, obgleich einige Jahre älter als sein Kollege, ihn mühelos überholte und dem Taschendieb schließlich so nahe kam, dass dieser seine Beute, ein Damen-Portemonnaie, fallen ließ. Diese Opferbereitschaft wurde von Vogel jedoch nicht ästimiert. Vom sportlichen Ehrgeiz getrieben, rannte er dem Burschen so lange hinterher, bis er ihn eingeholt hatte. Zu einem Handgemenge kam es glücklicherweise nicht, offensichtlich hatte der Taschendieb schon viel Erfahrung mit der Polizei sammeln können und schien einzusehen, dass ein Widerstand gegen die Staatsgewalt seine Situation kaum verbessern dürfte. Zumal nun auch schon Walz, der durch das Einsammeln der weggeworfenen Beute noch mehr Zeit verloren hatte, bei ihnen angelangt war.

Nachdem sie den Räuber der hinzugezogenen Besatzung eines Streifenwagens übergeben hatten, der überraschenderweise bereits nach einer Minute vor Ort gewesen war, schnauften die beiden erst einmal kräftig durch. In der Menschenmenge, die sich inzwischen um die Helden versammelt hatte – das Ganze hatte sich unter reger öffentlicher Anteilnahme abgespielt –, fand sich auch die Besitzerin des Portemonnaies, das ihr unversehrt von Vogel übergeben wurde. Die durchaus adrette Enddreißigerin, für Vogels Begriffe vielleicht ein wenig zu blond, dankte dem Inspektor überschwänglich und bestand publikumswirksam darauf, ihm einen Finderlohn zu zahlen. Gerade aber dieses begeisterte Publikum machte es dem Beamten unmöglich, die Gabe auch anzunehmen. Zu seinem großen Bedauern übrigens, hatten sich in ihrem Portemonnaie schließlich mehr als 2.000 Euro befunden.

»Wir sind doch ein perfektes Team«, sagte Walz, noch immer außer Atem, »meine Beobachtungsgabe gepaart mit deinen Sprinterqualitäten ... Ich hab gar nicht gewusst, dass du noch so gut unterwegs bist.«

»Schaff dir halt auch einen Greyhound an, das färbt ab«, schmunzelte Vogel, der schon fast wieder normal atmete. »Nach dieser guten Tat, meine ich, haben wir es uns redlich verdient, nach unserem Abstecher in die Agentur den wohlverdienten Feierabend anzutreten.«

»Und du kommst zu deiner Michelle ... Einverstanden. Jetzt sind wir eh schon fast am Stephansdom. Lass uns doch einfach über den Graben gemütlich zur Eschenbachgasse flanieren, ich würde eh ganz gerne noch ein paar Auslagen betrachten. Vielleicht sehen wir dort das eine oder andere schöne Accessoire, auf das zu sparen sich lohnt.«

Vogel war es recht, zumal sich auf diesem Wege einige Herrenausstatter befanden, die seiner Neigung zur englischen Konfektion durchaus entgegenkamen.

7. KAPITEL (DONNERSTAG)

Alexander Max saß in seinem Büro und überlegte krampfhaft, was er den Kriminalisten über Michael Weber erzählen sollte.

In jedem Falle würde er alles daransetzen, die Polizisten möglichst schnell wieder loszuwerden.

Und sich daher auf das Allernötigste beschränken.

Obwohl er ihnen einiges über den Weber erzählen könnte, was sicherlich interessant für sie wäre.

Er selbst hatte ihn ja nie gemocht hat, diesen dicken Schwitzer.

Und seine Ahnung hatte ihn im Endeffekt auch nicht getrogen.

Es war halt der Maurer, der auf ihm bestanden hatte und behauptete, nur er genieße sein volles Vertrauen.

Ausgerechnet der Weber.

Wenn es nach ihm gegangen wäre, hätte der diesen Job niemals bekommen.

Er hatte ja nicht einmal ein Studium absolviert wie all seine anderen Angestellten, sondern nach der Matura eine Lehre als Bankkaufmann gemacht.

Und die nicht einmal abgeschlossen.

Wegen Maurer, wie er behauptete.

Gut, auch Max hatte nie studiert, aber das waren halt noch ganz andere Zeiten gewesen.

In den 60er-Jahren war das auch noch nicht üblich. Man machte seine Schule fertig, und dann ging's ab ins Berufsleben.

Und er, Max, hatte sein Leben auch so gemeistert und aus

eigener Kraft die größte Künstleragentur Österreichs aufgebaut.

Dazu wäre so ein Typ wie dieses ewig schwitzende Weichei doch niemals fähig gewesen, selbst mit drei abgeschlossenen Studien nicht.

Natürlich, er, Max, hatte Glück gehabt.

Aber er hatte es auch zu nutzen gewusst.

Einen Riecher brauchte man halt.

Und den hatte er gehabt, als der Karl Lovic in seinem Verein nach einem Tennislehrer suchte, und er alle Hebel in Bewegung setzte, damit er den jungen Tenor, der am Beginn seiner Weltkarriere stand, trainieren durfte.

Schon bald entwickelte sich daraus eine Freundschaft.

Zusammen mit dem Josef Münch, der auch in dem Verein spielte, hatten sie eine Riesengaudi gehabt.

Nachdem Lovic sich mit seinem damaligen Agenten zerstritten hatte, hatte er halt ihn, Max, gefragt, ob er das nicht für ihn machen könne.

Für einen Tennislehrer bist du doch viel zu g'scheit, hatte er zu ihm gesagt.

Und recht hatte er.

Der Münch, damals noch Regieassistent an der Volksoper, versprach, ihm dabei zu helfen.

Aber eigentlich hätte er das gar nicht gebraucht, nach kurzer Zeit lief schon alles wie von selbst.

Das hat der Münch auch erkannt und ihn gefragt, ob er nicht zusammen mit ihm eine richtige Agentur aufmachen wolle, schließlich sei er vom Fach, und das könne auf keinen Fall schaden.

So entstand Max und Novak, wobei Münch den Mädchennamen einer seiner Großmütter – der seiner Mutter wäre vielleicht doch zu auffällig gewesen – einsetzte, damit es kein

Gerede gäbe. Später hatten sie dann einen entfernten Verwandten Münchs mit dem entsprechenden Namen als Strohmann eingesetzt.

Als hätte er vorausgesehen, dass er eines Tages Staatsoperndirektor würde, was dem Umsatz der Agentur einen kräftigen Schub verlieh.

Trotzdem war er, Max, auf dem Boden geblieben. Er fuhr einen unauffälligen VW Passat, machte Urlaub in Kärnten und gönnte sich auch sonst wenig Luxuriöses. Zwar bewohnte er mit seiner Frau und seinem Nachwuchs – er hatte spät geheiratet und noch schulpflichtige Kinder – eine Villa in Neustift am Walde, hielt sie ansonsten aber eher kurz.

Die beiden Söhne, 16 und 17 Jahre alt, besuchten öffentliche Schulen, und er erwartete von ihnen, dass sie in den Sommerferien selbst ihr ohnehin bescheidenes Taschengeld aufbesserten, wobei der ältere im letzten Sommer schon im väterlichen Betrieb mitgearbeitet hatte.

Ein kostspieliges Hobby hatte er jedoch: Er investierte sein Vermögen in Realitäten, genauer gesagt in Zinshäuser. Er kaufte sie allerdings nicht wahllos, sondern suchte gezielt heruntergekommene Objekte in besseren Lagen, die er billig erwarb und mithilfe der städtischen Altbausanierungsförderung renovierte, um sie dann teuer zu vermieten. Insgesamt besaß er davon etwa 30 Stück, die allesamt in den inneren Bezirken gelegen waren.

Als ihm seine Hausverwaltung erstmals einen sechsstelligen Eurobetrag aus den Mieten überwiesen hatte, war er so frohgemut gewesen, dass er den erstaunten Kindern ein höheres Taschengeld auszahlte und seiner Frau einen teuren Ring kaufte.

So klein hatte er vor 40 Jahren angefangen, mit einem einzigen Sänger, und jetzt waren bei ihm etwa 15 Dirigenten, 20 Sänger und eine Handvoll Regisseure unter Vertrag, ganz zu schweigen von den Kammerensembles und Solisten, die er quasi nebenher betreute.

Ja, der Weber, vielleicht hätte er ihn vorderhand doch behalten sollen, dann hätte er jetzt nicht die Polizei im Haus.

Aber eigentlich hatte er ja nichts zu verbergen.

Es war etwa zwei Minuten vor vier, als die Inspektoren das Büro von Alexander Max betraten.

Dieser musste früher einmal ein attraktiver Mann gewesen sein. Auch heute, mit 67 Jahren, war er noch durchaus ansehnlich zu nennen. Man sah ihm an, dass er streng auf sein Äußeres achtete und zweimal die Woche Tennis spielte, um nicht außer Form zu geraten, und auch sonst viel in Bewegung war.

Mit einem dezenten blauen Zweireiher angetan, begrüßte er die beiden Inspektoren, wobei Walz sofort auffiel, dass es definitiv nicht die Kleidung war, in die er sein Geld investierte. Denn bei genauerem Hinsehen wirkte sein Anzug schon etwas abgetragen, das weiße Hemd, das er darunter trug, war bestenfalls von mittlerer Qualität, und auch die Krawatte schien eher halbseiden zu sein. Das alles hätte nichts ausgemacht, wenn nur die Schuhe nicht gewesen wären. Wohl waren sie geputzt, aber sie waren genau von der Art, die von Billigschuhketten das ganze Jahr über zu Schleuderpreisen angeboten werden, da sie sonst kein Mensch kaufen würde.

»Wie schon am Telefon angedeutet, sind wir wegen Herrn Weber hier«, sagte Vogel, nachdem sie sich gesetzt hatten, »genauer gesagt, wegen seiner plötzlichen Dienstfreistellung. Gab es dafür einen besonderen Grund?«

Leger lehnte sich Max in seinem Chefsessel zurück und rollte mit ihm ein wenig nach hinten, um bequem die Beine übereinanderschlagen zu können.

»Jeder unserer bedeutenden Künstler hat einen persönlichen

Betreuer, der üblicherweise von uns gestellt wird. Bei allen meinen Angestellten handelt es sich um studierte Kulturmanager, also um höchst qualifizierte Personen. Bei Herrn Weber war das ein wenig anders, denn Herr Maurer hatte seine Anstellung zur Bedingung gemacht. Da schon damals abzusehen war, dass er eine bedeutende Karriere machen würde, haben wir seinen Wünschen gerne entsprochen. Jetzt, da Herr Maurer leider verstorben ist, haben wir keine Verwendung mehr für Herrn Weber, der schlicht und einfach nicht die erforderlichen Qualifikationen mitbringt.«

»Waren Sie nicht zufrieden mit seiner Arbeit?«

»Herr Maurer schien damit zufrieden gewesen zu sein, und daher waren auch wir mit ihm zufrieden.« Glücklich über seine Antwort lehnte sich Max in seinen Sessel zurück und sah die Inspektoren erwartungsvoll an.

»Ich hätte noch eine ganz andere Frage«, mischte sich nun plötzlich Walz ein, »vertreten Sie eigentlich auch Herrn Marechal?«

»Ja, auch er vertraut unserer Agentur, wie im Übrigen viele andere große Dirigenten«, antwortete Max selbstgefällig.

»Entschuldigen Sie meine Neugierde, aber ist Herr Novak ebenfalls in der Firma aktiv?«

»Nein, er ist nur ein stiller Teilhaber. Ich leite das operative Geschäft«, entgegnete Max, während er ein paarmal unbehaglich mit dem Fuß wippte.

»Stimmt es, dass auch Herr Direktor Münch an dieser Agentur beteiligt ist?«, fragte Vogel unverblümt.

»Ich weiß, dass es solche Gerüchte gibt … Selbstverständlich arbeiten wir eng mit Herrn Direktor Münch zusammen, da viele unserer Künstler an der Staatsoper beschäftigt sind«, antwortete der Agent routiniert. Auf diese Frage war er offenbar vorbereitet gewesen.

»Um es nochmals zusammenzufassen, es gab also lediglich betriebsnotwendige Gründe, Herrn Weber zu entlassen?«

»Genau. Wie gesagt, wir waren mit seiner Arbeit soweit zufrieden.«

»Hätten wir ihn nicht doch nach seinem Alibi fragen sollen?«, gab Walz zu bedenken, als sie das Haus verlassen hatten.

»Blöd wird er sein, seinen eigenen Dukatenesel umzubringen«, entgegnete Vogel, »das passt schon so.«

»Ah, der Lindner hat angerufen, endlich!« Walz drückte sofort die Rückruftaste auf seinem Handy.

Jedoch hatte der Spurendienst nicht allzu viele verwertbare Hinweise gefunden. Bis auf die Haare von drei verschiedenen Personen, einen Zigarettenstummel, der auf einer Fensterbank gefunden worden war, und einigen Stofffasern, die möglicherweise vom Täter stammen könnten, war ihm nichts Wesentliches aufgefallen. Am Whiskyglas hatten sich lediglich die Fingerabdrücke des Verstorbenen befunden, ein anderes Glas, etwa das des Besuchers, war nicht aufzufinden gewesen.

»Komm, lass uns aufhören für heute«, meinte Vogel seufzend, »irgendwie hab ich das Gefühl, dass wir eh nicht mehr weiterkommen. Außerdem will ich mit der Emily in den Hörndlwald. Wenn dich der Höllwarth zurückruft, kannst' ja für morgen etwas mit ihm ausmachen.«

Auf dem Weg nach Hause wurde Vogel von Ursula Mitterberg auf seinem Mobiltelefon angerufen. Er versprach ihr, sie morgen zurückzurufen und sie noch vor dem Wochenende zu treffen.

Um Punkt 18 Uhr fand sich Kajetan Vogel mit seinem Rover am Parkplatz in der Joseph-Lister-Gasse vor dem Hörndlwald ein.

Emily, des Inspektors stolze Greyhound-Hündin, die den ganzen Tag mit Ausnahme des obligaten Morgenspaziergangs und einigen kleineren Gängen mit seiner Gattin Martina noch nicht bewegt worden war, zeigte sich darüber hocherfreut.

Noch größer war ihre Freude jedoch, als der kleine Bruno aus dem weißen Renault Clio sprang, der kurz nach Vogel in den Kreisverkehr eingefahren war, der auch als Parkplatz diente. Und seltsamerweise war Vogel überrascht, war er sich doch keineswegs sicher gewesen, dass Michelle ihre Verabredung, die sie im Internet getroffen hatten, auch einhalten würde. Zu sehr misstraute er diesem Medium, in dem so viel versprochen und ebenso wenig gehalten wurde.

Trotzdem hatte er sich etwas zu elegant für einen Waldspaziergang gekleidet, in seinem braunen Cord-Anzug und mit seinen rotbraunen rahmengenähten Schuhen, die er einst in der Londoner Oxford-Street erworben hatte. Immerhin hatte er, als Zugeständnis an die doch eher rustikalen Umstände, auf seine Krawatte verzichtet.

Seiner Frau Martina, die sich darüber gewundert hatte, dass er sich für den Spaziergang nicht umzog, hatte er einfach entgegnet, er habe keine Lust dazu, außerdem herrsche heute eh trockenes Wetter.

Michelle hingegen war genauso funktionell angezogen wie am vorigen Abend, mit nicht mehr ganz sauberen Jeans und einem grauen Sweat-Shirt mit Kapuze – wie man eben auf einen Hundespaziergang geht.

Das Problem an einer Verabredung, die man nicht mündlich getroffen hat, ist der Tonfall, in dem man dem anderen begegnet. Das wurde Vogel in dem Moment schlagartig bewusst, als Michelle lächelnd auf ihn zu geschlendert kam.

Sollte er sie duzen oder siezen?

Sie zur Begrüßung auf die Wange küssen?

Ihr die Hand geben oder sich nur verbeugen?

Darüber hinaus war er gut 15 Jahre älter als sie.

Vielleicht ging sie nur nicht gerne allein spazieren …

Und mit verklemmtem Altmännercharme wollte er keineswegs aufwarten.

Da jedoch der Umgang mit der Sprache während der letzten Jahrzehnte gottlob nachlässiger geworden war, kam ihm die rettende Idee.

Er sagte lediglich: »Hallo, Michelle!«-Und lächelte.

Sie sagte: »Hallo, Kajetan!« Und lächelte zurück.

Der erste Schritt war also getan.

Der Hörndlwald ist ein Treffpunkt der Hietzinger Hundebesitzer, deren Caniden verständlicherweise der Besuch des direkt angrenzenden Lainzer Tiergartens, wo etliche Wildschweinpopulationen ihr öffentliches Dasein fristen, verwehrt war. Besonders das Gebiet rund um das ziemlich verfallene Josef-Afritsch-Heim atmet den Geist des morbiden Wien, in dem das Sterben einen solchen Stellenwert einnimmt wie wohl nirgends sonst auf der Welt. Die zu Beginn der 50er-Jahre erbaute Siedlung, zu ihrer Zeit eine der wenigen architektonischen Attraktionen der in dieser Hinsicht doch eher freudlosen Jahre, war ursprünglich als Jugendheim geplant gewesen und auch als solches bis in die 60er-Jahre hinein genutzt worden. Unterdessen war es allerdings so heruntergekommen, dass es den Jugendlichen nicht mehr zugemutet werden konnte und von den Behörden zu einer Heimstatt für Flüchtlinge und Asylwerber umfunktioniert worden war, was dem Ganzen etwas Unwirkliches gab, zumal es sich inmitten eines Naherholungsgebiets in bester Wiener Lage befand.

Dorthin wollten sie also gehen.

Nach einigen Belanglosigkeiten über die Eigenheiten ihrer vierbeinigen Lieblinge, in deren Verlauf Michelle sich gewundert hatte, dass Kajetan sie siezte, drohte das Gespräch langsam zu versiegen.

Doch da war Vogel davor. »Seit wann gibt es eigentlich dieses Forum für Tierfreunde? Vor unserer Begegnung habe ich nie davon gehört.«

»Ich bin auch noch nicht so lange dabei. Ich hab darüber in irgendeiner Tierzeitschrift gelesen und mich eigentlich nur eingeloggt, um mit anderen Mops-Besitzern in Kontakt zu kommen. Und jetzt benutze ich es ganz gerne, wenn ich einen Partner zum Äußerlngehen suche, wie zum Beispiel dich«, sagte sie schmunzelnd, »auch wenn es in deinem Fall mein kleiner Bruno war, der dich ausgesucht hat.«

Zum Äußerlngehen, soso, dachte sich Vogel, während er sie von der Seite musterte. Es kann ja nicht immer gleich im Bett enden, außerdem falle ich für sie wahrscheinlich eh schon in die Rubrik Gammelfleisch.

»Und du schreibst in deinem Profil, du wärst in der Versicherungsbranche tätig …«

»Ja, aber das ist eigentlich völlig uninteressant. Ich bin halt einfach bei einer Versicherung angestellt. Das ist ein reiner Bürojob.«

»Theoretisch ist das bei mir ja genauso«, erwiderte Vogel, in der Hoffnung, dass sie interessiert nachfragen würde.

»Auch bei einer Versicherung?«

»In sehr übertragenem Sinne«, sagte Vogel möglichst gleichmütig.

Endlich blieb sie stehen und schaute ihn an. »Und das heißt?«

»Ich bin Kriminalinspektor beim LKA«, antwortete er nicht ganz wahrheitsgemäß, wenn auch im Moment durchaus zutreffend.

»Wow, das klingt ja echt spannend«, fand Michelle, ihn endlich etwas genauer betrachtend. »Aber was tust du beim LKA, jagst du Verbrecher, wie im Fernsehen?«

»Ja, in erster Linie Mörder und ähnliches Gelichter, was halt gerade so anfällt«.

»Das muss ja irre aufregend sein. Und wie ist ein Mörder so?«

Obwohl Vogel, wenn die Sprache auf seinen Beruf kam, immer dieselben Fragen zu beantworten hatte, tat er es in diesem Falle ausnahmsweise mit Genuss. »Vor der Verhaftung gefährlich, und danach, wenn wir Glück haben, hinter Gittern …«

»Jetzt mal ganz im Ernst, wie unterscheidet sich ein Mörder von dir und mir? Ich hab mir als Kind immer vorgestellt, dass man es einem Menschen ansehen muss, wenn er jemanden umgebracht hat. Das ist wahrscheinlich Unsinn, aber irgendeinen Unterschied muss es doch wohl geben …«

Vogel holte tief Luft. »Na ja, im Kriegsfall sind wir ja alle potenzielle Mörder, es steckt sicherlich in jedem von uns drin. Aber in Friedenszeiten verhält es sich doch ein wenig anders. Bei einem Mörder ist vor allen anderen Dingen das Motiv wichtig, die Beweggründe, aus denen er einen anderen umgebracht hat«, erklärte er geduldig. »Ob er es vorsätzlich getan hat oder ob es ihm passiert ist. Die vorsätzlichen Mörder sind natürlich die viel gefährlicheren, weil die ihren Mord sorgfältig geplant haben. Das sind die wahren Verbrecher. Im Moment jagen wir einen solchen, der einen jungen Mann mit einer Garotte umgebracht hat. Also nicht mit einem Messer, das zufällig herumlag, nein, er hat das Mordinstrument mit zum Tatort gebracht, in der Absicht, den Mann zu erdrosseln. Davor hat er sich erst noch die Garotte besorgen oder sie herstellen müssen, so etwas hat man ja nicht einfach zu Hause herumliegen. Dazu gehört eine ausgeprägte kriminelle Energie, die ein normaler Bürger nicht hat. Die anderen Mörder, die im Affekt gehandelt haben, unterscheiden sich von den meisten Menschen durch ihren Jähzorn. Wenn sie gereizt werden, verlieren sie rasch die Kontrolle über sich, mit der Folge, dass sie das nächstbeste Objekt oder ihre bloßen Hände nehmen, um ihr Opfer damit zu verletzen, wobei sie den Tod des anderen, wenn sie ihn auch nicht unbedingt wollen, so doch billigend in Kauf nehmen. Das sind zumeist Menschen mit einem hohen Aggressionspotenzial, wie etwa die Jugendlichen, die einen Menschen nur deshalb töten, weil er sie seltsam angeschaut hat. Die werden dann nicht unbedingt wegen Mordes angeklagt, sondern können auch mit Totschlag davonkommen, da spielt sehr häufig die Anzahl der Promille, die sie während der Tatzeit intus hatten oder ihr soziales Umfeld eine Rolle, dem sie in ihrer Kindheit ausgesetzt waren. Und dann gibt es noch die Mörder, die den anderen aus Versehen umbringen, es passiert ihnen einfach, aus einer momentanen Verzweiflung oder Kränkung heraus. Ich hatte einmal einen Fall mit einem Geigenbauer. Der hat eine gute Freundin von mir nur deshalb umgebracht, weil er gedacht hat, sie lache am Telefon über ihn, dabei hat sie über einen Scherz von mir gelacht, der mit ihm nicht das Geringste zu tun hatte …«

Plötzlich verstummte Vogel. Schon lange hatte er nicht mehr an die Journalistin Miriam Rossi gedacht, seine ehemalige Geliebte, die vor ein paar Jahren von einem spielsüchtigen Geigenbauer vor dem Badener Casino mit einer Krawatte erdrosselt worden war.

Plötzlich spürte er Michelles Hand in seiner Linken.

Wortlos gingen sie eine Weile so weiter.

»Das tut dir noch immer weh, das mit deiner Freundin, nicht?«, fragte Michelle unvermittelt, ohne ihm ihre Hand zu entziehen.

»Ja, das war wirklich schrecklich«, sagte er leise. »Einen Menschen, den du liebst, auf diese Art und Weise zu verlieren. Und, obwohl ich wirklich nichts dafür konnte, fühlte ich mich trotzdem schuldig. Damals habe ich ernsthaft daran gedacht, meinen Beruf aufzugeben.«

Verständnisvoll drückte Michelle seine Hand. »Wenn es so war, wie du es erzählt hast, bist du überhaupt nicht schuld daran. Es ist halt einfach blöd gelaufen.«

Das Gespräch hatte eine Wendung genommen, die Vogel ganz und gar nicht behagte, auch wenn er die daraus resultierende körperliche Nähe durchaus genoss.

Nachdem sie einige Minuten schweigend gegangen waren, blieb er plötzlich stehen und blickte Michelle an. »Eigentlich sind wir doch miteinander spazieren gegangen, um uns kennenzulernen, und jetzt blasen wir Trübsal. Komm, erzähl mir was von dir«, forderte er sie lächelnd auf.

Ihre Hand war noch immer in seiner, und er begann sich zu fragen, ob sie ihm diese wirklich nur aus Mitleid zur Verfügung gestellt hatte.

Just in diesem Moment entzog sie sie ihm.

»Was soll ich dir groß von mir erzählen? Ich bin als Tochter rumänischer Eltern, die vor Ceaușescu geflüchtet sind, in Wien aufgewachsen. Wohlbehütet, wie man so sagt. Mein Vater ist ein bei den Wiener Linien angestellter Ingenieur und meine Mama hatte mit uns Kindern – ich habe drei Geschwister – mehr als genug zu tun. Nach meiner Matura wollte ich auf eigenen Beinen stehen und habe bei der Wiener Städtischen eine Ausbildung zur Versicherungskauffrau gemacht. Ich bin unverheiratet und teile meine Garçonnière mit meinem Bruno. Ich gehe dreimal die Woche ins Fitnesscenter und lese gerne. Bei schönem Wetter fahre ich am Wochenende mit dem Hund aufs Land. Im Gegensatz zu dir führe ich also ein ganz normales Durchschnittsleben. Willst du sonst noch etwas wissen?«, fragte sie ihn vergnügt.

Würde er schon gerne, unser Schürzenjäger, aber er traute sich nicht zu fragen.

Allein, was gab es schon zu verlieren? Außerdem schrie eine solche Frage geradezu nach einer originellen Antwort.

»Ja, schon«, sagte er versonnen, »was machst du morgen Abend?«

»Mit dem Bruno spazieren gehen«, antwortete sie arglos, »wir können uns ja wieder hier treffen. Die Emily muss sicherlich auch raus.«

Blöd, daran hatte er nicht gedacht, ihr obligatorischer Abendspaziergang.

»Ich nehme an, dass du danach zu Abend isst«, versuchte es Vogel nochmals.

»Ja, aber am Abend esse ich nur eine Kleinigkeit, sonst schlafe ich schlecht. Außerdem gehe ich morgen nach dem Spaziergang ins Fitnesscenter.«

Entweder war sie wirklich so arglos, wie sie tat oder sie war unglaublich raffiniert. Hätte er die Wahl, würde er sich ohne Zögern für die zweite Möglichkeit entscheiden.

Inzwischen waren sie am bewohnten Teil des Josef-Afritsch-Heims angekommen. Überall hing frisch gewaschene Wäsche herum, was dieser verfallenen Siedlung eine unpassende Heiterkeit verlieh. Hinter den Gebäuden hörte man fröhliches Kindergeschrei.

»Fellini hätte es nicht besser arrangieren können. In ganz Wien gibt es wohl kaum einen skurrileren Ort …«, kommentierte Vogel die Szene.

»Ich habe aber gehört, dass die Stadt das alles abreißen und mit Luxuswohnungen vollbauen will«, entgegnete Michelle.

»Das wäre wirklich schade, aber leider ein Wiener Schicksal. Solche Orte werden immer seltener. Kannst du dich noch an den alten Messepalast erinnern, wo sich heute das Museumsquartier befindet? Das war Morbidezza in Reinkultur. Zwar haben wir jetzt dort eine Museenlandschaft, um die uns die ganze Welt beneidet, aber die verfallenden Gebäude aus den 50ern inmitten der barocken Stallungen, das hatte schon einen ganz speziellen Charme.«

»Das habe ich leider nicht mehr mitbekommen, Kajetan, ich glaube, damals war ich noch gar nicht auf der Welt …«, sagte Michelle lachend.

»Entschuldige bitte, aber so alt bin ich auch wieder nicht«, protestierte Vogel empört, »der Umbau zum Museumsquartier begann, soweit ich mich erinnere, so um das Jahr 1998, da warst du doch bestimmt auch schon 17 und damit hoffentlich schon wahrnehmungsfähig.«

Schelmisch sah sie ihn von der Seite an. »Ups, jetzt habe ich wohl einen wunden Punkt erwischt … Übrigens war ich 1998 gerade 16 Jahre alt und hatte weiß Gott andere Probleme als die Umwidmung des Messepalasts in ein Museumsquartier«, sagte sie, wobei sie ihm kameradschaftlich ihren Ellenbogen in die Rippen stieß.

Also doch: Lieber Onkel – eine Rolle, die Vogel ganz und gar nicht behagte.

So blieb er während des restlichen Spaziergangs eher einsilbig. Auch Michelle sagte, mit Ausnahme von gelegentlichen mit seltsam gequetschter Stimme hervorgebrachten Bemerkungen zu ihrem Hund, nicht viel.

Als sie zurück bei ihren Autos waren, küsste sie ihn kurzerhand auf den Mund und fragte: »Sehen wir uns morgen? Gleiche Zeit, gleicher Ort?«

»Ich versuch's«, antwortete er verblüfft und beobachtete

Michelle dabei, wie sie ihren Hund im Auto verstaute und dann mit einem kurzen Winken davonfuhr.

Daraus sollte einer schlau werden.

Vogel war schon längst zu Hause und überdachte die seltsame Begegnung, die ihn ausgesprochen ratlos machte, als Walz endlich Miwako Watanabe erreichte.

»Ich habe Sie schon mindestens zehnmal angerufen«, sagte er vorwurfsvoll, als sie um 20 Uhr endlich abhob, »wo haben Sie nur die ganze Zeit gesteckt?«

»Sie selbst haben doch gesagt, ich soll nicht ans Handy gehen«, erwiderte sie überrascht.

Darauf wusste Walz freilich keine Antwort.

»Wir hätten noch einige dringende Fragen an Sie, wann können wir uns sehen?«

»Wenn Sie wollen und es Ihnen nicht zu spät ist, heute Abend noch … Als Musikerin gehe ich niemals vor zwölf ins Bett.«

Walz hatte eigentlich überhaupt keine Lust, heute noch das Haus zu verlassen. Andererseits war es vielleicht ganz gut, wenn er allein mit ihr spräche, der polternde Vogel war bei einer trauernden Witwe nicht unbedingt eine hilfreiche Begleitung, zudem hatte Clara heute eine Abendsendung zu moderieren.

Gerade, als er sich auf den Weg zu Watanabe machen wollte, rief ihn Höllwarth an.

»Guten Abend, Herr Kommissar«, begrüßte ihn der Regisseur, der augenscheinlich nicht mehr ganz nüchtern war, »Sie haben mich angerufen.«

Nicht nur die Wahl des falschen Amtstitels deutete auf einen Deutschen hin. Trotz der offensichtlich rauschbedingten Undeutlichkeit der Aussprache war noch immer jede Silbe klar verständlich.

»Danke für den Rückruf. Ich kann mir denken, dass Sie derzeit viel zu tun haben, trotzdem hätte ich einige Fragen an Sie.«

»Geht es um diesen Maurer?«

»Genau.«

»Ja, so zu enden, das ist wirklich tragisch«, sein schweres Atmen war durch den Hörer deutlich zu hören, »obwohl wir grundsätzlich verschiedene Standpunkte vertraten, war er auf seinem Gebiet doch ein bedeutender Künstler und geschätzter Kollege. Zu traurig, das Ganze.«

»Genau deshalb wollte ich mit Ihnen reden. Hätten Sie morgen Zeit?«

»Nein, morgen ist es unmöglich, und am Wochenende muss ich in Deutschland sein. Geht es nicht einfach am Telefon?«

Walz, der es überhaupt nicht schätzte, heikle Fragen zu stellen, ohne die Reaktion seines Gegenübers beobachten zu können, verneinte.

»Ja dann … wenn es Ihnen jetzt nicht zu spät ist, wie sieht es mit heute Abend aus?«, lallte Höllwarth.

Angesichts des Zustands des Regisseurs kam er mit ihm überein, ihn sofort aufzusuchen und das geplante Treffen mit Miwako hintanzustellen.

Aus dem eigentlich ersehnten freien Abend wurde wieder nichts, so viel stand jetzt schon fest.

Höllwarth bewohnte ein Apartment in einem modernen Zweckbau aus den 70er-Jahren in der Tegetthoffstraße nahe der Oper, was eine mühsame Parkplatzsuche notwendig machte, bis Walz nach einiger mit Flüchen unterlegten Zeit seinen Wagen nicht ganz gesetzeskonform am Albertinaplatz abstellte.

Als der Inspektor aus dem Lift stieg, wurde er bereits vom

Regisseur erwartet, der zur Wahrung seines Gleichgewichts leicht vornübergebeugt zwischen Tür und Rahmen lehnte. Der etwa 60-jährige, leicht übergewichtige Höllwarth, der mit einer nicht mehr ganz sauberen schwarzen Hose und einem rotweinbefleckten T-Shirt bekleidet war, starrte ihn mit blutunterlaufenen Augen an, bevor er den »Herrn Kommissar« mit schwerer Zunge begrüßte und ihn schwankend hereinließ.

Nachdem sie sich gesetzt hatten und Walz den offerierten burgenländischen Rotwein, immerhin ein Pinot Noir von Umathum aus dem Jahre 2006, abgelehnt hatte, starrte der Regisseur den Kriminalisten mit leicht wiegendem Oberkörper an.

»Ja, der Maurer war wahrscheinlich ein guter Musiker, aber von der Bühne hat er keine Ahnung gehabt … Ein richtiger Fachidiot eben.«

Höllwarth musste seit ihrem Telefonat noch einiges getrunken haben, denn mittlerweile war seine Aussprache nur mehr schwer verständlich.

»Dass er tot ist, tut mir leid – wirklich … Aber irgendwie hat er es herausgefordert. So, wie der mit den Menschen umgesprungen ist … Auch was er zu mir gesagt hat vorgestern. Aber egal, jetzt ist er ohnehin tot.« Er machte eine wegwerfende Handbewegung.

»Er hat also mit Ihnen noch über die Inszenierung gesprochen?«

Mit glasigen Augen blickte der Regisseur ihn an. Anscheinend dauerte es einige Zeit, bis der Sinn der Frage in sein Bewusstsein gedrungen war.

»Klar! Er hat mich fürchterlich angegriffen. Das Bühnenbild als ›geschmacklosen Regietheaterdreck‹ bezeichnet. Und das Schlimmste war, er hat es mir in einem ganz freundlichen Tonfall gesagt, nicht einmal die Stimme hat er dabei erhoben.

Der konnte einen schon mitten ins Herz treffen … Ich hab ihm doch auch nicht vorgeschrieben, wie er seine Arbeit machen soll. Aber egal, Schwamm drüber, vorbei!«

»Wann genau hat er Ihnen denn diese Vorhaltungen gemacht?«, versuchte Walz seinem Gegenüber noch mehr Informationen zu entlocken.

Doch sein Ausbruch hatte Höllwarth scheinbar überanstrengt, denn er war in sich zusammengesunken und hatte die Augen geschlossen.

Der Inspektor wartete noch ein wenig ab, bevor er leise die Wohnung verließ.

Als Walz etwa eine halbe Stunde später in Watanabes Wohnung stand, staunte er nicht schlecht, denn die Zimmer entsprachen in ihrer Einrichtung beängstigend genau dem Bild, das sich ein unbedarfter Europäer von einer japanischen Bleibe macht.

Sicherlich streng nach Feng-Shui ausgerichtet, waren der Vorraum und der Salon sehr sachlich und geschmackvoll gestaltet. In krassem Widerspruch dazu standen die vielen in europäischen Augen geradezu kitschigen Kleinigkeiten, die überall verteilt waren. Kleine Porzellanfiguren von Hündchen und Kätzchen, allesamt mit großen runden Augen, sowie Anhänger aller Arten, oft mit Glöckchen versehen, die durch den kleinsten Windhauch in Schwingung versetzt wurden.

Miwako Watanabe selbst trug ein japanisch anmutendes seidenes Hauskleid und hieß Walz mit niedergeschlagenen Augen willkommen. Im Wohnzimmer wurde er an einen niedrigen Esstisch geführt, der von Tatami-Matten gesäumt war. Als sie ihn bat, sich zu setzen, hielt er vergeblich nach einem Sessel Ausschau. Der Not gehorchend, kniete er sich an den Tisch und wartete, bis der Tee zubereitet war, den sie ihm nach der Begrüßung angeboten hatte.

Als sie sich endlich anmutig am Tisch niedergelassen hatte, merkte er, dass er sie in seiner knienden Stellung um Haupteslänge überragte. Dieser Zustand war freilich nicht haltbar. Also ließ er sich auf eine Seite sinken, wobei er den rechten Arm benutzte, um sich abzustützen.

»Ich habe ihnen einen Matcha-Tee gemacht, dessen Koffeingehalt nicht so hoch ist«, sagte sie, während sie ihm eine dickflüssige, grüne Brühe in seine Schale goss.

Sie schien sich völlig gefangen zu haben. Von den emotionalen Strapazen der letzten Tage war nichts mehr zu bemerken.

Nachdem sich Walz in ein labiles Gleichgewicht gebracht hatte, um die rechte Hand frei zu bekommen, und sich prompt mit dem Tee den Mund verbrannte, stellte er die heiße Schale rasch auf den Tisch zurück.

Miwako, die ihrerseits mit geschlossenen Augen an ihrem Tee nippte, schien die plötzliche Notlage des wackeren Inspektors gar nicht bemerkt zu haben.

Mit niedergeschlagenen Augen saß sie ihm gegenüber und schwieg.

»Haben Sie schon Ihre Eltern in Japan angerufen?«, begann Walz, der ihr Gespräch behutsam einleiten wollte.

Wortlos schüttelte sie den Kopf, ohne ihre devote Haltung zu verändern.

»Ich verstehe«, sagte Walz, der überhaupt nichts verstand. »Haben Sie den ersten Schreck schon überwunden?«, versuchte er es erneut.

Sie nickte unmerklich.

Da es so nicht weitergehen konnte, brach Walz seine offensichtlich untauglichen Versuche zur Eröffnung eines Gesprächs ab und kam direkt zur Sache.

»Wie uns Herr Weber erzählt hat, waren Sie vor etwa einem

halben Jahr mit Herrn Maurer in Mailand, als er an der Scala dirigierte.«

Wieder nickte sie, ohne ihren Kopf zu heben.

»Wir wollten von Ihnen wissen, ob Sie vielleicht Zeuge einer Unterredung mit einem italienischen Agenten wurden, der an Herr Maurer wegen einer Tournee herangetreten ist.«

Endlich hob sie ihren Kopf. »Nein, davon hat er mir nichts erzählt«, sagte sie leise.

»Wissen Sie zufällig, ob er sonst mit Italienern irgendwelche Projekte geplant oder Geschäfte gemacht hat?«

Erneut schüttelte sie ihren Kopf.

»Die Beantwortung dieser Fragen ist sehr wichtig, müssen Sie wissen. Denn das Mordwerkzeug, mit dem Ihr Gatte, äh Herr Maurer, umgebracht wurde, war wahrscheinlich eine Garotte, die oft von italienischen Kriminellen benutzt wird«. Den Begriff der ›Mafia‹ vermied Walz ganz bewusst, um Watanabe nicht noch mehr zu verschrecken.

»Eines weiß ich ganz sicher«, sagte sie plötzlich mit unerwartet fester Stimme, »Konzerte in Italien wollte er keine mehr geben. Schon in Mailand hat ihn die schlechte Organisation dermaßen verärgert, dass er fast abgereist wäre.«

»Machte er vielleicht andere Geschäfte mit Italienern?«, fragte Walz eigentlich nur der Vollständigkeit halber.

Die Reaktion Watanabes fiel überraschend aus. »Magnus war doch nicht irgendein Kaufmann, der Geschäfte macht, er war Dirigent!«, erklärte sie schroff.

Begütigend hob Walz beide Hände, wobei er fast das Gleichgewicht verlor. »Wir wissen, dass er in den letzten Wochen mehrmals von Italien aus angerufen wurde und haben die Vermutung, dass diese Anrufe möglicherweise mit seinem Tod zu tun haben könnten … Können Sie uns etwas darüber sagen?«

Abermals schüttelte Watanabe den Kopf.

»Mit Herrn Weber hat er darüber gesprochen, versuchen Sie sich zu erinnern …«

»Nein, ganz sicher nicht«, antwortete sie rasch und mit fester Stimme. »Ich habe ein ausgezeichnetes Gedächtnis, und wenn er mir davon erzählt hätte, könnte ich mich sicherlich daran erinnern.« Aus einem unerklärlichen Grund sprach sie mit einem Mal schnell und entschlossen.

»Hatte er vielleicht italienische Freunde?«

»Magnus war kein Mensch, der leicht Freundschaften schloss. Bis auf Michael und mich, und vielleicht noch Maria, ließ er niemanden an sich heran.«

»Hatte er in Mailand vielleicht einen Bekannten, den er öfter traf?«

»Nur die Künstler, mit denen er an der Scala arbeitete, privat sicherlich nicht. Wir lebten sehr zurückgezogen.«

»Haben Sie gewusst, dass Herr Weber heute von seiner Agentur gekündigt wurde?«

Auf dem Gesicht der Japanerin zeigte sich ehrliche Verwunderung. »Nein!«, sagte sie betroffen. »O je, der arme Michael. Aber so etwas habe ich mir schon gedacht …«

Walz horchte auf. »Warum?«

»Herr Max konnte Michael nie leiden, und dann war da noch vor Kurzem dieses Missverständnis.«

Watanabe biss sich auf die Lippen.

»Welches Missverständnis?«

»Das lassen Sie sich besser vom Michael erklären. Ich weiß darüber ohnehin nichts Genaues.«

»Etwas ganz anderes, Frau Watanabe. Wussten Sie, dass Herr Maurer mit Herrn Höllwarth wegen seiner Inszenierung der ›Traviata‹ gesprochen hat?«

Abermals wirkte sie überrascht. »Nein, davon hat er mir nichts erzählt. Wann soll das gewesen sein?«

»Das wüssten wir auch ganz gerne. Noch eine letzte Frage hätte ich an Sie: Hat Herr Maurer eigentlich öfter Whisky getrunken?«

»Ja, schon. Aber nicht viel. Bevor er ins Bett gegangen ist, hat er sich eigentlich regelmäßig eine ›Nightcap‹ gegönnt, wie er es immer nannte.«

»Hat er dabei eine bestimmte Marke bevorzugt?«

»Ja, er trank eigentlich nur den 18-jährigen Macallan.«

»Das würde ich auch so halten …«, sagte Walz lächelnd. »Er hatte aber auch einige andere Whiskys in seiner Bar stehen.«

»Das waren Geschenke von seinen Fans, die seine Vorliebe für Whisky kannten. Er hatte es einmal in einem Interview erwähnt.«

»Hatten außer Ihnen und Herrn Maurer noch andere Personen Schlüssel zu seiner Wohnung?«

»Nicht, dass ich wüsste … O ja, doch, aber nur, wenn wir auf Reisen waren. Da hat er Maria seine Schlüssel überlassen, damit sie seine Blumen gießt.«

»Herr Weber hatte keine?«

»Magnus vertraute ihm schon sehr, aber das wäre doch zu weit gegangen.«

Walz war froh, dass er endlich alle Fragen abgearbeitet hatte.

Ihm taten vom Sitzen auf dem Boden schon alle Knochen weh.

Allerdings glaubte er, heute Abend auch eine Erklärung dafür gefunden zu haben, warum die meisten Japaner O-Beine haben.

8. KAPITEL (FREITAG)

»Das ist ja nicht allzu viel, was Sie mir da erzählen. Warum haben Sie eigentlich den Berner noch nicht befragt? Der hat offensichtlich den größten Vorteil davon, dass der Maurer tot ist. Das sagt mir doch der gesunde Menschenverstand, dass ich mit dem als Erstes reden muss.«

Ungeduldig klopfte Herbert Prokisch mit einem Kugelschreiber auf seinen Schreibtisch. Der Dienststellenleiter und damit direkte Vorgesetzte unserer beiden Inspektoren hatte sich gerade unwillig die Ergebnisse ihrer bisherigen Untersuchungen angehört, die Walz mithilfe seines filofax vortrug, in dem er das Geschehen stichwortartig zusammengefasst hatte.

»Mit dem wollten wir heute eh reden, Sie dürfen nicht vergessen, dass die Zahl der infrage kommenden Personen nahezu unüberschaubar ist«, antwortete Vogel. »Mein Kollege Walz hat gestern schon zum zweiten Mal seinen Feierabend mit Vernehmungen verbracht. Derzeit können wir nicht mehr machen, als mit den Personen, die mit Herrn Maurer zusammengearbeitet haben, zu sprechen. Und das ist doch eine beträchtliche Anzahl. Sie können uns beileibe nicht vorwerfen, müßig zu sein.«

»Das tue ich ja auch nicht«, beschwichtigte Prokisch, »aber Sie müssen die richtigen Leute befragen, verstehen Sie! Was wir brauchen, sind konkrete Ergebnisse. Der Landespolizeikommandant Magister Mörbischer ruft mich ständig an, die Presse fragt dauernd nach, ich bin nur noch am Telefonieren, und das ist kein Spaß, wenn Sie nichts in der Hand haben, das können Sie mir glauben. Wann also soll endlich die Vernehmung vom Berner stattfinden?«

»Heute Nachmittag, nach seiner Probe in der Oper«, antwortete Walz ruhig.

»Danach erwarte ich sofort Ihren Bericht«, erklärte Prokisch mit strenger Miene, die gar nicht zu seinem gemütlich-feisten Gesicht passte und dadurch ausgesprochen lächerlich wirkte.

Den beiden Inspektoren jedoch war überhaupt nicht zum Lachen zumute – an den Berner hatten sie überhaupt nicht gedacht.

»Dank deiner im Prinzip durchaus lobenswerten Geistesgegenwart müssen wir jetzt nur noch den Berner davon überzeugen, dass er sich nach der Probe Zeit für uns nimmt«, sagte Vogel seufzend zu seinem Kollegen, als sie aus dem Büro getreten waren.

»Der Prokisch soll sich mal nicht so wichtig nehmen. Die beim LKA kochen auch nur mit Wasser, schau dir doch seine Beamtenphysiognomie an. Der ist doch lediglich durch sein Parteibuch an diese Stelle gerückt«, erwiderte Walz missmutig.

»Wenn wir eh in der Oper sind, können wir dann noch gleich die Sing-Geisha vom Maurer befragen. Mal schauen, ob sie vor uns auch die mondäne Lebedame gibt, die mit großen Dirigenten vögelt.«

»Ich kann mir eigentlich nicht vorstellen, dass sie sich als Japanerin so verhält – das wäre doch eher untypisch. Außerdem hat der Frühwirth nur gesagt, dass es von ihr behauptet wird, das kann einfach nur bösartiger Tratsch sein.«

»Was du alles weißt«, antwortete Vogel kopfschüttelnd, »trotzdem sollten wir ihr auf den Zahn fühlen. Zudem kannst' vielleicht den Höllwarth fragen, falls er heute wieder nüchtern ist, wann er sich von dem Maurer hat beschimpfen lassen.«

Nachdenklich öffnete Walz die Beifahrertür ihres Dienst-Golfs. »Wenn wir ein ruhiges Wochenende verbringen wollen, müssen wir bei all unseren Vorhaben strategisch vorgehen.

Da nämlich alle drei gleichzeitig Probe haben, solltest du dir in der Pause die Choristin vornehmen und ich werde in der Zeit mit dem Höllwarth zu reden versuchen. Nach der Probe gehen wir dann gemeinsam zum Berner.«

Nachdenklich schaute er auf seine LeCoultre.

»Obwohl, jetzt haben wir 9:15 Uhr. Wenn die nicht gerade mit dem ersten Akt oder dem Finale des zweiten Aktes beginnen, haben wir eine Chance, da nur dort der Chor benötigt wird. Vielleicht können wir unser Fernost-Lercherl ja doch zusammen vernehmen.«

Verblüfft schaute Vogel seinen Kollegen an, während er das Auto startete. »Ich kann mich nur wiederholen: Was du alles weißt. Zuerst referierst du über die sexuellen Eigenheiten der Japanerinnen, dann erklärst du mir die Choreinsätze bei der ›Traviata‹ – ich an deiner Stelle würde mein Hirn der Forschung vermachen. Da würden unsere Kollegen vom LKA sicherlich staunen …«

Wie Walz vom Portier erfuhr, der den Dienstzettel zu Rate zog, begann Berner seine heutige Probe tatsächlich mit dem intimen dritten Akt, bei dem der Chor nur für ein kurzes Faschingslied hinter der Bühne benötigt wurde. Nachdem Walz sein Anliegen vorgebracht hatte – zur Bekräftigung hatte er seine Dienstmarke gezogen –, verband der Pförtner den Inspektor dann auch gleich mit dem Inspizienten, der Frau Sato zu ihnen hinunterzuschicken versprach.

Einige Minuten später erschien hinter der Glastür, die den öffentlichen von dem internen Bereich der Oper trennt, eine für eine Japanerin durchaus hochgewachsene und äußerst schäbig gekleidete Gestalt, die die beiden Besucher fragend anschaute. Ihr Äußeres ließ definitiv darauf schließen, dass sie schon in der Maske gewesen war.

»Grüß Gott, Frau Sato«, begrüßte Vogel die fast bis zur Unkenntlichkeit geschminkte Sängerin und zeigte ihr möglichst unauffällig seine Dienstmarke, »wir würden uns ganz gerne mit Ihnen unterhalten. Eigentlich wollten wir mit Ihnen ins Segafredo gehen, um ungestört plaudern zu können …« Mit bedauernder Miene deutete er auf ihr Kostüm, was sie mit einem verlegenen Lächeln erwiderte.

Der hilfreiche Portier wies ihnen daraufhin einen derzeit freien Probenraum zu, wo sie sich in Ruhe unterhalten konnten.

Nachdem sie sich in dem operntypischen Labyrinth zweimal verlaufen hatten, zeigte ihnen eine Putzfrau endlich den richtigen Weg.

Bis auf wenige Requisiten, die auf einer Art Hilfsbühne aufgestellt waren, befanden sich in dem kahlen Raum nur ein Klavier und eine wirre Ansammlung von Notenständern und hölzernen Sesseln.

»Liebe Frau Sato«, begann Walz, der in diesem Falle die Vernehmung übernahm, »wie Sie sich ja denken können, wollen wir wegen des Todes von Herrn Maurer mit Ihnen sprechen.«

Erstaunt schaute die Sängerin ihn an und legte ihre rechte Hand auf die Brust, sagte aber nichts.

»Das, worüber wir mit Ihnen reden wollen, ist ein wenig heikel. Wir haben gehört, dass Sie in einem näheren Verhältnis zu Herrn Maurer gestanden sind … und … aus dem Grund wollten wir mit Ihnen sprechen.« Walz rang geradezu nach den richtigen Worten.

Mit steigendem Erstaunen war Frau Sato seinen Ausführungen gefolgt, bevor sie dem Inspektor offen ins Gesicht sah und ihn mit einem Ausdruck der Verwunderung fragte: »Wer hat Ihnen denn das erzählt?«

»Das ist nicht so wichtig, wir wollten nur wissen, ob es zutrifft, dass Sie mit Herrn Maurer eine nähere Beziehung pflegten.«

Energisch schüttelte sie den Kopf. »Das stimmt nicht. Er hat nur ein paarmal mit mir geredet, um sein Japanisch zu verbessern. Da konnten die anderen uns nicht verstehen und haben vielleicht deshalb gedacht, dass wir Geheimnisse hätten«. Achselzuckend fügte sie hinzu: »Außerdem hat er ja erst am Anfang dieser Woche mit den Proben begonnen …«

»Das wissen wir auch, aber er war früher auch schon einige Male am Hause tätig«.

»Ich aber nicht. Mein Engagement besteht erst seit dieser Saison … Und jetzt, meine Herren, muss ich dringend gehen, die Probe hat schon angefangen und ich muss wegen der Karnevalsszene auf die Bühne.«

»Auf die Bühne?«, fragte Walz lächelnd. »Doch eher dahinter.«

»Herr Höllwarth«, dieser für einen Japaner unaussprechliche Name war bei ihr fast nicht zu verstehen, »will, dass wir auf der Bühne singen, weil wir uns über die kranke Violetta lustig machen.« Nach einer kurzen Verbeugung kehrte Frau Sato den Inspektoren den Rücken und verließ rasch den Raum.

»Ach so, ja, Regietheater«, rief Walz der Japanerin hinterher.

»Glaubst du das?«, fragte Vogel, mit seinem Kinn auf die Tür deutend, durch die sie hinausgegangen war.

»Möglich, aber eher unwahrscheinlich. Wenn er Japanisch plaudern will, kann er es doch genauso gut mit der Watanabe tun … Andererseits, wenn ich mir sie so anschaue, kann ich mir kaum vorstellen, dass ein Mann von Maurers Statur sich an solch einem doch recht unauffälligen Mädchen vergreift, um es einmal euphemistisch auszudrücken. Vielleicht war das doch nur der böse Tratsch einer eifersüchtigen Kollegin.«

»Na ja, auf den ersten Blick würde ich mich in die auch nicht verschauen, andererseits, wenn die Cindy Crawford in einem solchen Kostüm vor mir stünde, würde ich es auch nicht merken – und mich danach in den Hintern beißen. Um dem Ganzen auf den Grund zu gehen, sollten wir uns einfach einmal in die Kantine begeben, die sich ja bislang als der beste Umschlagplatz für Informationen aller Art bewährt hat«, schlug Vogel vor und ließ seinem Kollegen galant den Vortritt.

In der Kantine waren sie die einzigen Gäste.

Auf dem Bildschirm konnten die Polizisten unterdessen eine höchst dramatische Szene verfolgen: Der Chor aus zerlumpten Gestalten schien gerade die sterbenskranke Violetta, die röchelnd auf einem Bett aus aufgehäuften Lumpen lag, wüst zu verspotten. Einige der Gestalten vergriffen sich gar an ihr und schienen die Sieche aus ihrem Bett ziehen zu wollen. Doch glücklicherweise war der Choreinsatz von Verdi so kurz gehalten, dass die Lumpengestalten keinen größeren Schaden anrichten konnten und schließlich wüst lachend davonzogen.

»Jetzt müssten die ja gleich in die Kantine kommen, wenn das tatsächlich ihr einziger Auftritt im dritten Akt war«, meinte Vogel, der sich langsam mit den Gegebenheiten in einem Opernhaus anzufreunden schien.

Und so war es auch.

Fröhlich plaudernd betraten die ersten abgerissenen Figuren die gastliche Stätte, wobei Walz nach jemandem Ausschau hielt, den er noch aus seiner früheren Zeit als Statist kannte.

Und tatsächlich fiel sein Blick auf eine Sängerin, die während ihrer Studienzeit zusammen mit Walz an der Staatsoper statiert hatte und sich gerade am Buffet anstellte.

Freundlich lächelnd ging er auf sie zu, stand allerdings vor dem Problem, dass er sich beim besten Willen nicht mehr an ihren Namen erinnern konnte.

Diese Klippe galt es nun kunstvoll zu umschiffen.

»Servus«, begrüßte er sie scheinbar überrascht und mit strahlendem Lächeln, »ich wusste ja gar nicht, dass du hier mitsingst.«

An ihrem Gesichtsausdruck bemerkte er sogleich, dass ihr Gedächtnis auch nicht besser war als das seinige.

Das war zwar tröstlich, jedoch im Moment wenig hilfreich.

»Kannst dich wohl nicht mehr an mich erinnern?«, fragte er verständnisvoll.

»Wieso, sind wir uns schon einmal begegnet?«, fragte sie und musterte ihn misstrauisch.

»Ich bin's, der Alfons – wir haben vor ewiger Zeit hier miteinander statiert …«

Zwar hellte sich ihre Miene auf und sie täuschte ein Erkennen vor, jedoch nicht mit allzu großer Überzeugungskraft.

»Hab ich mich so sehr verändert?«, fragte Walz scherzhaft, während er an sich herabsah. »Dabei hab ich immer gedacht, ich hätt mich gut gehalten. Scheint also doch nicht so zu sein …«

Nach einer etwas peinlichen Pause, über die ihm seine Gesprächspartnerin nicht hinweghalf, fiel dem schon ein wenig verzweifelten Walz plötzlich etwas ein.

»Ich glaub, jetzt kann ich deinem Gedächtnis nachhelfen. Kannst du dich an diese entsetzliche Inszenierung vom ›Freischütz‹ erinnern, als ich dir bei einer Vorstellung dermaßen in die Fersen gestiegen bin, dass es dich hing'haut hat und mit dir einige andere, wie du dich an denen festhalten wolltest?«

Endlich strahlte sie übers ganze Gesicht. »Natürlich! Alfons!«, rief sie aus und klopfte sich voll der Erkennungsfreude mit zwei Fingern an die Stirn. »Dich hab ich ja ewig nicht mehr gesehen. Mein Gott, wie konnte ich nur … Entschuldige bitte, aber dich hab ich hier am wenigsten erwartet … Gut schaust du aus! Aber was machst du denn hier? Willst' dich wieder als Statist bewerben oder hast du nur Sehnsucht?«

»Leider weder noch«, antwortete Walz plötzlich ernst werdend, »ich bin beruflich hier. Ich bin damals zur Polizei gegangen und nun mit der Ermittlung wegen des Todes vom Maurer befasst. Ich hab gar nicht gewusst, dass du Mitglied im Opernchor bist, aber soweit ich mich erinnere, war das ja immer dein Lebenstraum.«

Strahlend sah sie ihm in die Augen. »Ja, aber es ist kein Wunder, dass du mich so lange nicht mehr gesehen hast. Inzwischen bin ich verheiratet, habe drei Kinder und war dadurch die letzten vier Jahre in Mutterschaftskarenz.«

»Ich gratuliere herzlich, ist dein Mann auch Musiker?«

»Ja, er ist Geiger hier«, neugierig schaute sie ihn an, »und du bist tatsächlich Polizist geworden … Wenn man mir das damals gesagt hätte, mein ganzes Geld hätt ich dagegen gewettet, dass du einmal Beamter wirst. Du warst doch immer so feinsinnig, hast alles über die Opern und die Sänger gewusst, ein richtiger Intellektueller eben. Zitierst du noch immer so oft Karl Kraus?«

»Wenn es sich ergibt, liebe Barbara«, antwortete Walz lachend. Mit der Erinnerung an seine Jugend war ihm plötzlich auch ihr Name eingefallen, wie so manches andere auch, was ihm schon längst vergessen schien.

»Wie lange ist das jetzt her?«, fragte sie mit träumerischem Ausdruck und strahlte ihn an. Anscheinend ging es ihr genauso wie ihm.

»Ich bin jetzt seit 18 Jahren bei der Polizei. Die Zeit vergeht zwar, aber wir bleiben dieselben!«, antwortete er mit einem vergnügten Augenzwinkern. »Wir sollten uns dringend treffen und über die alten Zeiten plaudern. Würdest du, wenn du dir deinen Kaffee geholt hast, dich bitte kurz zu uns setzen? Vielleicht kannst du uns mit ein paar Auskünften weiterhelfen.«

Er zeigte auf den Tisch, an dem sein Kollege Vogel saß, der die ganze Szene verwundert beobachtet hatte.

»Auch bei der weiß ich nicht, wie sie unter ihrer Maske aussieht … Hast du mir vielleicht etwas zu erzählen?«, fragte er, als Walz noch immer strahlend an seinen Platz zurückkehrte.

»Mit Frauen muss man, wenn sie lange fort waren, Feste des Nichtwiedererkennens feiern«, antwortete er schmunzelnd.

»Wenn du solch rätselhafte Dinge von dir gibst, dann werde ich den Verdacht nicht los, dass du etwas zu verbergen hast oder Karl Kraus zitierst.«

»Exakt!«

»Was jetzt?«

»Beides.«

Es dauerte nicht lange, bis Barbara Ruzicka an ihren Tisch trat.

Nachdem Walz sie und Vogel einander vorgestellt hatte, schaute Barbara ihren alten Freund erwartungsvoll an.

»Kennst du deine Kollegin Tomoko Sato eigentlich besser?«

Ruzicka zuckte mit den Schultern. »Tomoko ist in dieser Saison zu uns gekommen. Da ich erst seit dem 1. April wieder arbeite, kann ich noch nicht viel über sie sagen. Warum, ist sie verdächtig?«

»Nein, nicht mehr als die gesamte Belegschaft hier. Wir haben nur erfahren, dass sie angeblich etwas mit dem Maurer gehabt hat.«

»Davon habe ich auch gehört, aber es kann durchaus sein, dass dies ein ausgemachter Blödsinn ist. Weißt du, ein Kollege von uns setzt aus Spaß öfter solche Gerüchte in Umlauf und amüsiert sich königlich darüber, wenn sie zu ihm zurückkehren. Allerdings hatte auch ich das Gefühl, dass da vielleicht doch ein bisserl mehr war, so, wie sie ihn angehimmelt hat. Und er war ja ein ausgesprochener Steiger, der hat nichts anbrennen lassen. Für ein so junges Ding ist ein berühmter Dirigent halt das reinste Aphrodisiakum – außerdem sah er wirklich gut aus.« Sie machte eine ratlose Miene. »Allerdings konnten wir nicht verstehen, um was es in ihren Gesprächen gegangen ist, da der Maurer anscheinend ziemlich gut Japanisch sprach. Am besten fragt ihr sie selbst.«

»Das haben wir bereits getan, und sie behauptet, es wäre nichts gewesen.«

»Ja, was erwartest du denn? Du glaubst doch nicht im Ernst, dass eine Japanerin etwas Diesbezügliches zugeben würde …«

»Warum sollten wir sie dann deiner Meinung nach fragen?« Walz zeigte sich verwirrt.

»Da hast' auch wieder recht«, gestand Ruzicka lachend ein, während sie ihre Hand auf seine legte. »Oh, Alfons, wir sollten uns wirklich bald einmal treffen!«

»Das tun wir mit Sicherheit«, antwortete Walz zufrieden, »aber vorher müssen wir diesen Mord aufklären. Wie war denn eigentlich der Maurer zu euch?«

»Ausgesprochen unangenehm. Ich bin nur froh, dass der Chor in dieser Oper nicht besonders viel zu tun hat. Zuerst hat er ungenaue Einsätze gegeben, bei den Einwürfen im ersten Akt brauchst du einen exakten Auftakt, sonst kommt das nie zusammen, und dann hat er sich beschwert, dass es auseinander ist. Und in welch einem Tonfall! Ohne unseren Maestro suggeritore wären wir verloren gewesen.«

»Weißt du zufällig, was der Berner nach der Probe macht?«

»Der arbeitet am Nachmittag sicherlich noch mit den Solisten.«

»Und der Höllwarth?«

»Das will ich lieber gar nicht wissen …«, sagte sie missmutig.

»Warum?«

»Na, schau mich doch an«, mit verzweifeltem Gesichtsausdruck blickte sie an sich herab, »ich bin sowieso erstaunt, dass du mich überhaupt erkannt hast in dem Aufzug. Die Inszenierung ist nichts weniger als ein Skandal … halt den wirren Fantasien eines Alkoholikers entsprungen.«

»Säuft er auch in den Proben?«

»Ununterbrochen. Er sitzt im Zuschauerraum und neben ihm hockt seine Assistentin mit einem Doppler und füllt beständig sein Glas nach. Es ist wirklich eine schreckliche Arbeit mit diesem sogenannten ›Regisseur‹, wenigstens haben wir als Lichtblick jetzt den Berner, sonst wär' das ja überhaupt nicht zum Aushalten. Ich bin froh, wenn die nächste Woche vorbei ist und wir die Premiere endlich hinter uns haben.«

In diesem Moment kamen die ersten Musiker in die Kantine geströmt.

»Liebe Barbara, wir sehen uns sicherlich demnächst wieder, ich versprech' es, aber jetzt müssen wir zum Höllwarth rennen. Es hat mich wirklich sehr gefreut«, sagte Walz voll Wärme und küsste sie auf ihre grau geschminkten Wangen. »Bäh, das schmeckt ja grauslich …«

Lachend winkte Barbara ihm nach.

Helmut Höllwarth saß gerade mit Direktor Münch zusammen, der seinem Lachen nach zu schließen der jungen Regieassistentin gerade einen nicht ganz jugendfreien Witz erzählte, als die beiden Kriminalisten den Zuschauerraum betraten.

Als typischer Autokrat, der alles sofort wahrnimmt, was in seinem Reiche vorgeht, entdeckte der Direktor sie sogleich.

»Sie haben hier nichts zu suchen«, rief er in einer Lautstärke, die durch den gesamten Zuschauerraum hallte und die Aufmerksamkeit sämtlicher Anwesender erregte. »Scheren Sie sich sofort raus. Das hier ist eine Probe, zu der niemand Zutritt hat!«

»Zu Ihnen wollen wir ja gar nicht«, blaffte Vogel zurück, »wir würden nur gerne mit Herrn Höllwarth reden.«

»Das ist mir doch egal, mit wem Sie reden wollen. Dies hier ist eine Probe, zu der niemand Unbefugter Zutritt hat. Sie können von mir aus um eins wiederkommen, wenn wir hier fertig sind. Falls Herr Höllwarth dann Zeit haben sollte und damit einverstanden ist, können Sie dann Ihre Unterhaltung mit ihm führen.«

Während dieses laustarken Dialogs eilte Walz unauffällig zum Orchestergraben, an dessen Brüstung er Samuel Berner entdeckt hatte, der vor dem Zwischenfall gerade mit dem Maestro suggeritore Walter Helmitsch geplaudert hatte.

»Guten Tag, Maestro, grüß Gott, Herr Helmitsch«, sprach der Inspektor die beiden leise an und zückte seine Dienstmarke. »Entschuldigen Sie bitte vielmals die Störung, aber ich hätte mit Herrn Berner nach der Probe gerne ein paar Worte gewechselt.«

»Warten Sie doch einfach um eins vor meinem Zimmer«, antwortete der Dirigent freundlich aber bestimmt, bevor er sich erneut Helmitsch zuwandte.

»So, jetzt hab ich endgültig genug von dem Trottel!«, Vogel war außer sich vor Wut, als sich die Kollegen im Foyer der Oper trafen, »ich werd' der Redakteurin vom Tagblatt mal a bisserl was von der direktoralen Besetzungscouch erzählen, das wird die sicherlich interessieren, und vielleicht auch noch über seine Beteiligung an der Agentur …«

»Das finde ich eine ziemlich gute Idee, darfst' dich halt nur nicht mit ihr in der Öffentlichkeit blicken lassen, sonst kommt man dir drauf, und das macht sich auch beim LKA nicht besonders gut. Um eins müssen wir uns halt aufteilen – wen magst' lieber, den besoffenen Regisseur oder den sensiblen Dirigenten?«

»Ui, da fällt die Wahl schwer. Da aber du der Musikfachmann bist, würde ich vorschlagen, dass du den Feingeist nimmst, wohingegen ich mir den Schluckspecht vorknöpfe, mit so jemandem kenn ich mich besser aus.«

»Bis dahin haben wir aber noch über eine Stunde Zeit«, sagte Walz, der stirnrunzelnd auf seine Armbanduhr schaute. »Weißt' was? Lass uns doch beim Max anrufen, der muss uns eh noch etwas über das sogenannte ›Missverständnis‹ mit dem Weber erzählen …«

Alexander Max war tatsächlich in seinem Büro und hatte nichts gegen eine »kurze Unterredung« mit den Kriminalisten einzuwenden, da er »gerade über ein kurzes Zeitfenster verfügte«.

»Ja, der Herr Weber, das war schon ein spezieller Fall«, sagte Max bedächtig, nachdem er von den Inspektoren mit dem ›Missverständnis‹ konfrontiert worden war. »Offen gestanden habe ich ihn persönlich nie besonders leiden können, und als ich ihm dann noch auf Unregelmäßigkeiten bei seinen Abrechnungen draufgekommen bin, sah ich mich in meinen Ahnungen bestätigt. Wenn der Maurer nicht auf ihm bestanden hätte, wäre er schon damals sofort rausgeflogen.«

»Warum haben Sie uns das nicht gleich erzählt?«, fragte Vogel.

»Ich dachte nicht, dass das für Sie von Belang wäre«, antwortete Max mit gespieltem Erstaunen, »das ist ja schließlich nur eine Angelegenheit zwischen Herrn Weber und mir.«

»Wann war das etwa?«

»Vor ungefähr zwei Monaten wird das gewesen sein. Wenn

Sie es genau wissen wollen, muss ich nur in meinen Unterlagen nachschauen.«

»Nein, das ist nicht nötig. Und um welche Beträge handelte es sich bei diesen Unregelmäßigkeiten?«, fragte Vogel.

»Alles in allem so etwa um die 5.000 Euro, die ich ihm ohne Weiteres nachweisen konnte. Ich will nicht wissen, wie viel Geld er mir noch unterschlagen hat.«

»Und wie hat er reagiert, als Sie ihn darauf angesprochen haben?«

»Er hat zuerst ungläubig getan und dann behauptet, das alles sei ein Missverständnis. Später hat er mir anstandslos das Geld refundiert.«

»Sie hatten also nicht das Gefühl, dass es ein Versehen war?«

»5.000 Euro unterschlägt man nicht aus Versehen.«

»5.000 Euro in welchem Zeitraum?«

»Etwa einem halben Jahr.«

»Das scheint mir aber nicht wirklich dramatisch …«, wiegelte Vogel ab.

Unwillig schüttelte Max den Kopf. »Schauen Sie, ich bezahle meine Leute gut und als Gegenleistung erwarte ich mir absolute Vertrauenswürdigkeit, und die wurde von Herrn Weber nicht erbracht. Basta!«

»Haben Sie auch die anderen Zeiträume davor untersucht?«

»Nein, habe ich nicht. Selbst wenn ich ihm auf noch mehr draufgekommen wäre, hätte ich es ihm nachweisen müssen, was nach dieser langen Zeit wohl schwierig gewesen wäre. Daher war mir das zu mühsam.«

»Na, was glaubst du? Traust du dem Weber zu, dass er das absichtlich gemacht hat?« Walz und sein Kollege befanden sich bereits auf dem Weg zurück in die Oper. Reger Wochenendverkehr flutete durch die Operngasse, die sie gerade passierten.

»5.000 Euro im Laufe eines halben Jahres ist doch eine ganze Menge Geld, das sind im Monat mehr als 800 Euro... Ich weiß nicht, was der Weber verdient, aber mir würde das auffallen bei meinem Gehalt«, erwiderte Vogel. »Überleg mal, wenn der seit fünf Jahren beim Max angestellt ist und das jeden Monat gemacht hat, dann wären das 48.000 Euro. Damit kann man sich schon einiges an Essen kaufen. Vielleicht ist er deshalb so dick?«

»Siehst du, wenigstens einen Vorteil haben wir mit unserem schmalen Beamtengehalt«, antwortete Walz, sich zufrieden auf den nicht vorhandenen Bauch klopfend.

»Und was ist mit unseren übergewichtigen Kollegen, haben die geerbt?«, fragte Vogel zurück.

»Das nicht, aber die haben eben keinen Greyhound wie du oder keine lateinamerikanische Freundin wie ich ...«

Es war kurz vor eins, als sie die Oper betraten.

Nachdem Walz sich erkundigt hatte, wo das Dirigentenzimmer lag, trennten sich ihre Wege.

Höllwarth saß noch immer in der Nähe des Regiepultes, das in der zehnten Reihe aufgebaut war, und plauderte mit seiner Assistentin. Die leere Flasche lag umgeworfen zu seinen Füßen.

»Grüß Gott, Herr Höllwarth«, begrüßte ihn Vogel höflich, »hätten Sie jetzt vielleicht ein wenig Zeit für mich?«

Der Regisseur musterte den Inspektor und schien irritiert. »Ah, der Herr Kommissar. Entschuldigen Sie, aber waren Sie das, gestern Abend bei mir in der Wohnung?«

»Nein, das war mein Kollege, der mich allerdings über den Inhalt ihres Gesprächs in Kenntnis gesetzt hat. Mein Name ist Vogel. Inspektor Walz ist leider verhindert, lässt Sie aber herzlich grüßen.«

»Ah, Kommissar Vogel. Na gut«, sagte er grunzend, »also, was wollen Sie von mir wissen?«

»Sie erzählten meinem Kollegen, dass Herr Maurer mit Ihnen gesprochen hat. Ich würde von Ihnen nur gerne wissen, wann das war.«

»Warten Sie, heute haben wir Freitag, ja, das muss am Dienstag gewesen sein«, sagte er und flüsterte seiner Assistentin etwas ins Ohr, worauf diese sofort verschwand.

»Also am Tag seines Todes«, antwortete Vogel scheinbar nachdenklich. »Erinnern Sie sich vielleicht noch, um wieviel Uhr das gewesen ist?«

»Auf jeden Fall nach der Vormittagsprobe. Da ist er dann plötzlich vor mir aufgetaucht und hat mir irgendwelche Frechheiten ins Gesicht gesagt. Und dann ist er wieder gegangen. Es war also kein Gespräch im herkömmlichen Sinne, sondern eher ein Monolog oder, noch besser, eine Beschimpfung. Allerdings ohne die Stimme dem Inhalt des Gesagten anzupassen, also doch ein Monolog, ein bösartiger Monolog.«

Höllwarth nickte mehrmals zufrieden mit dem Kopf, offensichtlich glücklich darüber, die zutreffende Bezeichnung gefunden zu haben.

»Und wo hat dieser ›Monolog‹ stattgefunden?«

»Na, genau hier. Ich bin mit meiner Assistentin an diesem Platz gesessen und habe gearbeitet, da stand er plötzlich vor mir.«

»Das heißt, Ihre Assistentin war Zeuge von Maurers Aussagen?«

»Nein, nicht wirklich. Ich hatte sie gerade rausgeschickt, um mir etwas zu holen. Scheinbar hat er diesen Moment abgewartet.«

»Also fand das Ganze kurz nach der Probe statt«, konstatierte Vogel sachlich und musterte sein Gegenüber eingehend. »Warum eigentlich haben Sie sich gegen diese Anwürfe nicht zur Wehr gesetzt?«

»Ich war völlig überrascht. Nicht nur vom Inhalt des Gesagten, sondern vor allem vom Tonfall, in dem er es vorbrachte. Sagt dir die schrecklichsten Dinge ins Gesicht, und das in einem Konversationston, als ob er mit dir übers Wetter reden würde. Das habe ich noch bei keinem Menschen erlebt. Bemerkenswert war das in jedem Fall. Eine echte dramatische Begabung, dieser Maurer. Wenn es auch eine ausgesprochene Frechheit war.«

Inzwischen kehrte die Assistentin mit einem großen Glas Weißwein zurück, das sie vorsichtig durch die enge Stuhlreihe balancierte.

Rasch lenkte Vogel, dem die Situation ausgesprochen unangenehm war, das Gespräch dem Ende zu. »Noch die Routinefrage, Herr Höllwarth, die wir jedem stellen müssen. Wo waren Sie in der Nacht vom Dienstag auf Mittwoch zwischen 23 und ein Uhr?«

Nachdem er einen tiefen Schluck genommen hatte, musterte ihn der Regisseur von oben bis unten. »Wo ich war? Keine Ahnung … Oder weißt du, wo ich mich vor vier Tagen mitten in der Nacht herumgetrieben habe?«, wandte er sich an seine Assistentin, die verlegen lächelte. »War ich da bei dir?«

»Nun?«, fragte Vogel das Mädchen, nachdem diese sich nicht eindeutig geäußert hatte und unbehaglich auf den Boden starrte.

»Ja, in dieser Nacht war Herr Höllwarth bei mir«, sagte sie leise, wobei ihr Gesicht eine leichte Röte annahm.

Während Vogel also gerade mit den intimsten Geständnissen einer vielleicht gerade einmal 20-jährigen und außerordentlich zerbrechlich wirkenden Blondine konfrontiert wurde, saß Walz im Dirigentenzimmer und plauderte angeregt mit Samuel Berner.

»Kannten Sie Magnus Maurer persönlich?«, wollte der Inspektor wissen.

»Wir sind uns einige Male begegnet«, antwortete der überaus jugendlich wirkende Dirigent sachlich, »da haben wir uns begrüßt und einige der üblichen Floskeln ausgetauscht. Darüber hinaus pflegten wir keinen Kontakt.«

»Ist das nicht unüblich zwischen zwei fast gleichaltrigen Kollegen, die doch der verschwindend kleinen Elite der Spitzendirigenten angehören?«

Berner legte die Fingerspitzen seiner beiden Hände gegeneinander, bevor er ruhig entgegnete. »Das ist schon richtig, wir sind nur wenige, aber deshalb heißt es noch lange nicht, dass wir uns miteinander fraternisieren müssen. Sie dürfen nicht vergessen, dass wir auch Konkurrenten sind, die sich durchaus kritisch beäugen. Wer das bestreitet, der sagt schlicht die Unwahrheit.«

»Das heißt im Klartext: Sie mochten Herrn Maurer nicht besonders«, sagte Walz lächelnd.

Wieder nahm sich Berner Zeit zum Nachdenken. »Ist das von Belang? Schauen Sie, Sie haben eine Aufgabe und die besteht darin, den Mörder zu fassen, der meinen Kollegen umgebracht hat. Bestimmt werden Sie aufhorchen, wenn ich Ihnen nun gestehe, dass ich Herrn Maurer nicht besonders gemocht habe. Das macht mich schon a priori verdächtig, zumal ich der Nutznießer seines tragischen Ablebens bin. Das alles ist mir natürlich klar. Trotzdem sage ich Ihnen, dass ich ihn tatsächlich nicht gemocht habe, weder künstlerisch noch persönlich. Sicherlich kommt Ihnen jetzt der Gedanke: Moment mal, der Maurer muss doch viel besser als der Berner sein, sonst hätten die ja gleich den Berner mit der Leitung der ›Traviata‹ beauftragt. Und wenn der Maurer weg ist, hat der Berner einen ihm überlegenen Kollegen weniger, den er, das gibt er schließlich zu, nicht leiden kann. Wenn das kein Motiv ist!«

Walz nickte zustimmend und lächelte Berner zu. »Ich bin Ihnen sehr dankbar, dass Sie mir das Denken abnehmen wollen, aber die Schlussfolgerungen aus Ihren Äußerungen zu ziehen, das ist, wie Sie schon ganz richtig bemerkten, meine Aufgabe. Im Übrigen bin ich ganz und gar nicht der Meinung, dass Herr Maurer der bessere Dirigent war. Ich habe Ihre ›Butterfly‹ vor ein paar Monaten hier gesehen – gar nicht schlecht! Obwohl es eine Repertoirevorstellung war. Während ich den ›Fidelio‹, den der Maurer hier dirigiert hat, viel zu plakativ fand. Und der hatte dafür immerhin zwei Proben. Wie Sie sehen, kann auch ein noch so scharfsinniger Dirigent irren.«

Berner musterte ihn mit einer Mischung aus Erstaunen und Respekt. »Dann entschuldigen Sie bitte meine voreiligen Schlüsse, ich wusste ja nicht, dass es bei der diesbezüglich eher übel beleumundeten Polizei einen Musiksachverständigen gibt. Gehen Sie oft in die Oper?«

»Wie Sie ja wissen, sitzt in jeder Vorstellung ein Polizist im Zuschauerraum. Und wenn es eine interessante Vorstellung gibt, trachte ich stets danach, den Abenddienst zu übernehmen.«

»Werden Sie sich auch die Premiere der ›Traviata‹ anschauen?«, fragte Berner interessiert.

»Ja, aber diesmal mit regulären Karten, weil bei den Premieren zumeist ein höherrangiger Kollege Dienst tut.«

»Und versteht dieser Kollege ebenso viel wie Sie von der Oper?«

»Er zieht, glaube ich, das Gesellschaftliche dem Musikalischen vor«, antwortete Walz mit einem Augenzwinkern.

»Ah, ich verstehe, das Premierenbuffet …«, sagte Berner grinsend.

»Dieses Mal, verehrter Maestro, ist Ihre Schlussfolgerung durchaus zutreffend. Obwohl mir unser Gespräch viel Vergnügen bereitet, muss ich Sie leider nach Ihrem Alibi in besagter Nacht fragen, das werden Sie wohl verstehen.«

»Hätten Sie das unterlassen, hätte ich Ihnen geraten, auf der Stelle den Beruf zu wechseln und Musikkritiker zu werden. Über welche Uhrzeit soll ich Ihnen also Rechenschaft ablegen?«

»Über Dienstagnacht zwischen 23 und ein Uhr.«

Berner runzelte die Stirn und schien ernsthaft nachzudenken. »Hm, da ist mein Alibi leider sehr dürftig. Ich war in meiner Wohnung und schlief den Schlaf des Gerechten. Hätte ich allerdings geahnt, dass mich am nächsten Tag Professor Münch mit der Bitte anrufen würde, die Premiere der ›Traviata‹ an der Staatsoper zu übernehmen, hätte ich wahrscheinlich nicht so selig geschlummert. Aber ein Alibi hätte ich auch da nicht gehabt.«

»Ich danke Ihnen auf jeden Fall, dass Sie sich Zeit genommen haben, und wünsche Ihnen zur Premiere alles Gute«, sagte Walz, sich erhebend, »nicht zuletzt aus reinem Eigennutz, da ich mir wünsche, so sehr von der Musik gefesselt zu sein, dass ich nicht auf die Bühne schauen muss.«

»Schrecklich, nicht?«, bemerkte Berner seufzend.

»Das kann man wohl sagen. Wie gehen Sie damit um?«

»Schauen Sie, ich habe doch einen Traumberuf, ich darf mein Leben mit der schönsten Musik verbringen und werde, wenn es gut geht, so dafür gefeiert, als hätte ich sie selbst erschaffen. Als Gustav Mahler hier Hofoperndirektor war, stand nicht einmal sein Name auf dem Programmzettel. Ich habe also das Vergnügen, mit Freude einen weit überschätzten Beruf auszuüben. Bei dieser ›Traviata‹ hören wir die weltweit wohl beste

Violetta, einen hervorragenden Alfredo und einen ebenso guten Germont. Selbst die Nebenrollen sind besser besetzt als an den meisten anderen Häusern. Über die Qualität des Orchesters brauchen wir nicht zu reden, ebenso wenig wie über den Chor. Jetzt stellen Sie sich einmal vor, dass die Inszenierung auch noch ideal wäre … Dann müsste ich auf der Stelle meinen Beruf aufgeben, da ich vielleicht niemals mehr eine solch perfekte Aufführung erleben würde. Dann ginge es mir wie Umberto Giordano mit seinem ›Andrea Chénier‹. Der hat diese Oper mit 29 geschrieben, also genau in meinem Alter, und wurde 81. Zeit seines Lebens hat er versucht, an diesen Erfolg anzuknüpfen, ihn aber niemals mehr auch nur annähernd erreicht. Nachdem er mit 62 Jahren seine letzte Oper geschrieben hatte, die ein weiteres Mal an seinem Jugendwerk gemessen wurde und durchfiel, hat er es aufgegeben. Ist das nicht ein schreckliches Schicksal?«

»Das ist es fürwahr. Sie werden mir trotzdem verzeihen, dass ich mich als Zuschauer überaus glücklich schätzen würde, wenn auch die Inszenierung der Qualität der musikalischen Ausführung entspräche«, sagte Walz mit einer höflichen Verbeugung, die seinen Abschied einleitete.

Lachend stand Berner auf und reichte ihm die Hand.

»Falls wir uns bis dahin nicht mehr sehen sollten, was ich unter diesen Umständen vorzöge, würde ich mich sehr freuen, Sie auf der Premierenfeier begrüßen zu dürfen und Ihnen hoffentlich zur Lösung dieses Falles gratulieren zu können. Ich werde Ihnen eine Einladung beim Portier hinterlegen.«

»Also, der war's sicher nicht!«, sagte Walz beglückt, als er seinen Kollegen verabredungsgemäß in der Kantine traf. »Diese großen Dirigenten sind einfach besondere Persönlichkeiten, das hab ich mir damals schon als Statist gedacht. Die wissen genau, was sie wollen und reden nicht lange um den heißen Brei herum.«

»Ich darf dich dran erinnern, dass auch der Maurer ein Spitzendirigent war, und was wir bisher über den gehört haben, lässt mich an deiner soeben erstellten These doch ein wenig zweifeln«, erwiderte Vogel, der schon eine ganze Weile vor Ort zu sein schien, da er es sich mit seiner Pfeife und einem Kaffee bereits gemütlich gemacht hat.

»Eine besondere Persönlichkeit war er ja, wenn auch offensichtlich im negativen Sinne. Was hat denn dein Regiegigant von sich gegeben? War er überhaupt noch ansprechbar?«

»Das schon, obzwar er über den Verlauf eures gestrigen Gesprächs nicht mehr ganz im Bilde zu sein schien. Auf jeden Fall hat er ein Alibi, wenn auch kein allzu verlässliches, da in Form eines kaum 20-jährigen Blondchens, das er in der fraglichen Nacht mit seiner Anwesenheit beglückte.«

»Hat sie diesen Missgriff tatsächlich in deiner Anwesenheit zugegeben? Wie sagt doch unser unvergleichlicher Karl Kraus in einem solchen Falle? ›Männerfreuden – Frauenleiden‹.«

»So leidend sah sie dabei aber gar nicht aus, eher triumphierend, einen derart prominenten Bock geschossen zu haben.«

»Geschossen hat im besten Falle er«, sagte Walz nachdenklich, »vielleicht hat sie eine schwere Kindheit gehabt, ist vaterlos aufgewachsen und dadurch auf der ewigen Suche nach einer Figur, die einen solchen ersetzt, und sei es nur durch seinen Alkoholkonsum.«

»Was ich dich schon immer fragen wollte – woher kennst du eigentlich so viele Kraus-Zitate?«

»Du wirst es nicht glauben, wegen einer Frau, ausgerechnet. Ich hatte in der Schule einen Mitschüler, der das gleiche Mädchen wie ich verehrte, und sie konnte sich einfach nicht zwischen uns entscheiden. Einmal ging sie mit ihm aus, das andere

Mal mit mir. Allerdings protzte er immer mit Karl-Kraus-Zitaten, was sie besonders zu amüsieren schien. Da dachte ich mir, was der kann, kann ich schon lange und habe, ohnehin mit einem guten Gedächtnis gesegnet, einen Monat lang jeden Tag zehn seiner Aphorismen auswendig gelernt.«

»Und, hat es was genützt?«

»Nein, leider nicht«, antwortete Walz seufzend, »im Endeffekt hat sie sich dann für einen ganz anderen entschieden, bei dem ich mir nicht einmal sicher war, ob der überhaupt lesen konnte. Aber er sah gut aus und hatte einen klingenden Namen. Alter Adel eben. Und in meiner Verzweiflung habe ich mich wieder mit Karl Kraus getröstet und alle bösen Sprüche über die Frauen in mein Hirn geprügelt, mit dem Vorhaben, sie ihr zu gegebener Zeit alle an den Kopf zu werfen.«

»Kam es jemals so weit?«

»Nein, aber bei der Matura-Reise habe ich mich dann doch anders orientiert und etwas mit ihrer besten Freundin angefangen. Das hat aber auch nichts genützt. Danach habe ich sie aus den Augen verloren.«

»Immerhin kannst du dich jetzt jederzeit als Intellektueller gerieren, das ist für einen Polizisten schon außergewöhnlich … Eigentlich haben wir unsere Schuldigkeit für heute getan, will ich meinen. Gehen wir doch zuerst was essen und erstatten dann dem Prokisch Bericht. Dann wird es eh drei sein, und er wird uns dann, so Gott will, ins Wochenende entlassen. Am Montag, mit frischen Kräften, werden wir weitersehen.«

»Und was ist mit deiner Redakteurin? Die wartet sicherlich schon sehnlichst auf deinen Anruf.«

»Jessas, die Mitterberg, die hab ich ja völlig vergessen«, rief Vogel aus, während er sich an die Stirn schlug. »Aber solange ich nicht weiß, wo wir essen gehen, hat es doch überhaupt keinen Sinn, mit ihr einen Treffpunkt auszumachen.«

»Heute gehen wir ins Gutruf, ich hab schon lange kein anständiges Nasi Goreng mehr gegessen! Und dann gehen wir zum Prokisch, da könntest' dich ja eigentlich mit ihr im Café Stein treffen.«

»Nein, weißt' was? Ich treff mich mit ihr auch im Gutruf, im Extrazimmer, da muss ich mir dann einige unschöne Dinge über den Herrn Direktor nicht verkneifen. Genauso machen wir es!«

Folgerichtig rief er gleich Ursula Mitterberg an, um sie um 15:30 Uhr ins Gutruf zu bestellen. Was sie übrigens mit Befremden aufnahm, da sie von diesem Lokal noch nie etwas gehört hatte.

In diesem berühmten Extrazimmer des Gasthauses Gutruf wurden tatsächlich schon ganz andere Intrigen gesponnen, verkehrten hier früher doch zahlreiche Prominente und Politiker, die dort ungestört ihren nicht immer ganz koscheren Geschäften nachgingen.

Doch dieses betraten unsere beiden Helden vorderhand nicht, schließlich wollten sie erst einmal zu Mittag essen. Da hier prinzipiell keine Speisekarte vorhanden ist, begab sich Vogel sogleich an den Tresen, hinter dem schon seit fast 40 Jahren der Koch Bernhard Chang seiner Arbeit nachgeht, nicht etwa, um ihn nach der heutigen Speiseauswahl zu befragen, sondern gleich zwei Nasi-Goreng zu bestellen, die Chang, ebenso wie die hier oft angebotenen Rindsrouladen, hervorragend zuzubereiten versteht, und gleichzeitig den Tisch im Extrazimmer für 15:30 Uhr zu reservieren.

Nachdem sie die köstliche Nudelspeise und, angesichts des nahenden Wochenendes, mit großem Genuss zwei Krügerln Bier zu sich genommen hatten, machten sie sich auf den Weg zum Schottenring, wo Prokisch sie schon dringend erwartete, wie sie dem kurzen Telefonat entnehmen konnten, in dem sie ihr Kommen ankündigten.

»Magister Mörbischer wird auch gleich hier sein, um Ihren Bericht anzuhören. Gedulden Sie sich bitte noch ein wenig, damit Sie nicht alles doppelt erzählen müssen«, beschied er den beiden eintretenden Kriminalisten sofort, ohne sie eines Grußes zu würdigen.

»Grüß Gott, verehrter Herr Prokisch«, erwiderte Vogel betont freundlich, »wir sind sehr glücklich, dass wir von solch hochmögenden Herrschaften so sehnlich erwartet werden. Hätten Sie vielleicht etwas dagegen, wenn wir einstweilen Platz nehmen?«

Prokisch hob irritiert den Kopf, und plötzlich war eine Spur Ärger in seinem feisten Gesicht zu erkennen. »Vogel, ich warne Sie«, sagte er mit erhobenem Zeigefinger. »Dieser Fall ist alles andere als lustig, und deshalb ersuche ich Sie dringend, sich Ihre Späße zu verkneifen. Haben Sie mit Berner gesprochen?«

»*Ich* habe mit ihm gesprochen«, sagte Walz.

Verwirrt blickte Prokisch von einem zum anderen. »Ich versteh nicht, nur Sie haben mit ihm gesprochen? Und was hat derweilen Bezirksinspektor Vogel gemacht?«

»Ich habe mich mit Herrn Höllwarth unterhalten, dem Regisseur, mit dem Maurer kurz vor dessen Tod eine Auseinandersetzung gehabt hat.«

Prokischs Gesicht lief rot an, während seine weit auseinander stehenden Augen hervorzuquellen schienen. »Und warum haben Sie die Herren jeweils nicht zusammen vernommen, können Sie mir das einmal sagen? Wollten wohl früher damit fertig sein, das Wochenende steht ja vor der Tür. Kann man verstehen, bei diesem herrlichen Wetter. So gemütlich mag es vielleicht bei Ihnen zugehen, aber wir sind hier beim LKA, meine Herren. Hier geht es um Mord! Noch dazu an einem berühmten Dirigenten! Wenn ich zwei Inspektoren zu einer Person schicke, dann erwarte ich auch, dass diese zwei Inspektoren bei der Vernehmung dieser Person anwesend sind! Haben wir uns verstanden?«

Prokischs Stimme war mit jedem Satz lauter geworden und zum Schluss fast in ein Kreischen übergegangen.

Doch statt demütig sein Haupt zu senken, verschränkte Vogel trotzig die Arme und legte seinen Kopf schief. »Das haben wir sehr wohl, Herr Prokisch«, antwortete er kühl, »allerdings erlaube ich mir, Ihnen erst einmal klarzumachen, warum es zu dieser Parallelvernehmung gekommen ist.«

»Bitte«, sagte Prokisch fast tonlos, der seine Stimme aufgrund der Überanstrengung offensichtlich eingebüßt hatte.

»Da sowohl Herr Berner wie auch Herr Höllwarth leitende Positionen bei dieser Produktion innehaben, die nächste Woche weltweit ausgestrahlt werden soll, und unter einem dementsprechend gedrängten Zeitplan leiden, konnten wir froh sein, überhaupt einen Termin bei ihnen zu bekommen. Unglücklicherweise hatten beide nur direkt nach der Vormittagsprobe Zeit, da Herr Höllwarth nach Deutschland abreisen musste und Herr Berner Proben mit den Sängern hatte. Hätten wir sie nacheinander vernommen, wäre die Zeit für seriöse Befragungen viel zu kurz gewesen. Aus diesem Grunde entschlossen wir uns, diese getrennt durchzuführen. Ich nehme doch an, dass dies auch im LKA so gehandhabt worden wäre.«

Müde winkte Prokisch ab. »Das soll Magister Mörbischer entscheiden.«

9. KAPITEL (FREITAG)

Als der Leiter des LKA Hugo Mörbischer wenig später das Büro von Herbert Prokisch betrat, war er äußerst schlechter Laune.

Denn gerade eben hatte ihn die von ihm überhaupt nicht geschätzte Innenministerin dazu genötigt, vor laufender Kamera positiv Stellung zu ihrer absolut indiskutablen Abschiebung einer armenischen Asylantenfamilie zu nehmen und diese als »vollkommen angemessen« zu verteidigen, obwohl das in Österreich bestens integrierte Ehepaar mitsamt seinen beiden kleinen Kindern im Morgengrauen von einer bewaffneten Polizeieinheit zum Flughafen abtransportiert worden war, was in seinen Augen ein alles andere als adäquates Verhalten war.

Leider gehörte es jedoch zu seinen Aufgaben, zum Handlanger solch unmenschlicher, doch leider gesetzeskonformer Grausamkeiten gemacht zu werden. Denn sein Schicksal lag in der Hand der ungeliebten Innenministerin. Wenn er, als Leiter des LKA einer der höchsten Polizisten des Landes, sich öffentlich gegen sie stellen würde, hätte das wohl das sofortige Ende seiner Karriere zur Folge. Woran er nicht das geringste Interesse hatte, denn der Gedanke an eine ›gesundheitsbedingte‹ Frühpensionierung reizte den gerade einmal 50-Jährigen ganz und gar nicht, bereitete ihm doch sein Beruf, im Prinzip jedenfalls, noch immer große Freude.

Dies hingegen interessierte seine beiden 16-jährigen Töchter, die an ihrer Schule auch zwei von einer Abschiebung bedrohte Mitschüler hatten, überhaupt nicht. Sie bezeichneten die opportunistische Haltung ihres Familienoberhaupts schon seit Wochen nur mehr als »peinlich«, was die wohl übelste Qualifizierung darstellt, die einem Vater zuteilwerden kann. Aus diesem Grunde graute ihm vor dem Wochenende, das wieder von ermüdenden politischen Diskussionen mit seiner Frau und seinen pubertierenden Zwillingen geprägt sein dürfte, denen seine soeben abgegebene Stellungnahme leider nicht verborgen bleiben konnte, da sie sicherlich in den Abendnachrichten gesendet würde.

So – wir können's ihm kaum verdenken – war ihm im Moment herzlich egal, was diese zwei seltsamen Inspektoren von sich gaben, von denen der eine aussah wie ein englischer Landadliger auf Stadturlaub, während der andere direkt einem Modejournal entsprungen schien.

Nach der einen oder anderen alibimäßigen Frage über weitere Verdachtsmomente oder dringend Verdächtige entließ er die beiden schließlich ins Wochenende.

Sehr zum Unwillen von Herbert Prokisch, versteht sich, der ihnen eigentlich eine ordentliche Strafpredigt gewünscht hätte.

Als unsere beiden Helden solchermaßen ungeschoren wieder auf die Straße traten, wunderte es nicht, dass sie, ganz im Gegensatz zu ihren Vorgesetzten, bester Stimmung waren.

»Es war doch eine tolle Idee, dass wir uns genau dieses Wochenende freigenommen haben«, sagte Walz, genießerisch in die Sonne blinzelnd, die schon mit beachtlicher Kraft auf die beiden herniederschien, »ich nehme an, du benötigst meine Hilfe bei dem Gespräch mit der Frau Mitterberg nicht. Oder soll ich draußen warten?«

»Nein, nein, das wird allein schon schwer genug, geh du ruhig nach Hause und genieß dein Wochenende. Wie wirst du es denn gestalten?«

»Da das Wetter laut Vorhersage bis zum nächsten Mittwoch halten wird, werde ich heute mit meiner Clara in die Südsteiermark zu unserem Winzer fahren und dort ein bisserl einkaufen, der neue Jahrgang soll ja superb sein. Und nach dem Einkauf, dem, wie könnte es anders sein, eine üppige Weinprobe vorangeht, werde ich eines seiner Fremdenzimmer beziehen und dort mit meiner Clara drei herrliche Tage genießen. Und was gedenkst du zu tun? Irgendetwas mit der Michelle? Oder ganz en famille?«

»Mit der Michelle … ich weiß nicht recht. En famille ist morgen Abend ein Konzertbesuch geplant.«

Verwundert blieb Walz stehen und sah seinen Kollegen an. »Was? Du ins Konzert? Bist wohl auf den Geschmack gekommen in den letzten Tagen, oder ist es doch der Hansi Hinterseer?«

»Nein, ganz falsch«, antwortete Vogel verärgert. »Erstens bringst' mich sicherlich nicht zu der trällernden Blondine, wie du weißt, steh ich auf dunkel, und zweitens ist die Martina von einer Freundin, die in einem Orchester spielt, zu dem Konzert eingeladen worden.«

»Was für ein Konzert ist das? Und wo?«, fragte Walz interessiert.

»Schon was Klassisches, aber nicht so was Schweres wie Beethoven oder Brahms, unser Töchterchen soll ja auch ihren Spaß dabei haben. Im Kursalon am Stadtpark, soweit ich weiß.«

»Na schau, das wird so ein Touristenkonzert sein mit Walzern und ›Kleiner Nachtmusik‹. Das ist immerhin schon ein Schritt in die richtige Richtung, mein lieber Kajetan. Vielleicht bringt es dich ja auf den Geschmack …«

»Wir werden sehen«, sagte Vogel wenig begeistert, »übrigens, falls sich doch was mit der Michelle ergeben sollte, bräucht' ich für den Sonntag eventuell ein Alibi.«

»Oder vielleicht gar mit der Mitterberg? Ich gönn dir beide, mein lieber Kajetan, aber übernimm dich nicht! Lass mich's halt wissen«, erwiderte Walz fröhlich und winkte zum Abschied, denn sie waren unterdessen am Graben angekommen, wo sich ihre Wege trennten, da Vogel nach links in die Milchgasse abbiegen musste, wo das Gutruf lag, während Walz, der ihn eigentlich nur hierher begleitet hatte, in Richtung Stephansplatz ging, um von dort mit der U-Bahn nach Hause zu fahren.

Da sich das Gutruf seit 1991 nicht mehr im Besitz des Rudolf Wein befindet, der in seinem Lokal bis auf wenige Ausnahmen keine Frauen und erst recht keine Ehefrauen duldete, hatte Ursula Mitterberg keine Probleme, als sie das Lokal betrat, das auf sie allerdings einen ausgesprochen heruntergekommenen Eindruck machte.

Üblicherweise war sie im Gegensatz zu ihren Kollegen von der Innenpolitik oder der Chronik nicht auf irgendwelche Informanten angewiesen, die sich mit Vorliebe in verschwiegenen Hinterzimmern von verrauchten Lokalen wie diesem trafen.

Umso größer war für sie nun der Schock, dass sie in »dieser Kaschemme«, wie sie es bezeichnete, als sie einer Freundin später davon erzählte, diesen Bezirksinspektor Vogel treffen musste, der sie dort mit einer rauchenden Pfeife in der Hand und einem anzüglichen Grinsen im Gesicht willkommen hieß.

Vorzugsweise fand sie ihre Gesprächspartner ja in den Cafés der Luxushotels, wo die in Wien oder in Salzburg gastierenden Künstler untergebracht waren. Sie liebte es, Interviews mit bedeutenden Persönlichkeiten zu führen, denn sie legte den größten Wert darauf, dass ihre Informationen immer aus erster Hand kamen. Im Unterschied zu den meisten ihrer Kollegen sah sie nämlich ihre Hauptaufgabe darin, über die Kunst als solche zu schreiben, losgelöst von jeglichem Tratsch, mit dem sich gewisse Künstler so gerne umgeben und über den die anderen ebenso gerne schreiben, was sie dann als ›Insider-Wissen‹ vermarkten.

Denn sie war eine Anhängerin der reinen Lehre eines Theodor W. Adorno, den sie als ihr persönliches Leitbild betrachtete.

Umso seltsamer mutete es an, dass sie heute gerade einen Kriminalinspektor traf, der ihr garantiert nichts über Höllwarths sicherlich bedeutsame Inszenierung der ›Traviata‹ erzählen konnte, auf die sie schon so gespannt war. Von diesem seltsamen Vogel waren allenfalls einige Informationen über den Mord an dem Dirigenten Magnus Maurer zu erfahren, also eigentlich Dinge, die fernab ihres Interessenspektrums lagen und über die sie nicht zu schreiben vorhatte.

Und trotzdem hatte sie ihn angerufen.

Aus einem sehr einfachen Grund.

Sie interessierte sich für ihn.

Nein, nicht als Mann, Gott bewahre!

Dieser selbstgefällige, sich in manierierter Sprache zelebrierende und in penetrant englischem Habit kleidende Pfeifenraucher mit der unmöglichen Schirmtasche entsprach überhaupt nicht dem Typ Mann, zu dem sie sich hingezogen fühlte.

Allerdings war sie sich sehr wohl bewusst, dass sie schon eher seinem Beuteschema entsprach.

Allein, wie er sie bei der Pressekonferenz gemustert hatte, nachdem er den unsäglichen Schreiberling Pfeifer in seine Grenzen gewiesen hatte. Dies allerdings durchaus gekonnt, das immerhin mochte sie ihm zugestehen.

Und als dann noch ihr ebenso halbseidener Kollege Frühwirth auf sie zukam und ihr ausrichtete, dass sie sich, falls sie Näheres über den Tod Maurers erfahren wollte, beruhigt an ihn wenden könne, war ihr alles klar geworden.

Nein, ihr Interesse an ihm war rein wissenschaftlicher Natur, schrieb sie unter einem Pseudonym doch auch für eine linke Frauenzeitschrift, und die Artikelserie, an der sie momentan arbeitete, handelte von den verschiedenen Spielarten des Männlichkeitsgebarens, auf neudeutsch ›Machismo‹ genannt.

Und dieser Vertreter schien ihr geradezu ein Prachtexemplar des ›hintergründigen Verführers‹ zu sein, dem sie in ihrer Serie eine gesonderte Folge widmen wollte. Mit einem Wort, unser Inspektor Vogel sollte, wenn auch unter anderem Namen, als Paradebeispiel dieses besonders gefährlichen Typus angeführt werden.

Jederzeit von Zeugungswillen beseelt, der sich hinter einem vorgeblich Frauen verstehenden Charme verbirgt, gelingt es diesen Kerlen noch immer, so manches arglose Mädchen in den Glauben zu versetzen, dass sie die Frau sei, auf die er sein Leben lang gewartet hatte.

Allein der Blick, mit dem er sie musterte, als er ihr entgegenkam, signalisierte ihr, dass es für ihn nur dieses eine Ziel geben konnte.

Nein, dieser Vogel hatte keineswegs vor, ihr einen Informationsvorsprung zu gewähren, wie er seinem Spezi Frühwirth versprochen hatte. Er wollte einfach einen möglichst schnellen Weg finden, um mit ihr ins Bett zu gehen!

Doch das wird's nicht spielen, mein Lieber, das wirst du noch früh genug herausbekommen.

Kajetan Vogel hingegen war angenehm überrascht, als er Ursula Mitterberg erblickte. Heute erschien sie ihm noch verführerischer als jüngst auf der Pressekonferenz.

Angetan mit einem schwarzen Kostüm, unter dessen Jacke sich ihre weiße Bluse gerade so weit öffnete, dass er die Beschaffenheit ihrer niedlichen sekundären Geschlechtsmerkmale erahnen konnte, hatte sie sich scheinbar nicht nur deshalb hier eingefunden, um die neuesten Entwicklungen im Fall Maurer zu erfahren.

Das stimmte ihn durchaus optimistisch.

»Schön, dass Sie Zeit gefunden haben«, begrüßte sie ihn mit einem, wie ihm schien, verführerischen Augenaufschlag.

Für dich, meine Süße, nehm' ich mir auch die ganze Nacht Zeit.

»Das ist doch selbstverständlich. Schließlich verfolgen wir ja beide dasselbe Ziel. Zumal es sich um eine solche Qualitätszeitung handelt, für die Sie arbeiten«, antwortete er mit einer leichten Verbeugung.

Dasselbe Ziel, das hättest du wohl gerne – aber immerhin, der erste Köder gleich zu Beginn, nicht so schlecht!

»Das freut mich zu hören, dass unsere Zeitung bei der Polizei so gut angeschrieben ist«, antwortete sie ihm liebenswürdig, »aber gehen wir doch gleich in medias res, später können wir ja dann noch plaudern, wenn es *Ihre* Zeit zulässt. Haben Sie etwas dagegen, wenn ich mein Aufzeichnungsgerät mitlaufen lasse?«

Ja, mitten in der Sache, da wär ich schon jetzt gern.

»Nein, ganz und gar nicht. Allerdings mit der Einschränkung, dass sie dies nur für den persönlichen Gebrauch nutzen. Nicht dass ich meine Stimme plötzlich im Abendjournal hören muss. Also zwar ›recorded‹, aber doch ›off the records‹«, erwiderte er lächelnd.

Ah, exklusiv für mich – und schon haben wir den zweiten Köder. Und Englisch kann er auch …

»Damit wir auch ja ungestört sind, habe ich uns den Tisch im

Extrazimmer reserviert«, sagte Vogel liebenswürdig und geleitete sie ins düstere, von keinem Fenster erhellte Hinterzimmer, das zwischen Toilette und Gastraum lag, »das ist zwar nicht eben gemütlich, aber hier sind wir sicherlich ungestört.«

Glaubt der allen Ernstes, er hat es mit einem Vorstadt-Flittchen zu tun? Das ist wirklich zu billig. Enttäuschend. Ich glaube, ich hab ihn doch überschätzt.

Nachdem sie an einem doch sehr einfach gehaltenen Tisch Platz genommen hatten, schaltete die Mitterberg ihr Aufnahmegerät an und setzte ihre professionelle Redakteurs-Miene auf, die sie besonders gut kleidete, wie Vogel befand.

»Haben sich im Falle des verstorbenen Dirigenten Magnus Maurer neue Verdachtsmomente ergeben?«

»Wir ermitteln derzeit in mehreren Richtungen. Sowohl in seinem persönlichen Umfeld als auch im Ausland, wohin es ebenfalls einen Hinweis gibt.«

Wow, internationale Kriminalität, das klingt doch gleich viel gefährlicher, Superman.

»Im Ausland?«, fragte sie überrascht, »Wie kommen Sie darauf?«

Wie süß sie ausschaut, wenn sie die Augen aufreißt. Ich hoffe, das wird nicht deine letzte Überraschung für heute sein.

»Aufgrund der Beschaffenheit des Mordinstruments.«

Gleich wird er es aus der Tasche ziehen.

»Magnus Maurer wurde ja erdrosselt, wie Herr Prokisch in der Pressekonferenz berichtete. Sie haben mir am Telefon angedeutet, dass Sie inzwischen Genaueres über die Tatwaffe wissen.«

Solange du offiziell bleibst, bleib ich auch offiziell.

»Ja, es handelt sich aller Wahrscheinlichkeit nach um eine sogenannte Garotte, das heißt einen Eisendraht mit zwei Handgriffen dran, der dem Opfer um den Hals gelegt wird. Durch die Überkreuzung der beiden Griffe wird der Draht dermaßen eng um die Kehle gezogen, dass die Luftröhre so lange zusammengepresst wird, bis das Opfer schließlich qualvoll erstickt«, sagte Vogel mit ernster Miene, »kein schöner Tod.«

Und jetzt sollte ich am besten blass werden, dass er seine Hand tröstend auf meinen Arm legen kann. Hättest' wohl gerne ...

»Und was hat das Ausland damit zu tun?«

Respekt, sie hat nicht einmal eine Miene verzogen.

»In Italien wird diese Tötungsart zuweilen von der Mafia angewendet.«

Ah, jetzt soll die Mafia dafür verantwortlich sein, Bezirksinspektor Vogel überführt heldenhaft im Alleingang den schon seit Jahren gesuchten Paten. »Gibt es denn irgendwelche Anhaltspunkte für Verbindungen zwischen der Mafia und Herrn Maurer?«

Ist doch eigentlich völlig egal, dass sich dahingehend keine weiteren Spuren ergeben haben, Mafia klingt doch immer gut.

»Herr Maurer hatte ja des Öfteren in Italien zu tun ... Außerdem gab es letzte Woche einige rätselhafte Anrufe von einem italienischen Wertkartenhandy, denen wir gerade nachgehen.«

Da könnt's lange nachgehen, wenn's ein Wertkartenhandy war.

»Also gibt es noch nichts Konkretes in dieser Richtung?«

Doch, viel heiße Luft – die ist wirklich zum Anbeißen.

»Sie müssen bedenken, dass seit dem Mord erst wenige Tage vergangen sind. Wir sind noch am Sondieren, zumal die Auswertung der Spuren noch nicht vollständig abgeschlossen ist.«

Wann erreicht die österreichische Polizei endlich interna-

tionales Niveau? Die Spurenauswertung in Deutschland dauert einen Tag. Irgendwie sind das alles noch Dorfgendarmen hier.

»In der Pressekonferenz haben Sie gesagt, dass Sie in seinem direkten beruflichen Umfeld ermitteln wollen. Das ist ja ziemlich groß, wenn man bedenkt, dass er neben dem Orchester auch mit dem Chor und Sängern zusammengearbeitet hat.«

Da hat sie leider allzu recht.

»Natürlich kann ich nicht das gesamte Orchester und jeden Sänger vernehmen, da wären wir ja bis Weihnachten beschäftigt. In unseren ersten Gesprächen haben wir uns auf die Künstler konzentriert, die unmittelbar mit ihm zu tun hatten …«

Nona, jetzt heiz' ich ihm einmal ein.

»Was heißt das genau? Schließlich arbeiten alle Musiker und Sänger und Choristen bei den Proben unmittelbar mit ihm zusammen!«

Scheiße!

»Wie Sie ja sicherlich wissen, war Herr Maurer ein etwas schwieriger Charakter. Und mit einigen Musikern ist er nicht gerade sanft umgesprungen. Vorläufig haben wir uns auf die konzentriert.«

Na also, geht doch!

»Um wen handelt es sich da genau?«

Nur net übertreiben, Mädel!

»Da sich bislang kein konkretes Verdachtsmoment ergeben hat, darf ich Ihnen das aus ermittlungstechnischen Gründen leider nicht verraten.«

Und das sind also die Neuigkeiten, wegen der er mich sprechen wollte? Scherz! So billig kommt der mir nicht davon.

»Und woher wussten Sie, dass es gerade diese Künstler waren, mit denen er sich überworfen hatte?«

Die lässt nicht locker. Wenn die überall so ausdauernd ist, na Servus! »Unterschätzen Sie nicht die österreichische Polizei …«, antwortete er liebenswürdig lächelnd, »wir haben diese Informationen aus zuverlässiger Quelle.«

Unterschätzen kann man euch gar nicht!

»Heißt diese Quelle vielleicht Münch und ist zufällig Direktor an diesem Institut?«

Ausgerechnet der Münch, vielleicht sollte ich ihr doch a bisserl was von dem erzählen, das würd ihr sicherlich g'fallen. Hängt ganz davon ab, was sie mir anbietet.

»Nein, nein. Herrn Direktor Münch ist das Ganze völlig unerklärlich.«

Das kann ich mir vorstellen, das ist auch so ein Macho, und nicht einmal ein hintergründiger.

»Wie man hört, übernimmt jetzt Samuel Berner die Leitung der Produktion. Haben Sie mit dem auch schon gesprochen?«

Hat die den Prokisch auf die Idee gebracht?

»Ja, sicher, auch er war sehr betroffen über den Tod seines Kollegen.«

Öliges Beamtengewäsch. Der Berner und der Maurer konnten sich nicht ausstehen, das weiß doch jeder.

»Diese Produktion ist durch ihre schiere Größe, mit Kinoaufführungen weltweit und einer riesigen Vermarktungsmaschinerie, doch bestens dazu geeignet, einem jungen Dirigenten zum endgültigen Durchbruch zu verhelfen. Und sowohl Maurer als auch Berner standen kurz davor. Meinen Sie nicht, dass die jetzige Situation doch ganz im Interesse von Herrn Berner liegen könnte?«

Das stimmt leider.

»Natürlich könnte das so sein«, antwortete Vogel mit nachsichtigem Lächeln, »aber wir wollen doch nicht jeden gleich verdächtigen, der einen Nutzen aus dem tragischen Tod von Herrn Maurer ziehen könnte.«

Touché!

»Warum eigentlich nicht?«

Uff!

»Schauen Sie, liebe Frau Mitterberg, der Mord liegt gerade einmal drei Tage zurück. Und wir arbeiten wirklich intensiv daran und haben schon zahlreiche Gespräche geführt. In der Kürze der Zeit war es aber selbstverständlich noch nicht möglich, mit allen Personen zu reden … Wenn die noch ausstehenden Aussagen oder die Spuren zu einer neuen Sichtweise des Falles führen sollten, werden wir es Sie selbstverständlich wissen lassen. Haben Sie sonst noch irgendwelche Fragen?«

Ah, jetzt steuert er auf den inoffiziellen Teil zu.

»Nein, vielen Dank, Herr Inspektor, das genügt einmal fürs Erste. Vielen Dank für das Gespräch!« Mit diesen Worten schaltete sie ihr Aufnahmegerät aus, worauf Vogel offensichtlich gewartet hatte, denn nun beugte er sich zu ihr hinüber und begann zu flüstern.

»Falls es Sie interessieren sollte, sind wir bei unseren Ermittlungen noch auf einige interessante Details gestoßen, die im Zusammenhang mit Herrn Professor Münch stehen. Das allerdings, und darauf muss ich leider bestehen, darf nicht aufgezeichnet werden, und unter keinen Umständen darf ich als die Quelle dieser Informationen aufscheinen. Das würde mich den Kopf kosten und ich hoffe doch nicht, dass Sie das wollen.«

Dein Kopf ist mir eigentlich reichlich wurscht, und was du mir an Tratsch anzubieten hast, auch.

»Wenn es sich nicht um unmittelbar Künstlerisches handelt, interessiert es mich, offen gestanden, nicht. Ich bin der Meinung, dass man als Feuilletonistin das Künstlerische und Menschliche streng voneinander trennen sollte, sonst verliert man den objektiven Blick für das Wesentliche. Und dass Herr Professor Münch kein Kind von Traurigkeit ist, der sich auch gerne mit Naturalien bestechen lässt, das ist hinlänglich bekannt und unappetitlich. Trotzdem darf dieses Wissen nicht dazu führen, ihm die Kompetenz zur Führung eines Opernhauses abzusprechen.«

Bumm, das war deutlich. Eine Journalistin mit Berufsethos, so eine ist mir ja noch nie begegnet. Wenn ihre Argumentation auch bestechend ist. Schön und gescheit, eigentlich genau das Richtige für mich. Bleibt nur die Gefahr, dass sie überall so moralisch ist …

»Das überrascht mich jetzt wirklich, so etwas habe ich von einem Journalisten noch nie gehört. Dabei haben Sie völlig recht, und ich streue Asche auf mein Haupt, dass ich Ihnen ein solch verführerisches Angebot unterbreitet habe.«

Verführerisch ist bis jetzt gar nix an dir, mein Lieber.

»Wie lange sind Sie eigentlich schon in der Redaktion des ›Wiener Tagblatts‹ tätig?«

Von einem ›hintergründigen Verführer‹ hätte man eigentlich einen etwas originelleren Einstieg erwarten können.

»Letztes Jahr bin ich nach Wien gekommen.«

»Ach, Sie sind gar keine Wienerin?«

»Ich bin hier geboren. Meine Familie zog aber nach Frankfurt, als ich 14 war.«

»Und dann?«

»Dann habe ich dort Soziologie und Kulturwissenschaften studiert und habe mich nach einigen Jahren in der deutschen Provinz in Wien beworben, als die Stelle eines Kulturredakteurs beim ›Tagblatt‹ ausgeschrieben wurde.«

»Wollen Sie hierbleiben oder gibt's noch höhere Ziele?«, fragte Vogel lächelnd.

»Es sollte immer etwas geben, was man anstrebt. Wie sagte doch einst Herbert von Karajan: ›Wer im Leben all seine Ziele erreicht hat, hat falsch gelebt.‹«

»Ah, auch ein Karajan-Fan?«

Energisch schüttelte sie ihren Kopf.

»Nein, ganz und gar nicht, aber manchmal hat er ganz gute Sachen gesagt.«

»Ach so«, sagte Vogel etwas ratlos.

Zu blöd, jetzt hab ich mich auf ein Gebiet begeben, wo ich mich nur blamieren kann. Wenn das was werden soll, muss sie schon auch ein bisserl was zum Gespräch beitragen.

Doch Ursula Mitterberg dachte nicht daran, schließlich war sie hierhergekommen, um etwas über das Balzverhalten dieses ›hintergründigen Liebhabers‹ zu erfahren. Doch offensichtlich hatte sie sich getäuscht – scheinbar taugte Vogel nicht einmal dazu.

Wie man es in solchen Fällen zu tun pflegt, schaute sie auf ihre Armbanduhr, tat erschrocken, dass es schon so spät sei, die Zeit sei ja wie im Fluge vergangen, und verabschiedete sich rasch.

Da saß er nun, unser braver Inspektor mit all seinen exklusiven Informationen, von deren Weitergabe er sich so viel versprochen hatte.

Es ist nicht so, dass sich ausschließlich Frauen mit neuen Schuhen über ihre Verzweiflung trösten, auch Vogel verfügte über diese Eigenschaft, wenn es auch in diesem Falle keine Schuhe waren, sondern vielmehr ein grünes Tweed-Sakko mit braunen Leder-Applikationen, das er bei dem kürzlich erfolgten Spaziergang durch den Kohlmarkt im ›House of Gentlemen‹ gesehen hatte. Zwar war der Mai nicht unbedingt der richtige Monat für eine solche Anschaffung, doch war dies wohl auch der Grund dafür, dass es für relativ wenig Geld zu haben war.

Als er noch dazu ein passendes Rauleder-Gilet und eine braune Cord-Hose gefunden hatte, sah er solchermaßen frisch adjustiert dem Wochenende schon wieder ganz frohgemut entgegen.

Außerdem fasste er einen Entschluss: Auf den heutigen Abendspaziergang mit Michelle wollte er auf keinen Fall verzichten.

Nach einem behaglichen Nachmittag, den er seiner nunmehr neunjährigen Tochter Laura gewidmet hatte – seine Gattin hatte den Neueinkauf Vogels immerhin goutiert –, fand er sich um 18 Uhr erneut am Parkplatz vor dem Hörndlwald ein.

Er musste nur fünf Minuten warten, bis Michelle mit ihrem weißen Renault Clio hinter ihm einparkte.

Die Begrüßung der Hunde verlief um einiges stürmischer als die der beiden Spaziergänger, die sich, wie Vogel schien, ein wenig befangen gegenübertraten, immerhin war doch der Abschied zumindest für den Inspektor höchst überraschend verlaufen.

Nach einigen halbherzigen Erkundigungen über den gegenseitigen Tagesverlauf gingen sie eine Zeit lang schweigend nebeneinander her, Michelle hatte zu seiner Verwunderung wie selbstverständlich auch diesmal seine Hand genommen.

»Sag einmal, was machst du denn eigentlich am Wochenende?«, fragte Vogel in möglichst gleichmütigem Tonfall.

»Eigentlich hab ich mir nichts vorgenommen. Wenn das Wetter tatsächlich hält, geht's mit dem Bruno aufs Land. Du kannst ja mitkommen, wenn du willst.«

Vogel war bis zu diesem Augenblick davon überzeugt gewesen, dass ihn keine wie auch immer geartete weibliche Attitüde überraschen könnte, selbst den seltsamen Auftritt von Ursula Mitterberg am heutigen Nachmittag konnte er sich irgendwie erklären, doch Michelles Verhalten erschien ihm absolut rätselhaft.

»Unternimmst du deine Reise allein oder besuchst du jemanden?«, fragte er vorsichtshalber nach. Schließlich wollte er sich nicht unversehens als Schwiegersohn in spe an der Familientafel von Michelles Eltern wiederfinden.

»Nein, ich will nur raus aus der Stadt. Wenn du nicht mitkommen würdest, würde ich vielleicht eine Freundin fragen …«

Herausfordernd schaute sie ihn an.

»Mitkommen kann ich auf keinen Fall, du weißt ja, ich bin ein verheirateter Mann, aber am Sonntag könnte ich eventuell nachkommen.«

Es erwies sich doch als außerordentlich günstig, dass er seine Frau Martina über die Anzahl seiner freien Tage im Unklaren gelassen hatte.

»Fein, da wird sich unser kleiner Bruno aber freuen«, sagte sie zu ihrem Hund mit zusammengebissenen Zähnen und mit seltsam gequetschter Stimme, was Vogel schon bei ihrer letzten Zusammenkunft irritiert hatte.

»Wohin fährst du überhaupt?«

»Dieses Wochenende wollte ich eigentlich ins Burgenland, so in die Ruster Gegend und ein bisserl am See spazieren gehen.«

»Das klingt doch sehr verlockend … Allerdings müsste ich ohne die Emily kommen. Ich kann ja meiner Frau kaum sagen, dass ich mit dem Hund aufs Land fahre und die Familie zu Hause lasse.«

»Das ist auch wahr, schade. Soll der Onkel dann ohne die Emily kommen?«, wandte sie sich wieder mit Quietschstimme an ihren Hund.

Zwar schien *der Onkel* dem Bruno auch ohne Begleitung willkommen zu sein, zumindest war bei dem Tier keine ablehnende Haltung zu erkennen, aber Vogel kamen erneut Zweifel, ob er sich überhaupt auf dieses fragwürdige Abenteuer einlassen sollte.

Immerhin blieb ihm ja noch etwas Zeit. Insgeheim beschloss er, den Spaziergang noch abzuwarten und sich dann zu entscheiden.

»Das wird bestimmt nett werden, das Wetter soll ja auch halten, und dann ist es am See besonders schön«, schwärmte sie und gab dem verdutzten Vogel einen dicken Kuss auf die Wange, dem das Ganze immer unheimlicher wurde.

»Machst du das öfter, so am Wochenende einfach rauszufahren?«, fragte Vogel, der versuchte, dem Gespräch wieder eine sachlichere Basis zu geben.

»Wenn das Wetter passt, eigentlich immer. Weißt du, ich wohne nur in einer kleinen Garconnière im 14. Bezirk, und da ist es mir am Wochenende, wenn ich nicht arbeiten gehe, einfach zu eng. Und deshalb suche ich mir schon am Montag ein nettes kleines Hotel in einem hübschen Ort. Auf das freue ich mich dann die ganze Woche. Das ist jedes Mal wie ein kleiner Urlaub.«

»Eigentlich ist das eine tolle Idee«, sagte Vogel aufrichtig, »das sollte ich auch machen.«

»Dann können wir uns ja zusammentun«, schlug Michelle vor.

Vogel antwortete nichts.

Als sie das Josef-Afritsch-Heim hinter sich gelassen hatten, blieb Michelle plötzlich stehen, wandte sie sich ihm zu und schaute ihm zärtlich in die Augen.

Es wäre nicht der uns wohlbekannte Vogel, wenn er diese Gelegenheit ausgelassen hätte, schließlich hatte er noch immer die Wahl, den Sonntagsbesuch zu stornieren, auch wenn er sie geküsst hatte.

Den weiteren Spaziergang bestritten sie abwechselnd in

enger Umarmung oder sich an den Händen haltend, wobei Vogel stets den Blick nach vorn gerichtet hielt, um sich rechtzeitig in Sicherheit bringen zu können, falls er einem Bekannten begegnen sollte.

Er war sich nun ziemlich sicher, den Sonntag am Neusiedler See zu verbringen.

Wenn auch mit einem seltsamen Gefühl im Magen.

Zum Abschied ließ er sich Michelles Telefonnummer geben, um sie am Morgen vor seinem Besuch anzurufen.

Seine eigene Nummer behielt er sicherheitshalber für sich.

Die Südsteiermark, wegen ihrer sanften Hügellandschaft gemeinhin auch als ›steirische Toskana‹ bezeichnet, war also das ausersehene Ziel unseres geschätzten Inspektors Walz, der, kaum zu Hause angekommen, seine Clara anrief und sie ersuchte, sich doch so bald als möglich reisefertig zu machen, damit sie noch bei Tageslicht an ihrem Urlaubsort ankommen würden. Da die Reisezeit von Wien trotz einer Entfernung von nur etwa 230 Kilometern mit knappen drei Stunden zu veranschlagen war, wollte er sie gegen 16 Uhr von ihrer Wohnung abholen.

Mit geöffnetem Dach und bester Laune stand er also pünktlich vor ihrem Haus im 5. Wiener Gemeindebezirk und freute sich auf das vor ihm liegende unbeschwerte Wochenende.

Doch Clara, die einige Minuten später aus dem Haus gelaufen kam und hektisch ihre Reisetasche im knapp bemessenen Kofferraum von Walz' gelbem Fiat Barchetta unterbrachte, schien seltsam bedrückt, das bemerkte er schon an ihrer ernsten Miene, mit der sie ihm zur Begrüßung zunickte. Nachdem sie neben ihm Platz genommen und ihm einen flüchtigen Kuss auf die Lippen appliziert hatte, gurtete sie sich rasch an und gab sich ganz und gar reisefertig.

Walz zeigte sich überrascht von der doch allzu sachlichen Begrüßung und schaute sie fragend an.

»Fahren wir?«, forderte sie mit einem verlegenen Lachen, wich seinem Blick jedoch aus.

Folgsam startete der etwas ratlose Walz den Motor und fuhr los.

Nach einigem Nachdenken schrieb er das seltsame Verhalten seiner Geliebten dem Stress der vorangegangenen Tage zu, die für Clara doch sehr arbeitsreich gewesen waren, und beschloss, für den Augenblick nicht weiter in sie zu dringen.

Er genoss vielmehr die Aussicht auf eine gemütliche Fahrt mit seinem kleinen Roadster, für die er sich mit Rauleder-Sakko, Schiebermütze und Kaschmirschal geschmackvoll adjustiert hatte, während Clara um nichts weniger stilvoll zu ihrer roten Kaschmir-Jacke ein weißes seidenes Kopftuch trug, das sie im Audrey-Hepburn-Stil gebunden hatte.

Als sie jedoch im obligatorischen Freitagnachmittagsstau auf der Ausfallstraße nach Süden steckten – offensichtlich waren sie nicht die Einzigen, die dieses sonnige Frühlingswochenende zu einem Ausflug nutzten – und Clara noch immer nichts gesagt hatte, war Walz ernstlich beunruhigt. Eigentlich war er es gewöhnt, dass Clara den Part des Reiseunterhalters übernahm, wobei er sich auf den Verkehr konzentrierte.

»Warum bist du so schweigsam, hab ich was angestellt?«, fragte Walz endlich, im beruhigenden Bewusstsein, dass diese Frage nur rein rhetorischer Natur sein konnte, da er sich in letzter Zeit keines Vergehens schuldig gemacht hatte.

»Nein, nein, es ist nicht wegen dir«, sagte sie etwas zu schnell, noch immer seinen besorgten Blick meidend.

»Willst du jetzt nicht darüber sprechen?«, fragte der herzensgute Walz, der wohl alle Frauen dieser Welt verstand.

»Nein, später bitte, erst muss ich noch ein wenig für mich

sein«, antwortete sie ruhig und legte dankbar lächelnd ihre Hand auf seinen Unterarm.

Womit die Unterhaltung für die nächsten zweieinhalb Stunden beendet war, was nicht weiter ins Gewicht fiel, da der Fahrtwind ohnehin jede gepflegte Konversation unmöglich gemacht hätte.

Als sie jedoch Leibnitz passiert hatten und in die Südsteirische Weinstraße einbogen, die Clara einmal als »die schönste Gegend der Welt« bezeichnet hatte, fing sie plötzlich leise zu schluchzen an. Walz, der die Gegend ebenso liebte wie seine Freundin und gerade das schon so lang andauernde Schweigen mit der Bemerkung unterbrechen wollte, dass er ganz sicherlich seinen Lebensabend hier verbringen werde, erschrak fürchterlich und hielt sofort an.

»Ich glaube, jetzt ist es an der Zeit, dass wir miteinander reden, also, was bedrückt dich?«, fragte Walz und legte zärtlich seinen Arm um sie.

»Ich habe nur gerade gedacht, dass ich diese Gegend vielleicht nie mehr wieder sehen werde«, sagte sie in tieftraurigem Tonfall, den Blick starr geradeaus gerichtet.

»Was redest du?«, fragte Walz fassungslos, dem langsam dämmerte, dass es doch nicht die viele Arbeit war, die sie so schweigsam gemacht hatte.

»Ich weiß nicht, wie ich es dir sagen soll, Alfons.«

Endlich schaute sie ihn an.

»Wie du ja weißt, ist mein Vater schwer krank. Und meine Mama hat mich vorhin völlig verzweifelt angerufen. Sie schafft es einfach nicht mehr. Mein Vater ist halt ein chilenischer Patriarch alter Prägung, der würde auf der Stelle aus jedem Seniorenheim herausfliegen. Letzte Woche war ich doch bei meinen Eltern. Aber ich war nicht nur deshalb in Hamburg, sondern ich hatte mich auch beim NDR als Chefredakteurin beworben und ein Vorstellungsgespräch gehabt. Ich habe dir davon absichtlich nichts erzählt, weil ich eigentlich nicht damit gerechnet habe, dort eine Chance zu haben. Tja, und heute Morgen bekomme ich einen Anruf vom Personalchef, der mir mitteilt, dass ich nach den obligaten Gehaltsverhandlungen die Stelle ab sofort antreten könnte. Meiner Mutter hatte ich natürlich von meinem Bewerbungsgespräch erzählt, und als sie mich heute fragte, ob ich schon eine Antwort hätte, habe ich es ihr gesagt. Und da hat sie vor Freude geweint! Da hab ich erst erkannt, wie schlecht es ihr gehen muss. Meine Mutter war immer so stolz darauf, noch niemals in ihrem Leben geweint zu haben.«

Clara schaute ihn unendlich traurig an, ihre sonst so herrlich blitzenden grün-gelben Augen hatten einen matten Farbton angenommen. Zärtlich strich sie Walz über das Gesicht, der tatsächlich aus allen Wolken fiel.

»Bevor wir aber jetzt weiterreden, fahren wir erst einmal zu unserem Quartier und werden das Ganze in aller Ruhe bei einer ausgiebigen Jause besprechen.«

Wortlos startete Walz den Motor und fuhr durch das auch im Dämmerlicht reizvolle Hügelland des Saggautals nach Sankt Johann, wo sich der Lieblingswinzer der beiden befand, dessen kleiner Weinhof neben einer Buschenschank auch über einige Gästezimmer verfügte.

Nach einer herzlichen Begrüßung durch die Gastgeber, die sie in selbst für Walz schwer verständlichem Dialekt willkommen hießen, setzte sich das nachdenkliche Pärchen an einen Tisch, der möglichst weit weg von dem allgemeinen Trubel einiger Bauern und Wanderer gelegen war.

»Wann wirst du nach Hamburg ziehen?«, fragte Walz, der

unterdessen eingesehen hatte, dass diese Tatsache wohl unabänderlich sein dürfte.

»Unter diesen Umständen wohl ziemlich bald. Die Stelle ist ab sofort frei. Ich habe beim ORF zwar eine Kündigungsfrist, aber noch so viel Resturlaub, dass ich sofort gehen kann. Das heißt im Klartext, dass ich schon nächste Woche zu packen anfange. Es tut mir so leid«, sagte sie, während sich ihre Augen wieder mit Tränen füllten und sie ihre Hand auf die linke von Walz legte. »Selbstverständlich habe ich mir auch Gedanken darüber gemacht, ob ich von dir verlangen kann, mich nach Hamburg zu begleiten, aber die Idee habe ich gleich verworfen, ich weiß doch, wie sehr du deine Heimatstadt liebst … und Hamburg wäre, so glaube ich, auch nicht das richtige Pflaster für dich.«

Da Walz es sich tatsächlich nicht vorstellen konnte, seinem geliebten Wien den Rücken zu kehren und ausgerechnet nach Norddeutschland zu ziehen, aß er wortlos und völlig in Gedanken versunken seinen Käferbohnensalat, der in Kürbiskernöl geradezu schwamm.

»Du kannst mir glauben, dass es auch mir unglaublich schwerfällt, von dir wegzugehen, aber so eine Gelegenheit bekomme ich vielleicht nie mehr. Im ORF, wo es ohnehin drunter und drüber geht, sehe ich kaum noch Möglichkeiten zum Aufstieg, und zur Stagnation bin ich eigentlich noch zu jung – und auch nicht der Typ. Die Gefahr, dich bei dem ersten Streit dafür verantwortlich zu machen, diese Chance nicht ergriffen zu haben, ist viel zu groß, ebenso würdest du mir in einem solchen Falle sicherlich vorwerfen, dass du wegen mir nach Hamburg gegangen wärst. Diese Hypothek, die auf unserer Beziehung lasten würde, wäre einfach zu groß.«

Nachdem sich endlich keine Bohne mehr auf seinem Teller befand und er sich den Mund abgewischt hatte, schaute Walz sie nachdenklich an.

»Und wie hast du gedacht, geht es mit uns weiter?«, fragte er sie sachlich, wobei ein leichtes Zittern in seiner Stimme nicht zu überhören war.

»Du weißt, wie lieb ich dich habe«, sagte sie mit viel Wärme in der Stimme, »aber ich fürchte, eine Fernbeziehung wird uns beiden nicht gerecht. Wenn ich mir deine Wochenenden so anschaue, und auch ich werde anfangs sehr viel arbeiten müssen, dann würde es realistischer Weise darauf hinauslaufen, dass wir uns alle drei bis vier Wochen sehen, und das ist definitiv zu wenig, um eine gute Beziehung zu führen. Bei einer solch großen Entfernung ist einfach zu viel Unglücklichsein dabei: Unglück nach einem Telefongespräch, das nicht optimal gelaufen ist, Unglück nach einem missglückten Besuch, Unglück, wenn man Sehnsucht hat, und weiß, dass man diese erst in 14 Tagen stillen kann … Unsere Beziehung hatte so viele großartige Momente. Für ein lauwarmes Auslaufen ist sie definitiv zu wertvoll gewesen. Ich möchte dich als den in Erinnerung behalten, den ich bis zum Schluss geliebt habe.«

Unglücklich schaute Walz seine Freundin an.

»Und wie verbringen wir nun dieses Wochenende? Sollen wir gleich zurückfahren?«

»Nein, du Dolm, natürlich nicht! Carpe diem. Wir sollten unsere Beziehung genauso beenden, wie wir sie geführt haben. Voll der Liebe und der Leidenschaft. Denn unsere Gefühle währen ja in uns fort, wohlbehütet in unserem Gedächtnis. Und wir werden uns immer voll Liebe und Stolz daran zurückerinnern, weil es uns gelungen ist, unsere Verbindung auf ihrem Höhepunkt beendet zu haben. Wie sagen wir doch so oft und machen es dabei so selten: Man sollte aufhören, wenn es am schönsten ist! Wenn es auch, wie in diesem Falle, auch am meisten wehtut!«

»Du bist so vernünftig – das ist ja kaum zum Aushalten!«,

brach es auch Walz heraus. »Du redest über uns, als ob es dich überhaupt nichts anginge. Wo ist meine warmherzige Clara, die ich so sehr geliebt habe?«

»Vergiss nicht, Alfons, ich hatte Zeit genug, mir darüber Gedanken zu machen. Das Vorstellungsgespräch beim NDR lief so gut, dass ich insgeheim schon mit dem Gedanken gespielt habe, die Stelle zu bekommen. Selbstverständlich habe ich mich gefragt, was dann aus uns wird, und nach langem Überlegen bin ich zu dem Ergebnis gekommen, dass einer echten Liebe eigentlich nichts Besseres passieren kann, als auf ihrem Höhepunkt zu scheitern. Stell dir einmal vor, wir bleiben zusammen und unsere Gefühle füreinander erkalten langsam, bis wir uns eines Tages fragen, warum wir überhaupt noch zusammen sind. Glaubst du tatsächlich, wir würden uns dann noch liebevoll aneinander erinnern? Sicherlich nicht, weil das, was uns heilig ist, erloschen wäre. Und auf diese Art werden wir ein Leben lang aneinander denken, und das Gefühl, das wir jetzt füreinander hegen, wird konserviert bis an unser Lebensende. Ist das nicht ein faszinierender Gedanke?«

»Du meinst also tatsächlich, wir werden nachher wie die Tiere übereinander herfallen und die nächsten beiden Tage in vollkommenem Glück verbringen und uns dann, wieder in Wien angekommen, voneinander verabschieden, in dem Bewusstsein, dass unsere Beziehung nun beendet ist?«

»Ja«, sagte sie trocken und strich ihm übers Haar.

10. KAPITEL (SAMSTAG)

Während sein Kollege Walz in der südlichen Steiermark also nie erlebte Wechselbäder der Gefühle durchleiden musste, baute Vogel seinem unter diesen Umständen doch aufkeimenden schlechten Gewissen vor, indem er den gesamten Samstag seiner Familie widmete. Dies sollte, so meinte er wenigstens, genügen.

Tatsächlich fiel ihm dieser Opfergang gar nicht schwer, was streng genommen den Läuterungsgedanken der Unternehmung relativierte, handelte es sich doch um einen jener wundervollen Frühsommertage, an dem sich die Frische des Frühlings mit der Wärme des Sommers vereinigt.

Gut gelaunt schlug das Familienoberhaupt also vor, nach dem Frühstück gemeinsam in den Wienerwald zu fahren und das Mittagessen im idyllisch gelegenen ›Gasthaus Mirli‹ im Irenental einzunehmen. Neben einer hervorragenden Küche bot die Umgebung des Lokals auch genügend Auslauf für den Greyhound sowie einen Spielplatz, wo sich am Wochenende in der Regel eine ganze Horde von Kindern tummelte, denen sich die kleine Laura möglicherweise anschließen könnte.

Seine Frau Martina war damit zufrieden, zumal der schon lange von ihr eingeforderte Wunsch einer gemeinsamen Unternehmung damit erfüllt war.

Und tatsächlich verlief der Tag in äußerster Harmonie, Laura fand wirklich ein paar Spielkameraden, mit denen sie sich rasch anfreundete, auch die lauffreudige Emily kam auf ihre Kosten, da sie auf einer großen Wiese zufällig auf einen anderen Greyhound traf, mit dem sie sich atemberaubende Wettrennen lieferte, die so manchen Passanten zu Bewunderungsrufen hinriss, was im Übrigen Vogels Eitelkeit durchaus zupass kam.

Der gedünstete Zwiebelrostbraten, den Vogel sich bestellt hatte, war von der besten Qualität, das von Martina georderte Curry vom Weiderind erregte ebenso Begeisterung, selbst die in Nahrungsfragen durchaus wählerische Laura war von ihren hausgemachten Bratwürsteln überaus angetan.

Rundum zufriedengestellt zeigte sich seine Gattin Martina endlich wieder einmal von ihrer besten Seite und bedachte ihren Gespons einige Male sogar mit Kosenamen, die er schon seit Langem nicht mehr aus ihrem Mund gehört hatte.

Mit einem Wort, der Familientag verlief äußerst erfreulich, sodass Vogel sich sogar regelrecht auf das abendliche Konzert zu freuen begann.

Emily, der die außergewöhnlichen Aktivitäten im Vorfeld des Konzertbesuches nicht entgangen waren und die sich deshalb besonders anhänglich gab, wurde derweil der Obhut der hundeerfahrenen Schwester von Martina überlassen.

Der 1862 errichtete Kursalon befindet sich am Rande des Stadtparks, der nach der Schleifung der Stadtmauer anstelle des sogenannten Wasserglacis' angelegt worden war. Ursprünglich war das im Stil der italienischen Renaissance gehaltene Gebäude für Trinkkuren geplant gewesen, in dem sich die Wiener vom anstrengenden Großstadttreiben erholen sollten. Den Bürgern war in diesen Jahren des Aufbruchs jedoch weniger nach beschaulichen Kuren als nach prachtvollen Festen zumute, was zur Folge hatte, dass bereits nach einem Jahr der Walzerkönig Johann Strauß dort sein erstes Konzert gab. Mit großem Erfolg, der den Charakter stiller Erholung, für die die Örtlichkeit nach Allerhöchster Meinung eigentlich geschaffen worden war, im Dreivierteltakt hinwegfegte.

Und trotz seiner äußerst wechselhaften Geschichte ist der Kursalon bis heute ein Konzertlokal geblieben, allerdings weniger für die Wiener Gesellschaft, die sich nur mehr an Neujahr und in der Ballsaison walzerselig zeigt, sondern mehr für die Touristen, die mit dem Vorurteil, dass sich ganz Wien beständig im Dreivierteltakt durch den Alltag bewegt, in die ehemalige Residenzstadt gelockt werden.

Daher verwunderte es nicht, dass die Mitglieder der Familie Vogel in dem gut besuchten Lanner-Saal die einzigen Österreicher waren, die sich hier im erwartungsfrohen Publikum eingefunden hatten.

Der Konzertmeister des kleinen Orchesters immerhin war ein waschechter Wiener, was man unschwer an dem weichen Tonfall erkennen konnte, mit dem er seine launigen Erläuterungen zu den gespielten Stücken zum Besten gab. Was das Publikum im Übrigen etwas ratlos über sich ergehen ließ, zumal es diese wohl allenfalls bruchstückhaft verstand. Seine englischen Ausführungen hingegen wurden vom Auditorium mit allgemeiner Heiterkeit aufgenommen, weniger vom Inhalt als von der Diktion her, da der Geiger offensichtlich eine rein humanistische Bildung genossen hatte, was sich dahingehend niederschlug, dass sein Englisch einen höchst eigenwilligen Akzent aufwies.

Zumindest den szenischen Höhepunkt des ersten Konzertteils bildete nach allgemeiner Auffassung die Darbietung einer durchaus attraktiven Sängerin, die im ungarischen Nationalkostüm die berühmteste Arie aus der Operette ›Maske in Blau‹ von Fred Raymond zum Besten gab. Die Darbietung an sich wäre von der musikalischen Seite her nicht weiter erwähnenswert gewesen, da sie sich wie auch die anderen Programmpunkte auf einem durchaus gehobenen Niveau bewegte, doch ließ es sich die Sängerin nicht nehmen, die letzte Strophe der kapriziösen ›Juliska aus Budapest‹, die über ›ein Herz aus Paprika, das kein' in Ruhe lässt‹ verfügt, auf dem Kopf stehend zu singen, was nicht nur die kleine Laura zutiefst beeindruckte und das beherrschende Thema des Pausengesprächs darstellte.

Nach der Darbietung, bei der sich die gesamte Familie bestens unterhalten hatte – im zweiten Teil war es die in weißen Tüll gekleidete Balletttänzerin, die sich mit ihrem befrackten Tanzpartner in klassischer Manier zu den Klängen des ›Donauwalzers‹ bewegt hatte, die in der kleinen Laura die Idee reifen ließ, diesen entbehrungsreichen Beruf anzustreben, was allerdings nicht weiter ernst zu nehmen war, da sie ihren Berufswunsch im Wochentakt wechselte – trafen sie noch mit Martinas Flöte spielender Freundin zusammen, einer reizenden Südtirolerin übrigens, die, schwarzhaarig und grünäugig, unter anderen Umständen durchaus Kajetan Vogels Interesse geweckt hätte.

Nach einem, mit Rücksicht auf die schon bald vor Müdigkeit raunzende Laura, kurz gehaltenen Umtrunk im nahe gelegenen Gmoa-Keller hatte Vogel allen Grund dazu, mit sich und der Welt zufrieden zu sein. Daher bereitete es ihm fast kein schlechtes Gewissen, als er auf dem Heimweg verkündete, dass er am Sonntag im Zusammenhang mit dem Dirigentenmord leider entsetzlich viel zu tun habe und daher den ganzen Tag beschäftigt sei.

Das in einem solchen Falle obligate Murren seiner Gattin blieb dieses Mal aus, allerdings harrte das Problem des Hundespaziergangs seiner Lösung, da Vogel in Aussicht gestellt hatte, möglicherweise erst am späten Abend nach Hause zurückzukehren, und sich Martina nicht in der Lage sah, mit dem Hund, der ihr nur äußerst gelegentlich gehorchte, einen größeren Spaziergang zu unternehmen.

Doch der Inspektor, geradezu ein Virtuose auf dem Gebiet des Entwerfens von spontanen Lügengespinsten, verfiel auch hier auf einen Ausweg: Den Hund könne er ja mitnehmen, da er ohnehin aufs Land fahren müsse, um ein Orchestermitglied zu befragen, das sein Wochenende im Burgenland verbringe, bevor es am Montag auf eine längere Auslandstournee führe.

So ward auch dieses Problem aus der Welt geschafft, und alle blickten glücklich einem ruhigen Sonntag entgegen.

Ganz anders als sein Kollege Walz, der sich, wie wir uns denken können, vor diesem Termin des endgültigen Abschieds regelrecht fürchtete, obwohl sich auch in der Südsteiermark der Himmel in makelloser Reinheit präsentierte.

Nach einer Nacht voll der verzweifelten Leidenschaft, bei der auch manche Träne vergossen wurde, war das traurige Liebespaar erst sehr spät aufgestanden.

Das reichhaltige Frühstück wurde schweigend eingenommen, die Worte waren ihnen während der Nacht ausgegangen, nur die munter plaudernde Hausfrau zeigte sich davon unbeeindruckt und gab ihnen Ratschläge, wohin heute am besten zu fahren sei.

Doch weder Clara noch Alfons verspürten große Lust, sich besonders weit vom Hotel fortzubewegen. Immerhin rafften sie sich zu einem Spaziergang durch die Weinberge auf, nicht ohne zuvor die Hausfrau zu bitten, ihr Zimmer möglichst rasch aufzuräumen, woraufhin sie Walz mit einem wissenden Lächeln bedachte.

Trotz der idyllischen Landschaft dauerte ihr Ausflug nicht sehr lange, denn schon nach einem kurzen Weg blieb Walz plötzlich stehen, nahm Claras Gesicht in seine Hände und küsste sie mit solch verzehrender Leidenschaft, dass sie schweigend auf der Stelle umkehrten, um sich wieder hemmungslos ihrem Abschiedsschmerz hinzugeben.

Nicht nur einmal sehnte Walz dabei den kollektiven Liebestod herbei.

11. KAPITEL (SONNTAG)

»Wie vorauszusehen war, bräuchte ich heute deine geschätzte Hilfe, o du mein Walz«, sprach der ahnungslose Vogel seinem mit ganz anderen Problemen beschäftigten Kollegen aufs Band, nachdem er um neun Uhr morgens im Auto Platz genommen hatte, »also, offiziell verhören wir heute in Rust einen Orchestermusiker, der morgen auf eine Auslandstournee fährt, außerdem haben wir noch in Wien Etliches zu tun, was genau das sein soll, überlasse ich deiner schier überbordenden Fantasie – lass es mich halt nur wissen, wenn dich die Martina anrufen sollte, ich hab mein Handy eingeschaltet. Ich hoffe, du genießt dein Leben in der schönen Südsteiermark!«

Erst nachdem er um die Ecke gebogen war und sich so aus der Sichtweite seiner Gattin begeben hatte, hielt er nochmals an, um sein Kommen der darob sehr erfreuten Michelle anzukündigen – so viel Rücksicht musste immerhin sein.

Derart ermutigt brach Vogel frohgemut nach Podersdorf am Neusiedler See auf, wo Michelle sich in einer kleinen Pension direkt am See eingemietet hatte.

Nach einer etwa 50-minütigen Fahrt über eine menschenleere Autobahn und ebenso verlassene Landstraßen fand er sich in dem typisch burgenländischen Zentrum des Wassersports ein, das sich dank reichlich geflossener EU-Gelder ordentlich herausgeputzt hatte. Allerdings war dieser fremdfinanzierten Renovierung fast die gesamte alte gegendspezifische Bausubstanz zum Opfer gefallen, sodass dieses Dorf ebenso gut an einem Baggersee unweit von Oer-Erkenschwick gelegen sein konnte.

Gottlob war wenigstens das Bauernhaus, in dem Michelle

wohnte, vor allzu geschmäcklerischen Verschönerungsversuchen bewahrt geblieben, das sich in geduckter und kleinfenstriger Ursprünglichkeit präsentierte.

Kaum war er in den Hof der Pension eingefahren, als ihm schon Michelle strahlend entgegengelaufen kam, den bellenden Bruno an ihrer Seite, der freudig an ihr hinauf sprang. Vogel war noch nicht ausgestiegen, als sie ihm schon glücklich um den Hals fiel.

Nur mit Mühe gelang es dem Inspektor, sich lachend aus ihrer Umklammerung zu lösen, um seine noch immer ihrer Freiheit beraubte Emily, die bereits ungeduldig an der lederbezogenen Autotür scharrte, endlich herauszulassen.

Die Eignerin der Pension, die neugierig aus ihrem mit roten Karovorhängen verzierten Küchenfenster schaute, musste den Eindruck haben, dass sie hier einem Augenblick vollkommenen Glücks beiwohnte.

Doch dieser Eindruck trog, denn Vogel war das Ganze gar nicht geheuer. Noch immer konnte er nicht einschätzen, was Michelle eigentlich von ihm erwartete. Über eines wurde er sich jedoch langsam im Klaren: Eine unkomplizierte Bettgeschichte, die ihm am ehesten zugesagt hätte, würde dies wohl nicht werden.

Aber Vogels Erwartungen an diesen Sonntag hatten sich schon dermaßen verfestigt, dass seine diesbezüglichen Bedenken vorerst völlig in den Hintergrund traten.

Und wenn schon, so beruhigte er sich insgeheim, bisher war ja noch nichts passiert, und wenn sie sich zu kapriziös gab, konnte er noch immer abreisen.

Nachdem sie die wild miteinander spielenden Hunde nur mit Mühe eingefangen hatten, gingen sie erst einmal ins Haus, um zu frühstücken.

Tatsächlich war diese Pension so klein, dass ihr Frühstückstisch in der Küche des Hauses gedeckt war, was der Besitzerin die willkommene Gelegenheit bot, den Begleiter ihres Gastes näher unter die Lupe zu nehmen. Denn Frau Magda Markovits, eine verwitwete Siebzigerin, die ihre Pension allein betrieb, hegte durchaus mütterliche Gefühle für Michelle, die schon seit einigen Jahren in gewisser Regelmäßigkeit ihre Gastfreundschaft in Anspruch nahm und mit der sie an diversen Abenden schon manches Gespräch geführt hatte, das über die Themen der üblichen Konversation weit hinausgegangen war.

Sie war also bestens im Bilde und musterte daher den Ankömmling mit unverhohlener Neugier, die auch Vogel nicht entgehen konnte. Da er nicht wusste, was Michelle ihr schon alles über ihn erzählt hatte, war ihm diese Situation ausgesprochen unangenehm.

Nachdem der Kaffee serviert war, der trotz der Art seiner Zubereitung – eine Espressomaschine konnte man im tiefsten Burgenland nur schwerlich erwarten – überraschend gut schmeckte, bedachte Michelle den ob der Umstände etwas verlegenen Vogel mit einem schmatzenden Kuss.

»Was wollen wir heute machen?«, plauderte sie los, um, ohne seine Antwort abzuwarten, fortzufahren: »Ich hab mir das so gedacht: Zuerst ein langer Spaziergang am See, der wird uns und den Hunden bestimmt guttun. Ach, ich bin so froh, dass du die Emily doch mitgebracht hast. Danach könnten wir essen gehen, ich kenne hier ein sehr gutes Fischrestaurant, und am Nachmittag könnten wir vielleicht die Therme besuchen oder nach Rust fahren und dort nach einem kleinen Bummel zum Heurigen gehen. Ist das gut?«

»Warum fahrt's ihr nicht nach Weiden? Dort ist heute das große Fischerfest, da ist bestimmt einiges los«, mischte sich nun die Hausfrau ein, die gerade den obligaten und verführerisch duftenden Sonntagsguglhupf servierte.

»Das ist ja großartig«, rief Michelle begeistert aus, »das wird bestimmt lustig!«

Vogel sagte nichts, sondern nickte nur und lächelte dazu. Was hätte er auch sagen sollen? Gerade die Gestaltung des Nachmittags hatte er sich eigentlich ganz anders vorgestellt.

Der noch warme Guglhupf immerhin mundete köstlich.

Als sie nach dem Frühstück die Uferpromenade entlangspazierten – sie hatte wie selbstverständlich seine Hand genommen –, genoss er tatsächlich das herrliche Maiwetter, ohne jedoch sein eigentliches Ziel aus den Augen zu verlieren.

»Offen gestanden habe ich auf ein Fischerfest überhaupt keine Lust. Da wird nichts weiter sein als ein paar besoffene Burgenländer, die dich mit ihrem stinkerten Fisch belästigen, der von Fett geradezu trieft. Ich hab mir eigentlich eher vorgestellt, dass wir nach dem Mittagessen ein kleines Schläfchen halten könnten …«, begann er vorsichtig, wobei er aus den Augenwinkeln Michelles Reaktion auf seinen Vorschlag beobachtete.

»Das können wir natürlich auch machen«, antwortete sie achselzuckend, ohne jedoch zu zeigen, was sie von diesem Vorschlag hielt.

»Weißt du, ich habe eine harte Woche hinter mir, und jetzt noch die gute Landluft, da freut man sich geradezu auf ein Bett«, fügte er erklärend hinzu.

Plötzlich blieb sie stehen und schaute ihn fragend an. »Ist es dir eigentlich ernst mit uns?«

Bei all seiner Triebhaftigkeit betrachtete sich Kajetan Vogel immer noch als einen Mann der Ehre, der einer Frau niemals etwas Falsches vorspiegeln würde, um zum Ziel zu gelangen (allein aus diesem Grunde hatte Ursula Mitterberg geirrt, als sie Vogel als ›hintergründigen Verführer‹ einschätzte). Daher gab es für ihn auf diese Frage nur eine mögliche Antwort, und die hatte eindeutig zu sein.

»Schau, liebe Michelle, wie du weißt, bin ich ein verheirateter Mann mit einer reizenden Tochter, der keineswegs vorhat, seine Familie zu verlassen …«.

Wortlos blickte sie ihn an, in ihren Augen glaubte er eine gewisse Traurigkeit zu entdecken.

»Sicher finde ich dich reizvoll«, fuhr er sanft fort und strich ihr durchs Haar, »sonst wäre ich heute wohl nicht hierhergekommen, und ich mag dich auch …«

»Heißt das, dass ich nur ein Abenteuer für dich bin?«, fragte sie ihn mit schief gelegtem Kopf.

Vogel schluckte vernehmlich. »Ja, das heißt es wohl«, antwortete er tapfer, während er, in Erwartung einer möglichen körperlichen Attacke, Raum zu gewinnen suchte und einen Schritt zurücktrat.

Doch wie so oft bei dieser Frau, irrte Vogel auch hier.

»Danke für deine Offenheit«, antwortete sie nach kurzem Überlegen und ging nachdenklich weiter, nicht ohne wieder seine Hand zu nehmen.

Wie sie also schweigend nebeneinanderher spazierten und Vogel ratlos über die unendliche Weite der weiblichen Psyche sinnierte, sorgte er sich, da die Katze nun einmal aus dem Sack war, um die organisatorischen Probleme, die ihr gemeinsamer Nachmittag aufwarf.

»Diese Frau Markovits, verbringt sie eigentlich den ganzen Tag im Haus?« Bei ihrer Beschaffenheit konnte er sich durchaus vorstellen, dass sie an der Tür lauschte, durch das Schlüsselloch schaute oder ihrem Schützling gar zu Hilfe eilte, wenn es zu intimeren Szenen käme.

»Ich weiß es nicht«, gab Michelle zu, »wieso fragst du? Magst du sie nicht?«

»Das ist nicht der Punkt. Ich fürchte eher, dass sie unser trautes Beisammensein auf deinem Zimmer nicht gutheißen wird …«

»Ach, so«, antwortete sie lachend, »das könnte schon sein.«

»… und dass sie dann plötzlich dank ihres Nachschlüssels im Zimmer steht und die Ehre ihrer Michelle verteidigen will, vielleicht gar noch mit einem Nudelwalker in ihrer Rechten«, sagte Vogel schmunzelnd. »Möglicherweise könnten uns dabei auch deine diesbezüglichen Erfahrungswerte weiterhelfen. Warst du hier schon einmal in männlicher Begleitung?«

»Soll das jetzt eine Generalbeichte werden?«, fragte sie in drohendem Tonfall, blieb stehen und sah ihn herausfordernd an.

»Nein, bitte versteh mich doch nicht falsch, ich will lediglich wissen, ob ich mit dir in der Pension einen ungestörten Nachmittag verbringen kann.«

»Und wenn nicht, was wäre dann die Alternative? Willst du vielleicht mit mir in ein Hotel gehen wie mit irgendeiner Prostituierten?«

Falls er bei der Wahrheit bleiben wollte, musste Vogel die Antwort wohl schuldig bleiben, denn tatsächlich hatte ihn bereits ein solcher Gedanke gestreift. Allerdings war sein Potenzial an Geduld langsam erschöpft, schließlich war er kein pubertierender Jüngling mehr, der unter Hintanstellung aller eigenen Interessen nur auf das eine Ziel hinsteuert.

Aus diesem Grunde beschloss er ab sofort den Verzicht auf jede weitere Rücksichtname, er hatte ja nichts zu verlieren.

»Schau, Michelle, ich bin hierhergekommen, um einen unkomplizierten Tag mit dir zu verbringen, der dadurch gekrönt werden sollte, dass wir miteinander ins Bett gehen, nicht mehr und nicht weniger. Falls dies nicht deinen Erwartungen entsprechen sollte, tut es mir leid und ich werde mich nach dem Mittagessen in mein Auto setzen und nach Wien verfügen – so einfach ist das.«

»Dass du mit mir bumsen willst, das ist mir schon klar, ich bin ja auch kein kleines Mädchen mehr, aber eigentlich habe ich mir erwartet, dass du es etwas eleganter anstellst«, sagte sie ruhig. »Im Prinzip hätte ich ja auch gar nichts dagegen gehabt, aber wenn du lieber zurückfährst, dann bitte sehr, ich will dich nicht aufhalten.«

Diese Reaktion hatte Vogel nun gar nicht erwartet, insgeheim hatte er sich schon mit dem Gedanken angefreundet, seine Familie am Nachmittag zu überraschen, doch nun hob schon wieder Priap sein lüsternes Haupt.

»Gut. Ich schließe also daraus, dass wir beide dasselbe Ziel haben, auch wenn es, wie du meinst, von mir nicht mit der erforderlichen Eleganz formuliert wurde, was ich durchaus auf mich nehme. Was, liebe Michelle, steht unserem Beisammensein also noch im Wege, mit Ausnahme vielleicht von der netten Frau Markovits und ihrem Nudelwalker?«

Mit einem, wie es Vogel schien, geradezu obszönen Grinsen zog ihn Michelle zu sich hin, nicht ohne die Beschaffenheit seines Hinterteils mit kundigem Griff zu perlustrieren. »Eigentlich gar nichts. Um die gute Magda auszutricksen, nimmst du dir einfach ein Zimmer. Dann ziehen wir uns zurück und treffen uns dort, so einfach ist das.«

»Die Idee hätte eigentlich von mir stammen können«, antwortete Vogel überrascht.

»Sag ich ja, genau das hab ich mit ›elegant‹ gemeint«, sagte sie grinsend, wie zufällig sein nicht mehr ganz entspanntes Gemächt streifend. »Weißt du was? Verschieben wir doch unser Mittagessen ein wenig und du nimmst dir jetzt erst einmal ein Zimmer. Ich komme dann gleich, um es mir anzuschauen.«

Während sich Vogel also beeilte, bei der darüber etwas verwunderten Frau Markovits ein Zimmer zu reservieren und es sogleich auch zu beziehen – seine obligate Schirmtasche diente ihm alibihalber als Gepäck – und Michelle sich ebenso sehr beeilte, dieses zu besichtigen, trat ein neues Problem auf.

Denn das Verhalten ihrer Hunde hatten sie nicht bedacht.

Emily – obgleich solcher Aktivitäten ungewohnt, denn wenn, was selten genug vorkam, Kajetan und Martina ihre Ehe vollzogen, schlief das Tier meist fest – blieb ruhig auf ihrer Decke liegen, wohingegen der viel lebhaftere Bruno laut bellend in das Geschehen einzugreifen suchte, als sich sein Frauerl mit einem ihm nur flüchtig bekannten Mann auf dem Bett zu wälzen begann.

Von der Gefahr abgesehen, dass unser Inspektor Bisswunden an besonders hervorstehenden Körperteilen davontrug (wie hätte er *das* seiner Gattin erklärt?) war dieser Zustand freilich so nicht haltbar, zumal das Risiko bestand, dass auch die gute Magda Markovits von dem beharrlichen Gekeife angelockt wurde (ob mit oder ohne Nudelwalker, wäre in diesem Falle wohl nebensächlich gewesen), außerdem konnte sich Kajetan bei dem dauernden Gebelle und den ständigen mit Quietschstimme hervorgebrachten Beschwichtigungsversuchen seiner Besitzerin nur schwer konzentrieren.

So musste sich Michelle inmitten des Geschehens noch einmal ankleiden, um das aufgeregte Tier in ihr Auto zu verfrachten, was erwartungsgemäß die Dame des Hauses auf den Plan rief, die sich besorgt erkundigte, was der kleine Bruno denn habe, dass er sich so aufrege.

Die Erklärung fiel der schon etwas ungeordneten Michelle nicht leicht, wie wir uns denken können, immerhin schien sie jedoch die gute Frau Markovits zu überzeugen. Michelle sagte ihr nämlich, dass der kleine Bruno sich wegen der Emily im Nachbarzimmer so echauffiere, da diese gerade läufig sei. Warum dies dem unschuldigen Tier erst jetzt auffiel, erklärte sie freilich nicht, und auch die verständnisinnig nickende Markovits fragte nicht nach, ob aus Einfalt oder weiblicher Ahnung lassen wir jetzt einmal dahingestellt.

In jedem Falle kehrte Michelle fröhlich lachend an den Ort des Geschehens zurück und schien in erster Linie amüsiert zu sein, ganz im Gegensatz zu Vogel, der unterdessen nur mehr gute Miene machte. Dennoch, das immerhin musste er zugeben, kam er nun in den Genuss einer durchaus reizvollen Entkleidungszeremonie seiner Partnerin, die ihn für das so rüde unterbrochene Liebesspiel mehr als entschädigte, denn Michelle erwies überraschenderweise sehr viel Geschick darin, ihre knabenhafte Figur im vorteilhaftesten Licht zu präsentieren.

In aufreizender Langsamkeit ließ sie ein Kleidungsstück nach dem anderen fallen, wobei sie ihre Darbietung mehrmals unterbrach, um Vogel mit einem leichten Kuss für seine Geduld zu belohnen, und krönte sie damit, dass sie sich, nachdem sie ihm den Rücken zugewandt hatte, wie zufällig bückte, als wolle sie etwas vom Boden aufheben, was Vogel, der eine besondere Schwäche für solche Ausblicke hegte, ganz neue Einblicke in den ihm noch unbekannten Frauenkörper eröffnete.

Das Einzige, was ihn ein wenig irritierte, waren die zahlreichen Tätowierungen, die ihm bislang verborgen geblieben waren. Doch in diesem Moment war ihm das völlig gleichgültig.

So konnte Michelle nach ihrer Vorstellung dem inzwischen wieder voll gerüsteten Vogel kichernd in die Arme sinken.

Das aufgeregte Bellen des kleinen Bruno hörten sie nicht mehr.

Vogel konnte nicht sagen, wie lange sie sich im Bett vergnügt hatten, aber nach dem obligatorischen postkoitalen Schlaf wies ihn sein knurrender Magen darauf hin, dass schon einige Stunden vergangen sein mussten, seit sie den bereits heiseren Bruno aus dem Raum verbannt hatten.

Als er sich endlich orientiert hatte, wo er sich überhaupt befand – von der neben ihm liegenden Michelle war kaum ein Geräusch zu vernehmen –, erkannte er beim Blick auf seine Armbanduhr erschrocken, dass es schon fast 14 Uhr geworden war und sie sich beeilen mussten, um in einem der wenigen Gasthäuser dieses kleinen Dorfs noch etwas Anständiges zu essen zu bekommen. Für die Speisen auf der ›kleinen Karte‹, die üblicherweise ab halb drei angeboten wurden, hatte er definitiv einen zu großen Hunger.

Dessen ungeachtet blieb er noch einige Momente ruhig liegen, um sich über seine derzeitige emotionale Lage Klarheit zu verschaffen. Denn das körperliche Beisammensein mit Michelle hatte ihn gefühlsmäßig mehr beeindruckt, als er zuvor für möglich gehalten hatte. Zumal sie sich als äußerst raffinierte Liebhaberin entpuppt hatte.

Zärtlich schaute er zu seiner schlafenden Gespielin hinüber. In dem Moment öffnete sie die Augen und schmiegte sich seufzend an seine Brust.

Behutsam legte er seinen Arm um sie, was sie mit einem zufriedenen Seufzen quittierte.

Diesen Zustand empfand er als so angenehm, dass er sich schon mit dem Gedanken anzufreunden begann, dafür auch die Unannehmlichkeiten einer ›kleinen Karte‹ in Kauf zu nehmen.

Gerade so, als ob sie seine Gedanken gelesen hätte, öffnete sie plötzlich die Augen und fragte ihn mit noch vom Schlaf belegter Stimme: »Hast du keinen Hunger?«

»Schon, einen Bärenhunger sogar!«, rief er aus und warf sich lachend über sie.

Von der erwähnten ›kleinen Karte‹ in dem einzigen Restaurant in Podersdorf, das auch am Sonntagnachmittag geöffnet hielt, war Vogel angenehm überrascht, als sie es gegen 15 Uhr betraten.

Unter anderen Umständen hätte er wohl einen großen Bogen um ein solches Gasthaus gemacht, das offensichtlich in erster Linie dafür konzipiert war, die Massen abzufüttern, die in Touristenbussen an den Neusiedler See gekarrt werden – verfügte das Gastzimmer doch über mindestens 200 Sitzplätze, was ihm einen ungemütlich-hallenartigen Charakter verlieh –, aber der Hunger ließ ihnen keine Wahl. Dafür gab es hier neben einer reichen Auswahl an Pizzen jederzeit ein Wiener Schnitzel, das immerhin dazu geeignet war, das ärgste Magengrimmen zu beseitigen.

Das Essen des liebessatten Pärchens verlief schweigend, die Konzentration der beiden war ausschließlich auf die Nahrungsaufnahme gerichtet.

Erst nachdem sie ihre Schnitzel in erstaunlicher Geschwindigkeit zu sich genommen hatten, auch Michelle war offensichtlich von einem wahren Heißhunger besessen gewesen, lehnte sich Vogel behaglich zurück und entnahm mit wohligem Seufzen seinem Etui eine Pfeife. Während er sie stopfte, schaute er Michelle bedeutungsvoll an.

»Eines darf ich dir schon sagen, liebe Michelle. Man kann einen Frühlingssonntag auf viel schlechtere Art verbringen.«

»War das jetzt als Kompliment gemeint?«, fragte sie spitzbübisch.

»Als was denn sonst?«, antwortete Vogel lachend und strich ihr durchs Haar.

Im Bett war sie entschieden unkomplizierter als im täglichen Umgang, so viel stand fest.

Das brachte Vogel auf eine Idee. »Jetzt wäre doch eigentlich ein wunderbarer Zeitpunkt für ein Mittagsschläfchen, meinst du nicht auch?«, fragte er harmlos.

»Einverstanden, aber zuerst gehen wir noch mit den Hunden, dass der Bruno ordentlich müde wird. Ganz allein im Auto zu sitzen, ist auch nicht so lustig für ihn.«

Dagegen war nun wirklich nichts einzuwenden.

Nach einer knappen Stunde, während der Emily ganz im Sinne ihres Herrn handelte und den kurzbeinigen Bruno, der immerhin, wie er jetzt erfuhr, der Rasse eines ›Deutschen Sportmopses‹ angehörte, über die Wiesen jagte, bot sich Vogel nochmals die Möglichkeit, die unkomplizierte Seite seiner Begleiterin zu genießen, zur Verwunderung von Frau Markovits, die das offensichtlich übermüdete Paar gerne zu einer Nachmittagsjause eingeladen hätte.

Es war schon Abend geworden, als sich Kajetan mit dem Versprechen verabschiedete, Michelle in den nächsten Tagen anzurufen.

Der irritierten Frau Markovits erklärte er beim Begleichen der Zimmermiete, einen Anruf erhalten zu haben, der ihn dringend nach Wien rief.

Indes sich Vogel also im fernen Burgenland aufs Beste unterhalten hatte, wurde unserem armen Walz schmerzlich bewusst, dass die letzten Stunden angebrochen waren, die er mit seiner Clara verbringen durfte.

Ungeachtet aller Tränen und Liebesschwüre mochte er es kaum glauben, dass dieses Glück nun bald zu Ende war.

Und das machte ihn plötzlich wütend.

Nein, er haderte nicht mit Clara, deren Argumentation ihn schon lange überzeugt hatte, er war vielmehr zornig über sein Selbstmitleid, das ihn ein ums andere Mal überkam und es ihm unmöglich machte, diese letzten Stunden mit einem geliebten Menschen einfach nur als Geschenk zu betrachten.

Stattdessen verdarb er diese wertvolle Zeit mit seinem elenden Gejammer.

Und eben jener Zorn führte zu einer plötzlichen Veränderung in seinem Wesen.

Auf einmal war er derjenige, der sie in sachlichem Tonfall darin bestärkte, diesen finalen Entschluss unbedingt durchzuführen, da dies sicherlich das Beste für beide wäre.

Während er seine Tasche packte, erklärte er ihr ruhig, welche Besorgungen sie vor ihrer Auswanderung noch zu machen hätte, immerhin war er Polizist, der über die allfälligen Amtsgänge bestens Bescheid wusste.

Dieser jähe Stimmungsumschwung ihres Geliebten erleichterte Clara sehr, da auch sie trotz all ihrer Trauer mittlerweile gänzlich davon in Anspruch genommen war, die Organisation der nächsten Tage gedanklich vorzubereiten. Allerdings war sie dadurch auch nachhaltig verunsichert, denn diesen rationalen Ausbruch ihres von ihr noch immer geliebten Walz' wusste sie nicht recht zu deuten.

Plötzlich begann sie, die heißen Liebesschwüre, die Walz ihr in den vergangenen leidenschaftlichen Nächten ins Ohr geflüstert hatte, zu vermissen. Sie fragte sich allen Ernstes, ob er jetzt mit ihrer Liebe abgeschlossen habe und sie wie ein Kleidungsstück abgestreift hatte. Wie konnte das sein, nachdem er in seiner Verzweiflung am Tag zuvor noch um ihre Hand angehalten hatte?

Als sie dies gegenüber ihrem Geliebten vorsichtig formulierte – sie hatten im Lauf ihrer ganzen Beziehung immer offen miteinander gesprochen –, reagierte dieser erstaunt.

»Ihr Mädchen seid schon seltsam. Zwei Tage lang heul ich mir die Seele aus dem Leib, und jetzt, wo ich keine Tränen mehr hab und endlich die Vernunft die Oberhand gewinnt, ist es dir auch wieder nicht recht. Natürlich liebe ich dich noch, ich kann mir überhaupt nicht vorstellen, wie ich die nächste Zeit ohne dich überleben werde, aber aus reinem Eigenschutz muss ich langsam damit beginnen, mich mit den scheinbar unabänderlichen Tatsachen abzufinden und dementsprechend zu reagieren.«

»Das verstehe ich ja«, antwortete Clara mit verzweifeltem Gesichtsausdruck, »aber musst du deshalb gleich so abweisend sein? Gibt es denn nichts dazwischen?«

»Nein, es gibt nichts dazwischen! Du hast eine Entscheidung getroffen, die ich mittlerweile auch akzeptiere. Und dass diese Entscheidung Folgen hat, damit musst du dich abfinden. Das hätte dir eben schon früher klar sein müssen. Oder willst du tatsächlich, dass ich dich bis zum Schluss weinend anflehe, mich doch nicht zu verlassen? Du solltest mich inzwischen gut genug kennen, dass solches von mir nicht zu erwarten ist. Schließlich bin ich Nassrasierer und muss mir jeden Morgen mindestens fünf Minuten ins Gesicht schauen, damit ich mich nicht schneide. Und auch du, meine verehrte Clara, bringst mich nicht dazu, mir einen elektrischen Rasierer zu kaufen, weil ich einem solch elenden Jammerlappen nicht mehr in die Augen schauen kann.« Während er sprach, nahm seine Stimme einen immer gereizteren Tonfall an.

Fassungslos schaute ihn Clara an. »Das ist nicht mehr mein Alfons, den ich geliebt habe!«, sagte sie mit gebrochener Stimme. »Wie es scheint, hast du dich ja schon ganz gut mit der neuen Situation arrangiert. Man muss halt flexibel bleiben, das sagst du doch immer. Jetzt verstehe ich auch, was du damit meinst. Unter diesen Umständen ist es wohl wirklich besser, dass ich nach Hamburg umziehe«, presste sie hervor, mühsam ihre Tränen unterdrückend. »Ich würde dich bitten, endlich fertig zu packen, ich will sofort nach Wien zurück!«

Walz hatte definitiv keine Kraft mehr, dieses Missverständnis, und als etwas anderes sah er es nicht an, aufzuklären. Wortlos nahm er seine Sachen und verließ, ohne Clara weiter zu beachten, das Zimmer.

Sie saß bereits im Auto, als er nach dem Begleichen der Rechnung das Gasthaus verließ.

Bis sie Wien erreichten, wechselten sie kein Wort mehr miteinander.

An der Stadtgrenze putzte sich Clara vernehmlich die Nase.

»Wollen wir wirklich so auseinandergehen?«

»Vielleicht ist es besser so«, erwiderte Walz, der noch immer verstimmt schien.

»Das kannst du doch nicht ernst meinen«, rief Clara ungläubig aus. »Ich meine, nach all der Liebe, die uns verbunden hat.«

»Ist das jetzt nicht völlig egal? Wir sehen uns noch etwa eine halbe Stunde, und das war es dann …«

»Ich versteh dich nicht, Alfons! Die ganzen Erinnerungen, die uns verbinden, bekämen damit doch einen schalen Nachgeschmack.«

»Glaubst du, dass dich das dann noch stört, wenn du in Hamburg einen neuen Freund gefunden hast? Oder mich, wenn ich mir eine neue Beziehung hier in Wien aufgebaut habe?«

»Ach so, wir sind wohl eifersüchtig? Auf jemanden, der noch nicht einmal existiert? Das ist ja wohl das Letzte!«, verächtlich schnaubte Clara durch die Nase. »Unter diesen Umständen ist eine Trennung wirklich das Beste!«

Als er vor ihrem Haus in der Margarethenstraße einparkte, sah Clara, dass Walz weinte. Mit einem Mal war aller Zorn verflogen. Zärtlich nahm sie ihn in die Arme.

»Es ist so furchtbar«, schluchzte er, »einen Menschen, den man liebt, einfach zu verlieren … Ich habe wirklich geglaubt, in dir jemanden gefunden zu haben, mit dem ich vielleicht alt werden könnte.«

Wie eine Mutter wiegte Clara ihren Geliebten, der seinen Tränen freien Lauf ließ.

Eine Passantin, die neben dem offenen Auto stehen blieb, schaute Clara fragend an, ob sie vielleicht Hilfe bräuchte, was diese mit einem leichten Kopfschütteln verneinte.

Es sollte noch lange dauern, bis Walz sich soweit beruhigt hatte, dass er gefasst Abschied nehmen konnte.

12. KAPITEL (MONTAG)

Nach diesem ereignisreichen Wochenende fühlte sich Walz verständlicherweise völlig zerschlagen, hatte gleichwohl der Verlockung nicht nachgegeben, sich einfach krank zu melden, da er es zu Hause wohl noch weniger ausgehalten hätte.

Um allen Eventualitäten vorzubeugen, hatte er beschlossen, dem sich in bester Laune präsentierenden Vogel vorderhand nichts von der dramatischen Entwicklung seiner Lebensumstände zu erzählen, da er fürchtete, bei der Schilderung seiner Trennung nicht mehr an sich halten zu können und in Tränen auszubrechen.

Daher war es Walz höchst willkommen, als es an diesem Morgen erfreuliche Neuigkeiten gab, die bestens dazu angetan waren, ihn auf andere Gedanken zu bringen. So kam ihm das unvermutete Auftauchen der mutmaßlichen Tatwaffe, die von spielenden Kindern bereits am Tag nach dem Mord vor einem Container für Altmetall in der Nähe des Wohnhauses des Opfers gefunden worden war, gerade recht.

Die Garotte war im Eigenbau ziemlich simpel angefertigt worden.

Nachdem sich einige Kriminalisten darüber den Kopf zerbrochen hatten, zu welchem Zweck dieses offensichtlich handwerklich hergestellte Instrument ursprünglich gedient hatte, brachte sie eine Sekretärin, die eine Schwäche für Esoterik aller Art hegte, auf die richtige Spur.

Ursprünglich war die Garotte wohl eine Wünschelrute gewesen, die lediglich ein wenig modifiziert worden war, um dann als tödliche Waffe eingesetzt zu werden.

An beiden Enden des ziemlich dünnen Metalldrahts war

jeweils ein kupferner Handgriff von etwa zehn Zentimetern Länge angebracht. Der Täter musste nur ein Verbindungsstück herausschneiden und die Schlinge auseinanderbiegen, und schon hatte er aus dem esoterischen Instrument zur Auffindung von Wasseradern oder anderen Kraftfeldern ein ganz und gar irdisches Werkzeug zur Erdrosselung eines Menschen geschaffen.

Markus Lindner von der Spurensicherung meinte nach der Untersuchung des Mordwerkzeugs, dass dieses mit ziemlicher Sicherheit nicht von der Mafia benutzt worden sei. Zum einen war bislang keine Verbindung zwischen der Verbrecherorganisation und esoterischen Zirkeln bekannt geworden, zum anderen legte auch die sogenannte ›ehrenwerte Gesellschaft‹ ihr besonderes Augenmerk auf traditionelles Handwerkszeug. Und die Garotte, die üblicherweise von ihr benutzt wurde, wich doch in ihrer Bauart grundsätzlich von der vorliegenden ab, da die Sizilianer einen mit Holzgriffen versehenen Stahldraht benutzten.

Ebenso konnte man die in Betracht gezogene Möglichkeit eines professionellen Mörders ausschließen, da dieser wohl kaum seine Tatwaffe, zwar umweltbewusst, aber dennoch nachlässig, neben eine Tonne zur Wiederverwertung geworfen hätte.

Wie zu erwarten, waren auf den ersten Blick keine verwertbaren Spuren mehr daran zu finden, nachdem sie einige Tage als Spielzeug der Kinder gedient hatte, bis eine aufmerksame Mutter die Polizei alarmierte, als sie das Zimmer ihres Sohnes aufräumte.

Trotzdem landete die Rute im Labor, wo sie einer gründlichen Untersuchung unterzogen wurde.

In Wien gab es nur einige wenige Geschäfte, die Wünschelruten in ihrem Sortiment hatten.

Diese aufzusuchen, war nun die Aufgabe unserer beiden Inspektoren.

Das erste Geschäft, das die beiden besuchten, lag im 7. Wiener Gemeindebezirk auf der Mariahilfer Straße.

Als sie von der hektischen Einkaufsstraße in den Verkaufsraum kamen, war es, als beträten sie eine andere Welt. Alles hier atmete Vergeistigung. Die Luft war von einem nicht näher zu definierenden ätherischen Öl geschwängert, das einer Duftlampe nächst der Kasse entströmte. Leise Meditationsmusik sorgte für die akustische Ergänzung. Trotz der draußen herrschenden frühsommerlichen Temperaturen war es hier drinnen angenehm kühl.

Die Atmosphäre, die hier herrschte, bewog den Besucher automatisch dazu, sich auf Zehenspitzen fortzubewegen und die Stimme beim Sprechen bis ins Unhörbare zu senken. Gerade, dass man sich nicht die Schuhe auszog.

Selbst die hilfsbereite Dame, die in ihren wallenden Gewändern geräuschlos auf sie zuzuschweben schien, mochte einem fremden Universum entsprungen sein. Über ihrem in vielen Rottönen gehaltenen Kleid, in dessen Stoff zahllose kleine Spiegel eingewebt waren, baumelte eine lange hölzerne Perlenkette, die die Fotografie eines Yogis trug, der ekstatisch lächelnd zwischen ihren Brüsten baumelte. Obwohl nicht mehr ganz jung, trug sie ihr langes und mit grauen Strähnen durchzogenes Haar offen, was ihr das Aussehen einer in die Jahre gekommenen Hippie-Braut verlieh.

Nachdem sie den Erklärungen der Kriminalisten ruhig gefolgt war und sich das Foto der Mordwaffe angeschaut hatte, erklärte sie ihren Besuchern mit sanfter Stimme, dass es dieses Modell schon lange nicht mehr im Handel gebe. Die Ruten, die heute nach den modernsten wissenschaftlichen Erkenntnissen hergestellt wurden, würden inzwischen einer ganz anderen

Philosophie folgen. Zur Veranschaulichung legte sie verschiedene Modelle zur Ansicht vor, die tatsächlich völlig unterschiedlich geformt waren.

Zur Garotte taugte keine von ihnen.

Weiters zeigte sich die ätherisch wirkende Dame davon überzeugt, dass auch in den anderen Geschäften Wiens keine dieser altmodischen Ruten mehr zu finden seien. Vielleicht sollten sie es im Internetversand versuchen, der seit Neuestem auch auf dem Gebiet der Esoterik Fuß gefasst hatte. Dort könnten eventuell noch Restbestände davon angeboten werden. Was im Übrigen äußerst fahrlässig sei, da diese Rute eher dazu geeignet sei, die Radiästhesie in Misskredit zu bringen, zumal sie nicht dazu tauge, die feineren Erdstrahlen zu erfassen.

Aber das wäre eben typisch für den Internet-Verkauf, der sich über die ethischen Normen, denen sich ein solches Geschäft wie das ihre selbstverständlich unterwerfe, nicht im Klaren sei, sondern nur mehr den schnellen Profit suche. Überhaupt bedürfe der Kauf esoterischer Handwerkzeuge intensiver persönlicher Beratung. »Schließlich sind sie keine Spielzeuge«, fügte sie hinzu, wobei sie ihre Stimme so bedrohlich hob, dass ein Kunde, der gerade in die mystischen Schriften über Theresia von Konnersreuth vertieft war, sogleich mahnend zu ihr herübersah, um sich danach erneut kopfschüttelnd in seine erbauliche Lektüre zu versenken.

Immerhin konnte sie ihren Besuchern Auskunft über den möglichen Hersteller der Rute geben, ein in Wien beheimateter »Eigenbrötler«, wie sie sich ausdrückte, der sich jeglicher Neuerung hartnäckig widersetzte und möglicherweise, falls er noch nicht gestorben war, auch heute noch solche »völlig überholte Modelle« zusammenbaute.

Sie hatte sogar noch seine Adresse im Computer, da er früher auch ihr Geschäft mit Pendeln und Ruten beliefert hatte.

Praktischerweise war seine Werkstatt nicht allzu weit von dem Geschäft gelegen, sodass die zwei Inspektoren beschlossen, den Handwerker gleich persönlich aufzusuchen.

Alois Brettschneiders Werkstatt befand sich in der Schulhof-Passage im 6. Wiener Gemeindebezirk, die die Hirschengasse mit der Mariahilfer Straße verbindet.

Wie oft in Wien beherbergen solche ›bis auf Widerruf geöffnete‹ Durchgänge, die durch mehrere Hinterhöfe führen und den Eindruck erwecken, als sei hier die Zeit stehen geblieben, traditionelle Manufakturen, für die andernorts die Mieten zu hoch geworden waren. In der Schulhof-Passage etwa fand man neben einem kleinen Wollgeschäft, das sich auf den Verkauf von Filzen aller Art spezialisiert hatte, einem Alt-Wiener Wirtshaus, einer schummrigen Bar und einem Maßschneider für Bluejeans die Werkstatt von Alois Brettschneider, die allerdings durch kein Schild gekennzeichnet war, was unsere Inspektoren anfangs vor ein Problem stellte.

Da jedoch keines der anderen Ladenlokale als Werkstatt infrage kam, klopften sie mehrmals an eine verschlossene und mit Gitterglas versehene Metalltür, ehe ihnen von einem sicherlich 80-jährigen, verdrießlich dreinschauenden Mann geöffnet wurde.

Wortlos schaute er die beiden an.

»Sind Sie Herr Josef Brettschneider?«, fragte Vogel, seinen Dienstausweis zückend.

»Ja, der bin ich. Worum geht's?«, fragte der alte Herr, während er misstrauisch das Obrigkeitsdokument betrachtete, indem er Vogels Hand zu sich heranzog.

»Entschuldigen Sie die Störung«, fuhr Vogel fort, seinen Dienstausweis wieder einsteckend, »wir bräuchten nur einige Auskünfte von Ihnen.«

»Und die wären?«, fragte Brettschneider mit zusammengekniffenen Augen.

»Könnten wir das drinnen besprechen?«

Mürrisch trat der Handwerker einen Schritt zur Seite und bedeutete ihnen wortlos, einzutreten.

In der Werkstatt, in der fast völlige Dunkelheit herrschte, da sie nur über ein Fenster aus Gitterglas verfügte, dessen letzte Reinigung wohl schon einige Jahre, wenn nicht gar Jahrzehnte zurücklag, sah es, soweit die Inspektoren erkennen konnten, wüst aus. Unter einer dicken Staubschicht waren verschiedene Werkbänke zu erkennen, die scheinbar schon längere Zeit nicht mehr im Gebrauch standen.

»Wäre es vielleicht möglich, hier irgendwo Licht zu machen?«, fragte Vogel, sich nach einem Schalter umschauend.

Unwillig knipste Brettschneider eine alte Schreibtischlampe an, die an eine Werkbank geschraubt war, neben der ein Kalender von 1999 hing.

»Ja, das ist besser, vielen Dank«, sagte Vogel und entnahm seiner braunen Aktentasche die Fotografie des Mordwerkzeugs. »Können Sie uns vielleicht etwas über die Herkunft dieser Rute erzählen?«

»Was hat man denn mit der gemacht? So kann man die aber nicht mehr benützen!«, brummte Brettschneider, als er die Fotografie unter die Lampe hielt. »Die kann ich auch nicht mehr reparieren, verbogen, wie die ist. Außerdem fehlt da ein Teil. Da müsste ich Ihnen schon eine neue fertigen.«

Mit diesen Worten gab er dem verdutzten Vogel das Bild zurück.

»Nein, Sie verstehen nicht, Herr Brettschneider. Wir wollen etwas über die Herkunft dieser Rute erfahren«, sagte Vogel laut. Offensichtlich glaubte er, die Begriffsstutzigkeit seines Gegenübers mit größerer Lautstärke wettmachen zu können.

»Wissen Sie, ich mache eigentlich nichts mehr. Ich hab nicht mehr die Kraft«, erklärte Brettschneider unverdrossen und streckte Vogel der Anschaulichkeit halber seine groben Hände entgegen. »Ich kann's ja noch einmal versuchen, aber versprechen kann ich nichts. Kommen Sie am besten Ende der Woche noch einmal vorbei.«

Hilfe suchend schaute Vogel seinen Kollegen an.

»Nein, Herr Brettschneider, wir wollen nichts bei Ihnen bestellen. Wir wollen nur wissen, ob Sie diese abgebildete Rute kennen oder vielleicht gar hergestellt haben.«

Walz zeigte ihm nochmals die Fotografie.

»Wie haben Sie das denn gemacht? Um die so zu verbiegen, brauchen Sie ja Riesenkräfte. Oder sind Sie damit auf eine große Wasserader gestoßen, das wäre andererseits sehr interessant. Darf ich das Foto behalten?«

Ratlos schaute Walz seinen Kollegen an.

»Haben Sie diese Rute hergestellt?«, fragte Walz eindringlich, indem er jede Silbe einzeln betonte.

»Sie brauchen nicht mit mir zu reden, als wäre ich ein alter Trottel«, erwiderte Brettschneider plötzlich ärgerlich, »auch wenn ich schon im Achtundachtzigsten stehe, habe ich doch alle meine Sinne noch beisammen!«

»Dann ist ja gut«, sagte Walz ratlos, »also?«

»Was, also?« Verständnislos blickte ihn der Handwerker an.

»Wie kann man das anders formulieren …«, murmelte Walz, dessen Kollege leider überhaupt keine Hilfe darstellte, da er sich zur Seite drehte, damit der Greis nicht sehen konnte, wie er versuchte, sich das Lachen zu verbeißen.

»Mein Kollege und ich würden gerne genau so eine Rute bei Ihnen bestellen«, versuchte es Walz erneut, »haben Sie ein solches Modell schon einmal gemacht?«

»Ja, das sagte ich doch. Ich kann es noch einmal versuchen, aber versprechen kann ich es Ihnen nicht. Ich muss eine neue machen, denn so, wie die ausschaut, kann ich die nicht mehr reparieren, außerdem fehlt da ein wichtiges Teil … Ohne das kann die ja nicht funktionieren.« Kritisch musterte Bettschneider die Fotografie, wiederholt seinen Kopf schüttelnd.

»Das ist schon in Ordnung, wir wollen ja eine von Ihnen, die ganz ist«, sagte Walz langsam. In seiner Verzweiflung verließ der bekennende Karl-Kraus-Anhänger sogar die sonst von ihm so liebevoll gehegten Bahnen der deutschen Sprache.

»Ja, ich versteh Sie schon, aber ich hab keine Kraft mehr in den Händen. Früher, da war ich stark wie ein Baum, aber wissen Sie, ich komm jetzt schon ins Neunundachtzigste, da kann man nicht mehr so wie früher … Wofür braucht eigentlich die Polizei eine Rute?«

Verärgert blickte Walz zu Vogel hinüber, der gerade im Begriff stand, im Kampf gegen einen Lachanfall zu unterliegen.

»Nicht wir brauchen eine Rute, sondern mit der hier«, mehrmals schlug er mit dem Handrücken auf die Fotografie, »wurde jemand erdrosselt!«

Fassungslos schaute Brettschneider den Inspektor an.

»Erdrosselt? Wer macht denn so was?«

»Das wissen wir eben auch nicht«, schrie Walz verzweifelt, »deshalb sind wir ja bei Ihnen, weil wir glauben, dass Sie die vielleicht hergestellt haben.«

Empört stemmte Brettschneider seine Arme in die Hüften.

»Sie glauben also, ich hätte jemanden mit einer Rute erdrosselt?«

»Natürlich nicht«, sagte Walz seufzend und berührte den Handwerker beruhigend am Arm, »aber es könnte doch sein, dass der Mörder eine solche Rute bei Ihnen gekauft hat.«

»Mit solchen Menschen, die einen anderen mit einer Rute

erdrosseln, hab ich nichts zu schaffen. Tut mir leid, Herr Inspektor! Aber wenn Sie am Wochenende noch einmal kommen wollen …«

Jetzt war es Walz endgültig zu viel.

Resigniert verabschiedete er sich von Brettschneider, während Vogel grußlos hinausstürzte, damit er endlich seinem inzwischen übermächtig gewordenen Lachreiz freien Lauf lassen konnte.

»Ich fürchte, der wird uns nicht viel weiterhelfen können«, japste Vogel, nachdem er sich wieder einigermaßen beruhigt und die Tränen aus den Augen gerieben hatte, »selbst wenn er diese ominöse Rute hergestellt hat, weiß der doch gar nicht mehr, an wen er sie überhaupt geliefert hat, oder glaubst du, der führt ein Kundenbuch? Ich hätte nie gedacht, dass ich noch einmal erleben darf, dass du die Geduld verlierst – du warst einfach köstlich, o du mein Walz.«

»Und – was machen wir jetzt?«, brummte Walz unwillig, »jetzt sind wir genauso weit wie heute Morgen …«

»Es war doch diese Sekretärin, wie hieß sie doch gleich, Lachinger oder so ähnlich, die das Ding als Wünschelrute identifiziert hat. Vielleicht hat die auch so was zu Hause und kann uns sagen, wo sie die her hat.«

»Das ist eine glänzende Idee, Kajetan. Ruf doch einfach die Frau Lachmitter, so heißt sie nämlich, an. Aber zuvor brauch ich erst einmal einen Kaffee, nach dem Schock. Lass uns zur Aida gehen, die ist eh da oben am Eck. Von dort aus rufen wir dann im LKA an.«

»Fein, und zum Kaffee gibt es eine Himbeer-Bombe …«

Tatsächlich waren es nur wenige Schritte bis zur Konditorei Aida, einer der traditionsreichen Wien-spezifischen Kaffeehausketten, die sich rühmen kann, einst die Espressomaschine in Österreich heimisch gemacht zu haben.

Das etwas altbackene Interieur mit den längst aus der Mode gekommenen Resopaltischen und der rosafarbenen Inneneinrichtung, das in allen Aida-Filialen gepflegt wird, erfüllte Walz plötzlich mit Wehmut, da ihn seine geliebte Großmutter bei seinen obligaten Besuchen dort immer auf eine Esterházy-Torte mit einer heißen Schokolade eingeladen hatte.

Das Gespräch mit Frau Lachmitter ergab leider nicht viel Neues, da sie selbst keine solche Rute besaß, sondern vielmehr einen Rutengänger bei sich gehabt hatte, der, während er ihr Schlafzimmer nach schädlichen Strahlungen untersuchte, eine Rute benutzt hatte, die der gesuchten zumindest ähnlich war.

An den Namen des Rutengängers konnte sie sich nicht mehr erinnern, wohl aber an die Person, die ihn ihr empfohlen hatte und die sie gleich anzurufen versprach.

Als der Kaffee serviert wurde – Walz hatte sich im Gedenken an seine Großmutter zu seiner Melange tatsächlich eine Esterházy-Schnitte bestellt –, beugte sich Vogel vertraulich zu ihm hinüber.

»Wie war denn dein Wochenende in der Steiermark, wir sind ja noch gar nicht zum Reden gekommen.«

»Tolles Wetter, herrliche Gegend, was willst du mehr?«, antwortete Walz ausweichend. Doch Vogel registrierte dies nicht, er war viel zu begierig darauf, seine eigenen Abenteuer zu schildern.

Walz, der das erleichtert zur Kenntnis nahm, fragte nun seinerseits nach Vogels Erlebnissen.

Bevor der jedoch mit der Schilderung beginnen konnte, rief Frau Lachmitter an, um ihm den Namen, die Adresse und die Telefonnummer des Rutengängers mitzuteilen, allerdings mit dem Hinweis, dass der Herr schon vor zehn Jahren auf die 70 zugegangen war und sich die Inspektoren nicht allzu viel von dem Gespräch erwarten sollten.

»Also, irgendwie scheint diese Rutengängerei eine gerontologische Freizeitbeschäftigung zu sein, gleichsam ein Nordic Walking für alternde Esoteriker«, meinte Walz, nachdem ihm Vogel den Inhalt des Telefongesprächs wiedergegeben hatte.

Da dieser Rutengänger nur über eine Privatadresse verfügte, hielt es Vogel für besser, ihren Besuch telefonisch anzukündigen.

Auf dem Weg in den 2. Bezirk, wo Hans Stechlinger wohnte, fand Vogel genügend Zeit, seinem Kollegen von seinem denkwürdigen Wochenende im Burgenland zu erzählen.

»Ich sage dir, diese Michelle ist zwar ein äußerst seltsames Geschöpf, aber sie hat einen herrlichen Arsch und kein einziges Haar am Körper, so dass ich dir leider nicht mitteilen kann, ob sie eine echte Rothaarige ist«, begann er so ungewöhnlich drastisch wie genüsslich.

Walz sah ihn von der Seite missbilligend an. »So genau hab ich es eigentlich gar nicht wissen wollen. Und wie seid ihr verblieben? Gedenkst du deine Wochenenden jetzt häufiger im schönen Land der Burgen zu verbringen?«

»Wenn es sich ergeben sollte, gibt es kaum etwas, das dagegenspricht, allerdings ist sie ein wenig kapriziös, und ich glaube, das wird mir mit der Zeit schwer auf die Nerven gehen. Der Emily hat es übrigens auch gefallen.«

»Das heißt, du bist mit deinem Hund zum Schnackselwochenende gefahren?«, fragte Walz ungläubig. »Und was hast du mit der armen, sicherlich noch jungfräulichen Emily während deiner Unzucht gemacht?«

»Na ja, im Auto konnte ich sie schlecht lassen, sie hat halt a bisserl Unterhaltung gehabt bei ihrem Mittagsschläfchen, aber sie war ganz brav dabei!«

Unterdessen waren sie in der Engerthstraße angekommen, die in einem eher vernachlässigten Teil des zweiten Bezirks liegt.

Hans Stechlinger war zutiefst erschrocken gewesen, als bei ihm plötzlich ein Inspektor vom LKA angerufen hatte.

Obwohl er schon längere Zeit nichts mehr mit ihr zu tun gehabt hatte, hegte er vor der Obrigkeit den größten Respekt. Und seine Erfahrungen mit ihr waren nicht die besten gewesen. Zuletzt vor etwa fünf Jahren, als er von seinem ehemaligen Mentor und später erbitterten Feind Alois Brettschneider wegen Rufschädigung angezeigt worden war.

Und jetzt kam gleich das LKA, das irgendeine Auskunft über eine Wünschelrute begehrte, was ihm auch nicht wirklich geheuer war, zumal er seine Tätigkeit als Rutengänger immer inoffiziell, also ohne Rechnung, ausgeübt hatte. Und einen Gewerbeschein, der eigentlich dazu nötig war, hatte er auch niemals beantragt.

Wie die wohl gerade auf ihn gekommen waren? Hatte ihn etwa schon wieder der Brettschneider, der alte Trottel, angezeigt?

Das würde ihm ähnlich sehen.

Seine Kunden waren eigentlich immer zufrieden mit seiner Arbeit gewesen.

Ganz klar, es musste der Brettschneider gewesen sein, jemand anderer kam dafür ja gar nicht in Betracht.

»Hat Sie der Brettschneider geschickt?«, begrüßte Stechlinger die beiden Inspektoren an der Tür. Er hatte beschlossen, sofort seinen Anwalt anzurufen, sollten die Polizisten diese Frage bejahen.

»Nein, eigentlich nicht«, antwortete Vogel verblüfft, »wie kommen Sie darauf?«

»Na, dann ist ja gut, kommen Sie doch bitte herein«, sagte Stechlinger und trat hinter die Tür, um seine Besucher einzulassen. »Sie müssen schon entschuldigen, aber ein Herr Brettschneider hat mir eine Zeit lang das Leben zur Hölle gemacht. Und da bin ich lieber vorsichtig. Was kann ich also für Sie tun?«

»Wir wollen gar nicht lange stören«, erklärte Vogel und nestelte die Fotografie aus seiner Aktentasche, »wir nehmen an, dass das abgebildete Objekt einmal eine Wünschelrute gewesen ist und wir wollten von Ihnen, als ausgewiesenem Fachmann auf diesem Gebiet, wissen, ob Sie dieses Modell erkennen.«

Stechlinger schob seine Brille auf die Stirn und betrachtete das Foto mit zusammengekniffenen Augen. »Ja, das könnte das Modell sein, das der Brettschneider hergestellt hat. Allerdings ist es ziemlich verbogen und oben fehlt der Kupferring, der die beiden Pole miteinander verbindet. So wie auf der Abbildung ist sie nicht mehr zu gebrauchen.«

»Das ist uns schon klar«, antwortete Vogel, »gibt es noch andere Hersteller, die ein solches Modell gefertigt haben?«

»Nein, das glaube ich nicht, denn der Brettschneider hat ein Patent darauf gehabt. Vielleicht gibt es auch Fälschungen davon, aber eigentlich glaube ich nicht, dass man sie kopiert, denn dazu war sie einfach zu schlecht.«

»Aber Sie haben doch auch damit gearbeitet …«

»Ja, aber nur für kurze Zeit, bis ich gemerkt habe, dass die Winkelruten doch viel genauer anschlagen. Diese sogenannte ›Peitschenrute nach Brettschneider‹ hat auf die feinen Verwerfungen nicht angesprochen. Und seitdem ich das dem Brettschneider gesagt habe, ist er bös' auf mich.«

»Wissen Sie zufällig, ob noch einige Ihrer Kollegen mit dieser Rute arbeiten?«

»Die mir bekannten Rutengänger haben alle entweder Winkelruten, Tensoren oder echte Haselzweige. Ich glaube nicht, dass heutzutage noch jemand die Peitschenrute benutzt.«

»Wissen Sie vielleicht, wie viele solcher Ruten überhaupt hergestellt wurden?«

»Da müssen Sie den Brettschneider fragen. Ich glaube aber nicht, dass es viele waren, ich schätze, vielleicht 100, Rutengänger gibt es ja nicht so häufig.«

»Besitzen Sie noch so eine Rute?«

»Irgendwo müsste ich noch eine haben. Die müsste ich aber erst suchen … Wollen Sie nicht so lange in der Küche warten?«

Stechlinger führte seine Besucher in eine typische Küche aus den 50er-Jahren. Dominiert wurde sie von einem hellgrün gestrichenen Geschirrschrank, neben dem einige Sessel um einen einfachen Holztisch standen. Dem gegenüber befand sich eine Spüle aus Steingut, die wohl auch als Waschbecken benutzt wurde, da über ihr ein Spiegel und ein Bord angebracht waren, auf dem einige Utensilien zur Körperpflege lagen.

In der Ecke neben dem einzigen Fenster war eine Duschkabine montiert, die ein Vorhang vom Rest des Raumes abgrenzte. Die zahllosen Stockflecken darauf machten auf die Besucher einen äußerst unhygienischen Eindruck.

»Wenn ich mir das so ansehe, muss der Beruf des Rutengängers doch von viel Idealismus getragen sein«, flüsterte Vogel seinem Kollegen zu, »ich wette, der hat auch noch ein ›indisches Klo‹«.

Walz schaute ihn verständnislos an.

»Na, jenseits des Ganges … Bist halt doch ein verzogenes Bürscherl, dass du das net kennst. Mein Onkel hat noch bis vor zehn Jahren in so was gewohnt. Ziemlich grauslich ist das. Vor allem, wenn du neben einer Großfamilie wohnst, die unter chronischer Diarrhö leidet. Ich hab gar nicht gewusst, dass es so etwas überhaupt noch gibt … ›Substandard‹ nannte man das damals.«

Ein wenig außer Atem brachte Stechlinger den Inspektoren einige Minuten später eine Metallrute, die auf genau die Art und Weise gefertigt war wie die Tatwaffe.

»Wir wären Ihnen dankbar, wenn wir sie mitnehmen dürften. Sie bekommen sie selbstverständlich zurück«, versicherte Vogel, während er die Fotografie mit der Rute verglich.

»Des Glumpert brauch ich eh nimmer«, antwortete Stechlinger, der den Eindruck machte, als wolle er seinen Besuch so schnell als möglich loswerden.

Diesen Gefallen taten ihm Vogel und Walz nur allzu gerne, die Ärmlichkeit von Stechlingers Wohnung war doch zu bedrückend.

»So, jetzt bräuchten wir nur noch die Kundenliste vom Brettschneider und wir wären den entscheidenden Schritt weiter«, meinte Vogel, als sie in ihrem Dienstwagen saßen.

»Selbst wenn wir sie in die Hände bekämen, was würde sie uns nutzen? Du hast ja gehört, dass er auch das Geschäft in der Mariahilfer Straße beliefert hat, und wahrscheinlich einige andere auch. Und die werden sicherlich keine Kundenkartei darüber führen, wer bei ihnen eine ›Peitschenrute nach Brettschneider‹ gekauft hat …«

»Hast' auch wieder recht«, brummte Vogel, seine Pfeife anzündend, »und was machen wir jetzt mit unserer Rute?«

»Zum Lindner bringen.«

Unwillig verzog Vogel das Gesicht.

»Nona … Und wenn er bestätigt, was wir eh schon wissen, nämlich, dass die Rute dasselbe Modell ist wie die Mordwaffe?«

»Wie wäre es, wenn wir den Körbler fragen würden, welcher Philharmoniker einen Hang zur Esoterik hat?«

»Sollen wir also doch den Sack mit den Philharmonikern aufmachen?«, stöhnte Vogel.

»Was fällt dir sonst ein? Vielleicht kommen uns bei einem gemütlichen Mittagessen bessere Einfälle.«

»Das ist eigentlich eine glänzende Idee. Wir sind jetzt eh in der Engerthstraße. Da kenn ich sogar ein ganz gutes Gasthaus nach unserem Gusto. Gehen wir doch zum Kopp auf einen Zwiebelrostbraten, die Portionen sind riesig und kosten tut's auch nicht viel. Von dort rufen wir dann den Körbler an, mit dem kann ich ohnehin ganz gut. Und wenn jemand aus dem Orchester ein fanatischer Esoteriker ist, dann reden wir einmal mit dem, nachdem wir beim Lindner die Rute abgegeben haben«, beschloss Vogel zufrieden.

»Und wenn nicht?«

»Dann hast du die Wahl. Entweder besoffener Statist oder transpirierender Arbeitsloser. Einen von den beiden übernimmst du.«

»Na, dann lieber den Mock, den kenn ich wenigstens besser, dich mag er sowieso nicht besonders, außerdem fehlt dir möglicherweise doch das nötige musikalische Wissen, auch wenn du jetzt immerhin einmal im Konzert warst. Wie war's übrigens?«

»Du, sehr unterhaltsam, es hat uns allen gut gefallen, besonders die Freundin von der Martina, die Flötistin, dunkle Haare mit grünen Augen, non senza, sag ich dir …«

»Aber leider die Freundin deiner Frau und damit eine Unberührbare, nehm ich an. Ich will ja nicht in dich dringen, mein verehrter Kajetan, aber momentan scheinst du mir auf die holde Weiblichkeit etwas sehr fixiert. Dir sind die biologischen Folgen ja bekannt: Dein Hirn wird zu wenig durchblutet, wenn es ständig in anderen Regionen gebraucht wird.«

»Ja, und weißt du, warum das so ist?«, fragte Vogel mit großer Geste, »wenn unser Hirn in einem solchen Falle durchblutet wäre, würden wir den Frauen erst gar nicht hinterherlaufen …«

»Deine Lebensweisheit macht mich immer wieder staunen«, antwortete Walz lachend. »Um unser Denken zurück in politisch korrektere Bahnen zu leiten, schlage ich also vor, dass du nach dem Essen den Weber übernimmst und dich bei ihm nach diesem sogenannten Missverständnis erkundigst, von dem die Watanabe mit dir gesprochen hat – vielleicht pendelt der eh gerade seine Zukunft aus.«

Als sie einen Parkplatz in der Donaueschingenstraße gefunden hatten, gingen sie ins rustikale Gasthaus Kopp, in dem sich um diese Zeit – es war kurz nach zwölf – schon etliche Gäste tummelten.

Nachdem sie beide der Empfehlung Vogels folgend einen Zwiebelrostbraten bestellt hatten, versuchte Vogel vergeblich, Körbler zu erreichen.

»Der wird halt noch in der Probe sein«, meinte Walz, »und damit entfällt vorläufig wohl auch mein Telefonat mit dem Mock.«

Also wählte Vogel Webers Nummer und vereinbarte mit ihm einen Termin um 14 Uhr im Café Prückel.

»Wenn der Mock nachher auch noch nicht abhebt, kommst' halt mit mir, du hast ja gehört, was der Prokisch gesagt hat: Immer schön zusammen bleiben …«

Während der Mahlzeit, die in ihrer Reichhaltigkeit selbst Vogels Fassungsvermögen überstieg, bestritt dieser im Alleingang die Unterhaltung und schwärmte von den Qualitäten Michelles, die, wenig überraschend, in erster Linie körperlicher Natur waren, denn von ihren Gesprächen erzählte er nichts.

Walz, der mit Zwischenfragen seinen Kollegen geradezu ermunterte, noch mehr ins Detail zu gehen, war es recht, war er so doch einer Berichterstattung über seine Aktivitäten am Wochenende gänzlich enthoben.

Das Café Prückel am Dr. Karl-Lueger-Platz ist ein traditionelles Wiener Kaffeehaus, dessen Inneneinrichtung aus den 50er-Jahren allen Modernisierungsbestrebungen erfolgreich getrotzt hat. Alles atmet hier den Charme der Nachkriegszeit, während der hintere Teil, in Wien ›Extrazimmer‹ genannt, in den 80er-Jahren einer grundlegenden Renovierung unterzogen wurde und wieder die ursprüngliche Form aus dem Jahre 1903 erhielt, als es von einem damals populären Wiener Radrennfahrer gegründet worden war.

Angesichts des schönen Frühlingswetters hofften die Inspektoren inständig – Mock war noch immer nicht zu erreichen –, dass Weber nichts gegen einen Aufenthalt im Schanigarten einzuwenden hätte.

Und tatsächlich wartete er dort schon auf die Kriminalisten, als diese wegen ihres Besuchs bei der Spurensicherung etwas verspätet einlangten.

Es schien den Inspektoren, dass Weber erschrak, als er sie beide erblickte.

»Gibt es etwas Neues?«, fragte er auch gleich, nachdem die Polizisten an seinem Tisch Platz genommen hatten.

»Wir kommen langsam voran«, antwortete Walz nüchtern.

Nervös zündete sich Weber eine Zigarette an. Überhaupt machte er einen ausgesprochen fahrigen Eindruck und schien noch mehr zu schwitzen als gewöhnlich.

Unsere beiden Helden waren froh, dass sie im Freien saßen.

Nachdem sie alle ihre Bestellung aufgegeben hatten, wandte sich Walz wieder an Weber, der sich gerade mit seinem Stofftaschentuch über das Gesicht wischte.

»Am Freitag war ich übrigens noch einmal bei Frau Watanabe. Im Laufe des Gesprächs erzählte sie mir von einem ›Missverständnis‹, das zwischen Ihnen und Herrn Max vorgefallen sei.«

»Missverständnis? Was meinen Sie damit?«, fragte Weber mit vor Erstaunen aufgerissenen Augen. Seine Stimme schien ein wenig zu tremolieren.

»Das würden wir gerne von Ihnen wissen. Frau Watanabe hat sich nicht näher darüber äußern wollen und mir gesagt, ich solle Sie fragen.«

Weber stützte seinen Kopf mit der Rechten ab, wobei er mit den Fingern seinen Mund bedeckte und nachzudenken schien

»Ach so, das meinen Sie«, antwortete er, plötzlich nervös auflachend, »da ging es um eine Abrechnung, bei der ich etwas verwechselt hatte … Das hat sich aber dann rasch geklärt.«

»Geht's vielleicht a bisserl konkreter?«

»Ja, das war eigentlich nichts Besonderes. Bei meiner Spesenabrechnung sind unbeabsichtigt einige Privatausgaben mit hineingerutscht, das hat der Herr Max völlig zu Recht moniert. Ich habe das aber gleich richtiggestellt und mich entschuldigt. Sie müssen wissen, ich hab in meiner Buchhaltung eine ziemliche Unordnung, weil ich halt so oft auf Reisen bin.«

»Glauben Sie, dass dieses ›Missverständnis‹ der Grund für Ihre überraschende Dienstfreistellung war?«, fragte Walz vorsichtig.

»Nein, das kann ich mir eigentlich nicht vorstellen. Solche Dinge passieren in unserem Beruf doch ständig! Streng genommen führen wir ja zwei parallele Leben. Wir sind hauptsächlich für den Künstler da und müssen immer schauen, dass er all das hat, was er benötigt. Sie würden es nicht glauben, wie hilflos manche der großen Geister im täglichen Leben sind. Und daneben haben wir zuweilen natürlich auch private Bedürfnisse. Da kann es schon einmal vorkommen, dass etwas durcheinandergerät. Nein, das glaube ich eigentlich nicht«, bekräftigte er nochmals, während sein Doppelkinn zustimmend wackelte.

»Sie sind ja schon sehr lange mit Herrn Maurer befreundet gewesen …«

»Das kann man sagen«, antwortete Weber lebhaft, »wir sind eigentlich zusammen aufgewachsen. Unsere Eltern haben in demselben Haus in der Piaristengasse gewohnt. Und dazu sind wir noch fast gleich alt. Ich bin gerade sechs Wochen älter als Magnus. Und da sich unsere Familien ganz gut kannten, war es nur naheliegend, dass wir schon als Babys immer zusammen gespielt haben. Kindergarten, Volksschule, Gymnasium, immer waren wir beieinander. Sogar den Urlaub haben wir manchmal zusammen verbracht. Wir hatten wirklich eine tolle Jugend. Und sind immer z'sammg'steckt. Wir haben uns aber auch super ergänzt. Wenn der Magnus, der ja ein schmächtiges Bürscherl war, Probleme mit Mitschülern hatte, dann bin ich, a bisserl stärker war ich immer scho', zu demjenigen hin und hab ihm einmal Bescheid gesagt. Als Ausgleich dafür hat er mich in Mathe und Latein abschreiben lassen. Wir waren ein tolles Team.« Versonnen blinzelte Weber in den frühsommerlichen Himmel. »Und jetzt ist er da oben – ich kann es immer noch nicht fassen!«

Walz wartete geduldig ab, bis sich Weber geschnäuzt hatte.

»Und wie ist es dann weitergegangen? Als Musiker musste er ja sehr viel üben. Da hatte er nicht mehr so viel Zeit für Sie …«

Weber dachte kurz nach. »Eigentlich hat das unserer Freundschaft überhaupt keinen Abbruch getan. Natürlich hat er jeden Tag ein paar Stunden geübt, aber da bin ich halt auch zu Hause geblieben. Ich hab's ja immer gehört, wenn er gespielt hat. Wenn er dann fertig war, bin ich zu ihm hinaufgegangen.«

»Und was haben Sie in der Zeit gemacht, in der er übte?«

»Meistens gelesen, Hausübungen gemacht oder mit meiner Eisenbahn gespielt, was man als Bursche halt so tut.«

»So gesehen war es nachvollziehbar, dass er Sie als seinen Vertrauten betrachtete«, antwortete Walz versonnen, »ich persönlich glaube ja nicht an Zufälle. Wann haben Sie eigentlich Geburtstag?«

Weber schaute ihn fragend an. »Am 19. Mai, warum?«

»Und Herr Maurer?« »Am 2. Juli.«

»Später Stier und Krebs, dann kann ich mir schon vorstellen, dass Sie sich gut verstanden haben«, stellte Walz lächelnd fest.

»Ah, Sie glauben auch daran«, antwortete Weber strahlend, »ja, ich bin Stier, Aszendent Waage, und er war Krebs, Aszendent Schütze. Das hat bestimmt auch eine Rolle gespielt. Und was ist Ihr Sternzeichen, wenn ich fragen darf?«

»Zwilling.«

»Und – Aszendent?«

»Krebs«, antwortete Walz.

Weber lächelte wissend. »Na, dann haben Sie es ja auch nicht so einfach. Der ängstliche Krebs, der sich am liebsten zu Hause verkriecht, während der charmante Zwilling immer nach draußen drängt …«

»So ist es … leider«, seufzte Walz, »ich kann überhaupt nicht verstehen, dass es so viele Menschen gibt, die nicht an die Astrologie glauben.«

»Das hat einen ganz einfachen Grund. Es liegt an diesen

verdammten Zeitungshoroskopen. Wissen Sie, wie die entstehen?«

Walz schüttelte den Kopf.

»Da gibt es einen ganzen Katalog mit mehr oder weniger nichtssagenden Vierzeilern. Aus denen schöpft der so genannte ›Astrologe‹ seine Weisheit. Da braucht man sich nicht zu wundern, dass diese großartige Wissenschaft in Verruf geraten ist.«

Walz nickte zustimmend.

»Glücklicherweise gibt es noch Dinge zwischen Himmel und Erde, die der Mensch nicht verstehen kann, sonst würde er sie sicherlich missbrauchen. Letzte Woche hatte ich einen Rutengänger bei mir zu Hause, weil ich immer so schlecht geschlafen habe. Und ich sage Ihnen: Seitdem der da war, schlafe ich wirklich besser!«

»Also, ich bin absolut davon überzeugt«, erwiderte Weber begeistert, »wenn uns auch die Wissenschaft glauben macht, dass das alles Humbug ist. Auf dem Land war es früher üblich, dass man sich einen Rutengänger bestellte, wenn man eine Quelle gesucht hat. Und heute? Alles wegrationalisiert! Was nicht nachweisbar ist, existiert nicht für die Herren Wissenschaftler!«

»Ja, man braucht halt eine besondere Gabe dafür, und die ist mit dem Egalitätsgedanken, der heute überall herrscht, nicht vereinbar«, meinte Walz zustimmend.

Entschieden schüttelte Weber seinen Kopf. »So besonders ist diese Gabe auch wieder nicht. Das ist ganz ähnlich wie bei der Musikalität. Die ist auch viel verbreiteter, als wir annehmen, das hat der Magnus immer gesagt. Ich bin sicher, Sie mit Ihrem Aszendenten könnten das mit einiger Übung auch spüren.«

»Glauben Sie?«, fragte Walz erstaunt. »Und wie ist das bei Ihnen? Haben Sie das schon ausprobiert?«

»Ja, allerdings nur für mich selbst.«

»Das heißt also, Sie können selbst mit der Rute umgehen und betreiben das tatsächlich«, konstatierte Walz ruhig.

»Ja, aber ich mache es nur für den Hausgebrauch«, antwortete Weber verlegen, dem diese Offenbarung anscheinend nicht sehr angenehm war. »Mit Magnus war ich so oft auf Reisen und wenn ich länger in einem Hotel war und schlecht geschlafen habe, habe ich schon einmal die Position des Bettes überprüft.«

»Das ist wirklich ein spannendes Thema«, begeisterte sich Walz, »kann man das eigentlich irgendwo lernen?«

»Ich habe es bei einem alten Rutengänger studiert, der in Wien Kurse veranstaltet hat.«

»Ah, das würde mich auch interessieren. Könnten Sie mir vielleicht verraten, wie dieser Rutengänger heißt?«

»Ich glaube kaum, dass der Herr das noch macht. Er war schon damals Mitte 70, und das war vor etwa fünf Jahren. Vielleicht lebt er auch gar nicht mehr«, antwortete Weber ausweichend.

»Ich kann's ja einmal versuchen. Wenn er nicht mehr tätig ist, kann er mir ja vielleicht einen anderen Rutengänger empfehlen«, plötzlich zögerte Walz, »oder wollen Sie mir seinen Namen nicht nennen?«

»Doch sicher«, beeilte sich Weber zu sagen, »er heißt Hans Stechlinger.«

»Dann hätte ich noch eine andere Frage. Soweit ich weiß, gibt es ja eine Menge unterschiedlicher Rutenmodelle, da weiß man als Laie überhaupt nicht, welches das am besten geeignete ist. Welches würden denn Sie empfehlen?«

»Ich benutze eine ganz normale Rute aus Draht mit zwei Griffen aus Kupfer, für meine Zwecke reicht die völlig aus. Sie hat den Vorteil, dass sie ziemlich robust ist und man sie auch in den Koffer stecken kann, ohne dass sie sich verbiegt. Das ist bei meinen vielen Reisen das Wichtigste.«

»So eine wäre auch was für mich. Wissen Sie vielleicht, wo man solch ein Modell bekommen kann und welche Firma sie herstellt?«

Bedauernd schüttelte Weber seinen Kopf. »Nein, leider nicht. Ich habe sie damals bei Herrn Stechlinger direkt gekauft …«

Walz straffte seinen Oberkörper. »Jetzt habe ich Sie mit meinen persönlichen Anliegen aber lange genug aufgehalten«, sagte er lachend, »wenn das unser Chef wüsste … Haben Sie vielen Dank, wir sehen einander sicherlich wieder«.

Mit diesen Worten erhob er sich und forderte Vogel auf, es ihm gleichzutun.

Dieser hatte die ganze Zeit geschwiegen und scheinbar gedankenverloren an seiner Pfeife genuckelt, war in Wahrheit aber aus dem Staunen nicht herausgekommen.

13. KAPITEL (MONTAG)

»Das war ein Meisterstück, o du mein Walz! Wenn das der Prokisch gehört hätte, würden die uns beim LKA gar nicht mehr weglassen«, sagte Vogel euphorisch, »jetzt haben wir ihn, den bladen Weber! Während du so nett mit ihm geplaudert hast, hat mir der Lindner übrigens eine SMS geschickt: Das Mordwerkzeug scheint tatsächlich früher einmal eine ›Peitschenrute nach Brettschneider‹ gewesen zu sein. Sollen wir nicht schon jetzt den Prokisch bitten, dass er den Staatsanwalt wegen eines Haftbefehls anruft?«

Walz hingegen schien sich trotz der so eindeutig scheinenden Verdachtsmomente gar nicht sicher zu sein.

»Mit dem Staatsanwalt sollten wir noch ein wenig warten, meine ich. Bei uns wird eh viel zu viel verhaftet. Erstens wissen wir noch gar nicht, ob der Weber überhaupt eine solche ›Peitschenrute‹ benutzt. Und was ist, wenn er sie uns das nächste Mal freudestrahlend präsentiert? Zwei wird er davon ja nicht gehabt haben. Außerdem fehlt uns bislang das Motiv«, antwortete Walz. »Stell dir vor, die kennen sich seit ihrer Geburt und waren ständig beisammen. So einen Freund bringst' doch nicht einfach um. Zudem war er wirtschaftlich von ihm abhängig. Außerdem glaubst du doch nicht im Ernst, dass er gegenüber einem Kiberer so bereitwillig von seinem Umgang mit der Rute erzählt, wenn der seinen Freund ein paar Tage zuvor mit einer solchen umgebracht hat. So blöd kann doch niemand sein!«

»Weiß man's? Er hat sich von seiner Begeisterung einfach hinreißen lassen und ganz vergessen, dass er eigentlich mit einem Polizisten plaudert. Bezüglich eines Motivs wird sich schon noch etwas finden. Vielleicht hat der blade Weber auch beim Maurer etwas für sich abgezweigt. Hunger tut ja weh. Und der ist ihm dann draufgekommen. Und beim Geld hört sich die Freundschaft auf, das erleben wir ja oft genug in unserem Beruf. Frag doch einfach noch einmal die Geisha – vielleicht kann die dir noch a bisserl mehr über die sogenannten Missverständnisse erzählen.«

»Gut, den Mock und den Höllwarth können wir noch immer besuchen, jetzt gehst du zum Max und ich zur Watanabe. Und wenn sich da was Stichhaltiges ergibt, dann können wir noch immer den Staatsanwalt einschalten.«

Miwako Watanabe war nicht allein, als Walz sie in ihrer Wohnung aufsuchte. Zu seiner Überraschung öffnete ihm ihre Freundin Maria Mölzl. Allerdings erkannte er sie dieses Mal kaum wieder, da sie heute im Gegensatz zu seinem letzten Besuch darauf vorbereitet gewesen sein dürfte, unter Menschen zu kommen. Was genau den Unterschied ausmachte, vermochte Walz nicht sofort zu entscheiden, auf jeden Fall wirkte sie viel weniger blass. Erst bei genauerem Hinsehen bemerkte er den Grund dafür. Ihr Gesicht war stark geschminkt, allerdings mit einer solchen Raffinesse, dass es Walz nicht aufgefallen wäre, hätte er sie nicht schon einmal im naturbelassenen Zustand gesehen. Zu einem sehr kurzen schwarzen Minirock, der den Blick auf ihre Strumpfhalter freigab, trug sie eine großzügig geschnittene rote Seidenbluse, was unseren modebewussten Inspektor durchaus beeindruckte. Wie beim letzten Mal hielt sie beim Stehen den rechten Arm nach oben abgewinkelt, wahrscheinlich, um zu vermeiden, dass die Asche ihrer Zigarette, die auch diesmal in einem schwarzen Mundstück steckte, auf den Boden fiel, was ihr wohl ein mondänes Aussehen verleihen sollte.

»Miwako bereitet gerade den Tee«, erklärte sie Walz, nachdem sie ihn kaum eines Blickes oder gar eines Grußes gewürdigt hatte und an der offenen Tür stehen ließ, »sie wird gleich bei Ihnen sein.«

Lässig ging sie in das Wohnzimmer voraus, wobei Walz auffiel, dass sie einen etwas schleichenden, katzenartigen Gang hatte, was umso bemerkenswerter war, als sie ziemlich hochhackige Schuhe trug.

Anders als der Inspektor, den sie mit einer knappen Handbewegung dazu aufgefordert hatte, sich auf dem ihm wohlbekannten Sitzpolster niederzulassen, blieb sie stehen und lehnte sich lässig an das Bücherregal, das sich an der gegenüberliegenden Wand befand.

»Vielleicht können auch Sie mir helfen.« Walz war ungeachtet ihrer Aufforderung ebenfalls stehen geblieben. »Wie war eigentlich das Verhältnis zwischen Michael Weber und Miwako Watanabe?«, erkundigte er sich mit gedämpfter Stimme.

»Warum fragen Sie *mich* das?«, antwortete Mölzl spitz und so laut, dass es Miwako hören konnte, »fragen Sie sie doch einfach selbst.«

Nach einer solchen Entgegnung verwunderte es nicht, dass zwischen den beiden bis zum Eintreten der Japanerin von jeglicher Konversation Abstand genommen wurde.

Nachdem Watanabe die verschiedenen Utensilien auf einem Tablett hereingetragen und diese auf dem Tisch ausgebreitet hatte, forderte sie Walz in freundlichem Tonfall auf, sich zu setzen. Mölzl, die nun hinter ihr stand, beachtete sie hingegen überhaupt nicht.

»Liebe Frau Watanabe, ich hätte doch noch einige Fragen an Sie«, begann Walz, nachdem er sich in eine möglichst bequeme Lage gebracht hatte, »wie gestaltet sich Ihr Verhältnis zu Michael Weber?«

Schweigend nahm die Gastgeberin die Teekanne, ließ sich Walz gegenüber nieder und füllte ihm seine Schale. »Heute habe ich einen Gyokuro gemacht, der besonders viel Koffein enthält. Der wird Ihnen gut tun, Sie schauen müde aus«, sagte sie sanft. »Michael war der engste Vertraute von Magnus, dadurch sahen wir uns sehr oft«, fuhr sie fort, während sie die Schale in ihren Händen hielt und das Aroma des Getränks einsog, »das ist ein sehr feiner Tee, müssen Sie wissen, ›Gyokuro‹ bedeutet auf Deutsch ›edler Tautropfen‹. Sie sollten seinen Duft genießen, bevor Sie ihn trinken, denn erst dann entfaltet er seine volle Wirksamkeit.«

Folgsam führte Walz die Schale zur Nase, die unerträglich heiß in seiner Hand brannte, und schnüffelte noch schnell daran, bevor er sie rasch wieder abstellte. »Ja, er riecht wirklich köstlich«, bestätigte er.

»Sie sollten die Schale länger in der Hand behalten, damit sich das ganze Aroma entfalten kann«, wies sie ihn geduldig an.

Ohne Widerspruch nahm er das Gefäß erneut in die Hände, wobei er lediglich die Fingerspitzen benutzte, um sich nicht auch noch die Handinnenflächen zu verbrennen.

Nach einer ihm angemessen scheinenden Frist stellte er die Schale hastig auf den Tisch zurück und fuhr fort. »Er riecht wirklich köstlich – ich habe inzwischen mit Herrn Weber gesprochen und die Hintergründe dieses von Ihnen erwähnten ›Missverständnisses‹ mit ihm geklärt. Dennoch würde ich gerne von Ihnen wissen, ob es auch im Zusammenhang mit Herrn Maurer zu solchen Zwischenfällen finanzieller Art gekommen ist.«

»Um das Geld hat sich Magnus eigentlich nie gekümmert, das lag alles in der Hand von Michael. Er hat ihm da blind vertraut.«

»Wussten Sie über seine finanziellen Belange Bescheid?«

»Nein, das hat alles der Michael gemacht, dafür war er ja da.«

»Und kam es darüber jemals zu Diskussionen zwischen den beiden?«

Watanabe schien nachzudenken. »Jetzt, wo Sie danach fragen … zwei- oder dreimal hat sich Magnus darüber gewundert, dass er für seine Konzerte so wenig Geld bekam. Aber, soweit mir bekannt ist, konnte Michael das klären.«

»Machte Herr Weber Ihnen gegenüber vielleicht einmal irgendwelche Andeutungen, dass er Ihnen besonders zugetan ist?«, fragte Walz vorsichtig. Er fühlte sich ausgesprochen unwohl, zumal ihn diese Mölzl ständig zu belauern schien.

Verwirrt blickte Watanabe ihn an. »Wie meinen Sie das?«

»Kann ich ganz offen zu Ihnen sein?« fragte er die Japanerin, während er eine unmerkliche Kopfbewegung zu Mölzl machte.

»Maria und ich haben keine Geheimnisse voreinander«, antwortete Watanabe, ohne allerdings ihre noch immer hinter ihr stehende Freundin eines Blickes zu würdigen.

»Gut. Bei einem Mordfall gibt es meistens zahlreiche Spuren, die wir verfolgen müssen«, sagte Walz kryptisch, »und eine dieser Spuren könnte mit Herrn Weber zusammenhängen. Daher versuchen wir, uns ein möglichst vollständiges Bild von ihm zu machen. Und aus diesem Grunde frage ich Sie, ob er Ihnen vielleicht Avancen gemacht hat.«

»Avancen?«, fragte sie unsicher lächelnd.

»Ob der Michael dich geliebt hat, will er wissen«, mischte sich nun Mölzl ein, »ich glaube, du solltest ihm das ruhig sagen.«

»Ich weiß nicht«, sagte Watanabe mit gesenktem Kopf.

»Das ist die typische Antwort einer Japanerin«, rief Mölzl

plötzlich aufgebracht aus, »nein, er liebt sie nicht nur, er betet sie an!«

Vorwurfsvoll drehte sich Miwako zu ihrer Freundin um.

»Das ist doch so!«, fuhr Mölzl fort. »Nachdem du Magnus verlassen hattest, war er ständig bei dir, er belagerte dich geradezu, in der Hoffnung, dass du nun endlich zu ihm zurückkehren würdest.«

»Äh, Entschuldigung«, mischte sich nun Walz ein, »habe ich ›zurückkehren‹ verstanden?«

Watanabe blickte ihre Freundin flehentlich an. Diese schüttelte genervt den Kopf. »Zuerst war Miwako mit Michael zusammen, und dann hat sie sich in Magnus verliebt«, sagte Mölzl achselzuckend, »solche Sachen passieren halt.«

»Aber das liegt doch schon fünf Jahre zurück«, protestierte Watanabe leise.

»Ist dir eigentlich niemals aufgefallen, dass Michael seit dieser Geschichte mit dir keine andere Frau mehr angeschaut hat?« Herausfordernd starrte Mölzl ihre Freundin an.

»Das hat aber andere Gründe. Die viele Arbeit und das dauernde Reisen, da ist es halt schwierig, sich etwas aufzubauen.«

»Magnus hat es ja auch geschafft, und der hat noch mehr gearbeitet als Michael und war genauso oft auf Reisen.«

Nun sagte Watanabe nichts mehr, sondern nahm kopfschüttelnd ihre Teeschale zur Hand und sog mit geschlossenen Augen den Dampf ein, der dem noch immer heißen Getränk entströmte. Das schien sie augenblicklich zu beruhigen.

»Wie lange waren Sie mit Herrn Weber zusammen, Frau Watanabe?«, fragte Walz.

»Ungefähr zwei Jahre.«

»Kannten Sie damals schon Herrn Maurer?«

»Natürlich kannten sie sich!«, mischte sich wieder Mölzl

ein, die Walz zunehmend auf die Nerven ging. »Sie hatte Michael ja durch Magnus kennengelernt.«

»Offensichtlich waren Sie schon damals mit Frau Watanabe befreundet«, konstatierte Walz trocken.

»Nein«, antwortete Watanabe leise, »Maria war damals mit Michael zusammen.«

Jetzt war Walz wirklich überrascht. »Entschuldigen Sie bitte, aber das wird jetzt alles ein wenig unübersichtlich. Darf ich also kurz rekapitulieren: Herr Weber war mit Ihnen, Frau Mölzl, befreundet, als er durch Herrn Maurer Frau Watanabe kennengelernt hat. Daraufhin verliebte sich Herr Weber in Frau Watanabe und verließ Sie, Frau Mölzl. Habe ich das bis dahin richtig verstanden?«

Gleichgültig zuckte Mölzl mit den Schultern.

»Dann, nach zwei Jahren, verliebte sich Herr Maurer in die Freundin seines besten Freundes Michael Weber, und Sie, Frau Watanabe, verliebten sich in Herrn Maurer. Und, wenn ich mir die Frage erlauben darf, in wen waren Sie dann während der zwei Jahre verliebt? In Magnus Maurer vielleicht …?«

Jetzt schien Mölzl ehrlich entrüstet zu sein. »Sie brauchen gar nicht zynisch zu werden, Herr Inspektor, die Situation war für keinen von uns einfach.«

»Das kann ich mir vorstellen. Wie sind Sie eigentlich mit Herrn Maurer bekannt geworden, Frau Watanabe?«

»Wir kennen uns eigentlich schon sehr lange, da wir bei demselben Klavierprofessor studierten. Magnus wollte aber schon damals Dirigent werden, und irgendwann lud er mich zu einem Konzert ein, bei dem ich dann Michael und auch Maria zum ersten Mal traf.«

»Haben Sie denn auch etwas mit Musik zu tun, Frau Mölzl?«

»Nein, gar nicht. Ich komme ursprünglich aus dem Leistungssport und habe nach meiner Matura eine Ausbildung als PKA gemacht – Pharmazeutisch-kaufmännische Angestellte«, fügte sie hinzu, als Walz sie fragend ansah.

»Und welche Art von Leistungssport haben Sie betrieben, wenn ich fragen darf?«

»Ich war Jugendstaatsmeisterin in Karate und bis vor Kurzem noch in der Kampfmannschaft von Union Wien.«

Unter diesem neuen Gesichtspunkt verlegte Walz seinen visuellen Schwerpunkt von den Strumpfhaltern auf ihren Oberkörper, um festzustellen, dass ihre Arme ausgesprochen muskulös waren.

»Auch wenn ich Ihnen jetzt ein wenig naiv erscheine, wie ist es eigentlich zur Freundschaft zwischen Ihnen und Frau Watanabe gekommen?«

»Für einen Mann ist das vielleicht unverständlich, aber ich habe Miwako trotz allem, was vorgefallen ist, von Anfang an gemocht«, antwortete sie mit einem zärtlichen Blick auf ihre Freundin. »Als sie mir Michael ausspannte, war ich verständlicherweise böse auf sie. Aber das hat nicht allzu lange angehalten. Und mit der Zeit sind wir dann Freundinnen geworden. Gute Freundinnen sogar, nicht wahr, Miwako?«

Flüchtig lächelte die Japanerin Maria zu, bevor sie sich erneut an Walz wandte. »Warum interessieren Sie sich eigentlich so sehr für Michael? Wird er verdächtigt, etwas mit Magnus' Tod zu tun zu haben?«

»So weit sind wir noch lange nicht«, erwiderte der Inspektor, »wir müssen aber jede Person befragen, die zu dem Ermordeten in einem Nahverhältnis stand. Übrigens wurde unterdessen die Mordwaffe gefunden.«

»Und – war es tatsächlich eine Garotte?«, fragte Mölzl interessiert, während Watanabe Walz verzweifelt ansah und kurz davor stand, in Tränen auszubrechen.

»Ja, so etwas in der Art«, antwortete Walz vage.

»Und wo haben Sie sie gefunden?«, setzte Mölzl nach.

»Spielende Kinder haben sie neben einer Recyclingtonne unweit des Tatorts entdeckt.«

Als das allgemeine Stillschweigen schon unangenehm zu werden begann – beide Damen schienen ihren Gedanken nachzuhängen und auch Walz fiel nichts mehr Rechtes ein -, sortierte der Inspektor mit einem Räuspern seine Glieder, bevor er aufstand, um sich zu verabschieden.

Alexander Max war es gar nicht geheuer, dass Inspektor Vogel ihm schon wieder einen Besuch abstattete. Zwar verfügte er in seiner Position über genügend Zeit – er begleitete seine Künstler nur mehr in Ausnahmefällen auf ihren Reisen und für die Organisation der Tourneen hatte er seine Angestellten, dennoch bereitete es ihm Unbehagen, dass die Polizei innerhalb weniger Tage bereits zum dritten Male bei ihm vorstellig wurde.

Er persönlich hatte zwar nicht viel zu befürchten, wenn aber herauskäme, dass Münch Teilhaber seiner Firma war, würde der dann wohl unvermeidliche Rücktritt des Staatsoperndirektors kein sehr günstiges Licht auf seine Agentur werfen.

Mit einiger Beunruhigung sah er also dem Besuch des Inspektors entgegen, doch erfreulicherweise schien dieser ganz andere Sorgen zu haben. Wie Vogel am Telefon angedeutet hatte, ging es noch mal um den dicken Weber, den die Polizei scheinbar ernsthaft verdächtigte, etwas mit dem Mord an Magnus zu tun zu haben.

»Ich will Ihre Zeit nicht lange in Anspruch nehmen«, sagte Vogel freundlich, nachdem er Platz genommen hatte, »ich hätte nur einige wenige Fragen an Sie. Es würde mich interessieren, ob Sie die Konzertgagen direkt an Herrn Maurer auszahlten.«

Max überlegte kurz, was der Inspektor mit dieser Frage bezwecken könnte, bevor er antwortete. »Nein, Herr Maurer bat mich ausdrücklich darum, die Beträge an Herrn Weber auszuzahlen, da dieser seine Finanzen verwaltete.«

Vogel nickte bedächtig. »Es wäre also rein theoretisch möglich gewesen, dass Herr Weber seinem Schützling nicht den gesamten ihm zustehenden Betrag überließ?«

»Rein theoretisch ja, denn selbstredend bekam Herr Maurer von mir auch schriftliche Unterlagen darüber, wie viel Geld er ausbezahlt bekommen hatte.«

»Haben Sie Herrn Maurer diese Unterlagen persönlich übergeben?«

»Nein, natürlich nicht, auch die Korrespondenz lief in erster Linie über Herrn Weber. Dafür war er ihm ja zur Seite gestellt. Ein Dirigent vom Typus eines Magnus Maurer lebt so sehr in seiner eigenen Welt, dass er mit solch, sagen wir einmal, profanen Dingen nicht konfrontiert werden will.«

»Es wäre also, wieder rein theoretisch, für Herrn Weber möglich gewesen, Ihre Unterlagen zu manipulieren?«

Endlich begriff Max, worauf der Inspektor hinauswollte. »Ja, das wäre durchaus möglich gewesen«, antwortete er nachdenklich.

»Wie sahen denn diese Unterlagen aus?«

»Nun, das kann ich Ihnen zeigen«, sagte Max, der aufstand und zu dem braunen Rollschrank hinter seinem Schreibtisch ging, ihm ein Blatt Papier entnahm und es Vogel aushändigte. »Das ist ein Blanko-Briefpapier unserer Firma. Darauf wird die genaue Auflistung der Summen notiert, die ich dem Dirigenten auszahle.«

»Hatte Herr Weber Zugang zu diesem Briefpapier?«

»Nicht offiziell, den habe nur ich, schließlich geht es hier ja manchmal, bei einer Tournee etwa, um bedeutende Summen.«

»Aber, wie ich sehe, liegen die Papiere in einem unverschlossenen Bürokasten.«

»Unverschlossen stimmt nicht ganz. Wenn ich den Raum verlasse, sperre ich ihn üblicherweise ab.«

»Dies dürfte für einen Dieb wohl keine ernsthafte Hürde darstellen«, sagte Vogel lächelnd, indem er auf den primitiven Schließmechanismus deutete. »Kam es manchmal vor, dass sich Herr Weber unbeaufsichtigt in Ihrem Büro aufhielt?«

»Eigentlich hatte er hier drin nichts zu suchen; theoretisch wäre es aber möglich gewesen«, räumte Max ein.

»Ist Ihnen vielleicht einmal aufgefallen, dass sich jemand Unbefugtes an Ihrem Schrank zu schaffen gemacht hatte?«

»Nein, was aber nichts bedeuten muss. Diesbezüglich bin ich möglicherweise etwas nachlässig.«

»Hat Herr Maurer einmal Bemerkungen darüber gemacht, dass er zu wenig Geld für ein Konzert bekommen hat?«

»Nein, darüber hat er niemals mit mir gesprochen.«

»Können Sie sich vorstellen, wofür Herr Weber das Geld, das er Ihnen unterschlagen hat, benötigte? Einen besonders aufwändigen Lebenswandel scheint er ja nicht zu führen, oder ist mir da etwas entgangen?«, fragte Vogel.

»Ich bin mir da nicht sicher und will daher ungern ein Gerücht in die Welt setzen …«, antwortete Max zögerlich.

»Ich bin für jede Mutmaßung offen und werde diese auch nicht gegen Herrn Weber ins Treffen führen, wenn es sich nicht notwendigerweise ergeben sollte.«

»Na ja, ich halte es für möglich, dass Herr Weber Tabletten nimmt«, sagte Max vorsichtig.

»Tabletten, wofür?«

»Bei einer Auslandstournee in den USA wurden einmal erhebliche Mengen an Amphetamin in seinem Gepäck gefunden. Er konnte jedoch mit einem ärztlichen Attest nachweisen, dass er unter psychischen Störungen leidet, und so ließen ihn die Behörden wieder frei. Allerdings handelte es sich um so große Mengen, dass der Konzertveranstalter all seine Beziehungen spielen lassen musste, dass keine Anklage gegen Herrn Weber erhoben wurde.«

»Interessant. Haben Sie in letzter Zeit Veränderungen bei Herrn Weber bemerkt?«

Max dachte kurz nach. »Sie haben ja wahrscheinlich selbst gesehen, dass er übermäßig schwitzt, und das ist in den letzten Monaten eindeutig schlimmer geworden. Außerdem ist er manchmal fahrig und unkonzentriert, auch das hat sich in der letzten Zeit verstärkt. Ich habe einen Tennispartner, der Arzt ist, und den habe ich kürzlich darauf angesprochen. Er meinte, dass diese Symptome durchaus auf einen regelmäßigen Konsum jener Tabletten hinweisen könnten. Und er hat mich gewarnt, so jemanden als Angestellten zu behalten, weil man sich nicht mehr auf ihn verlassen und er sogar Wahnvorstellungen entwickeln könne.«

»Also ist das die wahre Ursache für seine Kündigung?«

»Ja, das war eigentlich der Hauptgrund – ich muss mich auf meine Leute 100prozentig verlassen können, schließlich habe ich mir über Jahrzehnte einen Ruf aufgebaut und bin nicht bereit, diesen wegen eines Junkies aufs Spiel zu setzen. Stellen Sie sich nur vor, der Weber dreht mir vor einem wichtigen Konzert durch, die Folgen wären nicht abzusehen.«

Nach dieser gar nicht so unergiebigen Unterhaltung fuhr Vogel verabredungsgemäß ins LKA, um dort auf seinen Kollegen Walz zu warten und danach gemeinsam mit ihm Prokisch Bericht zu erstatten, der dies heute schon mehrmals eingefordert hatte.

Die beiden Inspektoren langten fast gleichzeitig in ihrem

Büro am Schottenring ein. Nach dem Austausch über den Inhalt der jeweiligen Gespräche beschlossen sie, gemeinsam zu dem Dienststellenleiter zu gehen und mit ihm über die Verdachtsmomente gegenüber Weber zu diskutieren.

Wie jeder österreichische Beamte hasste Herbert Prokisch Montage. Denn der Wochenbeginn, so seine schon jahrzehntelange Erfahrung, barg meistens unliebsame Überraschungen.

Wie etwa jene, dass seine Bezirksinspektoren sich einfach das Wochenende freigenommen und dadurch in dem Fall des toten Dirigenten, der für so viel Aufsehen sorgte, rein gar nichts unternommen hatten. Weil die armen und überlasteten Herren Inspektoren dringend der Erholung bedurften.

Jetzt fehlte nur noch, dass irgendein Journalist, vielleicht gar der Pfeifer, Wind davon bekam und ihn darauf ansprach. Auf die Frage nach den Fortschritten in dem Fall könnte er immer noch sagen, dass es sich dabei um eine sehr komplizierte Causa mit einer Unzahl von Verdächtigen handle. Wenn aber einer dieser Schreiberlinge sich erkundigen würde, was denn die beiden ermittelnden Inspektoren am Wochenende konkret in diesem Fall unternommen hätten, käme er doch in Erklärungsnot. Mit Allgemeinplätzen ließen sich diese Reporter ja heute nicht mehr abspeisen. Überhaupt herrscht bei der Presse viel zu wenig Respekt vor der Exekutive. Dabei sollten sie einmal darüber mit der Frau Innenministerin sprechen, die ständig Stellen einspart und Wachzimmer zusperrt.

Aber Staatsbesuche empfangen, wo die höchste Sicherheitsstufe herrscht, das konnten sie, die Damen und Herren Politiker. Dabei wusste die Exekutive ja kaum, wo sie Beamte für die tägliche Arbeit herbekommen sollen. Da war es dann kein Wunder, wenn man unterqualifizierte Kriminalisten mit den wichtigsten Fällen betrauen musste.

Er war ja von Anfang an dagegen gewesen, dass irgendwelche Gendarmen von einem Bezirkskommissariat ausgeliehen und ihnen ein solch wichtiger Fall übergeben wurde. Und was machten sie? Ihrem Ruf alle Ehre und fuhren übers Wochenende erst einmal ins Blaue. Und dann vergaßen sie auch noch fast, denjenigen zu vernehmen, der das beste Motiv hat.

Ich bin ja nur einmal gespannt, was mir dieses Pärchen heute zu berichten hat, grübelte Prokisch weiter. Wenn es mich nicht überzeugt, rede ich mit dem Mörbischer und bitte den, diese Schießbudenfiguren von dem Fall abzuziehen.

So abschätzig dachte er also von unseren Helden, der Herr Dienststellenleiter, deren Bericht er ungeduldig entgegensah.

»Also, meine Herren, was gibt es Neues in der Causa Maurer?«, begrüßte sie Prokisch mit düsterem Gesichtsausdruck.

Es verstand sich von selbst, dass der dienstältere Vogel die neuen Entwicklungen erläuterte.

»Heute Nachmittag haben wir die Lebensgefährtin von Herrn Maurer aufgesucht und sie nochmals über die finanziellen Gebarungen von Herrn Weber befragt, wobei sie betonte, sich daran zu erinnern, dass Maurer sich einige Male darüber gewundert habe, wie wenig Geld er von Weber ausbezahlt bekommen hatte.«

»Weber hat Maurer bezahlt?«, fragte Prokisch ungläubig.

»Nein, natürlich nicht. Aber Herr Max von der Agentur Max und Novak, die Maurer vertrat und den wir daraufhin aufgesucht haben, sagte uns, dass der Maurer mit Gelddingen nichts zu tun haben wollte und diese Agenden an seinen Betreuer Weber übergeben habe, dem er voll vertraute. Dazu kommt, dass Max den Weber bei einigen falschen Abrechnungen erwischt hatte. Demnach könnte auch Maurer dem Weber bei seinen Unterschlagungen draufgekommen sein. Daraufhin ist der ausgezuckt und hat den Maurer umgebracht. Das zumindest könnte ein Motiv sein. Das ist der eine Punkt, der eindeutig gegen Weber spricht.

Der zweite Punkt betrifft die Tatwaffe, also diese Wünschelrute. Mein Kollege Walz hatte vorhin ein sehr aufschlussreiches Gespräch mit Weber geführt, dem *ich* übrigens beigewohnt habe«, zur Bekräftigung hob Vogel hier seinen Zeigefinger, »im Zuge dessen Weber, dem wir natürlich die Art des Mordwerkzeugs verheimlichten, erzählte, dass er selbst eine Wünschelrute besäße, die er immer wieder anwende. Unsere Recherchen haben übrigens ergeben, dass es sich bei dieser Rute um ein ganz spezielles Modell handelt. Wir haben dessen Hersteller ausfindig gemacht, was uns allerdings nicht weiterhalf.

Trotzdem haben wir den Eindruck gewonnen, dass Herr Weber dringend tatverdächtig ist. Dafür spräche auch, dass an der Tür von Maurer, die die höchste Widerstandsklasse hat, keine Einbruchsspuren gefunden wurden, was darauf schließen lässt, dass das Opfer den Täter gut kannte und ihn selbst hereingelassen hat. Zudem ist Weber nach der Meinung von Herrn Max wahrscheinlich drogenabhängig, was nicht nur einen erheblichen Finanzbedarf zur Folge hat, sondern eben auch psychische Auswirkungen haben kann.«

Prokisch lehnte sich in seinem Sessel zurück. »Das klingt ja schon ganz gut, Vogel, doch die Sache mit der Wünschelrute scheint mir doch etwas gewagt zu sein – haben Sie die Rute von Herrn Weber gesehen?«

Mit einem kurzen Seitenblick machte Vogel Walz auf die Doppeldeutigkeit dieser Frage aufmerksam. »Nein, er hat sie uns leider nicht gezeigt«, antwortete er grinsend.

»Was gibt es jetzt schon wieder zu lachen?«, fragte der ärgerlich. »Vogel, ich warne Sie, wir sind hier beim LKA und nicht bei Ihren Dorfgendarmen! Also lassen Sie Ihre dummen Späße, hier geht es schließlich um einen Fall, bei dem die Welt auf uns blickt. Die Sache mit dem Weber ist aber gar nicht so schlecht, das muss ich Ihnen lassen. Ich würde vorschlagen, dass Sie ihn nochmals aufsuchen und sich diese ominöse Rute zeigen lassen. Hat er sie nicht mehr, nehmen Sie ihn vorläufig fest und bringen ihn hierher. Wenn sich die Verdachtsmomente beim Verhör gegen ihn verdichten, dann könnte er unser Mann sein, und wir werden beim Staatsanwalt Haftbefehl gegen ihn erlassen.«

Michael Weber wohnte in der Beatrixgasse im 3. Wiener Gemeindebezirk, von dem einst Metternich behauptete, dass hier der Balkan beginne. Das war jedoch lange vor seiner Eingemeindung in das Stadtgebiet Wiens im Jahre 1850, als die Fernverkehrsstraßen hier tatsächlich noch als Ausfallstor in die Kronländer dienten, worauf bis heute seine Bezeichnung ›Landstraße‹ hinweist.

Dieser Stadtteil ist unterdessen in weiten Teilen gutbürgerlich, wenn nicht sogar als vornehm zu bezeichnen, befinden sich hier doch einige Botschaften bedeutender Länder, die sich ja für ihre Diplomaten vorwiegend die besten Lagen einer Stadt aussuchen. Die Beatrixgasse ist eine Verbindungsstraße zwischen dem Donaukanal und dem Stadtpark und gehört im oberen Teil wenigstens durchaus zu den besseren Gegenden des 3. Bezirks.

Dorthin fuhren also Vogel und Walz, um Michael Weber zu besuchen, bei dem sie sich kurz zuvor telefonisch angekündigt hatten, denn von ihrem Büro benötigten sie dorthin nur wenige Minuten.

Allein, als sie an der Tür läuteten, rührte sich nichts. Auch an seinem Handy meldete sich nur die Sprachbox.

»Schau an, der Weber hat sich aus dem Staub gemacht«,

meinte Vogel, wobei er eine gewisse Genugtuung nicht verhehlen konnte, »weniger verdächtig macht er sich damit nicht gerade ...«

»Wenn er fliegen will, hat er es von hier zumindest nicht weit, mit dem Zug ist er in einer halben Stunde in Schwechat. Geh, ruf den Prokisch an, dass der den Flughafen informiert«, sagte Walz ruhig.

»Und wenn er mit dem Auto gefahren ist? Weit kann er noch nicht sein, bei dem Verkehr«, gab Vogel zu bedenken, zückte sein Mobiltelefon und informierte Prokisch über die neuesten Entwicklungen.

Der Dienststellenleiter, der plötzlich eine ungeahnte Geschäftigkeit entwickelte, forderte die Beamten auf, sofort selbst nach Schwechat zu fahren, während er die Kollegen der Flughafenpolizei informieren wollte und Webers Auto zur Fahndung ausschreiben ließ.

»Eines ist sicher«, sagte Vogel, der das mobile Blaulicht auf dem Dach platzierte, »bis wir dort sind, hat der schon längst eingecheckt.«

»Wenn es ihm egal ist, wo er hin will, dann schon«, sagte Walz, der sich nach einem Kavaliersstart seines Kollegen an der Armlehne festhielt, »und wenn du so weiterfährst, dann kann er sich den Flug sogar in aller Ruhe aussuchen ...«

Vogel fluchte nur leise, nachdem er den Dienst-Golf gerade etwas zu schwungvoll um die Ecke geworfen und dabei fast einen arglosen Fußgänger über den Haufen gefahren hatte.

Wenn nicht gerade Urlaubszeit herrscht, ist der Wiener Flughafen durchaus übersichtlich.

Bevor sich die Reisenden auf die verschiedenen Flugsteige verteilen, haben sie alle eine gut überschaubare Stelle zu passieren, wo sie ihre Bordkarte vorweisen müssen, deren Kontrolle allerdings nicht immer mit der nötigen Sorgfalt vorgenommen wird, da ansonsten die Wartezeiten vor diesem Nadelöhr wohl unzumutbare Ausmaße annehmen würde.

Daher schüttelte die etwas übergewichtige Dame fassungslos den Kopf, als die Inspektoren sie fragten, ob vielleicht ein korpulenter Mann von etwa 30 Jahren in der letzten halben Stunde in das Innere des Gebäudes gegangen sei.

Die Kontrolle der Namenslisten der Fluggäste, die sofort nach dem Anruf Prokischs vorgenommen worden war, zeigte keine Übereinstimmung. Man konnte also davon ausgehen, dass Weber doch nicht die schnellste Art zur Flucht gewählt hatte, es sei denn, er wäre mit einem gefälschten Pass unterwegs, was jedoch nicht anzunehmen war.

Trotzdem blieben unsere Inspektoren noch ein wenig neben dem weiblichen Amtsorgan stehen, das unterdessen munter mit den Besuchern plauderte und die Reisenden achtlos durchwinkte. Ganz anders als Vogel und Walz, die jeden Passanten einer genauen Betrachtung unterzogen.

Nach etwa einer Stunde beschlossen sie schließlich, dass ihre Anwesenheit hier nicht mehr vonnöten sei, zumal ein nunmehriges Einchecken Webers einen sofortigen Alarm ausgelöst hätte.

»Hältst du es für möglich, dass unser flüchtiger Freund bei seiner fernöstlichen Flamme untergetaucht ist?«, fragte Vogel seinen Kollegen, als sie wieder in ihren Dienstwagen gestiegen waren und er sich zufrieden eine Pfeife stopfte.

»So blöd wird er wohl nicht sein, obwohl … vielleicht weiß er ja nicht, dass wir über seine besondere Affinität zu ihr informiert sind. Aber eigentlich halte ich das kaum für möglich, es sei denn, er steht die ganze Zeit. Wenn der sich an ihren Tisch setzt, kommt der doch niemals mehr hoch.«

Doch die Bedenken über die Kompatibilität der massigen Gestalt Webers mit einem japanisch eingerichteten Haushalt waren müßig, denn auch bei Miwako Watanabe schien niemand zu Hause zu sein.

Nachdem Vogel ihre Handynummer angerufen und sie nicht abgenommen hatte, schaute er seinen Kollegen ratlos an. »Glaubst du, dass die zusammen geflohen sind?«

Walz schüttelte entschieden den Kopf. »Wie Bonny and Clyde? Kannst du dir die Watanabe als Gangsterbraut vorstellen, wie sie sich den Fluchtweg freischießt? Und den Weber, der unter Missachtung aller Verkehrsregeln von einer Vielzahl von Streifenwagen verfolgt über den Gürtel flüchtet?«, fragte er belustigt. »I net. Und für einen kaltblütigen Geiselnehmer hat der Weber doch nicht ganz die Statur.«

»Na, dann ist es eben Zufall«, schloss Vogel, der noch immer nicht ganz überzeugt schien.

Nachdem sie Prokisch von der Erfolglosigkeit ihrer Mission unterrichtet hatten, beorderte dieser seine Inspektoren ins Dienstgebäude zurück.

14. KAPITEL (MONTAG)

Als sich Vogel und Walz bei Prokisch zurückmeldeten, war dieser äußerst aufgeräumter Stimmung. Er kam sogar hinter seinem Schreibtisch hervor, um die darob erstaunten Inspektoren per Handschlag und mit amikalem Schulterklopfen persönlich in seinem Büro willkommen zu heißen.

»Meine Herren«, sprach er mit feierlicher Miene, »ich darf Ihnen mitteilen, dass der Fall Maurer kurz vor seiner Aufklärung steht. Der Weber hat sich vor fünf Minuten bei den Landstraßer Kollegen gestellt, die ihn gleich hier abliefern werden. Da er Sie bereits kennt, habe ich beschlossen, Sie mit der ersten Vernehmung zu betrauen. Falls Sie damit nicht weiterkommen sollten, können wir dann noch immer unsere Spezialisten hinzuziehen. Ich denke aber, das wird nicht nötig sein, denn er zeigte sich schon jetzt sehr kooperativ.«

Misstrauisch legte Vogel den Kopf schief. »Was heißt das genau?«

»Die Kollegen meinten, dass er sich in einem Zustand befindet, aus dem sich schließen lässt, dass es wohl nicht mehr lange dauern dürfte, bis er ein Geständnis ablegen wird.«

Zufrieden führte der Dienststellenleiter die beiden Inspektoren in das Vernehmungszimmer, das in all seiner Kargheit seine eigentliche Bestimmung nicht zu verbergen versuchte. Neben ein paar einfachen hölzernen Sesseln befand sich hierin lediglich ein Holztisch mit weißer Resopalplatte, auf dem ein Mikrofon stand, das sowohl an ein Aufzeichnungsgerät angeschlossen war als auch das Gespräch bei Bedarf nach draußen leiten konnte.

Eine Seite des Raumes war verglast, allerdings nur einseitig transparent, sodass der Delinquent nicht sehen konnte, wer ihn bei der Befragung vom Nebenzimmer aus beobachtete. Dies diente vordergründig zum Schutz der vernehmenden Beamten, war aber vor allem auch als psychologisches Moment gedacht, das den Verdächtigen zusätzlich verunsichern sollte. Dabei war die Situation eher dazu angetan, unsere beiden Inspektoren einzuschüchtern, die sich dessen bewusst waren, dass ihnen diesmal genau auf die Finger geschaut wurde.

Kaum hatte Prokisch sie ihrem Schicksal überlassen, wurde auch schon Weber hereingeführt. Sein nachlässiger Aufzug deutete darauf hin, dass sein Entschluss zur Flucht sehr spontan gefasst worden war. Er war mit einem verwaschenen T-Shirt von undefinierbarer Farbe und ebensolcher Passform angetan, zu dem er graue Trainingshosen trug. Seine Füße steckten in altmodischen Sportschuhen, die in ihrer Klobigkeit den Eindruck erweckten, als stammten sie aus der Zeit, als die österreichische Fußballnationalmannschaft noch kein Lieblingsgegner von Aserbaidschan war. Der Schweiß lief dieses Mal ungehindert an ihm herab, da er es in der Eile scheinbar verabsäumt hatte, ein Taschentuch einzustecken.

Dessen ungeachtet begrüßte Walz ihn mit ausgesuchter Höflichkeit, während sich Vogel im Hintergrund hielt und nur nachlässig mit dem Kopf nickte. Die Rollenverteilung zwischen den beiden war auch ohne vorherige Verabredung immanent, da die bewährte Teilung in ›good cop – bad cop‹ durchaus der jeweiligen Temperamentslage entsprach.

»Ja, Herr Weber, es war auf jeden Fall gescheit von Ihnen, dass Sie sich gleich gestellt haben. Als ein des Mordes Verdächtiger zur Fahndung ausgeschrieben zu sein, ist ja auch kein angenehmes Gefühl«, sagte Walz mitfühlend, setzte sich ihm gegenüber und drückte beiläufig die Aufnahmetaste. »Allerdings bleibt mir nun die Frage, warum Sie eigentlich davongelaufen sind, nachdem wir unseren Besuch angekündigt haben. Dass Sie sich dadurch erst recht verdächtig gemacht haben, das muss Ihnen doch bewusst gewesen sein.«

Weber saß unbeweglich da und hielt seinen Kopf gesenkt, den er zuweilen ein wenig drehte, wodurch es den Anschein hatte, als würde er sich mit dem größten Interesse seinem altmodischen Schuhwerk widmen. Hie und da nahm er sein ohnehin schon durchnässtes T-Shirt, um sich den Schweiß von der Stirn zu wischen, wobei jedes Mal sein bleicher Bauch von beachtlichem Umfang zu sehen war.

Nach einigen Augenblicken, in denen er Weber die Möglichkeit geben wollte, sich dazu zu äußern, sagte Walz weiter: »Nun gut, dann erklären wir Ihnen einmal, welche Beweggründe wir dafür haben, dass wir Sie als Mörder von Magnus Maurer verdächtigen. Wenn etwas nicht der Wahrheit entsprechen oder eine Schlussfolgerung nicht zutreffen sollte, dann unterbrechen Sie mich bitte sofort.«

Da Weber unverändert in seiner Haltung verharrte, die lediglich durch ein sporadisches Zittern, das durch seinen gesamten Körper ging, unterbrochen wurde, fuhr Walz in ruhigem Ton fort.

»Wie Sie sich vorstellen können, liegen uns einige wesentliche Sachverhalte vor, dass wir ausgerechnet Sie der Tat verdächtigen. Das erste Verdachtsmoment, das gegen Sie spricht, ist, dass Herr Maurer dem Mörder die Tür selbst geöffnet hat oder, andere Möglichkeit, der Täter selbst die Wohnung aufgesperrt hat. Also gehen wir davon aus, dass es sich bei ihm um eine dem Opfer sehr vertraute Person handelte. Da Herr Maurer ausgesprochen zurückgezogen lebte, kommen dafür nicht besonders viele Menschen infrage. Darüber hinaus muss der Täter Herrn Maurer sogar sehr gut gekannt haben, da er von seiner Gewohnheit wusste, vor dem Zubettgehen eine sogenannte ›Nightcap‹ in Form eines 18-jährigen ›Macallan‹ zu sich zu nehmen, da sich lediglich in dieser Flasche die K.-o.-Tropfen befanden. Die Konzentration dieser Tropfen im Whisky war übrigens so hoch, dass Maurer sehr rasch sein Bewusstsein verlor. Das ohnmächtige Opfer wurde vom Täter, also von Ihnen, Herr Weber, ins Bett geschleppt, darauf deuten eindeutige Schleifspuren hin, die vom Salon ins Schlafzimmer führen. Danach stellten Sie sich hinter Maurer und erdrosselten ihn mit einer Metallschlinge. Woraufhin Sie die Wohnung verließen und das Tatwerkzeug in einen von der Wohnung nicht weit entfernten Container für Altmetall werfen wollten, diesen in der Eile aber verfehlten, was sich als nicht sehr glücklich erwies, da es anderntags von spielenden Kindern dort gefunden wurde und einen wichtigen Hinweis auf Sie lieferte. Das ist also der von uns rekonstruierte Tathergang. Haben Sie dazu etwas zu sagen?«

Trotz dieser schwerwiegenden Anschuldigung verharrte Weber weiter in seiner Reglosigkeit und inspizierte ungerührt sein Schuhwerk, um das sich unterdessen schon kleine Lackerln vom herabtropfenden Schweiß gebildet hatten.

»Da Sie nichts dagegen einwenden, muss ich annehmen, dass sich der Tathergang so oder zumindest so ähnlich abgespielt hat. Ein weiteres Verdachtsmoment ist die Beschaffenheit der Mordwaffe. Magnus Maurer wurde mit einer Garotte erdrosselt. Das Besondere daran ist, dass die Drahtschlinge ursprünglich eine Wünschelrute war, was doch sehr ungewöhnlich ist. Sie selbst haben mir erzählt, dass Sie eine solche Rute besitzen. Der Vollständigkeit halber sei hier noch erwähnt, dass es sich bei dem Tatwerkzeug um eine modifizierte ›Peitschenrute nach Brettschneider‹ handelt, die Sie damals bei Herrn Stechlinger gekauft haben, wie Sie uns anlässlich unseres Treffens im Café Prückel selbst erzählt haben. Allerdings könnten Sie sich in diesem Punkt selbst entlasten. Wenn Sie uns beweisen, dass die Rute sich noch in Ihrem Besitz befindet, müssen wir dieses Indiz hintanstellen.«

Unvermittelt hob Weber den Kopf und schaute Walz überrascht an, gerade so, als ob er eben eine neue Erkenntnis gewonnen hätte.

»Möchten Sie sich vielleicht dazu äußern?«, fragte Walz hoffnungsvoll.

Doch Weber schüttelte unmerklich seinen Kopf und schaute wieder schweigend zu Boden.

»Nun kommen wir zum Motiv«, fuhr Walz fort, »da haben wir sogar zwei Möglichkeiten zu bieten, die ich Ihnen nun erläutern werde. Von Herrn Max wissen wir, dass Sie etliche Unterschlagungen in Ihrer Firma begangen haben, was letztlich zu Ihrer Freistellung führte. Da die Abrechnungen zwischen Herrn Max und Herrn Maurer ebenfalls über Sie liefen und sich Herr Maurer nach Aussage von Frau Watanabe einige Male darüber gewundert hatte, dass seine Leistungen so niedrig honoriert wurden, besteht der dringende Verdacht, dass Sie auch gegenüber Herrn Maurer Geld unterschlagen haben. Das könnte sich so abgespielt haben, dass Sie die Abrechnungen mithilfe von aus dem Büro von Max entwendeten Blankoabrechnungsbelegen gefälscht haben. Und als Ihnen Herr Maurer draufgekommen ist und Ihnen mit Konsequenzen drohte, beschlossen Sie, ihn umzubringen. Das wäre das eine Motiv. Darüber hinaus nehmen wir an, dass Sie das Geld unterschlagen haben, um Ihre Medikamentensucht zu finanzieren.«

Walz machte eine Pause und nahm einen Schluck Wasser, in der Hoffnung, dass Weber aufgrund dieser doch recht freihändig konstruierten Thesen empört Einspruch erheben würde. Doch der Beschuldigte sagte nichts, sondern blieb unbeweglich.

»Das andere mögliche Motiv«, fuhr Walz nach geraumer Zeit fort, »besteht darin, dass Sie Miwako Watanabe noch immer lieben. Und dabei stand Ihnen Maurer im Weg. Obwohl sie sich ja bereits von ihm getrennt hatte, hielt sie an ihm fest, weil er Ihrer eigenen Aussage nach allein völlig hilflos war. Sie dachten sich, wenn er nicht mehr zwischen Ihnen stünde, würde Frau Watanabe wieder zu Ihnen zurückfinden. Im Übrigen gibt es für beide Motive genügend Anhaltspunkte. Vielleicht treffen sie sogar beide zu. Dazu kommen noch die ominösen Anrufe aus Italien von einem Wertkartenhandy aus, die wahrscheinlich von Ihnen selbst getätigt wurden, um die Mafia mit dem Mord in Zusammenhang zu bringen. Frau Watanabe, die nach ihrer eigenen Auskunft über ein hervorragendes Gedächtnis verfügt, hatte übrigens niemals etwas von Verhandlungen mit einem italienischen Impresario gehört. Wenn man all diese Puzzleteile zusammenfügt, ist die Beweislast erdrückend und kann Sie für den Rest ihres Lebens ins Gefängnis bringen. Daher täten Sie gut daran, zu diesen Beschuldigungen Stellung zu nehmen, sonst sieht es ziemlich finster für Sie aus. Selbstverständlich haben Sie das Recht, vor der Aussage Ihren Anwalt hinzuzuziehen. Wollen Sie ihn nicht anrufen?«

Jetzt endlich hob Weber seinen Kopf. »Nein, keinen Anwalt«, sagte er tonlos und ohne Walz anzusehen, »Sie haben ja recht. Wie es scheint, habe ich Magnus tatsächlich umgebracht! Vielleicht habe ich ihn einfach nicht mehr ertragen mit seinen Launen, mit denen er seine Umgebung ständig kujoniert hat. Niemand konnte es ihm recht machen, dem Superstar. Ich habe das zehn Jahre mitgemacht, doch irgendwann war das Maß voll. Er betrachtete die ihn umgebenden Menschen lediglich als notwendiges Übel, die allesamt nur eine einzige Aufgabe hatten: ihm zu Diensten zu sein. Als Miwako ihn nach unzähligen Demütigungen und Seitensprüngen endlich verlassen hat, da hat er geheult wie ein kleines Kind, dem man sein Lieblingsspielzeug weggenommen hat. Ja, er betrachtete uns alle als sein Eigentum, das ihm zustand. Nein, er ging nicht auf ihre Gründe ein, die sie anführte, auf die zahllosen Erniedrigungen, die er ihr zugefügt hatte, auf die vielen Affären mit anderen Frauen, mit denen er sie betrogen hatte, das interessierte ihn überhaupt nicht. Er durfte das ja. Er litt nur deshalb, weil ihm etwas weggenommen wurde, auf das er ein Recht zu haben glaubte. In seiner Welt gab es nur seine Musik, seine flüchtigen Liebschaften, die ich zu entsorgen hatte, wenn er ihrer überdrüssig war, seine Bediensteten, die von ihm abhängig waren, seine Frau – alle waren in seinen Augen nur dazu da, um ihn bei Laune zu halten. Einen anderen Existenzgrund gab es für sie nicht. Er war der Nabel der Welt, um den alles zu seinem Vergnügen zu kreisen hatte. Und wehe dem, der einmal eine andere Meinung als er vertrat oder einfach keine Lust hatte, ihm zu Willen zu sein. Den quälte und demütigte er so lange, bis dieser darum bettelte, erneut in seine Gunst zu gelangen. Er war grausam, herrschsüchtig und egoistisch!«

Im Laufe der Rede war Webers Stimme immer fester geworden, zum Schluss ballte er zur Verdeutlichung gar die Faust, was in groteskem Gegensatz zu seiner aufgedunsenen und heftig schwitzenden Gestalt stand. Doch kaum hatte er geendet, fiel er wieder in sich zusammen und blickte zu Boden.

»Was heißt das, Sie haben ihn ›anscheinend‹ umgebracht? Können Sie sich nicht daran erinnern?«, fragte Vogel nach einem Hilfe suchenden Blick von Walz.

Ausdruckslos schaute ihn Weber an, als würde er ihn jetzt erst bemerken. »Ich glaube, mit meinem Geständnis haben Sie doch alles, was Sie brauchen … Mehr habe ich dazu nicht zu sagen«, sagte er leise, »und jetzt lassen Sie mich bitte in Ruhe!«

Nachdem Weber hinausgeführt worden war, betrat Prokisch den Raum.

»Das haben Sie sehr gut gemacht, Kollege Walz!«, sagte er wohlwollend und gab ihm einen gönnerhaften Klaps auf die Schulter.

»Das war ja nicht schwer«, antwortete dieser mit gleichgültiger Miene.

»Wenn es Ihnen recht ist, werde ich sofort Ihren Vorgesetzten anrufen und ihm dafür danken, dass er mir so fähige Kriminalisten zur Seite gestellt hat«, fuhr Prokisch unbeirrt fort. »Vielleicht sollten Sie sich überlegen, ob Sie nicht zu uns wechseln wollen, Leute wie Sie können wir hier gut gebrauchen! Ich werde übrigens eine Pressekonferenz auf 17 Uhr anberaumen. Ich sehe Sie dort!«

Und schon hatte er den Raum verlassen.

Walz machte einen ausgesprochen ratlosen Eindruck. »Ich hab zwar nicht so viel Erfahrung mit Mördern wie unsere verehrten Kollegen vom LKA, aber wenn du mich fragst, der war es nicht! So wehrlos ergibt man sich nicht in sein Schicksal. Der Weber hat ja nicht einmal ansatzweise versucht, sich zu verteidigen. Der hat einfach keinen Lebenswillen mehr. Lass uns darum beten, dass er bei seinem Geständnis bleibt, sonst können wir uns auch noch um den Liebesmüll von diesem Hausmaestro kümmern. Und die entsprechenden Damen hätten wahrscheinlich alle ein Motiv!«

Gleichmütig hob Vogel die Schultern. »Das dürfte in jedem Falle unterhaltsamer sein, als ein Orchester, das fast nur aus Männern besteht. Allerdings gebe ich zu bedenken, dass er gesagt hat, dass er sich nicht daran erinnern kann, ihn umgebracht zu haben. Vielleicht ist ihm das einfach im Drogenrausch passiert. Kannst dich noch an den jungen Dolecek erinnern, der seine Freundin im Amphetaminrausch zuerst zerstückelt und dann bitterlich über ihren Verlust geweint hat?«

»Ja, aber der hat sich, als er wieder runter war von seinem Trip, nach der Tat wehrlos verhaften lassen. Beim Weber verhält es sich doch ein wenig anders, oder glaubst, der war die ganzen Tage so stoned? Den Eindruck machte er mir eigentlich nicht«, wandte Walz ein, »außerdem gebe ich zu bedenken, dass er diese ganze Scheiße nicht am Hals hätte, wenn er den Maurer einfach vergiftet hätte, das Prozedere wäre viel einfacher gewesen. Anstelle der K.-o.-Tropfen a bisserl Rattengift in den Whisky und er wär's genauso gewesen ...«

»Vielleicht hat er auch den Kick haben wollen, bei den Süchtis weiß man ja nie. Aber offen gestanden ist mir das ziemlich wurscht, ob er es gewesen ist oder nicht, so ein Sympathieträger ist der Weber nun auch nicht. Solange der wahre Mörder uns nicht mit weiteren Untaten behelligt, sollte uns das auch nicht interessieren. In jedem Falle war der Maurer eine ausgesprochene Pestkrätz'n, so viel steht fest – und daher ist er an seinem Schicksal, so bedauerlich es auch scheinen mag, selbst schuld!«

Missbilligend schüttelte Walz seinen Kopf.

»Vor mir brauchst nicht den zynischen Kiberer geben, mein lieber Kajetan, der Weber ist schon draußen. Auch wenn's manchmal schwer fällt, unsere Ideale sollten wir dem Alltag lieber nicht opfern! Sonst werden wir eines Tages noch genauso enden wie der Prokisch. Und das sollten wir doch lieber vermeiden.«

»Hast ja recht«, lenkte Vogel nach kurzem Nachdenken ein. »Also, ich weiß nicht, wie es dir geht, aber mich hat dieses Verhör über die Maßen ermattet. Außerdem haben wir etwas zu feiern! Ob es der Weber war oder nicht – der Fall ist offiziell gelöst, und wir hatten einen nicht unerheblichen Anteil daran.

Diesmal wird der Mitterwaldner kaum um unsere Beförderung herumkommen. Daher würde ich vorschlagen, dass wir in Aussicht auf eine saftige Gehaltserhöhung heute Abend die zukünftige Differenz verfressen sollten.

Oder magst du lieber mit der Clara feiern?«

Bisher war es Walz ganz gut gelungen, die Erlebnisse des Wochenendes angesichts der vielen Ereignisse an diesem Tag beiseitezuschieben, in der Euphorie über die Lösung des Falles hatte er sie kurzfristig sogar gänzlich vergessen können, doch die unvermutete Erwähnung von Claras Namen löste in ihm eine für den arglosen Vogel völlig überraschende Reaktion aus. Brüsk wandte er sich ab und stürzte aus dem Raum.

Obwohl Vogel ihm sofort gefolgt war, gelang es ihm nicht, seinen Freund zu einer klärenden Aussprache zu bewegen. Dieser war auf die Toilette geflüchtet und hatte sich dort eingesperrt. Da Vogel kein Aufsehen erregen wollte, ließ er ihn gewähren, auf der bald beginnenden Pressekonferenz würden sie sich ohnehin treffen.

Wie schon beim letzten Mal war das ›große Besprechungszimmer‹, wo die Konferenz stattfand, ungeachtet der kurzfristigen Terminanberaumung gut besucht. Neben den üblichen Journalisten der Printmedien war heute sogar ein Fernsehteam von einem Lokalsender gekommen, was Prokisch mit sichtlichem Stolz erfüllte.

Nachdem er alle Anwesenden herzlich begrüßt hatte, erklärte er »in aller Bescheidenheit«, dass die schnelle Klärung des Falles zum großen Teil der Aufmerksamkeit der Mutter, die die Tatwaffe im Zimmer ihres Sprösslings gefunden hatte und ihre Bedeutung erkannte, zu verdanken war. Damit verband er einen Appell an die Bürger Wiens, »mit offenen Augen durch die Welt zu gehen, denn nur durch ihre ständige Aufmerksamkeit können wir unsere Arbeit so erfolgreich erledigen. Die Beweislast war dadurch so drückend geworden, dass der Täter nach kurzem Verhör die Tat gestand.«

Mit diesem staatstragenden Aufruf beendete Prokisch seine kurze Rede und erklärte nun, sich den Fragen der Journalisten zu stellen.

Am schnellsten kam mal wieder der unvermeidliche Werner Pfeifer dieser Einladung nach, der Prokisch schon bei der letzten Pressekonferenz erfolgreich außer Trab gebracht hatte.

»Wer hat den Mörder nun eigentlich überführt? Ihrer Ansprache lässt sich eigentlich nur entnehmen, dass die Mama dieses Jungen eine bedeutende Rolle bei der Festsetzung des Täters gespielt hat. Gibt es seit Neuestem eine Bürgerwehr oder hat die hiesige Polizei daran auch einen kleinen Anteil gehabt?«

Beifälliges Gemurmel aus den Reihen der Journalisten bewies Pfeifer, dass er mit seinem Eindruck nicht allein stand.

»Nein, selbstverständlich nicht«, antwortete Prokisch mit einem nervösen Lachen, »den Löwenanteil an der Klärung dieses Falles hatten natürlich die Herren Bezirksinspektoren Kajetan Vogel und Alfons Walz, die Sie hier neben mir sehen und die Ihnen nachher selbstverständlich gerne Rede und Antwort stehen.«

»Soweit mir bekannt ist, sind die Herren Vogel und Walz nicht beim LKA angestellt, sondern als Bezirksinspektoren in dem untergeordneten Kommissariat Josefstadt tätig. Ist die überraschend schnelle Lösung des Falles vielleicht auch darauf zurückzuführen, dass das LKA Verstärkung aus der lokalen Exekutive hinzugezogen hat?«

Mit einem Mal herrschte gespannte Stille unter den Zuhörern. Prokisch, dessen Gesicht sich merklich verfärbte, schaute Hilfe suchend zu Vogel hinüber, von dessen Schlagfertigkeit er sich schon bei der letzten Pressekonferenz überzeugt hatte.

»Lieber Herr Pfeifer«, hob nun Vogel genüsslich an, »es ist durchaus schmeichelhaft für uns, dass Sie unsere Fähigkeiten so hoch einschätzen. Dafür möchte ich Ihnen, auch im Namen meines Kollegen Walz, ganz herzlich danken. Dennoch unterliegen Sie bedauerlicherweise einem fatalen Irrtum, denn gerade die fähigen Mitarbeiter des LKA ermöglichten uns die rasche Klärung dieses Falles. Es ist nun einmal viel einfacher, in einem Ferrari ein Rennen zu gewinnen als in einem Volkswagen.«

»Das heißt also, Sie bezeichnen Ihre Kollegen aus dem Kommissariat Josefstadt als Volkswagen, während Sie die hiesigen Kollegen mit einem Supersportwagen vergleichen? Das ist aber nicht sehr schmeichelhaft für Ihre Kollegen, die das bestimmt nicht gerne hören ...«

Vogel schluckte kurz, dieser Pfeifer war einfach eine Krätz'n. Wenn die Mitterberg im Publikum gewesen wäre, wär ihm so eine Steilvorlage wohl nicht passiert.

»Schauen Sie, Herr Pfeifer, für den Stadtverkehr ist der Volkswagen viel geeigneter als ein hochgezüchteter Zwölfzylinder, der erst auf größeren Strecken seine Stärke ausspielen kann. Wir im Kommissariat haben die vordringliche Aufgabe, in der Stadt für Ordnung zu sorgen, die Kollegen vom LKA dagegen haben die großen Fälle zu lösen. So hat jeder seine Berechtigung – und sowohl der VW wie auch der Ferrari sind ohne Zweifel gute Autos.«

»Auch das schnellste Auto nützt Ihnen nichts, wenn ein unfähiger Fahrer darin sitzt«, gab Pfeifer mit anerkennender Miene zurück, sodass Vogel langsam das unangenehme Gefühl beschlich, dass sich der Journalist von seinen unverhohlenen Lobeshymnen in der Zukunft eine fruchtbarere Zusammenarbeit versprach.

Nach den weiteren üblichen Fragen über die Identität des

Verdächtigen, die unbeantwortet blieben, und das Motiv, das nur sehr vage angedeutet wurde, schloss Prokisch die Pressekonferenz.

Nachdem die Journalisten in ihre Redaktionen geeilt waren und das Fernsehteam nach einem kurzen Interview mit dem Dienststellenleiter zusammengepackt hatte, trat Prokisch an die beiden Inspektoren heran und bat sie »auf ein Wort« in sein Büro.

Sorgfältig schloss er die Tür, bevor er sich an die Kriminalisten wandte.

»Ich habe das übrigens vorhin durchaus ernst gemeint mit dem Vorschlag, dass Sie zu uns kommen können, wenn Sie wollen. Ich werde mich auf jeden Fall für Sie verwenden und habe auch schon Rücksprache mit Herrn Magister Mörbischer gehalten, der nichts dagegen einzuwenden hätte. Sie haben doch hier ganz andere Aufstiegschancen und die viel interessanteren Fälle. Außerdem beweisen Sie großes Geschick mit der Presse, Herr Vogel, das hat nicht jeder. Wie Sie mit dem Pfeifer fertigwerden – Chapeau! Denken Sie beide in aller Ruhe darüber nach, bis Ende der Woche erwarte ich Ihre Antwort. Und jetzt wünsche ich Ihnen einen schönen Abend!«

Obwohl sie seit Walz' überstürzter Flucht nach der Vernehmung von Weber nun zum ersten Mal allein waren, verlor Vogel kein Wort über den Vorfall. Es war ohnehin augenscheinlich, dass sich etwas sehr Unangenehmes zwischen ihm und Clara ereignet haben musste.

»Was meinst du zu Prokischs Vorschlag?«, fragte er stattdessen, » sollen wir tatsächlich zum LKA wechseln?«

»Dass die Arbeit hier spannender ist, steht außer Zweifel«, antwortete Walz, der sich scheinbar wieder völlig gefangen hatte, »allerdings sollten wir bedenken, dass uns dann der Prokisch als Vorgesetzter blüht …«

»Kein Licht ohne Schatten, und solche Warmduscher gibt es überall, der Mitterwaldner ist auch nicht viel besser. Mehr Geld gäbe es auch, und Renommee sowieso. Am besten wäre es wohl, wenn sich ein jeder von uns eine Liste mit den Vor- und Nachteilen macht, und die vergleichen wir dann. Eines ist auf jeden Fall sicher: Ohne dich, o du mein Walz, gehe ich nirgendwohin!« Mit diesen Worten legte er kameradschaftlich seinen Arm um die Schulter seines Freundes.

Unterdessen waren sie bei Vogels Rover angekommen. Er hatte schon den Motor gestartet, als er Walz durchs geöffnete Seitenfenster zurief: »Wir treffen uns heute Abend um halb neun bei dir im Beisl ums Eck.«

Ohne seine Zustimmung abzuwarten, brauste er los.

Vogel saß schon bei seinem Bier, als Walz pünktlich das ›Steman‹ betrat.

Schwanzwedelnd sprang Emily an ihm empor.

»Na, hat deine Michelle dich heute versetzt, dass du den Hund mitbringst?«

»Nein, so kann man das nicht sagen«, erwiderte Vogel schmunzelnd, »ich brauch derzeit eine kleine Pause, ich leide unter einer leichten Michelle-Vergiftung. Am Wochenende sind die Capricen einer Prinzessin ja ganz unterhaltsam, zumindest dann, wenn sie zu etwas führen, aber nach einem Arbeitstag ist das definitiv zu anstrengend. Und die Emily hab ich deshalb mitgebracht, damit ich heute Abend nicht unter Zeitdruck stehe und ihren gewohnten Abendspaziergang unter Umständen auch im 6. Bezirk unternehmen kann. Schließlich gibt es was zu feiern!«

»Deinen Worten entnehme ich, dass dir die kapriziöse Dame

nicht nur Freude bereitet hat«, schlussfolgerte Walz und signalisierte der Bedienung, dass er auch ein Bier haben wollte.

»Das kann man so sagen. Ich sag' dir, eine Prinzessin ist ein Lercherlschaß dagegen. Doch immerhin war das ganze Projekt als durchaus erfolgreich zu bezeichnen.«

»So hat sich das freie Wochenende wenigstens bei dir ausgezahlt«, murmelte Walz, den Blick Vogels meidend.

»Gut, dass du es erwähnst, also, was ist jetzt mit der Clara und dir?«

Nachdem Walz einen tiefen Schluck aus seinem Glas genommen hatte, schilderte er Vogel die Geschehnisse vom Wochenende.

Als er geendet hatte, schwieg Vogel eine Weile und nuckelte versonnen an seiner Pfeife.

»Eines muss man der Clara schon lassen, argumentieren kann sie. Die Auswirkungen scheinen zwar momentan schrecklich, aber du wirst eure Beziehung immer als vollkommen im Gedächtnis behalten, und dieser Zustand ist eigentlich beneidenswert. Stell dir doch die Alternativen dazu vor. Ihr bleibt zusammen, werdet alt, und eure Ehe entwickelt sich so, wie sich fast alle Ehen entwickeln. Im besten Fall langweilt ihr euch miteinander und wisst überhaupt nicht mehr, warum ihr einstmals zusammengefunden habt. Oder ihr geht euch nach einiger Zeit so auf die Nerven, dass sie dich oder du sie verlässt. Dieser unerfreuliche Schluss überschattet dann die ganze Erinnerung an eure große Liebe, die ihr anfangs füreinander empfunden habt. Womöglich noch mit einem ausgewachsenen Rosenkrieg, was mich bei ihrem lateinamerikanischen Temperament nicht wundern würde. Oder sie wird eines Tages eifersüchtig und verfolgt misstrauisch jeden deiner Schritte, sodass die ganze Beziehung eine einzige Quälerei wird. Zwar tut es jetzt höllisch weh, aber dieser kurze und heftige Schmerz ist das einzige Negativerlebnis, das dich mit ihr verbindet. So werdet ihr euch ein Leben lang in liebender Erinnerung behalten, und die kann euch niemand nehmen. Wenn es in diesem Fall nicht so zynisch klingen würde, möchte ich das fast als idealen Schluss bezeichnen. Alle großen Lieben währen nur kurz, das ist deren Vorrausetzung!«

Walz nickte nachdenklich. »Das habe ich alles selbst schon bedacht, aber es tut so weh. Ich weiß, sie ist in dieser Stunde 300 Meter Luftlinie von mir entfernt und packt ihre Sachen. Glaube mir, die Sehnsucht nach ihr ist fast nicht auszuhalten!«

Auf diese Weise ging es den gesamten Abend weiter.

Zwar versuchte Vogel einige Male, seinen Freund abzulenken und ihn auf das Angebot des LKA anzusprechen, doch all seine Mühe blieb vergebens.

Walz hätte wohl die ganze Nacht seine Wunden geleckt, wenn sich der Wirt, der tags zuvor den Wien-Marathon gelaufen war, nicht uneinsichtig gezeigt hätte und auf der Einhaltung der Sperrstunde bestand.

15. KAPITEL (DIENSTAG)

Bezirksinspektor Vogel saß gerade im Kreise seiner Familie beim Frühstück, als sein Mobiltelefon läutete.

Das konnte nichts Gutes bedeuten.

Und in der Tat, war es Herbert Prokisch, der um viertel acht morgens so rüde in das familiäre Idyll einbrach.

»Ja, Vogel, leider haben wir uns zu früh gefreut«, sagte Prokisch mit verschlafener Stimme, »Weber hat gestern Abend doch noch seinen Anwalt angefordert und im Anschluss daran sein Geständnis widerrufen. Er behauptet jetzt, dass der psychische Druck, dem er sich während seiner Verfolgung und beim Verhör ausgesetzt sah, so groß war, dass er in ihm jeden Widerspruchsgeist gelähmt hat. Er hat nur deshalb alles zugegeben, um endlich seine Ruhe zu haben, zumindest sagt er das. Außerdem erklärte er plötzlich, dass er sich an die Geschehnisse des Tatabends überhaupt nicht mehr erinnern kann. Ich persönlich halte das Ganze für eine Idee seines Anwalts. Der taktiert jetzt noch a bisserl rum und will dann auf Unzurechnungsfähigkeit wegen Webers Drogenabhängigkeit plädieren, da bin ich mir sicher. Aus meiner Sicht kann es an seiner Schuld überhaupt keinen Zweifel geben. Das Motiv, die Mordwaffe, die Nähe zum Opfer – es stimmt einfach alles. Dieser Widerruf hat allerdings auch für Sie Konsequenzen: Sie werden uns noch ein wenig erhalten bleiben. Beeilen Sie sich also, Vogel, Sie wissen ja, Ihr Dienst beginnt um acht. Und die Presseverlautbarung muss spätestens um neun Uhr draußen sein, wenn er bis dahin seinen Widerruf nicht zurücknimmt, was in Ihren Händen liegt. Um Punkt acht also!«, endete er mit drohendem Unterton.

»Eigentlich habe ich eine Vereinbarung, dass ich erst um

halb neun im Büro zu erscheinen habe, da ich meine Tochter noch zur Schule bringen muss. Kann das nicht mein Kollege Walz machen? Der hat ja auch das gestrige Verhör geleitet«, wandte Vogel ein und schob den Rest seiner Frühstückssemmel in den Mund.

»Leider hat sich Kollege Walz gerade krank gemeldet. Also beeilen Sie sich, ich erwarte Sie um acht Uhr!«

Nach kurzer Beratung mit seiner darob gar nicht erfreuten Gattin Martina, die noch im Morgenmantel war und der dessen ungeachtet die Aufgabe zufiel, die kleine Laura in die Schule zu bringen, beschloss Vogel, die U-Bahn zu nehmen und seiner Frau das Auto zu überlassen.

Unter den vorwurfsvollen Blicken dreier Augenpaare – auch Emily, deren obligater Morgenspaziergang mit ihrem Rudelführer heute dessen beruflicher Pflicht zum Opfer fiel, war wenig begeistert –, stürzte Vogel aus dem Haus.

Während der Fahrt rief er besorgt bei seinem Freund Alfons an, dessen Stimme noch ziemlich elend klang, der aber versprach, sobald als möglich ins Büro zu kommen.

Als Vogel sich dank der Zuverlässigkeit der Wiener Linien pünktlich bei Prokisch einfand, schickte ihn dieser sofort in das Vernehmungszimmer, in das alsbald auch Weber geführt wurde, der den Inspektor etwas verlegen begrüßte und sich suchend umsah.

»Guten Morgen, Herr Weber, leider müssen Sie dieses Mal mit mir allein vorliebnehmen«, begrüßte ihn Vogel mit ernster Miene. »Wie mir Herr Prokisch mitgeteilt hat, haben Sie noch gestern Abend Ihre Meinung geändert. Also, was haben Sie mir heute zu sagen?«

Obwohl ihm dieses Zusammentreffen sichtlich unangenehm war, machte Weber einen insgesamt viel stabileren Eindruck. Im Gegensatz zum vorigen Tag waren seine Bewegungen koordinierter, auch seine Augen hielten Vogels Blick stand, zudem schienen sich seine Schweißdrüsen noch von der gestrigen Anstrengung zu erholen.

»Es tut mir wirklich leid, aber gestern war ich absolut nicht in der Verfassung, Ihrem Verhör zu folgen«, begann er stockend. »Eigentlich wollte ich nur in Ruhe gelassen werden und habe leichtsinnigerweise alles zugegeben, was Sie mir vorgeworfen haben. Da es mir heute entschieden besser geht, bitte ich Sie, das Verhör zu wiederholen … es kann ja auch nicht in Ihrem Sinne sein, dass ein Unschuldiger verurteilt wird«, fügte er nach einer kleinen Pause hinzu.

»Das mag schon sein«, erwiderte Vogel, der sich an die gestrige Moralpredigt seines Freundes erinnerte, »aber wenn Sie gestern die Unwahrheit gesagt haben, aus welchem Grunde soll ich annehmen, dass Sie mir heute die Wahrheit sagen?«

»Das muss ich natürlich Ihnen überlassen«, antwortete Weber achselzuckend, »dennoch möchte ich festhalten, dass ich inzwischen davon überzeugt bin, nichts mit dem Mord an Magnus zu tun zu haben.«

»Was heißt das genau?«, fragte Vogel irritiert.

»Das heißt, dass ich mich nur daran erinnern kann, dass ich an diesem Abend todmüde war und sehr früh eingeschlafen bin, was für mich sehr ungewöhnlich ist.«

»Frühjahrsmüdigkeit nennt man das wohl …«

»Nein, es war anders. Ich hatte an diesem Abend Besuch und dann bin ich sofort eingenickt.«

»Damenbesuch?«

»Ja, von Maria, die mir eine DVD vorbeibrachte, die ich ihr geliehen hatte.«

»Welches Verhältnis verband Sie mit Maria Mölzl, ich meine, *nach* Ihrer Beziehung?«

»Wir verstehen uns seit einiger Zeit wieder sehr gut.«

»Sehr gut, was heißt das?«

»Ist das hier von Belang?«, fragte Weber zögerlich.

»Mein lieber Herr Weber, alles ist hier von Belang, schließlich stehen Sie unter Verdacht, Ihren besten Freund getötet zu haben, was Sie immerhin schon zugegeben haben. Wenn Sie es tatsächlich nicht waren, dann muss es irgendein anderer gewesen sein, das sehen Sie doch ein, oder?«

»Ja sicher, aber doch nicht Maria!«

»Und Miwako wahrscheinlich auch nicht, ja, mein Gott, wer denn dann?«, fragte Vogel entnervt. »Also, wie gestaltet sich ihr derzeitiges Verhältnis zu Maria Mölzl genau?«

»Na ja, wir haben uns einander angenähert«, sagte er zögerlich.

»Also gut, um wie viel Uhr ist Frau Mölzl an dem betreffenden Abend von Ihnen weggegangen?«

»Ich habe nicht auf die Uhr geschaut, aber ich denke, es wird nicht später als 21 Uhr gewesen sein.«

»Und Sie sind unmittelbar danach eingeschlafen?«

»Ja, ich bin liegen geblieben und war dann sofort weg.«

»Und Frau Mölzl ist gegangen?«

»Ich nehme es an, ja, in der Früh war sie auf jeden Fall nicht mehr da«.

»Und Sie haben bis zum nächsten Morgen durchgeschlafen?«

»Ja, ich glaube schon.«

»Was heißt das jetzt, dass Sie es nur glauben? All das, was Sie mir bisher erzählt haben, stellten Sie unter subjektiven Vorbehalt. Sie *nehmen an*, dass Frau Mölzl gegangen ist, Sie *glauben*, bis zum nächsten Morgen geschlafen zu haben, Sie *glauben nicht*, Herrn Maurer umgebracht zu haben. Was soll das alles bedeuten?«

Nachdenklich schaute Weber Vogel an. »Wie soll ich Ihnen das begreiflich machen?«, begann er zögerlich, »Einerseits bin ich sicher, dass ich Magnus nicht umgebracht habe, weil ich geschlafen habe, und schlafwandelnd werde ich wohl kaum so methodisch vorgegangen sein, allerdings gibt es da noch einige Dinge, die ich mir nicht erklären kann …«

»Und die wären?«

»Maria hat gestern in meiner Schmutzwäsche ein blutiges Hemd gefunden, und ich habe keine Ahnung, wie das dorthin gekommen sein könnte …«

»War es das Hemd, das Sie am Tage des Mordes getragen haben?«

»Ja, aber ich habe wirklich überhaupt keine Erinnerung daran, wie das passiert sein könnte!«

»Versorgt Frau Mölzl denn Ihre Wäsche?«, fragte Vogel verwundert.

»Ja, manchmal kommt sie montags und hilft mir dabei, wenn ich keine Zeit dazu habe … außerdem bin ich ein lausiger Bügler.«

»Soweit ich weiß, gibt es Erlebnisse, die in einem solchen Maße traumatisierend wirken, dass man sie einfach vergisst. Und das, so meine ich, könnte in Ihrem Falle durchaus zutreffen, es ist schließlich keine Kleinigkeit, seinen engsten Freund zu erdrosseln. Aber das soll am besten unser Psychologe klären, dem ich nach unserem Gespräch gleich Bescheid sagen werde. Denn wenn ich unsere gestrige Unterhaltung rekapituliere, dann war es doch ein veritabler Hassausbruch gegenüber Herrn Maurer, zu dem Sie sich hinreißen ließen und der Sie offen gestanden auch nicht unbedingt unverdächtiger macht.«

»Dass er mich gegen Ende fürchterlich nervte, heißt ja noch lange nicht, dass ich ihn auch umgebracht habe, denn mit seinem egozentrischen Getue ging er nicht nur mir auf die Nerven, das können Sie mir glauben.«

»Jetzt muss ich Sie doch etwas Persönliches fragen – wir haben die Information erhalten, dass Sie regelmäßig Amphetamine schlucken. Als wir Sie gestern auf Ihre Medikamentensucht ansprachen, haben Sie sie nicht geleugnet. Könnte es nicht sein, dass Sie Herrn Maurer im Drogenrausch ermordet haben?«

Weber hob verwundert die Augenbrauen. »Also, ich nehme zwar regelmäßig meine Medikamente, aber als süchtig würde ich mich nicht bezeichnen. Sie müssen wissen, dass bei mir vor längerer Zeit plötzliche Angstzustände aufgetreten sind, die mit meiner Reisetätigkeit unvereinbar waren. Ich hatte etwa fürchterliche Angst davor, in ein Flugzeug zu steigen. Ein befreundeter Arzt verschrieb mir daraufhin Tabletten, die mir die Ängste nahmen.«

»Die Amphetamine enthalten?«

»Ja, das ist wohl die wirksame Substanz darin.«

»Und wenn Sie eine ärztliche Verschreibung haben, warum schmuggelten Sie dann diese Medikamente durch den amerikanischen Zoll?«

»Weil die hier erhältlichen Medikamente bei mir nichts mehr nützen.«

»Weil sie nicht genügend Amphetamin enthalten?«

»Das weiß ich nicht genau, aber daran könnte es liegen.«

»Und woher beziehen Sie die, wenn Sie nicht nach Amerika fahren?«

»Übers Internet kann man sie leicht bekommen …«

»Das zumindest ist ein Verstoß gegen das Betäubungsmittelgesetz, das ist Ihnen schon klar, Herr Weber?«

»Wenn Sie mich deshalb anzeigen wollen, kann ich wohl nichts dagegen unternehmen, aber das ist immer noch besser, als wegen eines Mordes angeklagt zu werden, den ich nicht begangen habe.«

»Das sagen Sie jetzt. Falls dem tatsächlich so sein sollte, brauchen wir einen anderen Mörder, und, nach dem, was uns unterdessen bekannt ist, ist die Auswahl ja nicht so groß. Sollte ich vielleicht daraus schließen, dass Sie jemand Bestimmtes verdächtigen, Magnus Maurer umgebracht zu haben?«, fragte Vogel interessiert.

»Dafür kämen, glaub ich, eine ganze Menge Leute in Betracht, und außerdem werden schließlich Sie dafür bezahlt, das herauszufinden.«

Vogel, der bislang für seine Verhältnisse ausgesprochen ruhig geblieben war, wurde plötzlich ärgerlich. »Kommen Sie mir nicht so, Herr Weber!«, rief er mit erhobenem Zeigefinger, »für einen des Mordes Verdächtigen, der die Tat auch schon gestanden hat und dazu noch drogenabhängig ist, sollten Sie den Mund nicht zu voll nehmen. Auch wir können einen anderen Ton anschlagen, wenn Sie es darauf anlegen.«

»Entschuldigung«, beschwichtigte Weber sofort, »so, wie Sie es verstanden haben, habe ich es gar nicht gemeint.«

»Dann ist ja gut«, brummte Vogel versöhnlich. »Haben Sie also jemand Bestimmtes im Auge, der Herrn Maurer umgebracht haben könnte? Möglicherweise einen Kollegen aus der Interessengemeinschaft der Vereinigten Wünschelrutengänger Wien-Mitte? Sie sollten nicht vergessen, dass es gerade das Mordwerkzeug ist, das auf Sie als Täter hinweist. Im Übrigen haben Sie gestern ausgesprochen merkwürdig reagiert, als die Rede auf Ihre Wünschelrute kam. Befindet sich die überhaupt noch in Ihrem Besitz?«

Nachdenklich umfasste Weber sein Doppelkinn. »Das ist es ja gerade, was mich die ganze Zeit beschäftigt, sie ist verschwunden. Als ich gestern meinen Kasten aufgeräumt habe, war sie nicht mehr an ihrem Platz, und das konnte ich mir überhaupt nicht erklären.«

»Wann haben Sie sie zum letzten Mal gesehen?«

»Keine Ahnung. Eine Rute ist ja kein Ding des täglichen Gebrauchs, sie könnte genauso gut schon seit Wochen verschwunden sein.«

»Fein. Sie behaupten also, die Rute sei Ihnen gestohlen worden. Wurde bei Ihnen während der letzten Wochen eingebrochen?«

Schweigend schüttelte Weber den Kopf.

»Angenommen, ich glaube Ihnen, wer könnte denn ein Interesse daran haben, die Rute an sich zu nehmen?«

»Da habe ich überhaupt keine Idee. Es könnte aber sein, dass sie jemand mit dem Vorsatz gestohlen hat, Magnus damit zu töten und so den Verdacht auf mich zu lenken. Ich halte das sogar für wahrscheinlich.«

Unwillig verzog Vogel das Gesicht. »Dann muss es jemand gewesen sein, der um die Rute in Ihrem Besitz wusste, das heißt, jemand, der Sie sehr gut kennt. Da gibt es ja wohl nicht viele Personen, die dafür infrage kommen, da Sie das ja nicht beruflich ausüben«, forschend sah Vogel Weber an. »Oder doch? Als kleines Nebengeschäft vielleicht?«

»Nein«, antwortete Weber mit nervösem Lachen, »dazu hatte ich wirklich keine Zeit.«

»Gut, also wer wusste alles von Ihren Rutenkünsten?«

»Na ja, neben Magnus halt meine engsten Freunde, Maria und Miwako ganz sicher und auch einige andere Bekannte, ich machte ja kein Geheimnis daraus, wie Sie selbst erlebt haben.«

»Gab es neben Miwako und Maria noch andere Personen, die eine enge Beziehung zu Ihnen und Herrn Maurer hatten?«

Weber schien nachzudenken. »Nein, da fällt mir niemand ein.«

»Sie wissen schon um die Konsequenz Ihrer Behauptung, Herr Weber? Hiermit verdächtigen Sie Frau Watanabe oder Frau Mölzl des Mordes an Herrn Maurer.«

»Ja, ich weiß«, sagte er mit verzweifeltem Gesichtsausdruck, »halte es aber eigentlich für absolut ausgeschlossen. Es muss noch eine andere Erklärung dafür geben. Ich habe die ganze Nacht darüber nachgedacht, aber ich habe definitiv keine Idee, wer dahinterstecken könnte.«

»Und wie war es eigentlich mit den Abrechnungen? Haben Sie bei den Gagen von Herrn Maurer manchmal auch etwas für sich abgezweigt?«

Webers Miene verfinsterte sich. »Dazu will ich nichts sagen!«

»Das würde ich auch nicht an Ihrer Stelle, wenn ich es getan hätte …«, sagte Vogel trocken. »Und was war mit dem Impresario aus Italien. Gab es den wirklich?«

»Selbstverständlich, warum sollte ich eine solche Geschichte erfinden?«, fragte Weber verwirrt.

»Um die Spur nach Italien zu lenken, immerhin ist Mord mit einer Garotte eine italienische Spezialität.«

»Ach so«, antwortete er verständnislos, »also, auf eine solche Idee wäre ich niemals gekommen.«

»Na gut, das genügt einstweilen, jetzt dürfen Sie sich weiter unserer geschätzten Gastfreundschaft erfreuen. Der Psychologe wird sich bei Ihnen melden. Wir werden uns sicherlich bald wiedersehen.«

Mit diesen Worten schaltete Vogel das Aufnahmegerät aus und übergab Weber einem Beamten.

Prokisch, der das Gespräch von draußen mitgehört hatte, stürmte in den Vernehmungsraum.

»Das soll ein Verhör gewesen sein?«, rief er aufgebracht,

»das war nichts anderes als eine nette Plauderei unter Freunden! So etwas Stümperhaftes hab ich ja noch nie erlebt!«

Ruhig schaute ihn Vogel an. »Wenn ich ihn so vernommen hätte, wie Sie es sich anscheinend erwartet haben, dann hätte er sofort seinen Anwalt gerufen, und der hätte ihm geraten, nichts zu sagen. So haben wir immerhin einige Anhaltspunkte gewonnen, wo wir uns möglicherweise noch umschauen sollten.«

»Warum wollen Sie sich um Gottes willen noch umschauen? Wir haben den Mörder, der sogar schon gestanden hat, in dessen Wäschekorb sich ein blutiges Hemd gefunden hat, also der sprichwörtliche rauchende Colt, und Sie wollen sich einfach einen anderen suchen, weil der, den wir haben, Ihnen nicht gefällt ... Was glauben Sie eigentlich, wo Sie hier sind?« Prokischs Gesicht war dunkelrot angelaufen. Seine sonst in kommode Fettpölsterchen verpackten Augen waren bedrohlich aus ihren Höhlen getreten, und sein Atem ging stoßweise. Angesichts dieses Prachtexemplars eines in Rage geratenen Hypertonikers konnte Vogel nur hoffen, dass das Amt mit einem funktionstüchtigen Defibrillator ausgestattet war und vor allem mit jemandem, der damit umgehen konnte.

In diesem Moment bedauerte Vogel zutiefst, dass Walz nicht dabei war. Er selbst blieb, erstaunlich genug, völlig ruhig.

»Verehrter Herr Prokisch, ich bin davon überzeugt, dass der Weber nicht der Mörder ist. Der ist kein tumber Killer, der das doch sehr auffällige Mordwerkzeug neben einen nahe gelegenen Altmetallcontainer wirft und hofft, dass es dereinst zu einer Getränkedose verarbeitet wird. So dumm ist der nicht! Da steckt Absicht einer ganz anderen Person dahinter, davon bin ich überzeugt. Und diese Person ist in seinem engsten Freundeskreis zu finden. Aber wenn Sie sich so sicher sind, dass der Weber der Mörder ist, dann ziehen Sie mich doch einfach von dem Fall ab, und wir gehen zurück in unser Bezirkskommissariat, damit können wir, glaube ich, ganz gut leben.«

»Darüber werde ich gleich mit Herrn Magister Mörbischer reden, darauf können Sie sich verlassen. Einstweilen suspendiere ich Sie von dem Fall und beurlaube Sie hiermit. Einen schönen Tag noch!«

Mit diesen Worten, die er eigentlich mehr geschnaubt als gesprochen hatte, ließ Prokisch Vogel allein, nicht ohne die Tür des Vernehmungszimmers demonstrativ hinter sich zuzuschlagen.

Vogel, im beruhigenden Bewusstsein, das Richtige getan zu haben, informierte, nachdem er das LKA verlassen hatte, seinen Freund Walz von der neuesten Entwicklung und stopfte sich erst einmal eine Pfeife, zumal er in der Hektik des heutigen Morgens auf sein geliebtes Morgenschmaucherl hatte verzichten müssen.

Angesichts des absoluten Rauchverbots in allen Einrichtungen der öffentlichen Verkehrsmittel und der ihm unversehens zur Verfügung stehenden Zeit, beschloss Vogel, Walz' Wohnung zu erwandern, was einen Spaziergang von einer guten halbe Stunde bedeutete. Gemütlich schlenderte er also bis zur Türkenstraße an der Lände entlang, bis er auf die Währinger Straße stieß, die an der Votivkirche vorbei zum Dr.-Karl-Lueger-Ring führt, der nach einem trotz seines Antisemitismus sehr populären Bürgermeister benannt ist, der zwischen 1897 und 1910 der Kaiserstadt vorstand. Dort ließ er die Universität rechts und das Burgtheater links liegen, warf einen liebevollen Blick auf das Wiener Rathaus mit seinen 1.575 Räumen, wie er sich aus der Volksschule erinnerte. Weiters passierte er das erheblich kleinere neoklassizistische Parlamentsgebäude und die Naturhistorischen und Kunsthistorischen Museumszwillinge, um dann durch den Hof des Museumsquartiers in die Mariahilfer Straße einzubiegen. Vogel genoss diesen Spaziergang außerordentlich, während er entspannt über die Folgen von Prokischs Ausfall nachdachte. Mochten sie doch ein erneutes Geständnis aus Weber herausprügeln, damit wollte er wirklich nichts zu tun haben.

Allerdings war trotz seiner Beurlaubung der Wille in ihm erwacht, den wahren Täter zu finden, allein seiner Ehre wegen, in der er sich durch diese haltlose Disziplinierung eines schwachsinnigen Betonkopfs doch getroffen fühlte.

Dies alles wollte er mit seinem Kollegen Walz besprechen, als der ihn noch ein wenig blass empfing.

Es stellte sich heraus, dass er, nachdem sie des Lokals verwiesen worden waren, auf die verhängnisvolle Idee gekommen war, zur Ablenkung von seinem Leid seine anstehende Bügelwäsche zu bearbeiten und sich dabei eine DVD mit einem seiner liebsten Filme, ›Sin City‹ von Quentin Tarantino, anzuschauen. Da dies natürlich nicht ohne alkoholischen Beistand vonstattengehen konnte, war er am Morgen mit einem veritablen Kater aufgewacht, der sich neben dem obligaten Kopfweh in einer besonders heimtückischen Art der Übelkeit ausgewirkt hatte.

Inzwischen war er, nach oraler Entleerung und Einnahme einer Tablette gegen Kopfschmerzen, wieder so weit hergestellt, dass er sich nach der Schilderung Vogels über das Verhör mit Weber über den laut wiehernden Amtsschimmel in Person des Herbert Prokisch in angemessener Form empören konnte.

Da Walz nicht dienstfrei gestellt war, konnten sie sogar ohne die Gefahr eines möglichen Disziplinarverfahrens weiter ermitteln. Allerdings sollte der jüngere Inspektor, um den Schein zu wahren, nunmehr die Untersuchungen leiten. Doch zuerst wollten sie telefonisch den Rat des Gerichtsmediziners Dr. Necker einholen, was es mit der vermeintlichen Krankheit Webers auf sich hatte.

Dieser klärte sie darüber auf, dass das Amphetamin die Ausschüttung von Adrenalin, Noradrenalin und Dopamin bewirke, was zur Folge habe, dass die Psyche in einen Zustand ständiger Euphorie versetzt werde. Dadurch werde das Selbstbewusstsein gestärkt, wodurch die Angstzustände verschwänden. Insofern sei die Indikation im Falle von Weber durchaus angezeigt. Allerdings sollte diese Substanz nicht zu lange angewendet werden, da sie bald schon in eine Abhängigkeit münde, zudem würde die Aggressionsschwelle gesenkt, und bei zu hoher Konzentration die Wahrnehmung getrübt. Es könne also durchaus zutreffen, dass Weber den Dirigenten umgebracht habe, ohne sich daran zu erinnern. Um Genaueres darüber zu sagen, müsste er allerdings Details über die Konzentration der Substanz und die Dauer der Einnahme wissen.

»Jetzt sind wir so schlau wie zuvor«, resümierte Walz wenig begeistert, »ich würde vorschlagen, wir gehen trotzdem zur Watanabe – wenn uns jemand darüber Auskunft geben kann, dann wohl sie.«

Nach einem Anruf, der ihr Kommen ankündigte, führte sie ihr Weg zu Miwako Watanabe, die von den Neuigkeiten außerordentlich überrascht war. Sie schien weder eine Zeitung gelesen noch Nachrichten gehört zu haben, deren erste Meldung darin bestand, dass der verdächtige Mann, der dem engsten Freundeskreis Maurers zugerechnet wurde, sein Geständnis widerrufen habe.

»Ich dachte, Sie hätten den Täter gefunden«, begrüßte Watanabe die Inspektoren und führte sie sogleich in ihr Wohnzimmer. »Ich kann es noch immer nicht fassen, dass Michael Magnus umgebracht hat. Seinen ältesten Freund! Und er hat das wirklich zugegeben?«, fragte sie ungläubig.

»Gestern hat er den Mord gestanden«, antwortete Walz, »allerdings hat er seine Aussage inzwischen widerrufen.«

Verständnislos schaute Watanabe sie an. »Ich glaube, ich habe nicht ganz verstanden«.

»Wundert dich das?«, ließ sich plötzlich eine rauchige Stimme aus dem Badezimmer hören, die unverwechselbar Maria Mölzl gehörte, »du kennst doch den Michael, im Endeffekt ist er noch nie zu dem gestanden, was er getan hat.«

»Ah, die Frau Mölzl ist auch da, das ist aber besonders nett«, kommentierte Vogel sarkastisch die um diese Uhrzeit doch ungewöhnliche Anwesenheit der Freundin Miwakos.

»Tun Sie doch nicht so«, sagte diese, als sie aus dem Bad kam. Offensichtlich hatte sie gerade geduscht, denn sie war lediglich mit einem großen weißen Handtuch bekleidet und frottierte sich die Haare.

»Was wollen Sie damit sagen, dass Herr Weber nie zu dem gestanden hat, was er getan hat?«, fragte Walz interessiert, den es in seinem Zustand gar nicht störte, dass ihnen Watanabe noch keinen Sitzplatz angeboten hatte.

»Michael ist ein unglaublich schwacher Mensch, der schon immer bei dem geringsten Widerstand umgefallen ist«, sagte sie und trocknete ungerührt weiter ihre Haarsträhnen, was den unverbesserlichen Vogel sogleich zu der Vorstellung der Aussichten im Falle eines schlecht gebundenen Handtuchknotens inspirierte.

»Aber ein solches Verhalten passt eigentlich nicht zu einem hinterhältigen Mörder, mit dem wir es hier ja ohne Zweifel zu tun haben«, wandte Walz ein.

Widerwillig schüttelte Mölzl den Kopf. »Das sehe ich ein wenig anders. Eines der Charakteristika eines schwachen Menschen besteht schließlich darin, dass er, wenn er keinen anderen Ausweg sieht, Amok läuft, gleichsam als Reaktion auf die vielen Demütigungen, die er jahrelang hat hinnehmen müssen.«

»War das so?«

»Magnus hat Michael doch die ganze Zeit als Prellbock benutzt, deshalb hat er damals ja darauf bestanden, dass er sein persönlicher Sekretär bleibt. Mit einem Fremden hätte er niemals so umgehen können.«

»Das klingt allerdings einleuchtend ... Ist das auch Ihre Meinung, Frau Watanabe?«

»Ich weiß nicht«, antwortete die Japanerin ausweichend, »sicher war Magnus schwierig, aber Michael hatte es doch ganz gut bei ihm. Er hatte ein großartiges Leben, die vielen Reisen, die tollen Hotels, als Bankbeamter hätte er das alles nicht erlebt.«

Mölzl steckte eine Zigarette in ihr schwarzes Mundstück und zündete sie sich an. »Großartiges Leben nennst du das?«, rief sie aus, während sie verächtlich den Rauch ausstieß. »Von den Reisen hatte er doch gar nichts, er hatte sich doch ständig um Magnus Bequemlichkeit zu kümmern. Er musste mit den Stewardessen streiten, wenn unserem Maestro irgendetwas an Bord nicht gefallen hat, ob es die unbequemen Sitze in der First Class waren oder der zu warme Champagner oder das zu kalte Essen. Ständig hatte er etwas auszusetzen, und Michael hatte das in Ordnung zu bringen. Und in den von dir sogenannten tollen Hotels ging es doch gerade so weiter. Wenn Magnus nicht schlafen konnte, musste Michael mitten in der Nacht dafür sorgen, dass er eine neue Suite bekam. Wenn ihm die Mädchen nicht gefallen haben, die er sich bestellt hatte, musste Michael sich beim Escort-Service beschweren. Nein, großartig war das Leben von Michael wirklich nicht! Und ich persönlich kann es sehr gut verstehen, dass er irgendwann durchgedreht ist.«

»Sind Sie auch dieser Meinung, Frau Watanabe?«, fragte Walz ein weiteres Mal.

Mit zunehmendem Unbehagen war diese den Ausführungen ihrer Freundin gefolgt. »Ja, es stimmt schon, dass er manchmal ungerecht zu Michael war«, sagte sie zögerlich, »aber so drastisch wie Maria habe ich das nie gesehen. Immerhin war er doch ein großer Künstler, und denen muss man eben einiges nachsehen ...«

»Darf ich Sie einmal etwas Persönliches fragen? Wir haben jetzt schon mehrmals vernommen, dass Herr Maurer offensichtlich über ein reges Geschlechtsleben verfügte. Hat Sie das nicht gestört?«

Erschrocken schaute Watanabe Walz an. »Das hatte mit uns nichts zu tun«, sagte sie leise.

»Sie müssen wissen, Magnus war sehr triebhaft«, mischte sich jetzt wieder Mölzl ein, die unterdessen den Trocknungsprozess ihrer Haare beendet hatte und das Handtuch zu einem Turban gebunden hatte. »Vor allem vor großen Auftritten war das sein Ventil, das er brauchte. Aber offensichtlich machen das andere Dirigenten genauso. Denn die Veranstalter, bei denen er öfter gastierte, waren darüber gar nicht verwundert und kontaktierten zuvor Michael, um nach Magnus' genauen Bedürfnissen zu fragen. Das Geld für zwei Huren war auf jeden Fall gut angelegt, denn bei den Konzerten war er tatsächlich viel besser, wenn er zuvor eine ordentliche Nummer geschoben hatte.«

»Gleich mit zweien?«, murmelte Vogel erstaunt.

»Ja, das hatte er am liebsten«, antwortete Mölzl mit einem verächtlichen Schnauben.

»Woher wissen Sie das alles so genau?«, fragte Walz.

»Von Michael natürlich, Magnus hat darüber nie gesprochen, über so viel Diskretion verfügte er wenigstens«.

»Also das heißt, mit Miwako und Ihnen war nichts?«, konnte sich Vogel nicht enthalten zu fragen.

»Das hätte ich mir ja denken können, dass jetzt gleich so eine Frage kommt …«, erboste sich Mölzl, »was denken Sie eigentlich von mir?«

»Muss ich das beantworten?«, fragte Vogel. »Entschuldigen Sie bitte, aber es hätte ja sein können … bei einer solchen Detailkenntnis.«

»Apropos Detailkenntnis«, warf Walz ein, »der Mörder von Herrn Maurer muss aus seinem engsten Freundeskreis stammen. Und wenn es nicht Herr Weber war, heißt es, dass es sich um einen Kreis von wenigen Personen handelt, die für diese Tat infrage kommen. Fällt Ihnen noch jemand anderer ein, der Herrn Maurer so nahestand, dass er ihm mitten in der Nacht die Tür öffnet, ihn hereinbittet und mit ihm seine ›Nightcap‹ trinkt?«

»Na, vielleicht war es eines von den Mädchen, die er sich regelmäßig bestellt hat«, sagte Mölzl, die sich gerade die nächste Zigarette anzündete.

»Und die hat ihm eine Wünschelrute mitgebracht, die sie zufällig bei ihrem letzten Besuch bei Herrn Weber mitgenommen hat, um zusammen mit ihm nach einer Wasserader zu suchen?«, fragte Vogel. »Das klingt doch ein bisserl zu abenteuerlich, meinen Sie nicht auch?«

Darauf fiel selbst Mölzl nichts mehr ein, die wortlos rauchend vor sich hinstarrte.

»Wollen Sie damit sagen«, meinte nun Watanabe leise, »dass wir beide verdächtig sind?«

»Ich fürchte, ich kann Ihnen da nicht widersprechen«, versetzte Walz, »es sei denn, Sie können mir noch jemanden nennen, der Herrn Maurer ähnlich nahegestanden ist wie Sie.«

Forschend blickte Walz den beiden doch so unterschiedlichen Freundinnen in die Augen.

»Fangen wir doch mit Ihnen an, Frau Mölzl«, sagte Walz nach einer Pause. »Erzählen Sie mir doch bitte, in welchem Verhältnis Sie zu dem Toten standen!«

»Ich glaube nicht, dass Sie das verstehen werden. Durch die enge Freundschaft mit Miwako war ich auch mit Magnus gut bekannt. Und da ich die beiden hautnah miterlebt hatte, in guten wie in schlechten Zeiten, kann man wohl auch von mir behaupten, dass ich Magnus nahestand.«

»Schön«, sagte Walz gutmütig, »wo waren Sie also in der Nacht vom Dienstag auf Mittwoch zwischen 23 und ein Uhr?«

»Warten Sie, da muss ich nachdenken«, antwortete sie, während sie zwei Finger auf ihre Lippen legte und ihre Augen nach oben verdrehte, was auf Walz einen ungemein affektierten Eindruck machte, »ja, da war ich im Bett und habe geschlafen.«

»Waren Sie allein?«

»Was soll das jetzt schon wieder heißen? Dient das auch der Wahrheitsfindung?«, fragte sie entrüstet.

»Entschuldigen Sie, ich formuliere es anders: Gibt es dafür Zeugen?«

»Am Mittwoch, warten Sie ... nein, am Mittwoch war ich allein!«

»Also keine Zeugen und daher kein Alibi«, sagte Walz in bedauerndem Tonfall.

»Und welches Motiv sollte ich Ihrer Meinung nach haben?«, fragte Mölzl mit provokantem Lächeln.

»Das dürfte nicht sehr schwer zu finden sein. Sie konnten es einfach nicht mit ansehen, wie schlecht Ihre von Ihnen über alle Maßen geschätzte Freundin Miwako von Herrn Maurer behandelt wurde. Außerdem haben wir gehört, dass Sie und Herr Weber sich neuerdings ganz gut verstehen, was im Übrigen im seltsamen Widerspruch zu dem steht, was Sie vorhin über ihn sagten. Sehr freundlich klang das nicht gerade, wenn ich mir die Bemerkung erlauben darf …«

Verdutzt schaute Watanabe ihre Freundin an, die nur verächtlich durch die Nase schnaubte.

»Da Sie Herrn Maurer sehr gut kannten«, fuhr Walz fort, »ließ er Sie, ohne Verdacht zu schöpfen, in seine Wohnung hinein. Weiters wussten Sie über seine Gewohnheiten bestens Bescheid, daher war es Ihnen auch bekannt, dass er jeden Abend eine ›Nightcap‹ in Form eines Glases 18-jährigen Macallan zu sich nahm. Um ganz sicherzugehen, haben Sie die K-.o.-Tropfen in die Flasche gegossen. Als er dann bewusstlos war, haben Sie die von Ihnen modifizierte Rute, die Sie zuvor Herrn Weber entwendet hatten, genommen und damit Herrn Maurer erdrosselt. Dadurch war Herr Weber der Hauptverdächtige, der ja auch ein Motiv hatte, da Herr Maurer auf dessen frisierte Abrechnungen gestoßen war. Dies trug den unbestreitbaren Vorteil in sich, dass Sie damit beide Männer ausgeschaltet haben, die zwischen Ihnen und Ihrer geliebten Freundin Miwako gestanden sind.«

»Das ist in der Tat eine interessante Theorie«, antwortete Mölzl mit amüsiertem Lächeln, »jetzt würde mich wirklich brennend interessieren, welche Geschichte Sie sich für Miwako ausgedacht haben.«

Verstört blickte Watanabe ihre Freundin an.

»Du brauchst nicht zu erschrecken, Miwako«, sagte Mölzl und nahm ihre Hand, »die Märchenstunde des Herrn Inspektor ist doch höchst unterhaltsam, außerdem haben Sie eh schon einen Täter.«

Davon unbeeindruckt fuhr Walz fort. »Das Motiv von Frau Watanabe ist ähnlich gelagert wie das von Herrn Weber. Auch Frau Watanabe konnte die ständigen Demütigungen nicht mehr ertragen und brachte Herrn Maurer schließlich um. Zudem hatte Frau Watanabe noch ein weiteres Motiv, über das Sie, Frau Mölzl, insofern Sie mir die Wahrheit gesagt haben, nicht verfügen. Bei der obligaten Blutuntersuchung des Leichnams hat unser Gerichtsmediziner nämlich festgestellt, dass Herr Maurer schon seit längerer Zeit HIV-positiv war. Haben Sie sich in letzter Zeit Ihr Blut untersuchen lassen, Frau Watanabe?«

Fassungslos blickte die Japanerin den Inspektor an, schlug die Hände vors Gesicht und lief aus dem Raum.

»Anscheinend nicht«, konstatierte Vogel trocken, während er ihr ratlos hinterhersah.

»Von angewandter Psychologie habt ihr Kiberer wohl noch nie etwas gehört«, rief Mölzl wütend aus und stürzte ihrer Freundin hinterher.

»Warum hast du mir davon nichts erzählt?«, fragte Vogel vorwurfsvoll.

»Entschuldige bitte, aber in der Hektik des Geschehens hab ich es glatt vergessen. Ob du es glaubst oder nicht, mir ist es auch eben erst wieder eingefallen. Der Nekro hat mir das am Freitagnachmittag per SMS mitgeteilt, die ich aber erst abends entdeckt habe. Wegen des Fahrtwindes habe ich es einfach nicht gehört. Und in diesem Moment hatte ich, wie du ja weißt, ganz andere Sorgen, und da hab ich es einfach vergessen.«

»Na gut. Aber so, wie sich unsere Geisha geriert, war ich in meiner Unwissenheit wenigstens nicht allein … und was machen wir jetzt? Das Geständnis einer Mörderin, die gerade einen Nervenzusammenbruch erlitten hat, ist ähnlich viel wert wie das erste Geständnis vom Weber.«

»Lass erst einmal die Mölzl zurückkommen, da wirst' schon sehen«, antwortete Walz kryptisch.

Es dauerte tatsächlich keine Minute, bis Maria Mölzl zu den Inspektoren zurückkehrte und sich vor ihnen aufbaute.

»Ich muss Sie leider ersuchen, jetzt zu gehen«, sagte sie und stemmte bedrohlich ihre Arme in die Hüften. »Dank Ihrer sensiblen Vorgehensweise hat Miwako gerade einen völligen Zusammenbruch erlitten, was ja auch nicht weiter verwunderlich ist!«

»Das tut uns natürlich leid für Frau Watanabe, aber so leicht werden Sie uns nicht los, denn ich hätte noch einige Fragen an Sie persönlich zu richten«, sagte Walz ungerührt.

»Was soll das heißen? Glauben Sie, Sie können sich alles erlauben?«

»Liebe Frau Mölzl, Sie sollten bedenken, dass Sie im dringenden Verdacht stehen, Herrn Maurer umgebracht zu haben! Ich an Ihrer Stelle würde mich da nicht so wichtig machen.«

»Gehen Sie jetzt endlich!«, sagte Mölzl mehr verzweifelt als zornig,

»Je schneller Sie gestehen, desto schneller sind Sie uns los. Hören Sie mich nur kurz an: Augenscheinlich gibt es drei dringend der Tat verdächtige Personen. Fangen wir mit Herrn Weber an: Wie Ihnen ja bekannt ist, hat er heute sein Geständnis widerrufen. Wir haben berechtigte Zweifel daran, dass er das Verbrechen begangen hat. Die alle zu erörtern, würde zu weit führen, allerdings ist nicht anzunehmen, dass er die verräterische Waffe unweit des Tatortes *neben* einen Container wirft, sodass sie gefunden werden *muss*. Ihrem Einwand, dass er das Verbrechen ja im Drogenrausch verübt haben könnte, stellen wir entgegen, dass Weber, falls dem so gewesen sein sollte, niemals so methodisch vorgegangen wäre und etwa sein Glas stehen gelassen hätte. Frau Watanabe würde ebenfalls alle Voraussetzungen eines Täters erfüllen, jedoch ist sie körperlich definitiv nicht dazu in der Lage, einen erwachsenen Mann, der dazu noch bewusstlos ist, allein ins Bett zu schaffen, es sei denn, sie hätte einen Helfer gehabt. Jedoch glauben wir kaum, dass sie nervlich dazu fähig wäre, eine solche Tat zu begehen. Als Letzte bleiben Sie übrig. Im Gegensatz zu Frau Watanabe bringen Sie als ehemalige Leistungssportlerin die körperlichen wie auch die nervlichen Voraussetzungen dafür mit.«

»Und warum glauben Sie, dass es nur einer von uns gewesen sein kann?«, fragte Mölzl trotzig.

»Weil nur Sie gleichermaßen Zugang zu Herrn Weber und zu Herrn Maurer hatten. Sie als enge Freundin von beiden wussten sicherlich darüber Bescheid, wo Herr Weber seine Wünschelrute aufbewahrte. Bei einem Besuch in Herrn Webers Wohnung, wo Sie ja regelmäßig seine Wäsche versorgten, war es ein Leichtes für Sie, diese an sich zu nehmen. Dadurch lenkten Sie den Verdacht auf Herrn Weber, der erwartungsgemäß reagierte und die Tat zugab, weil Sie ihn an jenem Abend besucht hatten und ihm wahrscheinlich ebenfalls K.-o.-Tropfen in sein Getränk mischten, wodurch er sich nicht mehr erinnern konnte, was an diesem Abend nach Ihrem Zusammensein geschah. Durch seine fehlende Erinnerung konnte er nicht mit Sicherheit ausschließen, dass er selbst die Tat begangen hatte. Daher das Geständnis, das er jedoch auf Anraten seines Anwalts widerrief. Damit hatten Sie nicht gerechnet, zumal Sie ihn davon überzeugt hatten, es getan zu haben. Zu diesem Zweck entwendeten Sie ihm, nachdem Sie ihn schlafen gelegt hatten, sein Hemd, präparierten es mit Blut und mischten es unter seine Schmutzwäsche. Als Sie sich am Montag darum kümmerten, fanden Sie das Hemd dann zufällig in seinem Badezimmer. Mit dem Fund dieses unumstößlichen Beweismittels in seinem Wäschekorb glaubte Weber tatsächlich, Maurer umgebracht zu haben. Damit waren Sie aus der Schusslinie und hatten von nun an Ihre Miwako für sich allein. Allerdings machten Sie einen kleinen, aber entscheidenden Fehler: Bei dem Mord, das müssten Sie eigentlich am besten wissen, floss überhaupt kein Blut. Zudem fand unsere Spurensicherung auf dem Fensterbrett von Maurers Schlafzimmer einen Zigaretten-Rest. Und auf dem Mundstück dieses Stummels waren seltsamerweise überhaupt keine Spuren von Speichel zu finden …«

»Der könnte genauso gut auch von einem meiner letzten Besuche bei Magnus stammen«, wandte Mölzl ein, während sie gelangweilt an ihrem schwarzen Filtermundstück sog.

»Könnte – tut es aber nicht. Denn dank der unermüdlichen Kreativität unserer Wissenschaftler ist es mittlerweile möglich, festzustellen, wann eine Zigarette konsumiert wurde – und dieser Tschik wurde leider exakt zu der angenommenen Tatzeit geraucht.«

»So, ist jetzt die Märchenstunde zu Ende?«, fragte Mölzl.

»Also du warst es!«, rief Miwako Watanabe aufgebracht und stürzte auf die überraschte Freundin zu, um sie mit ihren Fäusten zu traktieren. Offensichtlich hatte sie an der Tür gelauscht.

Geistesgegenwärtig stellte sich Vogel dazwischen, um die Hauptverdächtige vor größerem Schaden zu bewahren.

»Jetzt wird mir alles klar«, schrie Watanabe, die versuchte, sich von Vogel loszureißen, »dein ständiges Herumgetue, dein ewiges Drängen, dass wir doch zusammen ziehen könnten, wo Magnus nicht mehr da ist …«

»Halt doch deinen Mund, du verstehst ja überhaupt nichts!«, zischte Mölzl zurück.

»Da wir offensichtlich alle nichts verstehen, bitte ich um Aufklärung«, sagte nun Walz, der sich nicht von der Stelle gerührt hatte.

»Können Sie sich vorstellen, wie es ist, wenn man erfährt, dass man HIV-positiv ist?«, sagte Mölzl wütend. »Nein, natürlich nicht, denn Sie schnackseln ja mit Kondom, verantwortungsvoll, wie Sie sind!« Böse musterte sie die Inspektoren. »Aber stellen Sie sich einmal vor, Sie werden von der Leidenschaft des Augenblicks übermannt und schieben eine schnelle Nummer, schnell deshalb, weil es sich eigentlich um den Geliebten Ihrer besten Freundin handelt und Sie ein verdammt schlechtes Gewissen dabei haben. Na gut, sagen Sie, das kann jedem einmal passieren, aber wenn Sie zwei Monate später erfahren, dass Sie sich bei dieser schnellen Nummer mit HIV angesteckt haben, sehen Sie das wohl nicht mehr als lässliche Sünde an. Und wenn Sie dann den Partner damit konfrontieren, und der sagt Ihnen einfach mit kaltem Lächeln ins Gesicht: ‚Willkommen im Club‹, dann würden Sie das wohl nicht mehr lustig finden, habe ich recht?«

Erwartungsgemäß blieb diese Frage unbeantwortet, Vogel machte sich vielmehr Gedanken über sein letztes Wochenende mit Michelle, das er ebenfalls ungeschützt verbracht hatte, während Walz, von solchen Sorgen völlig unbeleckt, weiterfragte: »Und warum haben Sie überhaupt einen Test durchgeführt?«

»Weil ich an jenem Abend in seinem Badezimmer war und dort diesbezügliche Medikamente gefunden habe, die er nicht einmal besonders gut versteckt hielt.«

»Und warum wollten Sie Ihren alten Freund Weber da mit hineinziehen?«

»Weil er darüber Bescheid wusste und Magnus trotzdem die Mädchen beschafft hat.«

»Sind Sie sicher, dass Weber davon wusste?«

»Irgendwer muss ihm die Medikamente besorgt haben, er selbst war ja zu berühmt, um einfach einmal in die Apotheke zu wandern und sich diese Arzneien zu besorgen.«

Das allgemeine Schweigen wurde nur durch Watanabes leises Schluchzen unterbrochen.

»Darf ich mich noch anziehen, bevor wir gehen?«, fragte Mölzl, nachdem sie ihre Zigarette ausgedämpft hatte.

EPILOG

»Das mit der Zigarette hab ich gar nicht gewusst, kann man wirklich erkennen, wann die geraucht wurde?«, fragte Vogel seinen Kollegen, nachdem sie Mölzl in das sichere Gewahrsam der Kollegen vom LKA übergeben hatten.

»Ich habe keine Ahnung«, antwortete Walz mit schelmischem Lächeln, »aber die Mölzl hat's geglaubt, und das ist doch das Wichtigste!«

»Verstehe, sehr gerissen, o du mein Walz. Erstaunlich ist nur, dass sie die Medikamente gegen HIV bei unserem Hausmaestro gleich erkannt hat, also ich wüsste nicht, was das ist …«

»Hab ich dir das gar nicht erzählt? Die Mölzl hat doch eine Ausbildung als Pharmazeutische Angestellte.«

»Mit dem Wissensvorsprung ist es ja auch kein Wunder, dass du den Fall gelöst hast. Zuerst verschweigst mir den positiven HIV-Test, dann die Ausbildung von der Mölzl – willst wohl Karriere machen?«, fragte Vogel, während er seinem Freund kollegial den Ellbogen in die Rippen stieß.

»Apropos Karriere, was machen wir? LKA oder nicht? Hast du dir schon etwas dazu überlegt?«

»Nach dem Auftritt vom Prokisch heute Morgen hab ich mir eigentlich geschworen, dass ich nie mehr etwas mit dieser Dumpfbacke zu tun haben will«, antwortete Vogel, nachdem er seine Pfeife angezündet hatte.

»Und jetzt?«

»Nach unserer geradezu virtuosen Klärung des Falles, die in erster Linie dir zu verdanken ist, was ich neidvoll anerkenne, bin ich unterdessen so weit, dass ich glaube, dass dem Prokisch nichts lieber wäre, als wenn wir nicht kämen – und wollen wir ihm das wirklich gönnen?«

Trotz der vollständigen Lösung des Falles blieben noch immer einige Fragen offen, deren Beantwortung den Inspektoren verwehrt blieb. Etwa die zahlreichen Anrufe von einem italienischen Wertkartenhandy, die eine ziemlich prosaische Ursache hatten. Eine, im Übrigen ziemlich reizende österreichische Studentin der Archäologie hatte bei Grabungen in Apulien einen einheimischen Verehrer gewonnen, von dem sie nach ihrer Rückkehr unbedingt verschont bleiben wollte, und diesem einfach eine falsche Telefonnummer gegeben, die zufällig identisch mit der von Magnus Maurer war. Nachdem der italienische Casanova etliche Male nur die Mailbox des Dirigenten erreicht hatte, wurde das Missverständnis erst geklärt, als der Künstler persönlich abgehoben hatte. Die Gespräche zwischen Magnus Maurer und dem sizilianischen Impresario hatten allerdings tatsächlich stattgefunden, doch der Dirigent hatte sie vor Miwako Watanabe geheim gehalten, weil er diese Reise lieber mit Tomoko Sato unternommen hätte, die er vor etwa einem halben Jahr kennengelernt hatte, als sie ihm in Wien vorsingen wollte.

Miwako Watanabe hatte übrigens mehr Glück als ihre Freundin Maria Mölzl, sie hatte sich nicht mit dem HIV-Virus infiziert, was daran gelegen haben mag, dass sich Maurers Beziehung zu seiner Freundin in den letzten Jahren fast gänzlich platonisch gestaltet hatte.

Ob sich Michael Weber an jenem verhängnisvollen Abend bei Maria Mölzl angesteckt hatte, blieb im Dunkeln, da er sich strikt weigerte, einen klärenden Bluttest zu machen.

ENDE

DANKSAGUNG

In erster Linie möchte ich meiner verehrten Lektorin Claudia Senghaas für ihre Geduld und Nachsicht mit meinen nicht immer politisch korrekten Ausführungen danken.

Der mit mir befreundete Chefinspektor Michael Kopp hat mich dankenswerterweise mit seinem polizeilichen Fachwissen vor so manchem Fehltritt bewahrt.

Nicht zuletzt möchte ich mich bei meinem geliebten Weibe bedanken, deren erste kritische Durchsicht mich vor so manchem verhängnisvollen Fehler bewahrt hat.